“十一五”国家重点图书出版规划项目

中國京劇流派劇目集成

启功题签

《中国京剧流派剧目集成》编委会　编

第拾集

學苑出版社

图书在版编目（CIP）数据

中国京剧流派剧目集成·拾／《中国京剧流派剧目集成》编委会编．－北京：学苑出版社，2009.1
ISBN 978-7-5077-3039-5

Ⅰ．中…　Ⅱ．中…　Ⅲ．京剧－剧本－作品集－中国　Ⅳ．I232

中国版本图书馆CIP数据核字（2008）第035863号

出 版 人：孟　白
责任编辑：潘占伟
责任校对：刘学青
装帧设计：徐道会
出版发行：学苑出版社
社　　址：北京市丰台区南方庄2号院1号楼　100079
网　　址：www.book001.com
电子信箱：xueyuan@public.bta.net.cn
销售电话：010-67674055　67675512　67678944
印　　刷：河北新华印刷一厂
开本尺寸：889×1194　1/16
印　　张：14.875
版　　次：2009年1月北京第1版
印　　次：2009年1月北京第1次印刷
印　　数：1-800册
定　　价：210.00元（精装）

序言

◎黄克

京剧向称国粹艺术，内容博大精深，剧目十分丰富，人们常以“汉唐三千宋明八百”形容其浩瀚。其中流派剧目又以演员表演的鲜明个性使剧目显得更为多彩多姿，充满魅力，既被专业人员钻研承继，也为广大戏迷喜闻乐见，遂成为京剧舞台上一大亮点。

流派

举凡表演艺术，原本就无不带有表演者的个人色彩。京剧表演艺术因其唱念做打诸多方面功夫的综合性和繁难性，表演的个性化尤为突出；加以行当的粗分、剧目的雷同，于大致相同的条件下尽显各自的千姿百态、千变万化；一招一式、一腔一韵之中可以体现不同的特色，同样一出戏，甚至同样一个戏中人物也完全可以演出不同的风采，这种充满个性化的表演，遂成为京剧竞技场上最是为人乐道而又情趣无穷的审美内涵。倘若这种富于个性化的表演为受众所认可，且代有传人，形为规范，即可自成一家，成为迥异于他人的艺术流派。以“四大名旦”（梅兰芳、程砚秋、荀慧生、尚小云）为例，虽皆工旦行，却又各有千秋。京剧大师王瑶卿就曾这样分析这四位后起之秀的独到之处：“梅兰芳的样儿，程砚秋的唱儿，尚小云的棒儿，荀慧生的浪儿。”所谓“样儿”，指梅的艺术造诣全面，要什么有什么；所谓“唱儿”，指程以行腔之新颖动听为能；所谓“棒儿”，指尚的刀马功底深厚；所谓“浪儿”，指荀的柔媚多姿、风情万种。寸长尺短，一语道破各有专擅的各家流派特点。如此成就固然来自自己的勤学苦练、苦心孤诣，更少不了观众的知音捧场、鼓励有加。因此，一个艺术流派的形成，对于创始人来说，无疑是开拓了审美追求的新境界；对于受众戏迷来讲，则更是得到了多样化审美需求的新满足。梨园行有云：唱戏的是疯子——指其追求的执着，听戏的是傻子——指其享受的痴迷。二者相得益彰、相映成趣，或许正道出京剧流派形成之三昧。

流派剧目

在京剧传承的一二百年间，随着历史的变迁、社会的发展，以及新人辈出、师承转换，荡涤旧物、崇尚新声，传统剧目中的绝大部分早已绝迹于舞台，然而，其精华部分（包括剧目中表现出来的唱念做打等程式体系）还是被完好地保存了下来，并得到长足的发展。其间，流派创始人于剧目的推陈出新做出了不可磨灭的贡献。基于对剧目乃至剧中人物的理解和认识，以及更便于发挥自己技艺特长的需要，流派创始人对浩如烟海的传统剧目进行了严格的筛选，经过了整理加工再创作，使之又焕发出崭新的韵味和光彩；随着这样剧目的增多，最终形成了自己流派所特有的剧目系列。而另外的流派又在另外的剧目系列中发挥着自己的优势，即或剧目相同，不同流派依然可以于演出中表现出自己的独特风格。总之，在其演出的剧目中，无不打上自己表演风格的鲜明烙印。京剧舞台上一度出现的这种百花齐放、争芳斗艳的盛况，实由自丰富多彩的流派剧目，这在京剧发展史上已是不争的事实。

但也应看到，如今京剧流派剧目相对于京剧的鼎盛时期，已是光景不再。个中原因很复杂，就客观因素而言，新兴的艺术形式的多种多样，人们的欣赏习惯和娱乐方式已经有了更广泛的选择余地，因而完全可以去旁骛；此外，就京剧本身而言，演出剧目之贫乏不能不说是观众锐减的重要原因之一。本来演出场所和演出场次就不多，翻来覆去又只是那几出骨子老戏，怎么能吸引观众，特别是年轻观众呢？——连那些老戏迷们也都听腻歪了。

回过头来看，今日演出剧目的贫乏和流派创始人晚年艺术景况也不无关系。他们在艺术的巅峰期——集中在上个世纪二三十年代，创作或改编了一出出新戏，直令观众赏心悦目，目不暇接。当其时，除了富连成科班或游动的散班演出些大路戏外，北京的京剧舞台几乎就是流派剧目的天下。据1932年商务印书馆出版的《五十年来北平戏剧史材》的记载，自民国十二年（1923）至十八年（1929）这六七年间，以梅派剧目为例，只“初演”的剧目——也就是自家独创的新戏或整理改编的传统戏，就有前后本《西施》、《洛神》、《廉锦风》、头二三四本《太真外传》、《俊袭人》、全本《宇宙锋》、《凤还巢》、《春灯谜》等12出戏（其中前后四本《太真外传》这四出戏是在一年多时间里陆续完成的）；同一时间段，马派“初演”的剧目也有《化外奇缘》、全本《玉镯记》、《秋灯泪》、《战宛城》、全本《火牛阵》、《鸿门宴》、全部《临江馆（“馆”应作“关”）》、全部《浣纱溪》、《范仲禹》、全本《清风亭》、头二三四本《大红袍》、全本《天启传》、《许田射鹿》、全本《十道本》等15出戏（其中《大红袍》分头二和三四本两次演出），当然，其中还不包括“初演”以外的经常性的大量的传统戏演出。试问，这些曾经轰动一时的流派创始人编创的新剧目于今又有多少出传承下来了呢？个中主要原因就在于流派创始人到了晚年一些唱做吃重的剧目已难胜任，只有将其已臻于炉火纯青的技艺凝炼到少数剧目之中，或演出或教习也只拘囿于这少数几个剧目了。而其传人也就将这几出戏奉为圭臬，全不知其鼎盛时期的所谓“文武双全”、所谓“昆乱不挡”为何事，致使一些当年的热门戏几近失传，这不能不说是梨园一件憾事。记得梅兰芳先生曾撰文论述学艺过程中的“少、多、少”，大意是初学时会的戏（包括技艺）自然是少的。随着所学剧目的增多，技艺的增长，激发起拓宽其艺术驰骋领域的热情，兼收并蓄，从而极大地丰富了自己。进而又随着审美取向的定型，艺术见识的提高，势必要对自己所学所用下一番去芜存精的工夫，扬长避短，使自己的独特技艺集中在少数几个代表剧目之中。表面看来演出的剧目是少了，但炉火纯青，在艺术创新上却达到了新境界。从少到多，从多而少，贯穿着的是继承与发展的艺术成熟的过程，也闯出了一条攀升艺术高峰的必由之路。后学者以为，学会了几出流派代表剧目便可以薪尽火传，得到了真经，孰不料缺少广博的根基，既影响个人的发展，也造成了剧目越传越少的现实。这难道不是应该汲取的教训吗？

有道是“礼失求诸野”。由于流派剧目的独特韵味及其所富有的艺术魅力，由于京剧作为自娱自乐的审美取向已深入人心，更由于迷恋传统演唱艺术者的大有人在，京剧传统剧目——包括一些已经消失于舞台的流派剧目，至今仍在京剧爱好者中间传唱不息。我们不妨到公园里看一看那一圈圈围着的戏迷，他们来自四面八方，或许彼此并不相识，只凭一把胡琴就将大家凝聚在一起，有滋有味地互相欣赏着一段段流派唱腔。更不用说那遍布全国各地乃至国外华人聚居区的票房，他们还时不时地粉墨登场，过一把戏瘾呢！这种自拉自唱、自娱自乐的红火场面，充分显示了京剧流派剧目的深厚群众基础和顽强的生命力，对于相对落寞的京剧舞台不啻一种发人深省的挑战。然而，这又何尝不是对京剧振兴的潜在的呼唤和有力的支持呢！

流派剧目集成

正鉴于其强大的生命力和深厚的群众基础，“振兴京剧”作为文化建设的国策的提出可谓正得其时。而振兴之务，首要的是挖掘和继承优秀传统剧目，以之作为发展和创新的基础和借鉴。我们编纂《中国京剧流派剧目集成》的初衷正在于此：将流派剧目演出的精彩瞬间记录于永恒，将构成流派剧目的诸多元素一一记录在案。诸如每剧的剧情本事、创始人表演特点的提要，剧中人物行当归属、服装扮相，剧本曲文、唱腔谱、伴奏谱、锣鼓经，以及身段谱等得以再现流派表演风格的内容，都力图完整地记录整理出来，为流派艺术的教学和研究提供文字的基础资料。持此，内行自可作为表演的参考，京剧爱好者也可以作为演习的蓝本。

这一工作，对于京剧剧目的基本建设虽然可谓之善举，但具体做起来却困难多多。首当其冲的就是剧目的选定。京剧剧目虽称汗牛充栋，但保存下来的资料却十分有限。京剧形成初期，以“老生三杰”又称“前三鼎甲”的程长庚、余三胜、张二奎为代表的一代固然没有留下什么音像文字资料；即或以“老生新三杰”又称“后三鼎甲”的谭鑫培、孙菊仙、汪桂芬为代表的一代除了少量的唱片外也没有完整的剧目传下来，所以我们的剧目整理工作只能从民国初年以降的“四大须生”、“四大名旦”开始。他们受熏陶于前辈艺术家，可谓传统的集大成而又能创新的一代，整理剧目以他们为重点自然最合适不过。遗憾的是这些艺术大师大都已经作古，得到他们指点和首肯已不可能，为此，我们只能通过其亲传或再传弟子来进行流派剧目的整理工作。从中我们更深地体会到抢救要及时，当初未能抢救下来现在也不要嫌晚而不为，抢救一点是一点，否则能够保存下来的精华越来越少，越加难向历史向后人交代了。

更难的则是遴选整理者。剧目的全面整理需要全面的人才。我们在组织稿件的过程中却发现这样的人手颇不易得。如果流派创始人或其传人曾在戏校任教，且有较为完整的教案保存下来，今日稍加整理即可选用，自然不是难事。不过这样的情况并不多，大量的剧目尚需要对当年的演出本进行追忆记录，加工整理。曾经受业于流派创始人或其传人的京剧工作者虽然是整理演出本的合适人选，但是他们大都是单位的骨干，忙于演出，忙于剧务，或居于领导职位，很难分出身来。即或肯于应承下一两出戏，也常有如下的情况：能演不能说，能说不能写，能写又不能打谱。因此，完成一个剧目经常需由记录者、整理者和打谱人联袂而行，倘再加上剧目的传授者和提要的撰写人，则非四五人鼎力不可。《中国京剧流派剧目集成》收入二百多出戏，每出戏即使平均两三人参加，也要组织四五百人次。其繁难可以想见，其壮观亦可以想见。当然，这还仅就整理者的数量而言，更为难能可贵的还在于参与者的无私奉献。试想，跟演一出戏或教一出戏相比，以文字整理出一出戏，不仅费时而且费力，无疑是一桩一般人不肯为也不屑为的苦差事，而我们的整理者却能甘之如饴，乐此不疲，没有为京剧事业的传承而不计个人得失的宝贵情操，是难有这种积极性的。不仅如此，随着岁月流逝，整理流派剧日益困难，更需要求助一些老专家，他们或是资深艺员、教师，或是资深票友、戏迷，而今已是硕果仅存的京剧艺术的专家、流派历史的见证人。在他们身上洋溢着一种传承京剧流派的使命感，和对振兴京剧的期待。他们热情地参加到这项工作中来，或亲自动手，为我们整理剧目；或答惑解疑，给我们工作以指导。使我们在受教于他们的同时，油然而生一种深深的敬意。

克服了上述困难，《中国京剧流派剧目集成》终于呈现在读者面前。书中，除了囊括主要流派的主要代表剧目，试图反映京剧鼎盛时期的大致面貌而外，尚有可说道者。

首先是挖掘整理出一批流派剧目，其中不乏已近失传的流派艺术精品。其中共收流派五十余家、剧目二百多出，不仅是从装扮到曲谱俱全，而且半数以上不曾整理出版过，可算是京剧剧目建设的一个不小的工程。下列剧目可为佐证。如王（瑶卿）派名剧《南天门》（今能见到的只剩下王和老谭合拍的剧照）、余（叔岩）派名剧《太平桥》（据说是老谭给余说的开蒙戏）、马派名剧《白蟒台》（写王莽被俘后向旧臣一一乞命事，老生扮演反面人物堪称奇特）、麒派名剧《斩经堂》（其中吴汉的悲剧性格曾引起过热烈争论）、荀派名剧《鱼藻宫》（写吕后残害戚姬事，乃荀派悲剧剧目之一），以及汪（笑侬）派名剧《哭祖庙》、龚（云甫）派名剧《徐母骂曹》、徐（碧云）派名剧《绿珠坠楼》、裘（盛戎）派名剧《打銮驾》等，都是难得一见的流派剧目之珍品。而以"关外唐"名世的唐（韵笙）派名剧经其家人和传人的努力竟整理出其代表作《驱车战将》、《闹朝击犬》、《好鹤失政》、《绝龙岭》、《未央宫斩韩信》、《刀劈三关》等七出之多，堪称流派剧目建设的新收获。除此之外，《中国京剧流派剧目集成》还特别着力于武戏的挖掘整理。较之文戏，武戏更难整理，需要将演员在台上的动作招式一一准确地反映出来，没有深入的钻研领会、亲身体验，很难下笔。众所周知，杨小楼作为一代武生宗师，其"武戏文唱"乃武生的不二法门，也是令人神往的一种表演境界，在武戏剧目整理中理应得到体现。资深票友朱家溍先生得其真传，整理了杨派名剧《麒麟阁》，并详细记述了前后六次观剧的心得，惜乎不及将其用工尺谱记下的昆曲吹腔翻为简谱便溘然而逝了。另一出杨派名剧《镇潭州》则是根据京剧耆儒刘曾复先生的讲授整理出来的，其中杨再兴上场的"蝴蝶霸"、和岳飞对打的"枪架子"，皆独得杨派之秘，给人以再闻《广陵散》般的惊喜。此外，高盛麟的《长坂坡》、《走麦城》，王金璐的《落马湖》、《蚆蜡庙》也都走的杨派的路子，有的就是直接跟杨宗师学的。南派大武生盖叫天武功盖世，他的剧目身后却乏人整理，多亏移居上海的原中国戏校武功教师赵雅枫先生以耄耋之年勉力整出《一箭仇》，也算保存了盖派一脉。还值得一提的是收获了一批武丑戏。叶盛章当年是以武丑戏挂头牌演大轴的第一人，勇于创新，能戏甚伙，现将其创作的名剧《酒丐》、《祥梅寺》、《打瓜园》、《徐良出世》、《三盗九龙杯》、《铜网阵》等七出代表作一并推出，既再现了叶氏当年神勇，也为乏人承继的武丑行当提供一些演习之本。尤为可喜的是我们也挖掘整理出富连成科班总教习、文丑"萧派"创始人萧长华老先生的《选元戎》、《荡湖船》、《变羊记》等已近绝迹舞台的拿手剧目。凡此，整理者挖掘流派剧目的辛勤劳作成果，均为我们编纂"集成"增添了光彩。

为了方便读者翻检使用，本书采取四五出戏合编一册的形式，这样全书约有五十册之多，并拟分三批推出。第一批为老生行的余派，以及号称"南麒、北马、关外唐"的三派，和武丑行的叶（盛章）派，计五家八册。第二批则以旦行"梅、尚、程、荀"为代表，包括老旦、刀马旦等流派。第三批是老生、小生、武生、净、丑等其他流派。

预期一两年内出齐。倘若其中有重要疏漏，又得人整理，亦可考虑编辑出版“集外集”，以满足读者的需求，也使这部“集成”更为名副其实。

当然，《中国京剧流派剧目集成》的编纂，其目的只在提供流派剧目作为研究家和后学者的参考借鉴。而流派、流派，意重在“流”。所谓流，指流行和流变。流派艺术正是在流行、流变中最终形成的，即或在最终形成之后，也还是靠流行、流变而发展的，倘若泥古不化，抱残守缺，就会失掉其鲜活的生命力，艺苑奇葩也会枯萎，这已为京剧发展史所证明。不过，流派艺术发展也需要有个前提，那就是首先要掌握渗透在表演程式唱念做打、手眼身发步中的艺术个性，而流派剧目就是其艺术个性展现的载体。继承流派艺术，不能只满足于模拟外在的“体”，更要在剧目演练中去体味其艺术个性的“魂”，这样才能促使京剧流派艺术从剧目建设到表演个性都得到发扬光大。此乃传承流派剧目的题内之义，自毋庸赘言。

目录

裘盛戎

王泉奎

李长春　白荫棠　整理

姚期

裘盛戎演出本

京剧的铜锤花脸，向以实大声洪、气势磅礴取胜，自穆凤山、何桂山、刘永春、郎德山、金秀山始，至金少山达到了巅峰。人们称铜锤花脸为“大花脸”。一个“大”字，形象地概括了铜锤花脸的本真形态。改造、改进“大花脸”，使其在保持原有特征的同时，更兼有抒情、细腻的风格，更注重勾勒人物的内心世界，则自裘盛戎始，其代表作首推《姚期》。

《姚期》演东汉大臣姚期之子姚刚打死国丈郭荣，光武帝刘秀欲斩姚期一家的故事。时，边关告急，马武回朝搬兵。刘秀在马武逼迫下，赦免姚期，准其戴罪立功。剧中的刘秀、郭妃（后）、姚期、马武、杜茂、岑彭等在《后汉书》有传，但戏剧故事却属虚构，意在揭示封建社会的残忍和忠良无辜遭陷，有着极强的艺术感染力。

《姚期》是1947年裘盛戎独力挑班，在北京组织“戎社”，首演于北京三庆园时创用的剧名。初始演出，排场、角色等大体上相当于传统的《头、二本草桥关》，即囊括刘秀庆寿、草桥调姚、姚期见驾、姚刚闯祸、姚期斥子、金殿请罪、牛邈发兵、马武求援、戴罪出征等大关节目。当然，在唱念表演上裘盛戎做了相当幅度的调整、改进。从整体阵容上看，将原为小生扮演的刘秀改为老生扮演，是这一时期的重大改动。

20世纪50年代，裘盛戎的艺术造诣达到高峰，《姚期》也随之更加丰富，主要是增强了人员配置，扩张了角色表演。最突出的是将剧中牛邈一角升格。依传统，牛邈只由一般花脸扮演，除交代情节外，无更多的戏。改动后的《姚期》由著名武生杨盛春扮牛邈，人员的升格，必然带来表演的丰富，剧中增加了牛邈与马、杜、岑的大型武打场面。

经过一段实践，人们认为扩大后的《姚期》虽然文武带打、排场热闹，但主题淡化，结构繁杂。于是，剪除枝蔓，紧扣主题，矛盾集中，一气呵成。可以毫不夸张地说，现今定本《姚期》，场次、人物的干净、洗练，在传统戏中是一流的。

从表演上看，《姚期》全面地展现了裘派艺术运用唱念做舞多种手段，精心刻画人物心理活动的特定风格。镇守边关时威严凝重的〔虎头引子〕；下关回府时气势雄伟的“马杜岑奉王命把草桥来镇”；与夫人议政时念得令人颤栗的“一朝龙颜怒，四体不周全”；朝见君王时委婉曲折的“老臣年迈如霜降，娘娘待老臣恩如山”；突闻噩耗时的吸冷气、扔马鞭、晃身子、勒马缰的优美身段；怒斥姚刚时如黄河决口的“小奴才做事真胆大”……一个紧接一个的亮点，把全剧铺陈得起伏跌宕，扣人心弦。随着剧情的展开，律动着老臣姚期的喜怒哀愤，使观众感悟着封建官场的残酷无情。

与许多铜锤花脸戏包括裘派剧目相比，《姚期》没有太长的成套唱腔，没有太多的繁复身段，甚至剧幅也只在一个半小时上下，但《姚期》却以成功描摹人物被推为裘派名剧之首。人们虽不能说没有《姚期》就没有裘派，却完全可以说裘派不能没有《姚期》。究其内里，在于《姚期》是一出演员要苦心体会，要全身心地投入，凭“心里劲儿”才能演好的剧目。

裘盛戎之后，《姚期》仍在流传。裘门弟子演出《姚期》且颇有建树的不在少数，最出色的还是如裘盛戎自己所说：“弟子中学得最好的，是一头一尾”。“一头”指裘门早期“四大弟子”（钳韵宏、夏韵龙、方荣翊、王正屏）之一的方荣翔，“一尾”则是20世纪60年代初拜在裘门的李长春。

赵晓东

人物行当

姚 期	净	车 夫	生
马 武	净	二家院	生、末
刘 秀	生	二丫环	旦
姚 刚	净	二旗牌	老生
郭 妃	旦	二大太监	丑
郭 荣	净	四小太监	丑
姚夫人	老旦	四蓝兵（或四白文堂）	丑
岑 彭	生	四大铠	杂
杜 茂	生	四紫兵（或四红文堂）	杂
姚 能	小生	四宫女	杂
中 军	净	四刀斧手	杂
丑院子	丑	四校尉	杂

服装扮相

姚 期 白十字门老脸。文阳（“十场”换紫高方巾）、白鬓发、白满，黑蟒（“五场”换白蟒、“九场”换紫蟒、“十场”换紫褶子）、三尖、玉带，黄衬褶，紫彩裤，黑厚底靴。

马 武 蓝碎脸。侯帽（“十场”换红扎巾）、红扎、耳毛子，红蟒（“十场”扎红硬靠）、三尖、玉带，红衬褶，红彩裤，黑厚底靴。

刘 秀 俊扮。王帽（“五场”戴九龙冠）、黑三，黄蟒（“五场”换黄帔到底）、玉带，红衬褶，红彩裤，黑厚底靴。

姚 刚 黑十字门破脸。珠子头、面牌、牵巾，黑绣花褶子（“七场”穿黑花箭衣、三尖、系鸾带），黑彩裤，黑厚底靴。

郭 妃 俊扮。梳大头、线尾子、凤冠，宫装（“十一”场穿黄帔）、裙子，彩裤，彩鞋。

郭 荣 白粉脸。黑相纱、黪鬓发、黪满，红蟒（“六场”穿蓝或紫蟒）、玉带，红衬褶，黑彩裤，黑厚底靴。

姚夫人 俊扮。白老旦网子、白鬓发、香色绸条、扣碗，香色蟒（“十场”穿紫褶子）、小绦子、绿裙子，香彩裤，大袜、福字履。

岑 彭 俊扮。侯帽、黑三，红蟒（“二场”穿白蟒）、三尖、玉带，红衬褶，红彩裤，黑厚底靴。

杜 茂 俊扮。侯帽、黪三，红蟒（“二场”穿绿蟒）、三尖、玉带，红衬褶，红彩裤，黑厚底靴。

姚 能 俊扮。武生巾（“十场”戴甩发），皎月花褶子（“十场”穿青褶子），粉彩裤，黑厚底靴。

中　军　元宝脸或白三块瓦脸。中军盔、黑满，红开氅，红彩裤，黑厚底靴。

丑院子　勾小花脸。青软罗帽，海青褶子、大带，黑彩裤，白大袜、方口皂鞋。

车　夫　俊扮。毡帽，蓝布箭衣、红卒坎、大带，黑彩裤，白大袜、皂鞋。

二家院　（甲）俊扮。青软罗帽（“十场”戴白发髻）、白鬓发、绸条、白满，海青褶子、大带，黑彩裤，白大袜、皂鞋或福字履。（乙）俊扮。青软罗帽（“十场”戴黪发髻）、黪鬓发、绸条、黪满，海青褶子、大带，黑彩裤，白大袜、皂鞋或福字履。

二丫环　俊扮。梳大头、线尾子、水钻头面（“十场”除去头花、留泡子），裤子袄，坎肩、腰巾子，彩鞋。

二旗牌　俊扮。大板巾、黑三，黑马褂、花箭衣、三尖、大带，红彩裤，黑厚底靴。

二大太监　勾小花脸。大太监帽，花褶子或大太监服，红彩裤，大袜、朝方靴。

四小太监　俊扮。小太监帽，小太监衣，红彩裤，黑薄底鞋。

四蓝兵　俊扮。小倒缨盔，蓝兵服、扣带板，黑薄底鞋。（白文堂：戴大板巾，穿白龙套服）

四大铠　俊扮。罐子盔，红大铠服，红彩裤、黑薄底鞋。

四紫兵　俊扮。小倒缨盔，紫兵服、扣带板，黑薄底鞋。（红文堂：戴小板巾，穿红龙套服）

四宫女　俊扮。梳大头、小过桥，云肩、褶子、裙子，粉彩裤，彩鞋。

四刀斧手　俊扮。大板巾、额子、单翎、牵巾、刀斧手服，红彩裤，黑薄底鞋。

四校尉　俊扮。大板巾、额子、牵巾，黑马褂、花箭衣、大带，红彩裤，黑薄底鞋。

道具

红大帐	一份	马鞭	六根
桌子	一张	荷包枪	四杆
椅子	四把	腰刀	两把
圣旨	一份	车旗	一副
香炉	一个	铁链	一条
文房四宝	一份	石锁	一个
托盘	两个	白绸条	六根
酒壶	两把	黄绸条	两根
酒杯	五只	钢鞭	一根
牙笏	四个	鬼头刀	四把
云帚	两把	黄色桌围椅披	一份
印盒	一个	紫色桌围椅披	一份
令箭架（上插令箭）	一个	香色桌围椅披	一份

第一场

〔堂桌、“大座”。

〔四官幕内：“嗯哼！”

〔**【一锤锣】**四官“上场门”“搭轿”上。郭荣至“九龙口”前，岑彭至郭右侧、马武至郭左侧、杜茂至岑右侧。郭荣、岑彭、杜茂三人左手抱牙笏上。马武左手提蟒、右手横握牙笏、上场时加**【撕边】**。四官在“九龙口”稍停即至中间台口成一排，**【大锣归位】**四官抖右袖。

郭　荣　我主当兴（拱手），四海宁靖。

岑　彭　江山一统，国库丰盈。

马　武　五谷丰登，民安国泰。

杜　茂　天台宇宙[①]，乐享升平。**【大锣住头】**

郭　荣　（托髯）老夫郭荣。

岑　彭　本爵岑彭。

马　武　（身体微晃）本爵马武。

杜　茂　（托髯）本爵杜茂。

〔**【大锣住头】**郭、岑二人向里迈两步，四官成“八字”形。

郭　荣　今当我主（拱手），万寿之期，少时万岁登殿我等一同庆贺。（金钟三响，四官捋髯听，同念）

四　官　金钟三响，（拱手）圣驾临朝，分班伺候。

〔奏胡琴曲牌<二黄小开门>：

1=E $\frac{2}{4}$

6 | 扎 3　5 6 | 1321　6532 | 3 5　615 |（下略）

〔四官两边下。四小太监空手、二大太监持蝇帚“上场门”上“站门”。刘秀上至“九龙口”**【小锣一击】**亮住。抖袖、整冠捋髯，至中间台口念。<小开门>渐弱。

刘　秀　（引子）龙门展放，众文武，

12　3　2　32　32　6　7　27　27　6　– ‖

扶保　孤　　　　　　　　　　　　　　王。

〔<小开门>渐强。众太监归“里八字”，刘秀入“大座”。岑、杜、郭、马四官两边上，至台口互拱手，进门面向刘秀站成一排。

四　官　臣等见驾，吾皇万岁（躬身拜）。

刘　秀　众卿平身。

---

① 天台宇宙：天台山在今浙江天台县北，是宗教胜地。相传汉刘晨、阮肇入此山采药遇仙，后以天台为仙境。他如《锁五龙》中罗成唱词有“愿你灵魂上天台”句，即以“天台”为“仙界”。

四　官　万万岁。（起身归“两边”，双手捧牙笏面向刘秀。<小开门>停）

刘　秀　（诗）宝剑冲开紫麒麟，
　　白水起义到如今；
　　黄道吉日登九五，
　　君臣同享太平春。（双掌分开）

〔**【小锣住头】**四官左手抱牙笏，面朝外站。

刘　秀　孤，（托髯）刘秀。（扎）昔日奔走南阳，多蒙众皇兄①，灭却莽贼，扶保孤王，重兴汉业。自登基以来，风调雨顺，国泰民安。今当设列早朝，众卿（单手捋髯，目扫众臣）。

四　官　（双手捧牙笏，转面向刘）臣。

刘　秀　有本早奏。

四　官　今当我主万寿千秋，待臣等拜寿。

刘　秀　生受你们。内侍——

大太监　（转面向刘躬身）有。

刘　秀　赐宴。

大太监　领旨。

〔群乐奏<傍妆台>：

1＝E　$\frac{2}{4}$

龙冬冬冬　3 2 5 | 6 5 1̇　6 1̇ 5 6 | 3·　5　3 2 1 | 2　32　1　6̣ |（下略）

〔四官至台口成一排，抖袖、整冠、理髯，“合扇”转身向刘跪拜。二大太监到“大座”椅后各拿一托盘（各有两酒杯），四官横托牙笏过顶接太监递过的酒杯，起身面向外，右手持杯洒酒敬天地，回身将杯交太监送回原处，四官躬身谢恩后归“两边”原位。曲牌止，刘秀持杯欲饮。

刘　秀　咳！（叹气，**【小锣一击】**将杯放桌上）

四　官　（双手捧牙笏，面向刘同念）我主龙心不悦，臣等不解其情，请我主降发龙言。

刘　秀　众位皇兄俱在朝中与孤祝寿，惟有姚皇兄镇守草桥，受那风霜之苦，叫寡人（托髯）心中不忍（摇头）。

郭　荣　臣启万岁：既是万岁思念功臣，何不命马、杜、岑三位王爷去至草桥，调姚家父子，回京陪王伴驾。

马　武　（上前一步）臣启万岁：（岑、杜抱牙笏转面向外）想那草桥关乃七十二路都统口，若将姚家父子调进京来，牛邈兴兵、干戈一动、争战无休矣！

刘　秀　众卿不必多奏，就命三位皇兄（边说边写圣旨），去至草桥，调回姚家父子，回京陪王伴驾，草桥印信付与马、杜、岑三人执掌。（马、杜、岑面向里站一横排）领旨下殿。

〔“小边”的大太监接圣旨递岑彭。

四　官　请驾回宫。

刘　秀　退班。

---

① 皇兄：皇帝对老臣的昵称。一称“王兄”。剧中掺杂使用，演出以分别为好，即皇帝（含皇妃）称姚期等为“皇兄”，姚、马、杜、岑间互称“王兄”。

〔【一锤锣】刘秀"下场门"下，二大太监、四小太监"两边"下，闭二幕。岑彭捧圣旨"上场门"下，杜茂随下。郭荣下殿站"大边"台口，马武左手提蟒站"小边"台口与郭怒目对峙，郭荣一丝奸笑"下场门"下，马武"上场门"愤愤而下。

第二场

〔大帐、堂桌、"大座"。

〔奏唢呐曲牌＜水龙吟＞：

1＝E

サ6 － i － 5 － | 2/4 6 56 i 7 | 65i 6 5 |

3. 2 3 5 | 6. 5 4 5 | 6. 5 656 | （下略）

〔四蓝兵空手、四大铠拿"荷包枪"、二旗牌挎腰刀"上场门"上，"大站门"，旗牌到位时曲牌结束；**【四击头】**姚期[1]左手提蟒襟，迈着沉稳、苍劲的脚步在**【回头】**里走至"九龙口"右手捋髯、威严的亮相，转**【一锤锣】**在小锣里迈一步、大锣里迈一步，小锣第二锣放蟒襟，大锣里抖右袖，大锣里抖左袖、双手整冠、捋髯目扫众兵，小锣里双手放髯、右手提蟒襟、大锣里迈右步、小锣里左脚亮靴底停住，身子微微一衬顺势随大锣左脚落地走至中间台口，**【大锣归位】**抖右袖、双手端玉带亮住。

姚　期　（引子）终朝边塞**【小锣二击】**

323 32 32 32 3 －**【大锣帽子头】**12 32 32 1 1 －

镇 胡 奴，　　扫 尽 蛮（呐）

（左手捋髯，右手指外）

2 1 －（大 大）6 32 32 1 7 676 5 － 65 6 － ‖

夷　定 山　河。

（拱手）　（分开双掌）

〔**【冲头】**奏唢呐曲牌＜水龙吟·合头＞：

1＝E 1/4

冬 | 冬 i | 6 5 | 3 | 2 3 | 5 3 | 5 6 | 1 3 | 2 1 | 6 5 | i 6 |（下略）

〔姚期抖右袖、抖左袖、双手背顺髯、环视众军士，众"喊堂"，姚期右手提蟒襟，转身入"大座"。曲终。

① 姚期：《后汉书·铫期传》作"铫期"，颍川郏（今河南禹县一带）人。光武帝大将，东汉开国前后，屡立军功，封安成侯，食邑五千户。其后代均受此荫封。剧本惯作"姚期"。

姚 期 （诗）塞北干戈起战争，

南征北剿拜元勋，【小锣二击】

将令一出山岳动，

镇守边关（嘟…… 八大． 顷 仓 ）扫烟尘！

（右手指外，【大锣归位】众兵士归“里八字”。姚期右手扶桌左手托髯）老夫，伴驾王姚。【大锣住头】汉室为臣。奉命镇守草桥（左手抓右袖口、伸右掌）一带等处，可笑王朗贼，约齐各处蛮夷，前来攻打草桥；被我父子几合勇战，杀得那厮（左手扶桌，轻蔑地立右掌摇摆）望风而逃。正是：【大锣住头】旌旗闪闪遮日月，辕门鼓角震天庭。

〔中军内白：“嗯哼！”【小锣五击】“上场门”上至“小边”台口。

中 军 龙虎台前出入，貔貅[1]帐内传宣。【大锣住头】（进门、面向姚期、跪台中）启王爷：圣旨下。

姚 期 【撕边一击】（稍感意外，眉头微皱）何人押旨？

中 军 马、杜、岑三位王爷押旨。

姚 期 （起身拱手）香案接旨。

中 军 （起身、面向外拱手）香案接旨。

〔奏唢呐曲牌＜小傍妆台＞：

1＝E $\frac{1}{4}$

冬 | 冬 6 | 5 3 | 5 6 | 5 3 | 5 i | 6 5 | 3 | 3. 2 | 1 | （下略）

〔四紫兵“上场门”上站“一条边”、岑彭托圣旨与马武、杜茂在“小边”同转身下马，四紫兵接马鞭“上场门”下。姚期从桌上拿牙笏，出门迎至“大边”台口，中军站姚身后。众人“挖门”进帐，岑彭站台中、马武至“大边”、杜茂至“小边”、姚期面向岑双手持牙笏站中间台口。曲终。

岑 彭 圣旨下。

姚 期 万岁。（右手握牙笏、左手提蟒、迈左步、缓缓向前挪左脚、曲右腿撤蟒，【撕边一击】跪）

岑 彭 跪听宣读。诏曰：“朕承天运，汉室一统，皆赖众皇兄匡扶社稷，姚皇兄镇守草桥，受尽风霜，孤王思念功臣，命马、杜、岑三人前来，调卿即日回朝陪王伴驾。草桥印信付与马、杜、岑三人执掌。”旨意读罢，望诏谢恩。

姚 期 万万岁！

〔奏唢呐曲牌＜节节高＞：

1＝E $\frac{1}{4}$

冬 | 冬 | 2̇ i̇ | i̇ 2̇ | i̇ | i̇ | 2̇ i̇ | 6 5 | 6 | 6 | （下略）

〔姚期起身接圣旨、左回身将圣旨交中军送至堂桌。中军回“大边”原位，岑彭至“小边”，右侧是杜茂、左侧是马武。姚期站“大边”与马、杜、岑三人成“八字”形。曲终。

姚 期 三位皇兄捧旨前来，姚期未曾远迎，当面恕罪。（向马、杜、岑抱拳躬身深表歉意）

---

① 貔貅：传说中像虎的猛兽，雄者曰貔，雌者曰貅。《史记·五帝本纪》载：“（轩辕）教熊罴貔貅驱虎，以与炎帝战于阪泉之野。”后人常用以喻指勇猛的军队。

马　武
杜　茂　（同拱手）岂敢。姚皇兄镇守草桥，蛮夷丧胆，（拱手）我等皆服。
岑　彭

姚　期　岂敢。一来（拱手）天子洪福，二来（左手抓右袖，伸右拇指）三位皇兄的虎威，姚期（右掌指自己）何功（摆手）之有。

马　武
杜　茂　（同拱手）圣旨到来，就请抬符。
岑　彭

姚　期　中军！（右手提蟒襟，侧视中军）

中　军　有。**【大锣一击】**

姚　期　看印。（左手指中军）

〔奏唢呐曲牌<小傍妆台>：

1=E　$\frac{1}{4}$　稍慢

冬 | 冬 | 3 2 | 1 | 1 3 | 2 1 | 3 |

2 3 | 1 2 | 3 5 | 3 2 | 1 2 | 1 | （下略）

〔中军至堂桌取印交姚期后站“小边”桌旁，姚期左手托印立桌前。马、杜、岑三人至台口一排，整冠理髯、面向姚单腿跪、拜印。三人向里上三步，姚期与岑彭“推磨”（都沿右侧转），岑接印立桌前与马、杜成桌前一排。姚转至中间台口抖右袖，左手抓右袖、右回身用水袖挡脸、跪右腿拜印，抖右袖归“大边”原位。岑彭将印交中军放回桌上。马、杜、岑三人回“小边”原位与姚成“八字”形站定。曲终。

姚　期　三位皇兄（拱手）执掌草桥，可喜可贺。（躬身祝贺）

马　武
杜　茂　大家同喜。但不知姚皇兄几时启程？
岑　彭

姚　期　我（略思）我明日启程。

马　武
杜　茂　明日长亭备酒与姚皇兄饯行。
岑　彭

姚　期　这就不敢。告辞了。

马　武　带马！

〔奏唢呐曲牌<小傍妆台>：

1=E　$\frac{1}{4}$　稍快

冬 | 冬 6 | 5 3 | 5 6 | 5 3 | 5 $\dot{1}$ | 6 5 | 3 2 | 1 |（下略）

〔“小边”的旗牌“上场门”牵马至中间台口。姚期向里躬身与三官道别、出门，马武向前欲给姚牵马被姚拱手挡回，马武站杜茂右侧，姚回身向外。曲牌止。姚期右手扶鞍试试稳当否（**八大大仓**），拿马鞭，旗牌扔缰绳，二旗牌“插门”“下场门”下。**【四击头】**姚将马鞭横在腰间、左手勒马、抬左腿纫镫、打开左水袖上腕、同时落左脚蹉步、上右步左转身、髯口上左臂、左“丁字步”，向马、杜、岑拱手亮相，【回头】右转身360°髯口自然飘起、抽出左手抖袖、边收左袖边退步，【大锣原场】左转身向“下场门”里举鞭勒马亮相，“下场门”下。四兵、四大铠由“里八字”归“正场”。马武站“大边”台口、岑彭站台中、杜茂站“小边”台口。

马 武
杜 茂 准备酒宴长亭饯行。掩门。
岑 彭

⺁四兵、四大铠扯成“斜胡同”【一锤锣】岑彭“下场门”下，马武、杜茂一排随岑下，中军、众兵依次“窝下”。

第 三 场

⺁堂桌，“小座”、“大边”跨椅。“上、下场门”各备一椅。

⺁【撤锣】【小锣夺头】二家院、二丫环“上场门”上“斜八字”。姚刚、姚能至“九龙口”外亮相后分站两边。

〔二黄原板〕

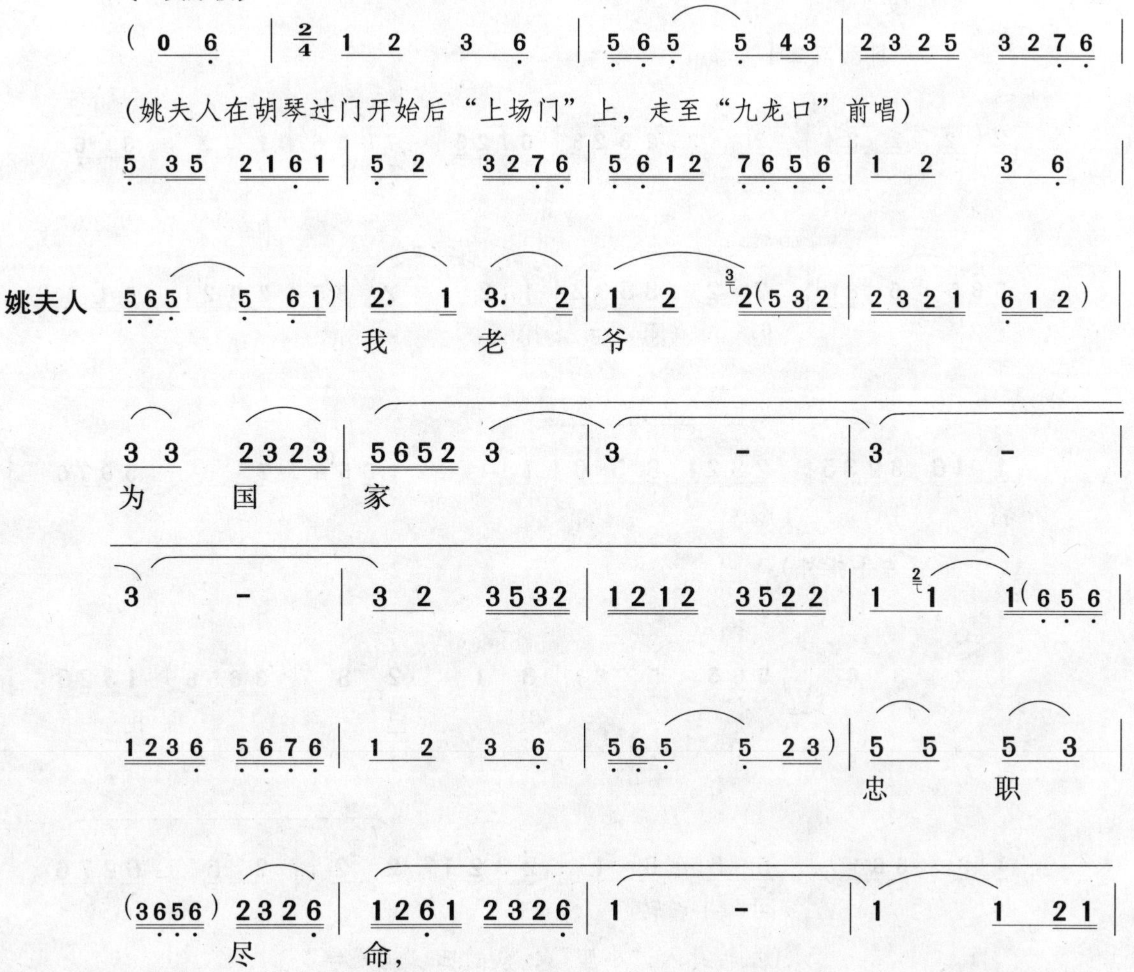

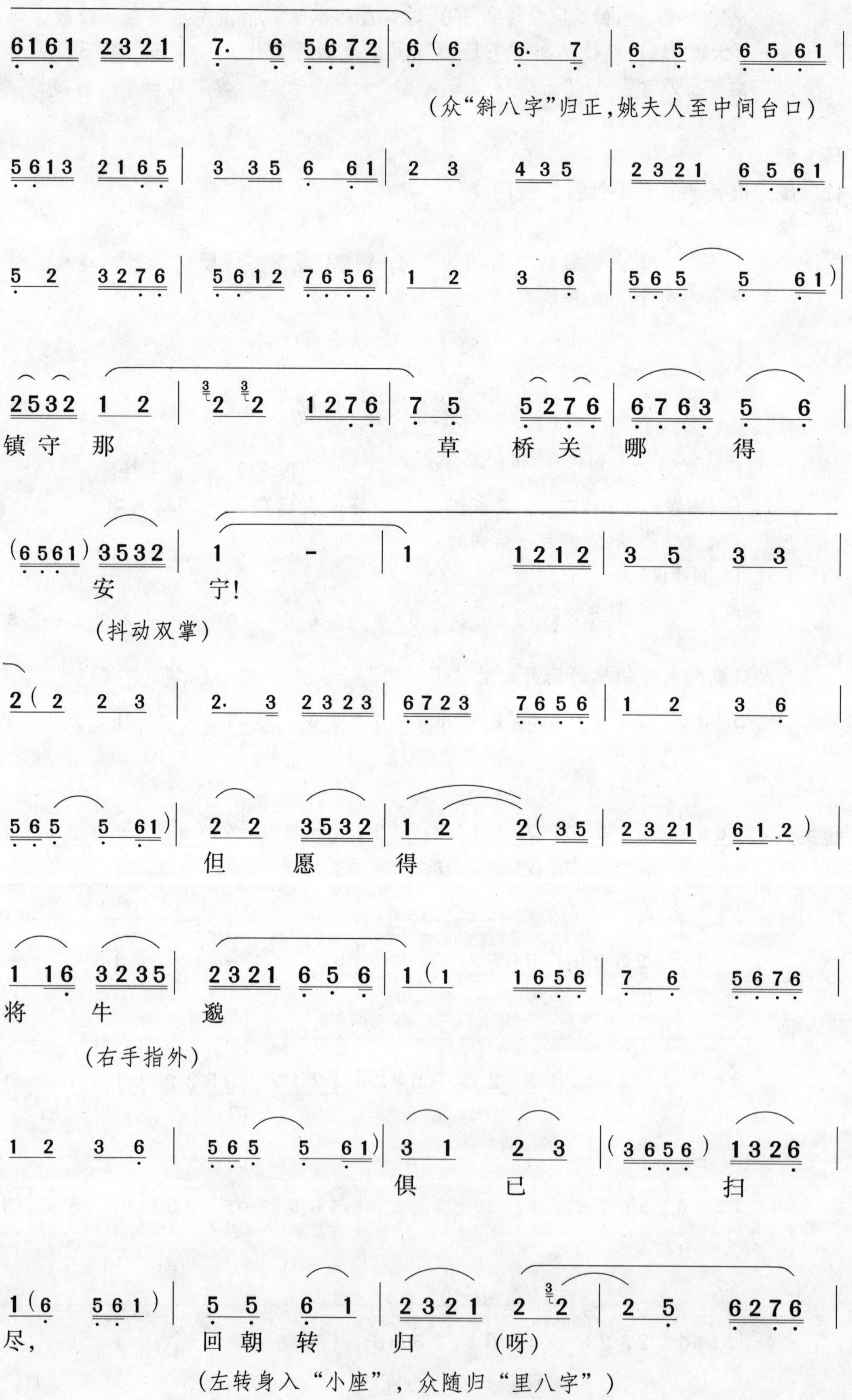
（众"斜八字"归正，姚夫人至中间台口）
镇守那草桥关哪得
安宁！
（抖动双掌）
但愿得
将牛邈
（右手指外）
俱已扫
尽，回朝转归（呀）
（左转身入"小座"，众随归"里八字"）

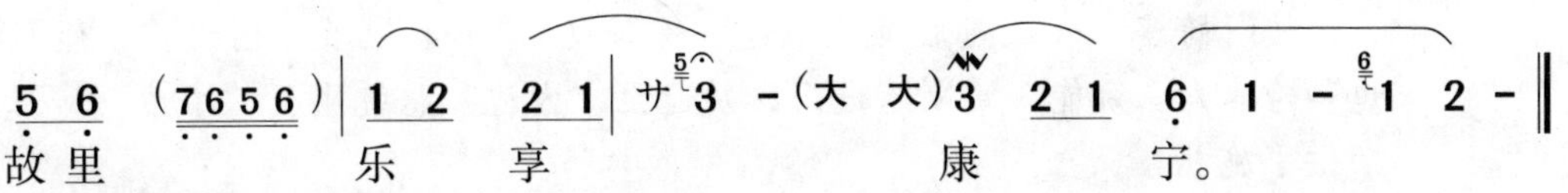

「姚期内白：“回府！”

「二旗牌内应：“啊。”

「**【散长锤】**二旗牌“上场门”上站“一条边”。姚期至“九龙口”前举马鞭亮正身勒马相，变侧身勒马相。走至“小边”台口落鞭至腰间、左手勒马想起接旨进京一事，随末一击锣声心事重重的将左袖垂下。

〔二黄散板〕

姚 期

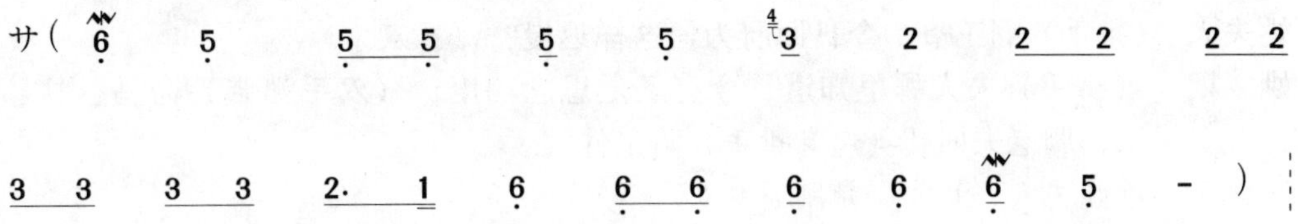

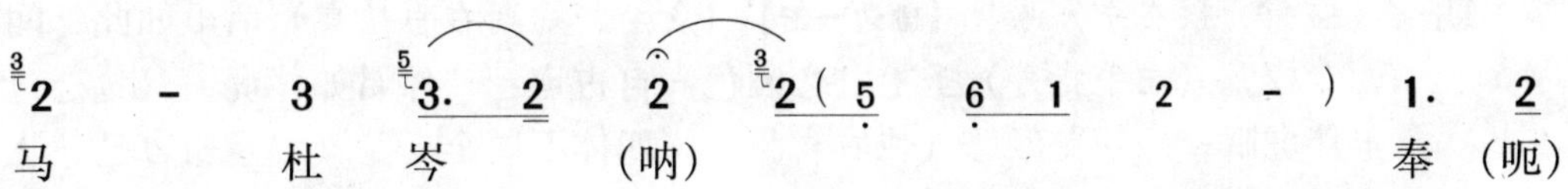

(拱手)

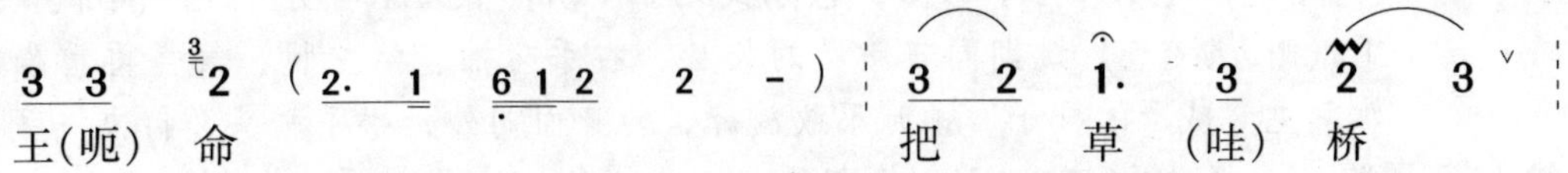

(右手随身从左移至右)

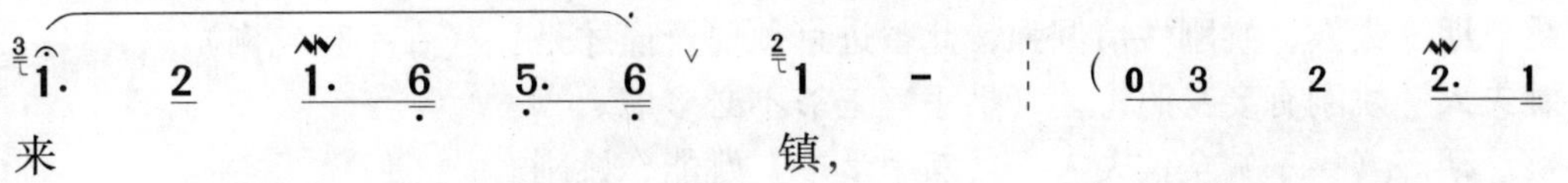

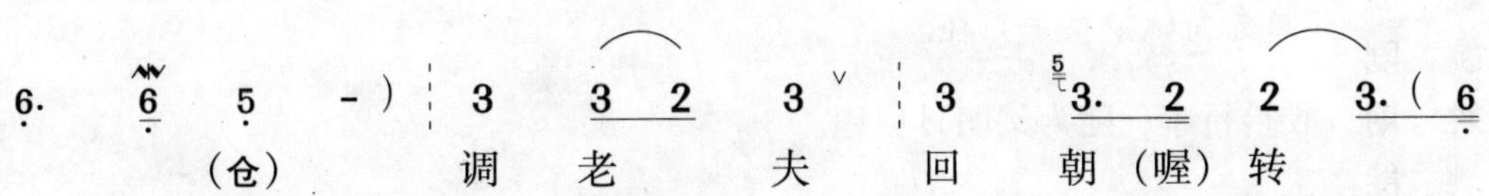

(左手托髯、面向“大边”台口放髯)

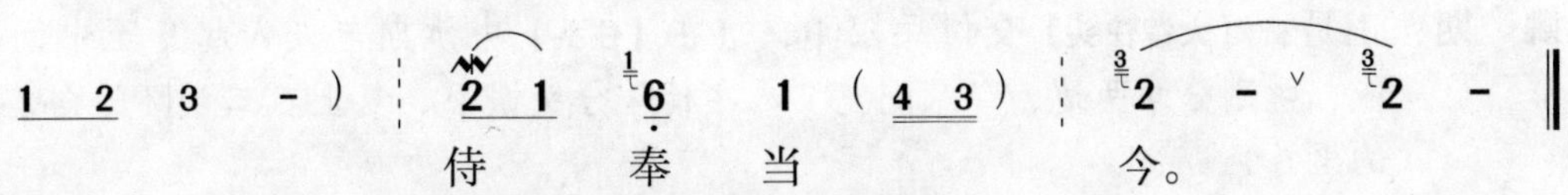

(身子转向“小边”台口外拱手)

「**【回头】**将横在胸前的马鞭打开后收至腰间，左拧身勒马看。姚夫人等在胡琴过门中起身、出门迎至“大边”台口，姚能、姚刚站夫人身后。

姚夫人 (拱手) 王爷。**【一锤锣】**

「姚期心情不悦、叹了口气，右转身下马，抬右手示意，旗牌接马“上场门”下。姚夫人不解其情抬右手打“背供”。姚期上步至台中与夫人互让、进门，姚期至

“大边”跨座。夫人随后至“小边”跨座（ “小边”丫环已将“小座”改成“小边”跨座）。姚能、姚刚随进门，姚能至“大边”、姚刚至“小边”，二人面向姚期拱手施礼。

姚　能
姚　刚　参见爹爹。

姚　期　一旁坐下。

「二家院分别从“上、下场门”各搬一椅摆“外八字”。

姚　能
姚　刚　告坐。**【大锣住头】**（二人坐）

姚夫人　（拱手）啊王爷，今日回府为何这样迟慢？（摊双掌）

姚　期　（拱手）夫人哪里知道，今有圣上思念功臣，（双手端带）命马、杜、岑三人前来，调老夫回朝（起身拱手）陪王伴驾。

「姚夫人、姚能、姚刚同站起。

姚夫人　（拱手）真乃有道明君。

姚　期　（摇头、摆右手）唉！**【撕边一击】**（众坐、姚期右手扶桌）话虽如此，闻得郭荣在朝专权，（左手指外）圣上贪恋酒色。自古道：“伴君如伴虎，（边念边摇头）如羊伴虎眠；一朝龙颜怒（伸右食指），四体不周全。”（右掌指自己、上抬摇手、手复扶桌子）

姚　刚　（急站起）**【大锣叫头】**爹爹，想你我父子在朝有十大汗马功劳，何惧那郭荣老贼！

「（**撕边崩登仓**）姚期闻言激动的长身、右手叼袖、抬左腿、气得重重坐在椅上。姚刚见父威严的样子，顿时不敢放肆，转身面向外，拱手垂头、侍立一旁。

姚　期　嗯……**【撕边大锣一击】**（余怒未息）小小年纪出此大话！坐下！**【冷锤】**（叼在手中之袖扔向姚刚。姚刚不解、摊双掌、愤愤地坐在椅上）**【大锣住头】**

姚　期　夫人，姚刚性情倔强，此番进京须要严谨才是！（右手指姚刚）

姚夫人　姚刚有妾身照管，（拱手）王爷不必多虑。

姚　期　（拱手）全仗夫人。（双手端带）姚能、姚刚。

姚　能
姚　刚　（起身向姚期拱手）在。

姚　期　收拾行李，随为父明日启程。

姚　能
姚　刚　遵命。

姚　期　正是：**【大锣住头】**交付兵权印，（在**【住头】**中姚期与夫人起身至中间台口，姚能、姚刚分站两边，二家院把“八字椅”分头搬下、复上。二丫环随向前，站院子的里首）

姚夫人
姚　能
姚　刚　（同拱手念）回朝奉当今。

「**【大锣原场】**姚能搀姚夫人“下场门”下，丫环、家院随下。姚期左转身面向“下场门”抬左腿、左手提蟒欲走，右转身回顾姚刚，见他满不在乎的走来，右手指出。**【撕边】**姚刚与父亲碰面急止步、拱手、退步、拧面向外。姚期颇有感慨的望着姚刚，怨恨他血气方刚涉世太浅不懂事，但愿他少惹事非、全家平安，思至此摊双手、退左步，在（**才**）里叨右袖、左转身抬左腿、左手提蟒襟、背右手若有所虑地走下。姚刚见父去远，右手抓袖、左手提褶子襟、洋洋自得地走下。

第 四 场

〔空场。

〔**【冲头】**奏唢呐曲牌<出队子>（“三公之位”）转<小傍妆台>，众人在曲牌开始后陆续上场，如下：

四蓝兵空手“上场门”上，半个圆场至“下场门”成“斜一字”。中军随兵尾上、转至兵首。马、杜、岑依次转至蓝兵前下马，兵接马鞭。同时车夫推姚夫人、二丫环随车左右“过场”“下场门”下，二家院随下。姚能、姚刚至“大边”台口下马，姚刚站外首、姚能站里首。二旗牌至“下场门”站姚能里首。姚期在**【撕边一击】**里“上场门”上，与马、杜、岑等互拱手，众人大“推磨”。姚期至“大边”下马，旗牌接马鞭。中军、四蓝兵“小边”成“斜一字”，马、杜、岑至“小边”与姚期成“八字”形。众人站定，曲牌止。

姚　期　姚期有何德能，（拱手）敢劳三位皇兄长亭饯行（躬身）。

马　武
杜　茂　你我非一日之交，何出此言。
岑　彭

姚　期　（转向“大边”的两个儿子）姚能、姚刚。

姚　能
姚　刚　（向姚期拱手）在。

姚　期　（伸右掌示意）见过三位叔父。

姚　能
姚　刚　是。参见三位叔父。（行躬身礼）

马　武
杜　茂　（伸手示意）罢了。（向姚期）敢是二位少公爷？
岑　彭

姚　期　（左手指姚能、姚刚）两个蠢子。

马　武
杜　茂　（竖拇指）后来定是王位。
岑　彭

姚　期　（摆右手，拱手、躬身感谢）唉呀呀夸奖了。

马　武　（面向外）来呀！

中　军　有。**【大锣一击】**

马　武　看酒来，待咱马武把敬（拱手）姚皇兄一大杯。（右手撕扎、伸左手食指亮住）

〔姚期出右水袖，左手抓住，在（**撕边崩登仓**）里亮住。目视众人。

姚　期　叨扰了！

「中军从“上场门”里取托盘（内有一酒杯），在【紧锤】里递给马武。马双手敬姚期。姚期拱手、上步、双手接杯、左转身面向外、举杯，洒酒敬天地。旗牌接过姚期手中杯，“下场门”送下复上。姚期向马武拱手后右手抓马左腕、二人同上步、姚放开马左手。

〔西皮快板〕

姚　期

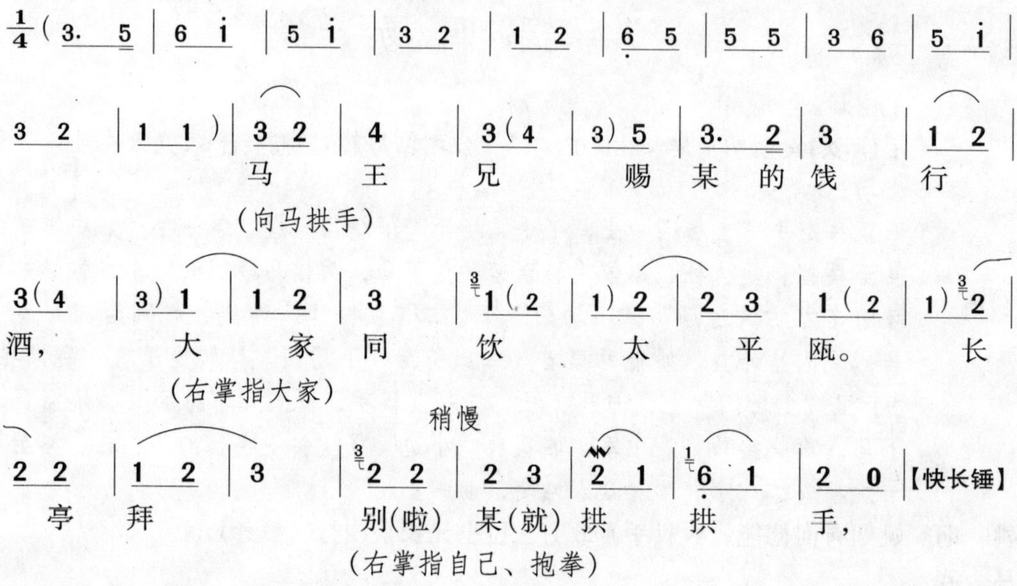

马　武　（右手指外）带马！

「姚能、姚刚原地上马，“下场门”下。一旗牌拿马鞭至“大边”台口。马武上前给姚期牵马，姚张开双臂拦挡。马回原位。姚期向马、杜、岑拱手致谢，三人拱手回礼。姚期右手扶马鞍、接马鞭上马。走至“下场门”停住，【凤点头】右转身向前上两步，马鞭横至腰间。

〔西皮摇板〕

姚　期

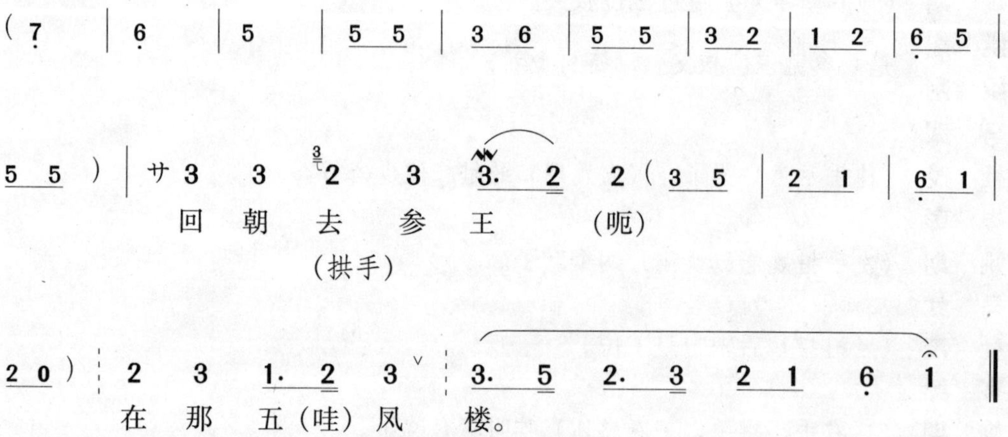

「（**崩登仓**）姚期加鞭，双手抱拳与马、杜、岑道别。【**冲头**】姚加鞭左转身、左手抓蟒“下场门”下。马、杜、岑拱手送姚下。里首二兵到“大边”，马武至“大边”台口、岑彭至中间台口、杜茂至“小边”台口。

马　武
杜　茂　带马回关。
岑　彭

〔【水底鱼】四兵“合龙口”递马鞭，马、杜、岑接鞭上马。紧接【回头】四兵“倒插门”“上场门”下，中军随下。马、杜、岑上马后顺势右转身，面向“上场门”亮住。【一锤锣】岑彭“上场门”下，马武、杜茂并排随下。

第五场

〔【撤锣】堂桌、“小座”、“小边”跨椅。【小锣打上】四宫女“上场门”上“站门”，大太监乙拿蝇帚至“大边”。刘秀至“九龙口”亮相。郭妃随后。二人至中间台口，刘秀抖袖。

刘　秀　每日宫中多欢乐，（坐“外场椅”，四宫女归站“里八字”形、大太监乙站刘左侧）
郭　妃　文臣武将（拱手）扶圣君。【小锣一击】（向刘秀躬身施礼）妾妃见驾、吾皇万岁。
刘　秀　梓童平身。
郭　妃　万万岁。
刘　秀　赐座。（“小边”的宫女搬跨椅）
郭　妃　谢座。【小锣住头】（坐“小边”座）
刘　秀　啊梓童。
郭　妃　万岁。
刘　秀　今日姚皇兄还期，孤在太和殿赐宴，伴驾前往。
郭　妃　妾妃陪驾。
刘　秀　内侍！
大太监乙　（面向刘秀躬身）有。
刘　秀　摆驾。（指向前方）
大太监乙　（蝇帚指外）摆驾呀！

〔二黄原板〕

（扎 多 衣 6 | $\frac{2}{4}$ 1 2 3 6 | 565 0 43 | 235 3276 |
（刘秀、郭妃等上前。闭二幕:“小座”改“大座”、“小边椅”改桌旁“跨椅”，桌

5 35 2161 | 5 2 3276 | 5612 7656 | 1 2 3 6 |
上放酒具）

刘　秀　565 5 61）| 3 23 4632 | 1 2 （2 3 | 2 5 612）|
想 当 年

6 3 2 6 | 1 61 2 3 | 1· （6 | 7 6 5676 |
走 南 阳

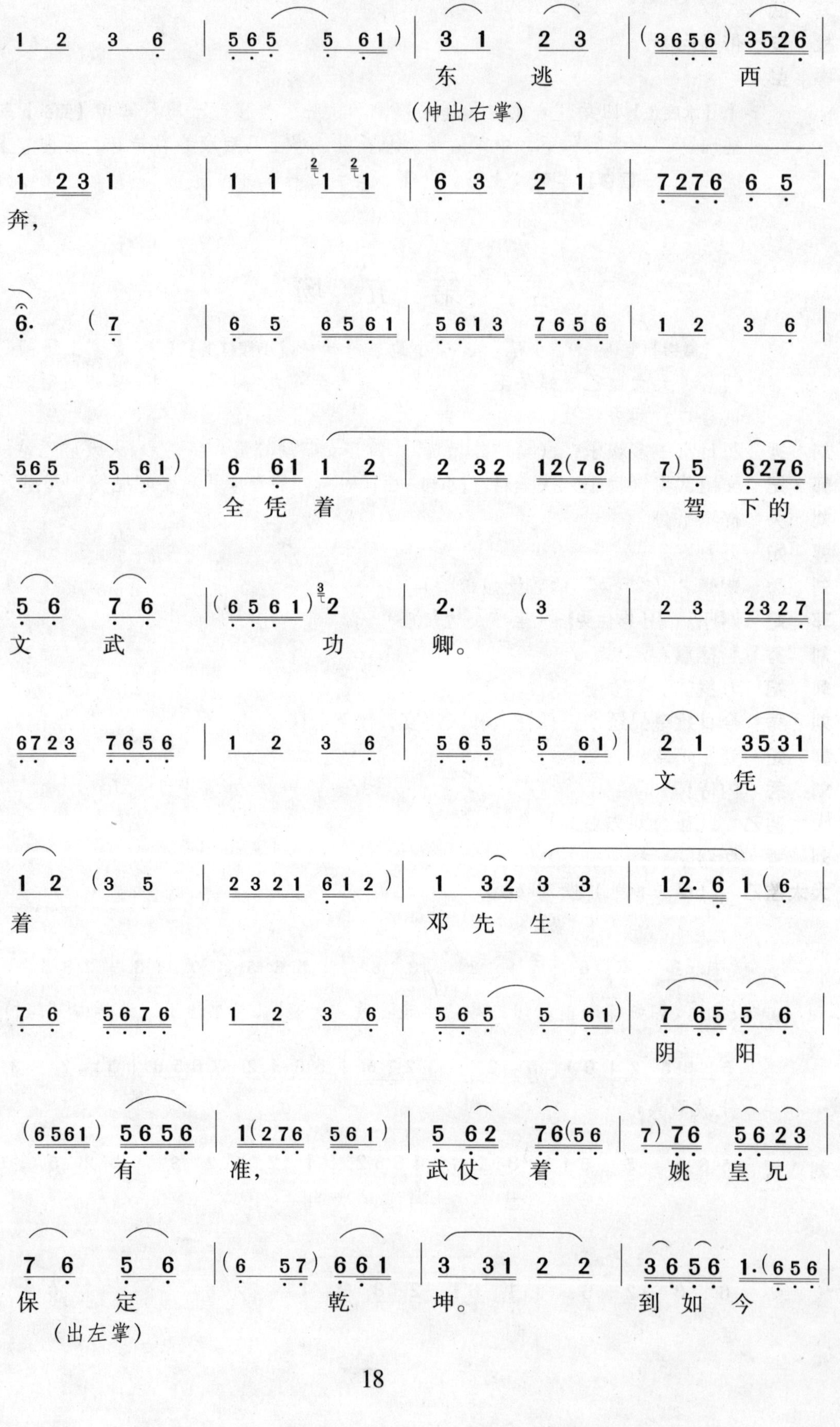
东 逃 西
（伸出右掌）
奔，
全凭着 驾 下的
文 武 功 卿。
文 凭
着 邓先生
阴 阳
有 准， 武仗 着 姚 皇兄
保 定 乾 坤。 到 如 今
（出左掌）

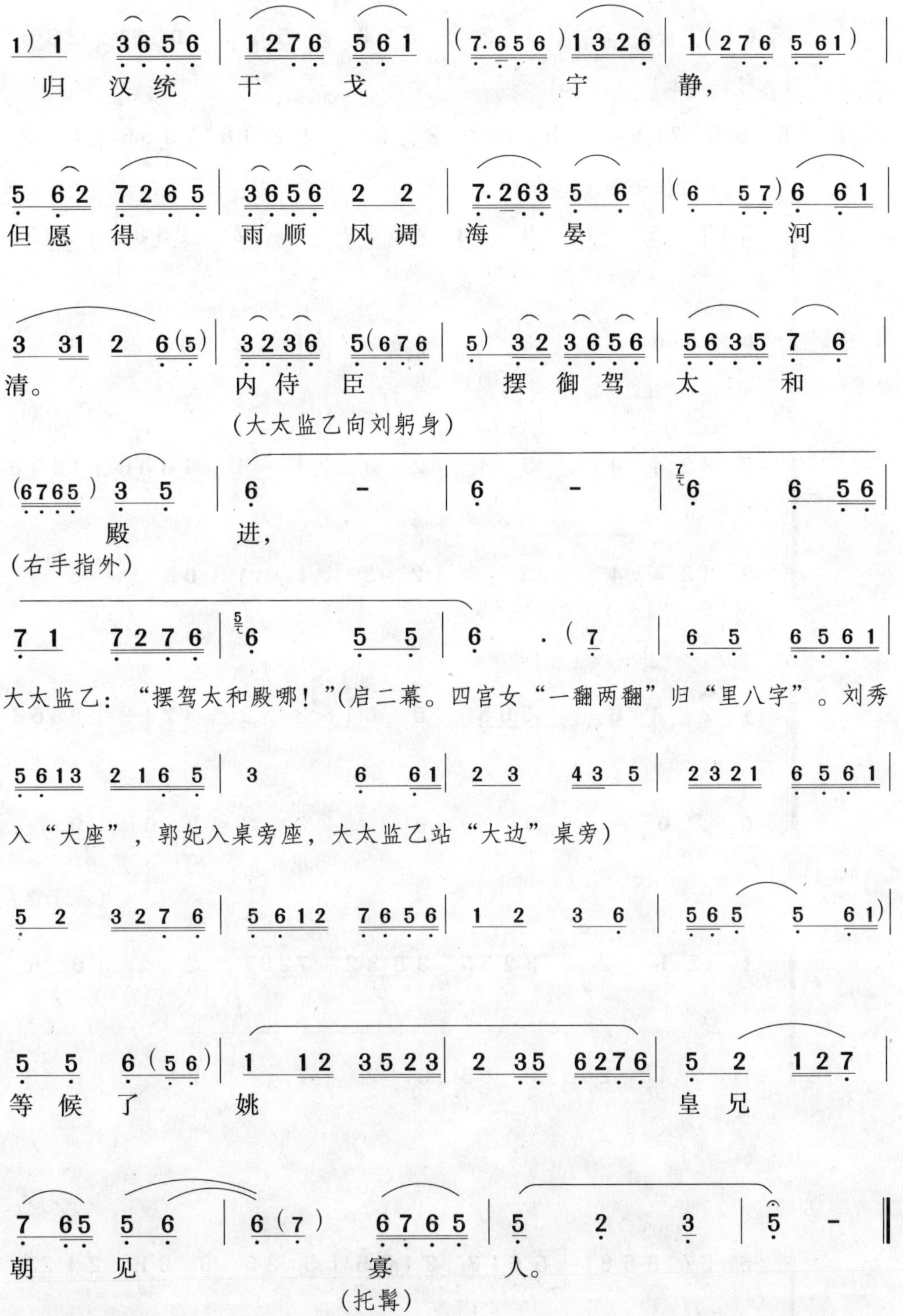

〔大太监甲内白：“伴驾王随咱家来呀！”

〔**【长锤】**大太监乙给刘秀、郭妃斟酒后站“小边”外首。大太监甲拿蝇帚“上场门”上至“小边”台口，姚期身着白蟒、左手抱牙笏、风尘仆仆快步走上，至“九龙口”前亮住。向前两步、抬双臂俯视蟒袍、随即抖出右袖。转**【大锣夺头】**

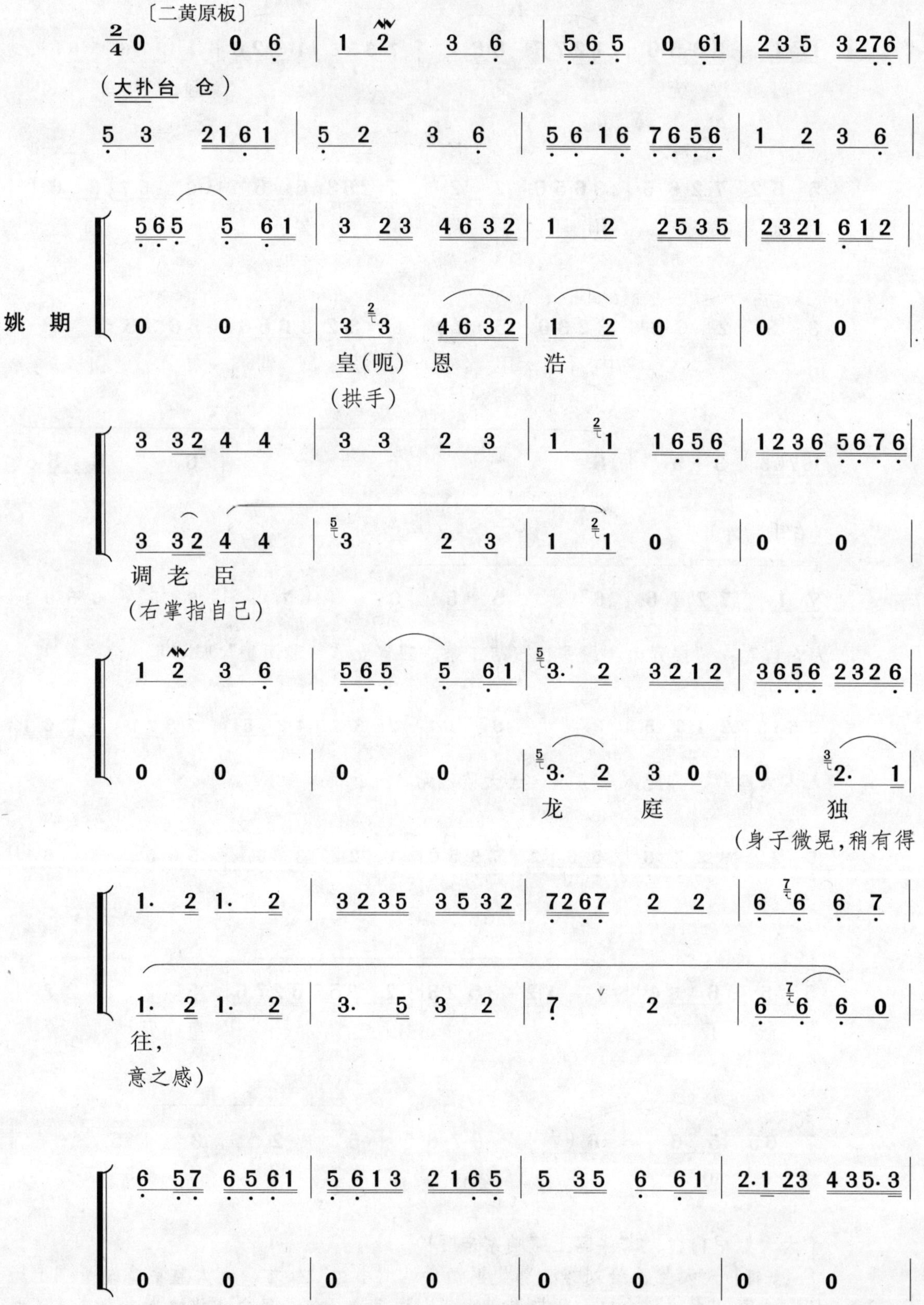
〔二黄原板〕
(大扑台 仓)
姚期
皇(呃)恩 浩
(拱手)
调老臣
(右掌指自己)
龙 庭 独
(身子微晃,稍有得
往,
意之感)

① 太和殿：明清皇宫朝会大典之地。原为“品级台”，后改。汉时无此殿名。

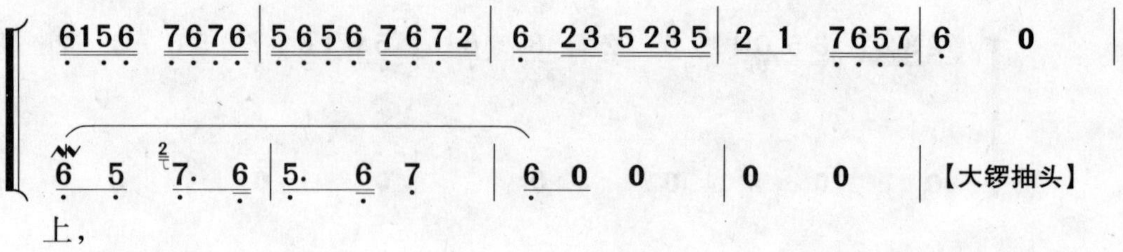

「大太监甲与姚期互拱手。走至“小边”台口近台中处太监蝇帚上右臂，左手抓袍上楼、进门，站“大边”堂桌旁。姚期来到楼梯口，右手捋髯看楼梯，牙笏交右手横握，抬左腿左手抓蟒襟，转**【长锤】**缓缓迈出左脚踏实楼梯，节奏明快、稳步上楼。至“大边”一侧，（最后一步落左脚上）右回身后撤右步、横退左步、右手用牙笏捋髯，侧身斜视楼下。**【大锣夺头】**放左手中的蟒襟，收左步。

〔二黄原板〕

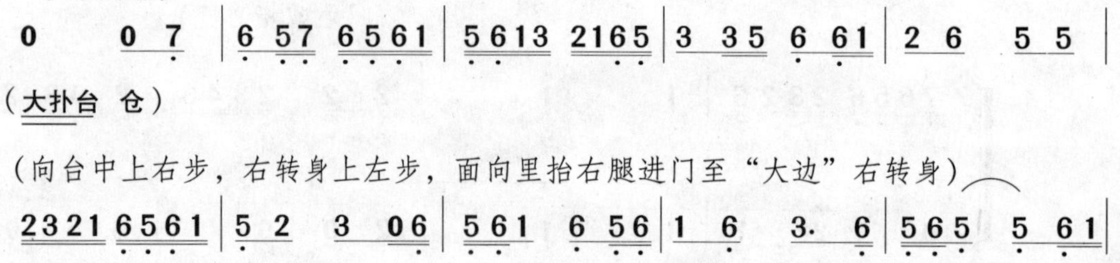

姚期

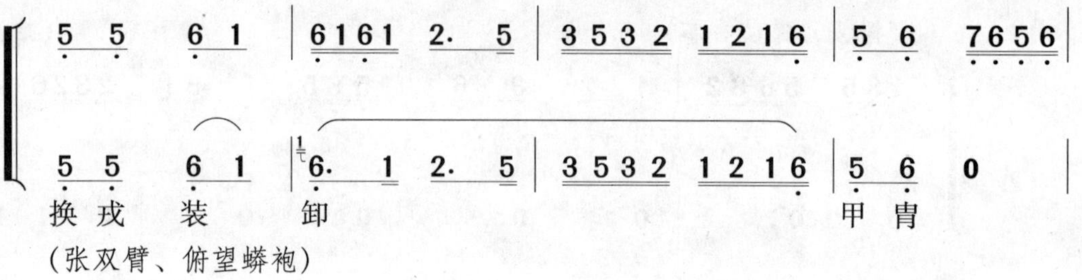

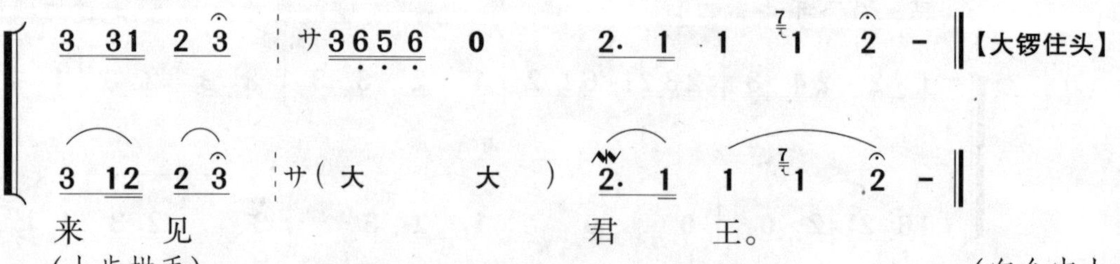

（上步拱手）（向台中上右步、上左步右转身，双手持牙笏、面向刘秀躬身）

姚　期　臣、**【大锣一击】**姚期见驾，吾皇万岁。（上右步，抬左腿左手抓蟒襟，落左脚，迟缓地向前挪动左脚，曲右腿，左手将蟒前片扯平，双手持牙笏跪拜）**【撕边大锣一击】**

刘　秀　（伸手示意）姚皇兄平身。

姚　期　万万岁。娘娘千岁。（随念随收右腿起身至“大边”，双手持牙笏，侧身向郭妃躬身，曲左腿、跪拜）

郭　妃　（伸手示意）皇兄平身。

姚　期　谢娘娘。**【大锣住头】**（收右腿，双手持牙笏，面向刘秀在“大边”站定）

刘　秀　啊姚皇兄。

姚　期　臣。

刘　秀　将草桥之事，奏与（托髯）寡人知道。

姚　期　容奏。（面向刘躬身。**【长锤】**转**【夺头】**）

〔二黄原板〕

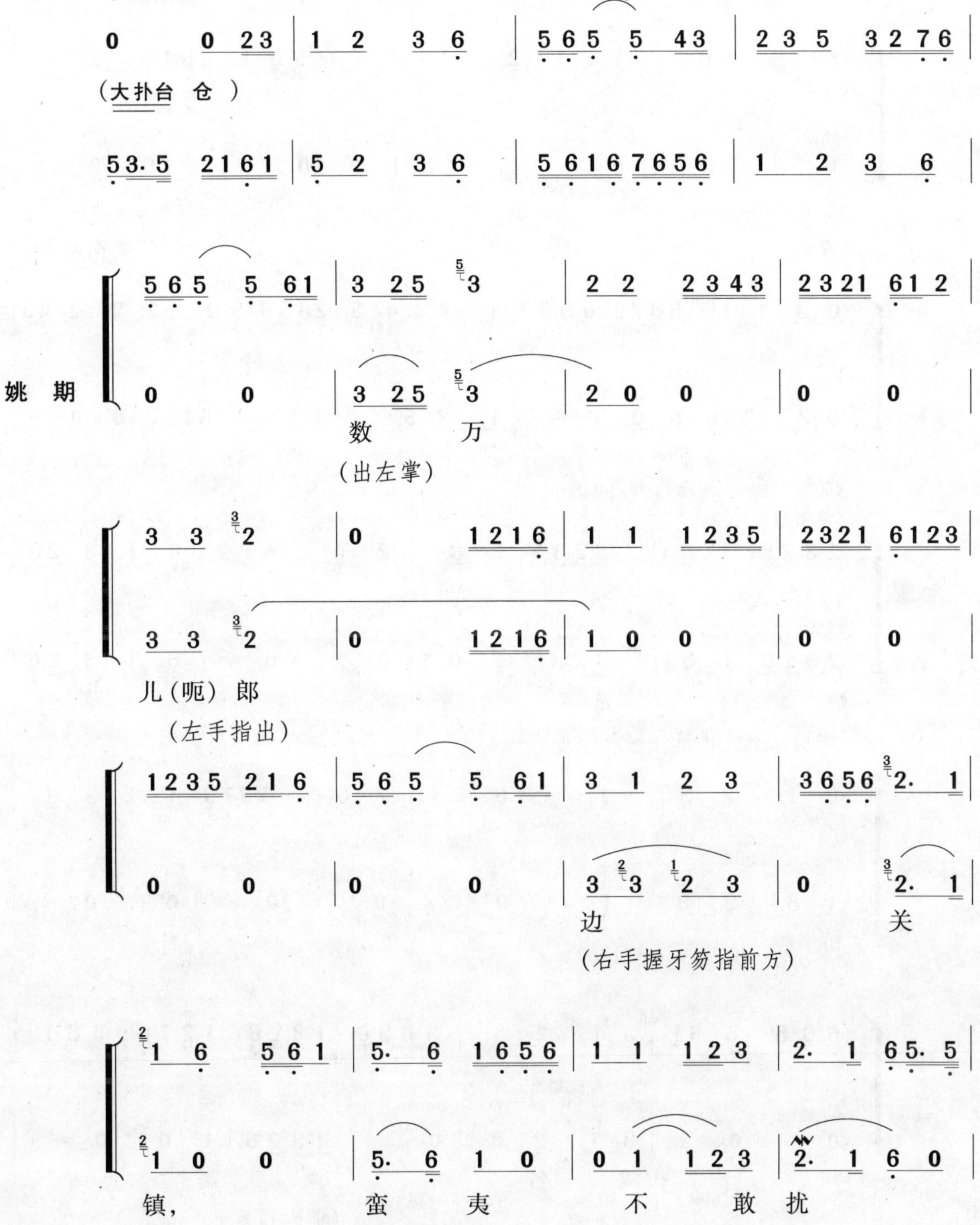

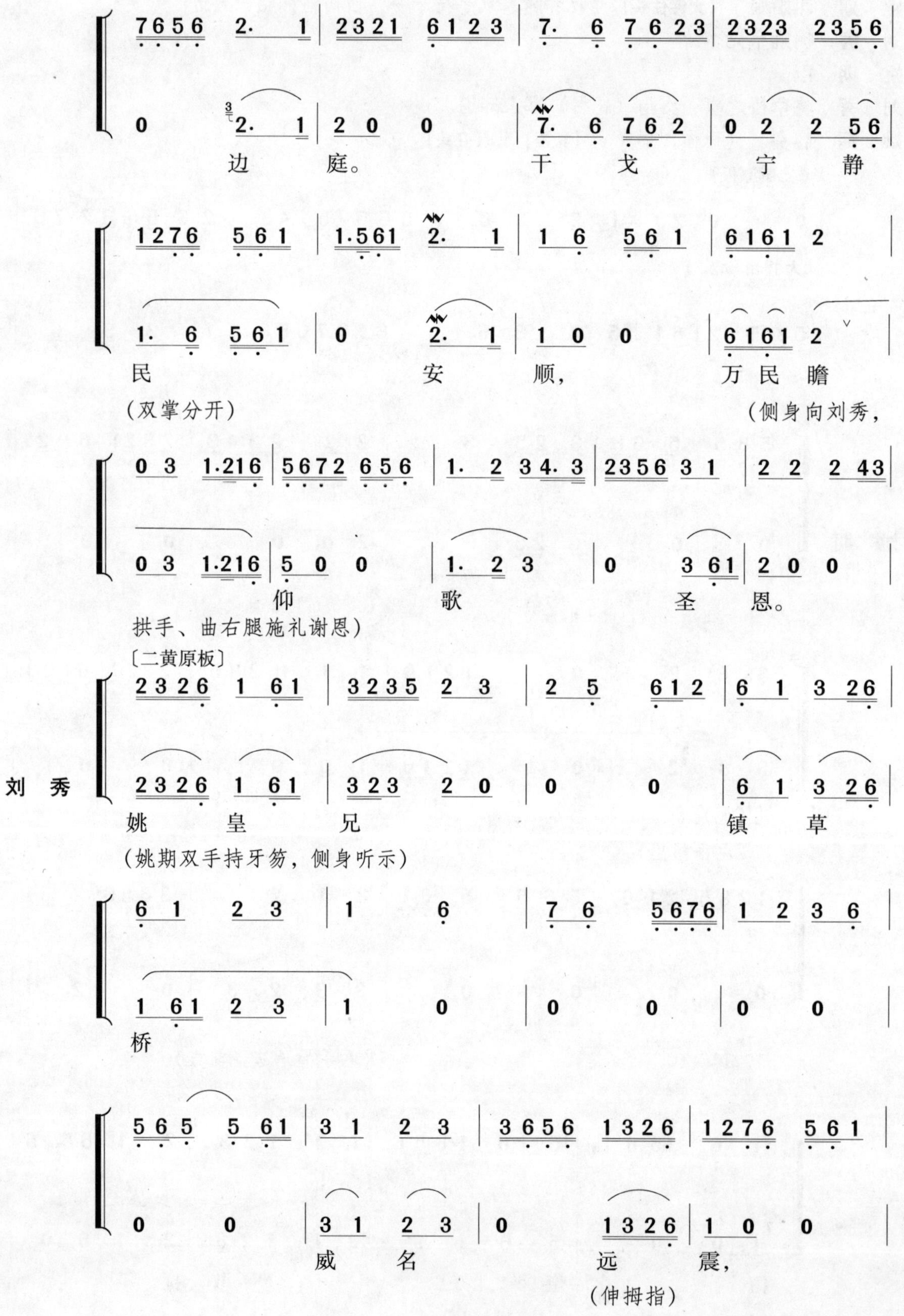

边 庭。 干 戈 宁 静
民 安 顺， 万民瞻
（双掌分开）
（侧身向刘秀，
仰 歌 圣 恩。
拱手、曲右腿施礼谢恩）
〔二黄原板〕
刘 秀
姚 皇 兄 镇 草
（姚期双手持牙笏，侧身听示）
桥
威 名 远 震，
（伸拇指）

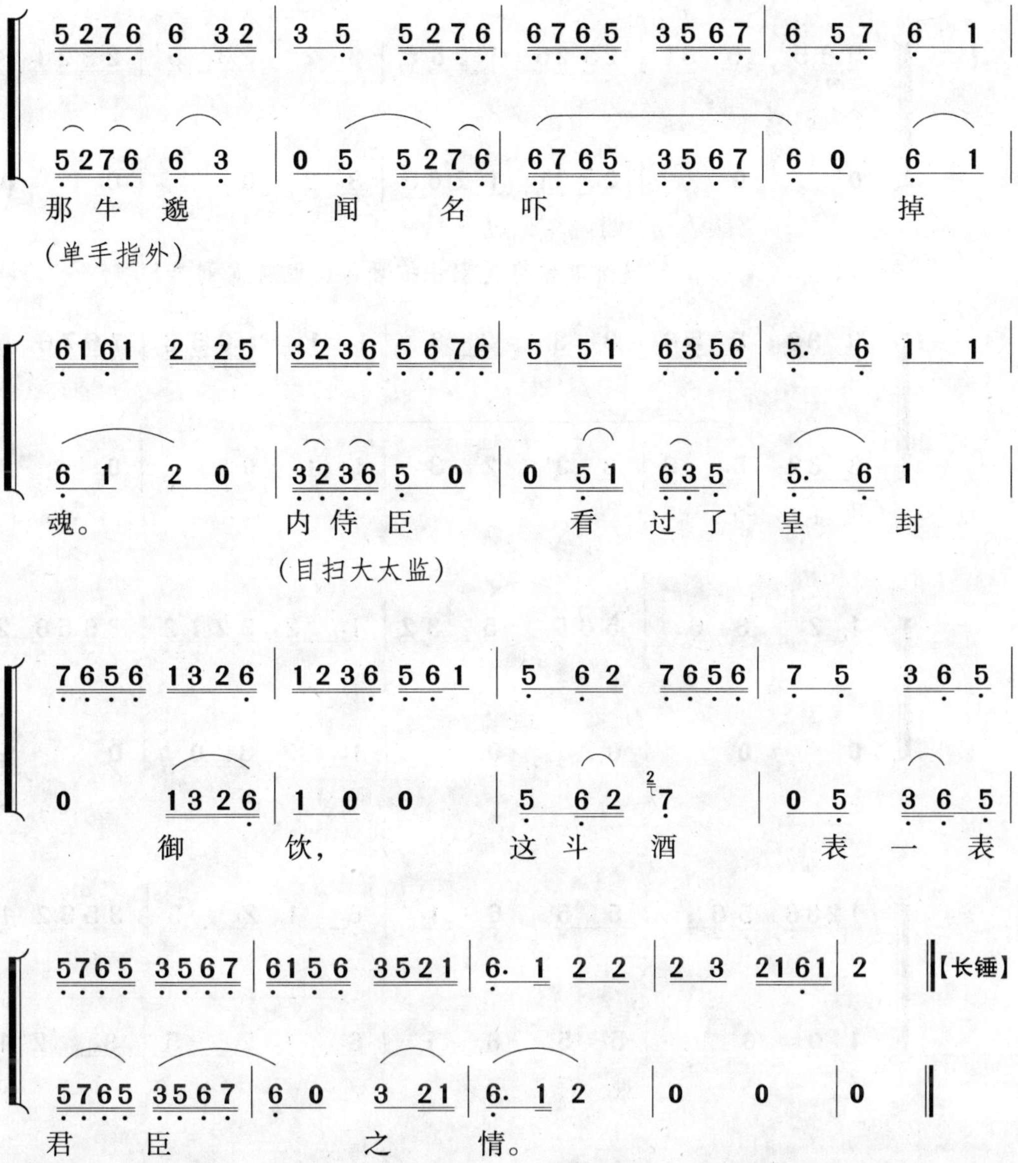

〔大太监甲从堂桌上捧酒递姚。姚期上右步，曲左腿，横托牙笏过顶接酒杯。收右步起身，至中间台口，双手举牙笏过顶，右手拿杯、左手横牙笏挡右袖，洒酒敬天地。左回身将杯交太监甲送回堂桌。姚抖下右袖翻上腕，**【大锣夺头】**右转身面向刘秀，躬身曲右腿跪，诚挚谢恩。抖右袖、回“大边”，左转身面向刘站定。

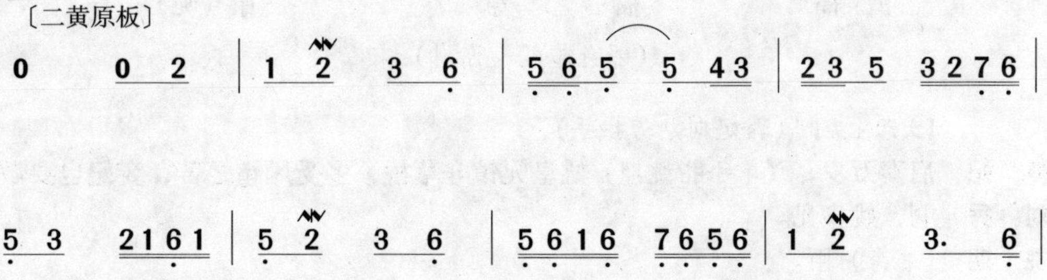

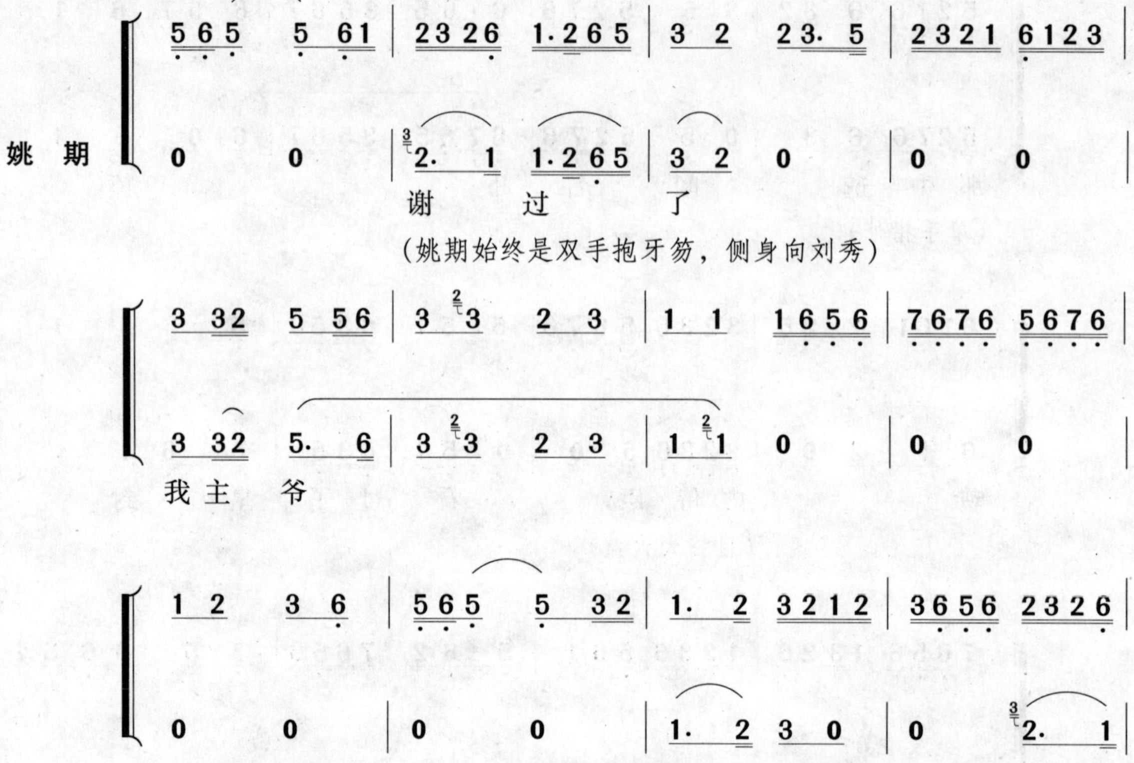

【大锣住头】（郭妃向刘秀拱手）

郭　妃　启奏万岁，（单手指姚期）姚皇兄镇守草桥，多受风霜之苦，妾妃也要敬酒一樽。

刘　秀　啊，姚皇兄。

姚　期　（躬身）臣。

刘　秀　娘娘要敬酒，向前谢过。
姚　期　臣启万岁：自盘古以来，只有臣敬君酒，哪有反礼而行。老臣（晃头撤步）不敢。
刘　秀　你乃开国元勋，有何不可。梓童!
郭　妃　（向刘拱手）万岁。
刘　秀　看酒。（伸手示意）
郭　妃　是，宫娥们。
宫　女　有。（姚期面向外站）
郭　妃　看酒。（单手指外）
［姚期推却不能，摊双掌摇头，诚惶诚恐的念。
姚　期　唉，罪煞老臣。

〔二黄原板〕（慢入）

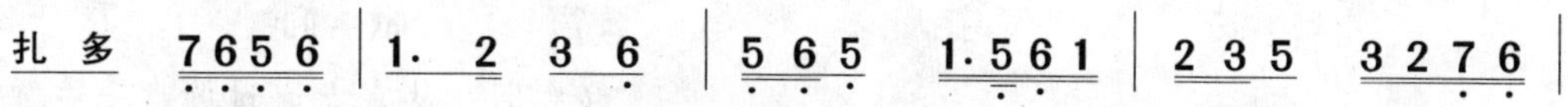

（姚期在“过门”中走至台中，左手撩蟒襟、上左步、曲右腿、撇蟒、跪台口。郭

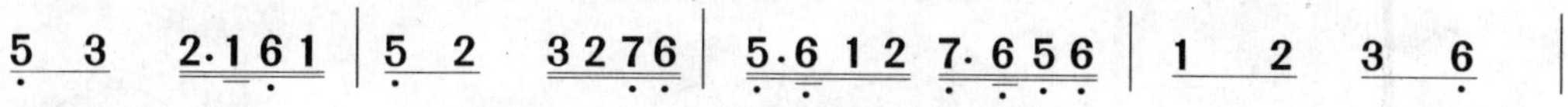

妃走至台口）

郭　妃

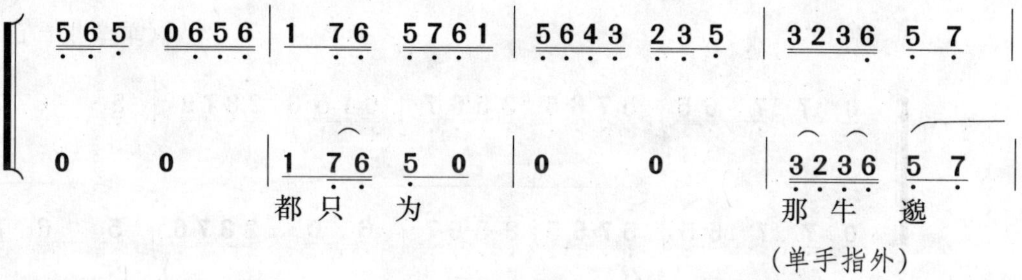

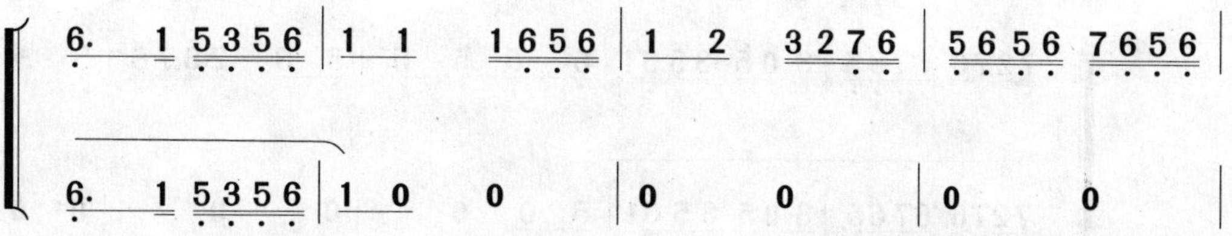

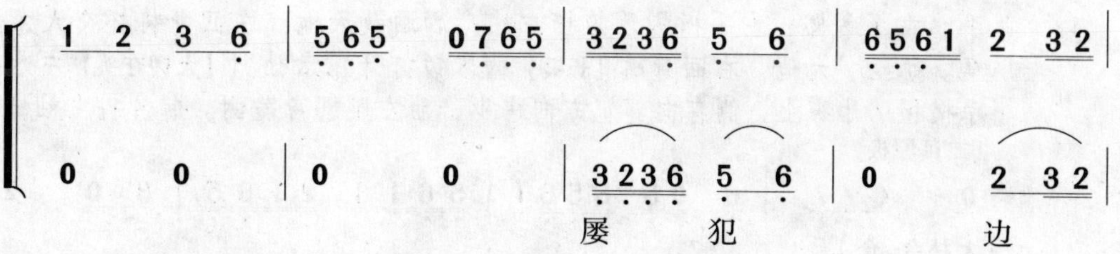

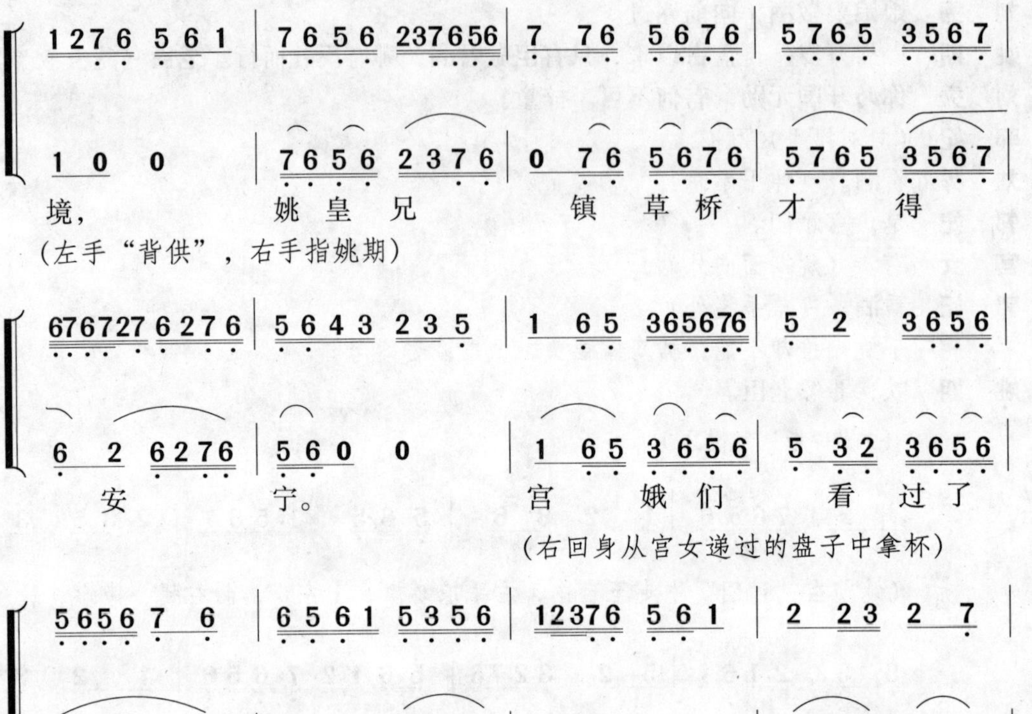

「姚期右手横牙笏过顶，郭妃将杯放牙笏上。姚左手撩蟒，收右腿起身，牙笏交左手，右手拿杯，左手横握牙笏挡右袖，洒酒敬天地。左回身将杯交大太监送回堂桌。姚至“大边”右回身随**【长锤】**的末锣打开左水袖。**【大锣夺头】**左水袖搭在右手横握的牙笏上，侧身向郭妃方向蹉步，曲左腿躬身跪谢。起身抖左袖，退两步。

〔二黄原板〕

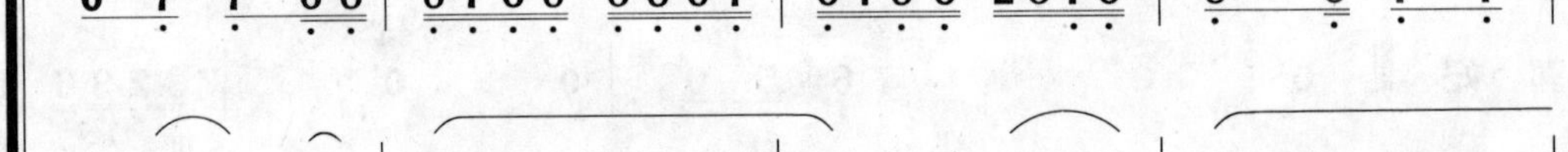

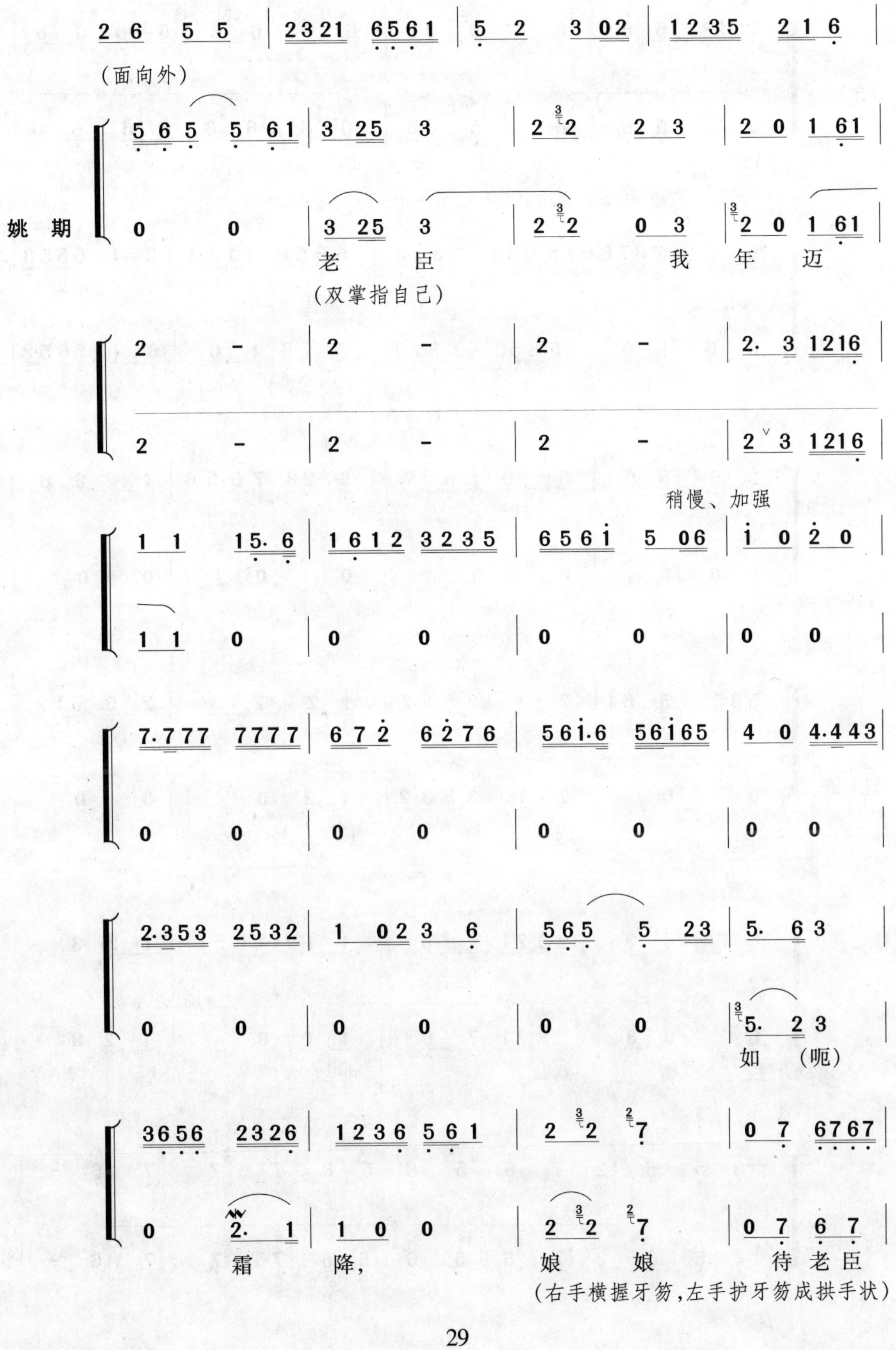
(面向外)
姚期
老 臣 我 年 迈
(双掌指自己)
稍慢、加强
如 (呃)
霜 降,
娘 娘 待 老 臣
(右手横握牙笏,左手护牙笏成拱手状)

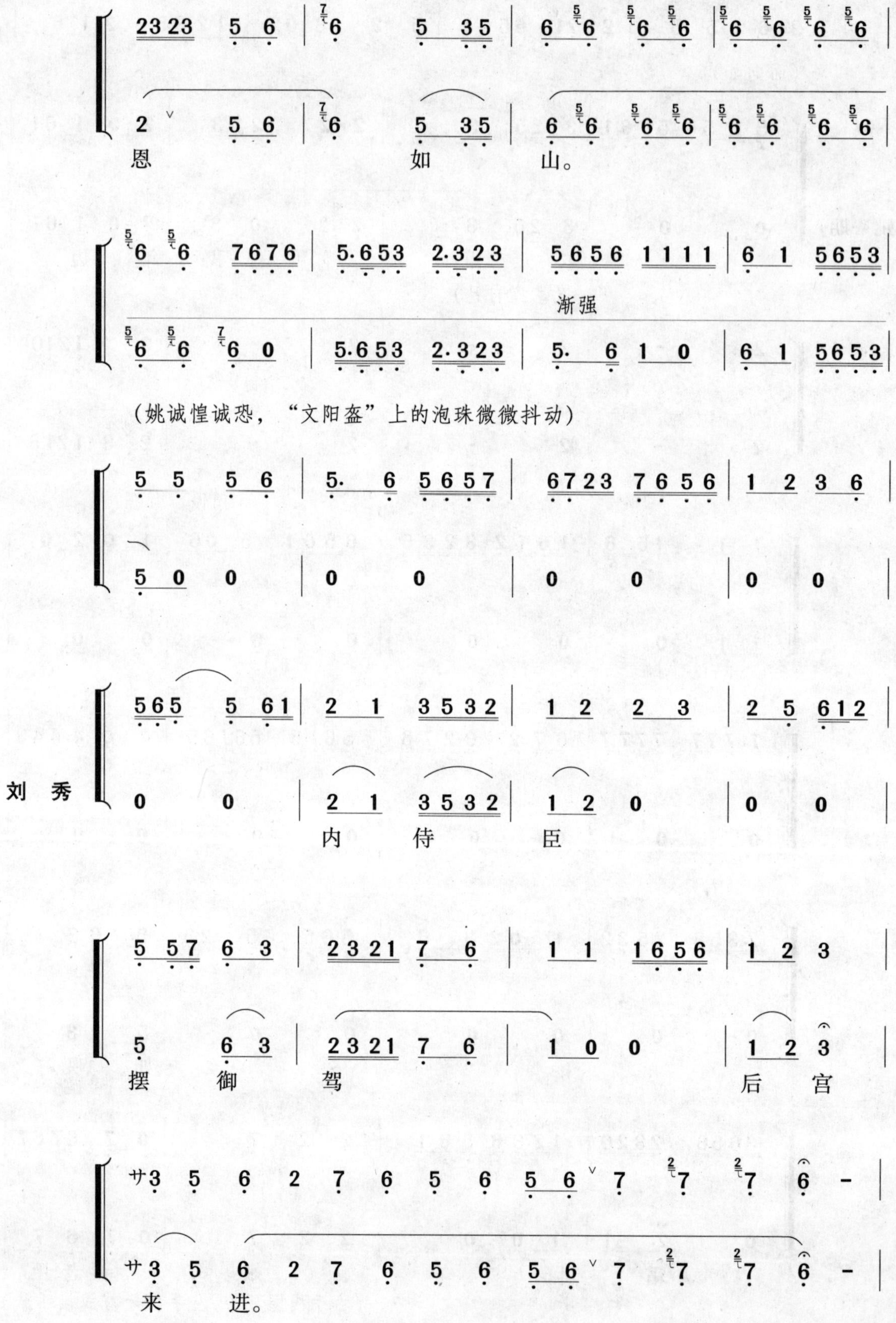
恩 如 山。
渐强
（姚诚惶诚恐，“文阳盏”上的泡珠微微抖动）
刘 秀
内 侍 臣
摆 御 驾 后 宫
来 进。

太监乙　摆驾呀。

〔【大锣抽头】四宫女“插门”“下场门”下，二大太监下，郭妃随下。刘秀出门至“大边”台口，姚期出门站中间台口近“小边”处。

〔二黄摇板〕

刘　秀　サ（6 5 3 2 2 3 3 2161 5676 5 5 5 5）2 1
明 日

2 2 3. 2 2 3 －（4 3 2 3 4 6 3）3 2 2 2
里 摆 酒 宴 庆 贺

2 1. 2 3 3 2 1 6 1 1 2 － ‖【回头】
功 臣。

〔【原场】姚期颇有感激之情再次跪拜，刘秀伸手示意免礼，左转身余兴未尽，“下场门”下。姚期面向外，将额上沁出的汗珠弹出，左转身左手提蟒襟“下场门”下。

第六场

〔二幕外：空场。

〔郭荣内白：“开道。”

〔【大锣水底鱼】四校尉“上场门”上“站门”。丑院子至“大边”台口，郭荣至中间台口。【大锣住头】

郭　荣　（拱手）我主有道君，庆贺有功臣。【大锣住头】适才太和殿陪宴，宴罢回府。左右！

丑院子　有。

郭　荣　开道。

丑院子　开道哇！

〔【大锣水底鱼】四校尉“插门”“下场门”下、丑院子随下。【一锤锣】郭荣下。

第七场

〔空场。

〔姚刚内白：“闷坏了！”内唱。

〔二黄导板〕

【大锣导板头】（6 5 3 22 3 3 2 2 1 6 6 5）2 3 2 2
在 花 园

（5 6 1 2）2 2 1 2 3 3 2 3 1 2 1
闷 坏 了

（1 2　3 3　2 1　6　6 5）3 2　2 3　3 2　2 1 6

姚　　霸

（姚刚项上挂着长锁链，随唱双手提石锁“下场门”上，至

（6　5 7　6）3 2　1　1　2 1　1　2　－（仓）

（八大台　顷　　仓）林　　（呐），

“大边”台里右弓箭步亮相）　　（快步至中间台口，懊恼地将石锁蹾在台口）

姚　刚　嘿！

〔二黄散板〕

【凤点头】（过门同前）2　3　3　1 2　3　3（6　1

不　由　得　小　豪　杰

2　3）2　2　3　2 1　1　1　2　－【大锣住头】

怒　气　　　上　　升！

（烦躁地抖动双掌）

嘿！（右拳击左掌，【大锣一击】垂头丧气地念）自从进得京来，爹爹恐俺在外闯祸，将俺锁禁花园。本当跳出墙去，游玩游玩；只是带了这个东西（指石锁），岂不被人耻笑。本当扭断铁链，（双手欲揪项上铁链）又恐违背父命。真真闷煞人也！【撕边一击】（计上心来）有了，我不免哀告母亲，在我爹爹面前与我讲个人情，将这个东西（指锁）去掉。唉！我就是这个主意。（左手提石锁、右手拍右腿，从台中奔“小边”台口，再转至台中进门，绕里首到“大边”台口。整个路线走∽型。要边走边念）嗨嗨！我就是这个主意呀！（站“大边”面向“上场门”）孩儿有请母亲。

〖【单上场】二家院、二丫环“上场门”上，“斜八字”。姚夫人上到台中，左侧是姚能。

姚夫人　圣上恩情重，（拱手）一家受皇封。

姚　刚　参见母亲。（放下石锁【小锣一击】）

姚夫人　罢了，儿啊，唤为娘何事呀？

姚　刚　孩儿在这园中甚是烦闷，望求母亲在我爹爹面前与我讲个人情，将这个东西（指石锁）与儿去掉。

姚夫人　儿啊！只因你性情粗鲁，你爹爹恐你在外生事，（单手指外）故而将你囚禁花园。你若听从父命，不再闯祸，等儿爹爹回来，为娘与你讲情，放你出园也就是了。

姚　刚　（躬身作揖）多谢母亲。（京白）妈呀，（双手拍肚子）我饿了。

姚夫人　家院，（向“小边”的家院甲）带少公爷后面用饭。

家院甲　是。

〖【小锣五击头】姚能搀姚夫人“下场门”下，二丫环、家院乙随下。姚刚单手提石锁目送夫人等下。

家院甲　少公爷，我们走啊。

姚　刚　（京白）哪儿去呀？（边念边出门）

家院甲　吃饭去。

姚　刚　怎么着，吃饭去？（拍腿）好嘞！吃饱了我好玩去呀！

〔【大锣原场】姚刚兴冲冲提石锁“下场门”下，家院随下。

〔【冲头】四校尉“上场门”上站“一条边”。丑院子随上至“小边”台口，奏唢呐曲牌<急三枪>郭荣上场至“小边”近台中处。

姚　刚　（提石锁“下场门”上、边走边喊）呔！（至台中，【撕边一击】何人大胆在此鸣锣开道？【大锣一击】

丑院子　姚刚挡道。

郭　荣　住轿。

丑院子　是。【大锣住头】（丑院子掀轿帘，郭荣下轿）

郭　荣　姚刚休得无理，太师在此！

姚　刚　【撕边】（听说“太师”二字，后退几步，打量郭荣，蔑视地指郭）瞎了尔的狗眼！【大锤快五击】（快步走近郭荣，伸右手拇指，指向身后）现有碑文在此：“文官下轿，武将离鞍。”（右手指郭）你竟敢在此鸣锣开道，是何道理？【大锣一击】（摊右掌）

郭　荣　哼！慢说是小小的安定府，就是金銮宝殿，（得意忘形地）也任我行走。

姚　刚　你住口！【大锣快五击】想我父子，屡战疆场，千辛万苦，才挣来这身荣耀。你不过是（提着郭的蟒襟）裙边带来的官儿，你、你好不害羞！

郭　荣　（羞恼）小畜生！【大锣住头】慢说是你，就是你父在朝也惧怕老夫三分。（双手托髯【大锣一击】）

姚　刚　怎么讲？

郭　荣　惧怕老夫三分！

姚　刚　咋！咋！咋！（崩登仓）（右手抓郭左腕，郭翻右水袖护头）哇呀……去你娘的！（撕边八仓）（用石锁杵郭的胸，郭倒地气绝。跟随郭荣的丑院子、四校尉“上场门”逃下。家院甲“下场门”急下）（京白）起来！（走近郭荣，抬手招呼）起来！（仍不见反应，用手试郭荣的鼻孔，大惊）啊死了？！（稍思，不以为然地念。韵白）且自由他！【大锣住头】（向前上步，闭二幕）奸贼丧我手，为国除祸忧。（崩登仓）（弹牵巾向里亮相）

〔【大锣原场】姚刚得意地阔步“下场门”下。

第　八　场

〔空场。

〔【冲头】家院甲“下场门”急上至“大边”台口，进门，向“上场门”拱手。

家院甲　有请太夫人。

〔【小锣五击头】家院乙、二丫环“上场门”上“斜八字”。姚夫人至“小边”台中处，姚能站夫人左后处。

姚夫人　（伸手问家院甲）何事？

家院甲　（拱手）哎呀太夫人哪？【大锣快五击】今有少公爷用太湖石将郭老太师（双手指

外）压死了！

〔【冷锤】众大惊。

姚夫人 不……不好了！【快纽丝】（站"小边"的丫环乙与姚能急上前搀扶欲晕倒的姚夫人，众随夫人"归正"至台中）

〔二黄散板〕

サ（6 5 3 2 2 3 3 2 1 6 6 5）5 3 3 3
听 一 言 来

3 2 3 （6 1 2 3）2 1 2 3 3 3
心 内 惊， （仓）胆 大 的 奴 才 他 （左

3 3 3 2 3 2 1 1. 2 3 5 2 2 （5 6 1
他、他、他、乱 胡 行（呐）。
手指外）

2）3 2 2. 1 1（7 6 5 7 6）2 2 5 6
（仓）家 院 带 路 花 园
（目视"大边"家院甲）

1 2 3 2 - 2 2 2 1 7 6 1 2 2 1 -|
进，

〔【快纽丝】家院甲带乙、二丫环圆场至"小边"成"斜一排"。姚能搀姚夫人小圆场至台中。遇从"下场门"慌慌张张逃上的姚刚。【乱锤】姚夫人左手颤抖地指点着姚刚。

姚夫人 儿啊你……（姚刚见状，扭头朝"下场门"跑下。摔出右袖、右回身）家院！

家院甲 有。（拱手）

〔二黄散板〕

姚夫人 【凤点头】（过门同前）2 1 2 3 3 2 3 （6 1
快 与 王 爷
（拱手）

2 3）2 - 1 3 2 1 6 1 2 - ‖
报 信 音。
（单手示意、家院甲快走）

家院甲 是！【大锣原场】（快步出门"下场门"下。二丫环搀姚夫人随姚能"下场门"下，家院乙随后）

第九场

「空场。

「幕内二旗牌“喝道”。【冲头】二旗牌“上场门”上“斜一字”过台中即停。

「奏唢呐曲牌<香柳娘>

「姚期在曲牌中轻快地走至“九龙口”前，侧身勒马亮相。向“小边”台口迈两步，望“大边”台口处，至台中左前勒马亮住。家院甲“下场门”上，慌慌张张边走边寻，至“大边”台口见姚期缓缓而来，急忙摇摆双手、拦住马头，在曲牌尾的末锣里跪在“大边”台口。拱手念。

家院甲 启王爷：今有少公爷用太湖石将郭老太师压死了！

姚　期 啊？！

「（**撕边崩登仓**）姚期大惊失色，后仰身、向前伸右手、马鞭自然垂下，同时右脚上前一步、抬左腿，侧身前栽险些落马。右掌变拳向后勒马，落左腿成右“丁字步”，随身体直立变双手勒马。【**撕边大锣一击**】姚期气得浑身颤抖，退右、左、右三步，稍向后仰，抬左脚原地落下，成左“丁字步”。勒马定神、深吸气，强压住纷乱心绪。

姚　期 （低沉地念）回府！

二旗牌 啊。

「姚期摆左手示意家院甲等回府。【**大锣水底鱼**】闭二幕：摆堂桌，两边跨椅。家院甲随二旗牌至“上场门”“一条鞭”。姚期追悔不及摇头叹气，分双手向下一沉，向左横上左步，右手向左摆顺势抓马鞭，伸向右上方，同时向左上左步，右拧身撤右脚，行至台中“小边”一侧，马鞭横在腰间，左拳勒马亮住。姚夫人等“下场门”迎上，至台中“大边”一侧。家院乙站“大边”台角，里首是二丫环。

姚夫人 （拱手）啊王爷。

「【**脆头**】姚期左手指点着姚夫人，摇头顿足、难以言表。姚夫人惭愧地双手掩面。姚期撤右步、右转身、上左步、垂马鞭，下马。姚期踉跄欲倒，家院甲急上前搀扶。【**一锤锣**】旗牌接马鞭“上场门”下。丫环甲从众人身后溜至“小边”。启二幕：姚期拖着沉重的双腿至台中，左转身进门，很不满意地向夫人摔出右水袖，入“大边”跨座。姚夫人随后进门至“小边”跨座。丫环、家院分归“里八字”。姚期右手扶桌，左回身坐。

姚夫人 （拱手试探的念）啊王爷，那姚刚……（右手指外）

姚　期 （抬右手止住夫人继续讲下去。右掌指自己）我……【**撕边一击**】（强压怒火，颤抖着右手）我、我知、知道了，这……这逆子（环视左右不见姚刚，左手抓右袖角、摊右掌、追问夫人）今在何处？

姚夫人 （右手指外急答）姚能看守。

姚　期 （右掌心向下，急迫地向夫人）唤他来！

姚夫人 （不解地，面向姚期）唤他来？

姚　期 （烦躁地，用右掌拍击堂桌）唤他来！

姚夫人 （不敢违拗地，急吩咐“小边”的家院甲）噢……唤他来。

家院甲 （向夫人拱手）是。（急上步向外拱手）有请少公爷。

姚　能 （内白）来也！

姚　刚 （内白）嘿！

〔**【大锣归位】**姚能在前、姚刚左手提石锁在后，二人“上场门”上，至“小边”台口。

姚　能 （拱手）父子在朝功劳大，

姚　刚 （伸右拳）打死奸贼不犯法。（摇手）

〔姚能回身向姚刚甩出右水袖。二人进门，**【五锤】**姚能向姚期躬身施礼，归站“大边”。姚刚小圆场至台中，见父怒坐，在**【撕边一击】**里退左步、右拧身面向外，抬起的右腿，轻轻落下。稍犹豫后怯步向前、拱手、左弓箭步、躬身向姚期施礼。

姚　刚 孩儿参见爹爹。

〔（**撕边崩登仓**）姚期怒不可遏，长身、右掌击桌、起身、左脚踢蟒、左手抓蟒、右手叼袖，拧正身子。**【撕边一击】**姚期颤抖地转向姚刚，抬右腿、右手扶桌，气坐椅上。**【冷锤】**起身、右手向左、左手抓右袖角，右手指向姚刚。姚期浑身抖动、指点着姚刚、跺右脚，一、二。向前上三步，喘着粗气、强定神。

姚　期 尔……是……是、是姚刚？**【大锣一击】**

姚　刚 （稍愣即点头）正是孩儿。

姚　期 哼！哼…… （一阵冷笑，伸出拇指）好，好！儿近前来，（向姚刚招手）为父有话……我（右掌指自己）对儿言讲。

姚　刚 嗯！（点头欲上前，见母亲向自己摆手，又踌躇着）嗯，唉来啦！（硬着头皮走近姚期）来啦！！

〔姚刚左弓箭步、探耳听训。姚期极愤怒地抬右手猛击姚刚一记耳光。（**崩登仓**）姚刚被打的一个趔趄至“小边”台口。**【撕边】**姚刚举石锁欲打姚期，姚夫人等急上前拦阻。姚期右手指向姚刚。

姚　期 好奴才！

〔**【大锣双楗凤点头】**姚刚被拦阻，急、气交加，跺着双脚，右手把石锁蹾放在“小边”台口，右脚踏踩石锁上，委屈的喘着粗气。姚期抖右袖。

〔二黄散板〕

姚　期 サ（0 3　2 3　5 6　3 5　2 3　1. 2　3 2 5　2 3

5　6　-　3　2　1 6　6　5　-　4 3 ）2. 3

小（哇）

（姚期抬左腿、左手提蟒、面向姚刚） （抖动

5 0　5　-　3.　2　1　2（5　6　1　2）1　-　3

奴　才　（仓）做

右手、跺右脚、抖右袖）

^{3}2 2 ^{3}2. 0 1. 6̣ 1.（2）3. 2 1 2 3 2 3 ˇ3
事尔真 胆 大，压 死了国 丈你

（拱手）

3 6̣ 1 2 2（5̣ 6̣ 1 2̂）3 3 2 1 3
犯 王 法。（仓）人来 与

（双掌摊开，端带）

2（5̣ 6̣ 1 2）^{3}2 ^{2}1 - ^{3}1 6̣ ^{5}6̣ 1 -
爷 忙 绑 下，

（伸右手示意众人） （指姚刚）

〔姚刚慌忙揪断项上铁链，将石锁扔入“上场门”，至台中向“大边”的众人扬手吼叫。

姚　刚　哪个敢绑？**【撕边一击】**（向“小边”的众人扬手吼叫）哪个敢绑？**【撕边一击】**（站台中横拉双拳）哪个敢绑！（**撕边崩登仓**）（姚期上前，用右手攥住姚刚左腕，左手捋髯）

姚　期　嗯……！（〔亮弦〕6̣ 7̣ 6̣ 1）

〔**【大锣双楗凤点头】**扔姚刚左腕，抖右袖。姚刚感到父亲的威严和过人的膂力，屈从地跪在台中，倔犟地自背双手，待家院甲取白绸条与己上绑。

〔二黄散板〕

姚　期　（过门同前）3 2 3（3 3）3. 2 1 2 3（3 23
也免得 万 岁 爷

（拱手）

436）3. 2 1 1 - 2 1 1235 2 -‖
来 锁 拿。

（慢摊双掌，随“拿”之节奏抖动双手）

〔**【回头】**姚期抖右袖，退两步、定神。**【一锤锣】**长叹气、右转身、回“大边”跨座。姚夫人坐“小边”的跨座。姚刚强按怒火，走至“小边”台角横立。

姚　期　姚能过来。

姚　能　在。（面向姚期躬身）

姚　期　你非姚姓所生（左掌指自己），你……（摆左手）唉！逃命去吧！（右手拉开左袖振泪）

姚　能　**【大锣叫头】**（抖袖上腕）爹爹呀！孩儿虽非姚姓所生，也是姚姓所养，情愿一同领罪！**【撕边一击】**

姚　期　唉！……

姚　刚　啊兄长请过来。（与姚能同至台中）好汉做事好汉当，你逃命去吧。

姚　能　情愿死在一处。

姚　刚　（京白）怎么着？情愿死在一处？

姚 能 死在一处。

姚 刚 好小子！（蛮憨地用肩头撞姚能一个趔趄，姚能不满地向姚刚摔右水袖，二人各归原位。**【大锣住头】**）

姚 期 （抬双手招呼众人）一家大小过来！**【撕边一击】**（二家院至台中、二丫环站两边，四人一排面向姚期跪）你们各自收拾行李……（双手示意众起来，向外摆双手）唉，逃命去吧！（伤心的把头扭向台里）

众 **【大锣叫头】**（拱手念）唉呀，王爷呀！王爷待小人等恩重如山，情愿与王爷死在一处。

〔**【撕边一击】**姚期激动地转向众人，伸双手请众人起来。

姚 期 好哇！**【五锤】**（丫环、家院等众各归原位。姚期上至台口，双手端带。姚夫人上两步）我想此祸非小，难免灭门。我死为忠（左掌指自己），子死为孝（左手指姚能），这妻死为节（左手抓右袖角、向夫人伸拇指），难得你们大家（右掌指众人）成全老夫（指自己）一个义字。（伸右食指）请上受我全家（跺右脚、拱手。**【大锣一击】**）一拜。（出哭音儿）（〔亮弦〕0 4 3 2 2 7 6 5 －）

〔**【慢纽丝】**众人揾泪。姚期向夫人摆右手。姚夫人向站在"小边"的家院、丫环甲施礼。姚期左转身与姚能曲右腿、拱手拜谢站"大边"的家院、丫环乙。家院、丫环急跪、并扶起姚氏父子。姚期右转身，面向外，左手招家院乙过来，并攥住乙的右腕。

〔二黄散板〕

姚 期 （过门同前）3 3 － 2 （0 5 6 1 2） 3 2 1 6 1 2 2
难 得 尔 等 们 全 忠(呃)

（面向家院乙）

1（2） #4. 6 3. 2 1. 2 3 3（5） 3 1 1 2（5 6 1 2）
义， 留 下了美 名 万 古 题。 （仓）

（转身向外伸右拇指）

2 2 3 － 3 0 （2. 3 #4666 3 －） 3 3 2 2 3 －
二 堂 之 上 （八大台 顷 仓） 忙 绑 起，

（抖右袖上腕、抬左腿、左手提蟒）

〔（**撕边崩登仓**）姚期抖右袖，右脚跺地，左转身、右袖向里合至腹部，翻水袖护头，面向"下场门"亮住。

姚 期 绑！

〔**【九锤半】**转**【阴锣】**姚期"下场门"下。姚夫人、姚能、二丫环、二家院依次随下，姚刚最后下。（舞台上形成空场）

第　十　场（场次提前）

〔【急急风】切住。马武内白：“马来呀！”

〔马武腰插钢鞭，手持马鞭。【四击头】【撕边二击】“上场门”上，绕“九龙口”至“小边”台口，右“丁字步”、侧身、勒马亮相。两个【撕边一击】一望两望。【急急风】撤右步、撤左步、左转身，马鞭顺上右前臂。向里走ደ路线，至“九龙口”。向右伸马鞭，左回身、叉双腿，【急急风】切住。【撕边】双脚蹉步变单蹉步。至“大边”台口。勒马起身。【急急风】远眺、马鞭顺上右前臂，成双手侧身勒马相。向“上场门”里跨左腿、弹右腿，反复三、四次至“九龙口”，向右伸鞭、左手撕扎、面向“大边”台口亮住。至“小边”台口，抬左腿、亮住。（撕边崩登仓）向台中上两步、马鞭上绕一圈、骑马蹲裆式、左手伸直勒马。左转身360°，髯口飘上左前臂，左“踩泥儿”、勒马、亮相。【冲头】右转身，三个（八大仓）三加鞭。【四击头】跨右腿、踢左腿、反攥马鞭、左转身、右“丁字步”、双手勒马，亮相。（撕边崩登仓）马鞭绕回正把、打开。跨右腿、髯口让到左前臂上，左拧身、面向“下场门”、勒马亮相。【急急风】“下场门”下。

——续接第九场——

〔姚家众人换装后项上均挂绸条“下场门”上。姚刚至“小边”台口。姚期手托项上垂下的黄绸条，颤巍巍至台中。姚夫人至“小边”近台中处。家院甲至夫人身后外首、丫环甲站里首、姚能站“大边”。家院乙站姚能身后外首、丫环乙站里首。【急急风】末锣姚期放下手中绸条。两个【撕边一击】姚期抖右袖上腕，向“大边”一望。抖左袖上腕、翻右袖反上腕，向“小边”一望。（撕边崩登仓）变右袖为正上腕，双手托髯至眼前，感慨万千。

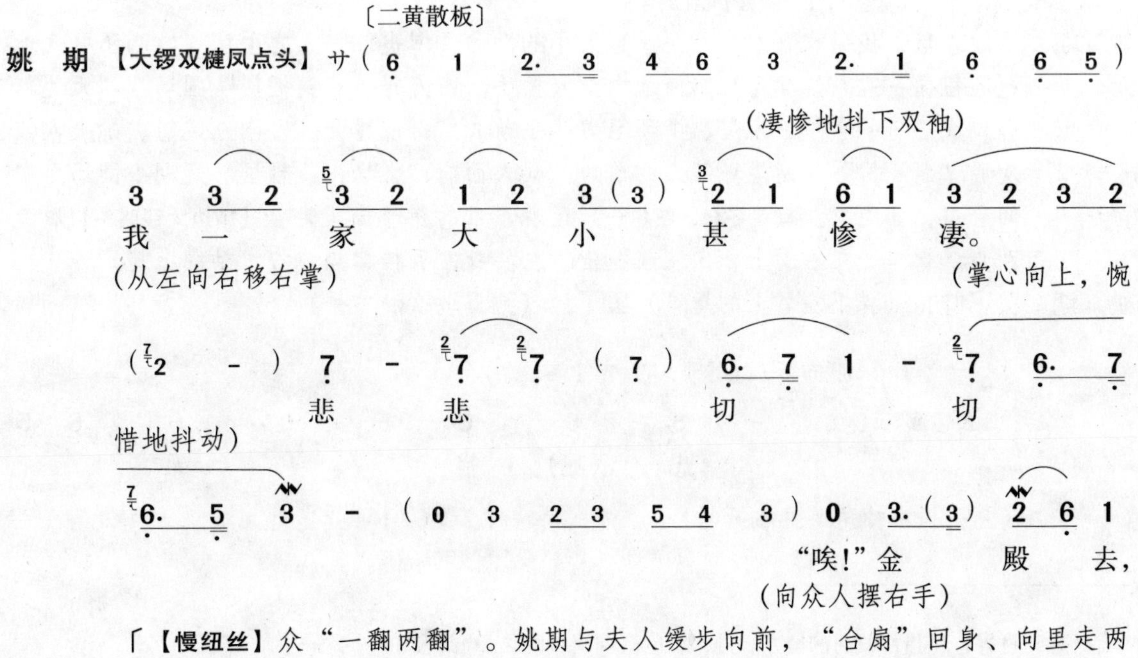

〔【慢纽丝】众“一翻两翻”。姚期与夫人缓步向前，“合扇”回身、向里走两

步、站台中，与众人面向里成一排。姚能左侧是姚期、右侧是家院乙。姚夫人左侧是家院甲。二丫环分站两边。姚刚站“小边”台角、面朝外。

〔二黄散板〕

姚　期　（过门同前）6. 2 1 2 3 2 3(5) 3 1 2 0 2(1 2 3 7 6 5 6 1 2 6 1 6)【大锣住头】

有　罪　之　人　跪　丹　墀[①]。（仓令 台才 乙台 仓）

（大太监拿蝇帚“下场门”上，至台中）

大太监　（念）御街人已静，何人叩丹墀？

姚　期　臣，姚期带领全家前来请罪，念老臣草桥呵……（双掌向下摆、示意全家跪。姚刚面向外跪）

大太监　候着！（“下场门”急下）

「奏唢呐曲牌<急三枪>

「大太监内：“遵旨！”【快冲头】“下场门”急上、至台中。四刀斧手抱刀、两边上。

大太监　圣旨下，跪听宣读。诏曰：“今有姚期纵子行凶；姚刚用太湖石压死国丈。万岁（拱手）酒醉，娘娘传旨，（姚期心头一震，预感凶多吉少）将姚家满门绑至西郊，午时三刻开刀问斩！”校尉的！（举蝇帚）

刀斧手　有！【大锣一击】

大太监　（不忍心地摆手）押下去！【一锤锣】这……这是怎么话儿说的！（摊双手、同情、又爱莫能助的背双手“下场门”下）

「姚期如五雷轰顶，瘫软在地。夫人、姚能上前搀起。丫环、家院分归两边。姚夫人站“小边”，姚能站“大边”。姚期右转身遇姚刚，加【撕边】右手指点着姚刚，悲愤地念。【一锤锣】渐弱。

姚　期　小奴才呀，我一家（左、右两看）大小的性命，俱丧你一人之手！（姚刚不服气地把脸扭向一边。姚期无可奈何地向众人摆手。四刀斧手“倒插门”圆场至“大边”台口成“斜一字”。家院、丫环至刀斧手前成“斜一排”。姚刚、姚能、姚夫人依次成“斜一排”，站丫环等人的前边。众人面向“上场门”台里。姚期小圆场至中间台口，面向里。（冬冬仓、冬冬仓）迈着艰难的步子向里走。【撕边大锣叫头】后退两步，髯口让在右臂上，向左前撒出、左转身左臂接髯口，右水袖翻上腕）

姚　期　罢了哇！（抖下左臂上的髯口）罢了！（绝望地摆动右手）

<脱布衫 · 红绣鞋>唢呐伴奏

サ多　多　（6　-）6.　6　6　-　0　6　6 5

忠　（呃）　良　　无

（左手抓右袖角、伸右拇指）

---

① 丹墀：特指宫殿前的地方。丹，红色；墀，台阶。

（0嘟 令台 仓嘟

3 - 0 4 5 5 0 6 - 0 6 - 仓0 | 2 1 | 2 0 |

辜 被 刀 餐， 怨 我 主

（立右掌抖动、跺脚）

（拱手）

才令 仓嘟 仓才 仓嘟 才台 仓 仓大 仓另才 乙台仓）

1 5 | 6 0 | 2 1 | 2 0 | 1 5 | 6 | 2 1 | 2 3 | 1 5 | 6 0 ‖

听 谗 言。 疆 场 上 显 威 严， 论 功 劳 也 枉 然。

（双托髯、向左扔出）

马 武 马来！【快大锣水底鱼】（“上场门”上，至“小边”台口，勒马）

【大锣叫头】呔！西郊以外，何事喧哗？（左手撕扎，摊右掌）

刀斧手 监斩姚家父子。

马 武 （大惊、勒马）怎么讲？【大锣一击】

刀斧手 监斩姚家父子。

马 武 慢，慢……咋！【快冲头】（右转身、慌忙下马。姚刚靠近姚期）

姚 刚 爹爹！马叔父来了！

〔呆立的姚期如梦初醒，右转身与走来的马武拱手相见。

马 武 【大锣叫头】姚皇兄，你暂受一时之屈，待俺马武进宫（拱手）与你保奏。呔，校尉的！

刀斧手 有。【大锣一击】

马 武 我将姚家父子（向里走、手指姚全家）交付尔等，倘有差错吗！（左手撕扎、晃身略思）

姚 刚 （上前急问）（京白）怎么着？【大锣一击】

马 武 我招尔的人头！

〔（撕边崩登仓）马武右回身、顺势抓马鞭、后绕一圈归腰间，左手勒缰、抬左腿纫镫、落左脚、跨右腿、面向里蹲身，向台里踹出右脚、马鞭向后伸直踹丫儿亮相。【快冲头】“上场门”下。姚期感激的拱手送马武下。姚刚向右硬转身，突然向众大吼。

姚 刚 （京白）听见了没有！

〔【大锣原场】姚期向众摆手示意。众闪成“斜胡同”，姚刚神气十足的“下场门”下。姚夫人、姚能与丫环、家院等人“窝下”。姚期拖着疲惫的双腿跟下。刀斧手“窝下”。

第十一场

〔堂桌、“小座”、“大边”跨椅。

〔【纽丝】刘秀左臂搭在大太监肩上，“上场门”醉步上，至台中。

〔二黄散板〕

刘　秀　（过门同前）1 2　1 2 ^{3}2　3 ^{3}2　2　2· 1　1· 2　3 －　2 3　3 1 ^{2}1 －【扫头】
每　日　宫　中　多　欢　乐，

「大太监扶刘秀坐“外场椅”，太监站“大边”。四宫女“上场门”上站“一条边”，郭妃急至“小边”台口，向宫女挥手，宫女“上场门”下。郭妃进门跪台中。

郭　妃　（哭念）哎呀万岁啊……

「**【撕边一击】**郭妃翻双袖哭。太监把“大边”跨椅搬至“大边”后站椅子外首。

刘　秀　（伸手示意）梓童快快起来、快快起来。梓童为何这等模样？

郭　妃　（起身、至“大边椅”的里首）启奏万岁，（拱手）今有姚刚用太湖石将我父（拱手）压死。妾妃已然传旨，将他全家问斩。求万岁（拱手）做主啊！（**【撕边一击】**掩面而涕）

刘　秀　啊！有这等事！（郭欲说、刘抬手止住）好好好，梓童不要啼哭，寡人（托髯）与你做主就是。

郭　妃　多谢万岁。（坐“大边”椅）

大太监　（听传点声，忙出门、对“上场门”台里）何人传点？

「马武内：“马武回朝，有本启奏。”

大太监　（面向外）老头子，救命星可来啦！（急转身进门至“小边”，向刘躬身）启万岁，马武回朝，有本启奏。

刘　秀　宣他进宫。

大太监　是。（至台中）马武进宫啊。（回“小边”）

「马武内白：“领旨。”**【大锣五击】**“上场门”上、至“小边”台口。

马　武　草桥遭围困，回朝（拱手）搬救兵。**【一锤锣】**（欲进门突然想起，手拿钢鞭是不准面君的。将鞭放在“小边”台口，双手整冠理髯，至台中进门、站“小边”，向刘拱手、躬身）臣，**【大锣一击】**马武见驾，吾皇（曲右腿跪拜）万岁。**【撕边一击】**

刘　秀　平身。

马　武　万万岁。（侧身向郭妃拱手、施礼）娘娘千岁。

郭　妃　（没好气的）平身。

马　武　（见状也愤愤地念）千千岁！**【大锣住头】**（面向外）

刘　秀　啊马皇兄。

马　武　（转面向刘、拱手）臣。

刘　秀　命你镇守草桥，回朝做甚？

马　武　（拱手）臣启万岁，大事不好了！**【大锣一击】**（双掌分开。刘秀不解）

刘　秀　何事惊慌？

马　武　今有牛邈搬来七十二洞人马，将草桥关（右掌从左至右）围得水泄不通。（单掌指自己）为臣杀出重围，搬请姚家父子（左手撕扎，右二指向下转圈）以解此围。

刘　秀　啊这……（看郭妃）**【撕边一击】**

郭　妃　（拱手）啊万岁，那姚家父子，已要问斩了！（立单掌、做砍头状）

刘　秀　啊是呀，那姚家父子，已要问斩了。

马　武　姚家父子身犯何罪？为何将他斩首？

刘 秀 这……

郭 妃 （抢答）只因姚刚用太湖石压死国丈，故而问斩。

刘 秀 着哇，（右拳击左掌）姚刚用太湖石压死国丈，故而斩首。

马 武 （拱手）臣启万岁，姚刚用太湖石压死国丈，就该将他一人斩首（举右食指）。为何要杀他的满门大小？（双掌交错，移动分开。意指众多无辜受牵之人）

刘 秀 这……【大锣一击】

郭 妃 姚期纵子行凶，理当将他全家斩首。

刘 秀 是呀！理当将他全家斩首。

马 武 （撕扎稍思、向刘拱手）为臣有本启奏。

郭 妃 （抢说）有本改日再奏！（马武欲争）

刘 秀 （不耐烦地）有何本章，只管奏来。

马 武 （拱手）容奏！【大锣归位】（“山膀”拉开）那郭荣在朝专权，上欺天子，下压群臣（左手撕扎，右掌从左移至右），似这样卖国的臣子（左手指外）。【大锣一击】他死则（拍双掌、扬手）不亏呀！

郭 妃 （急站起。【撕边大锣叫头】抖单袖上腕，拱手）万岁呀！（走近刘秀，手指马）马武进宫冒奏本章，连他也一起斩首。

刘 秀 啊嘟！【撕边一锣】（马武向刘拱手）大胆马武，再若多言，连你也一同斩首！（向马甩右袖）

马 武 【撕边大锣叫头】（双手托髯，向左扔出、面向刘拱手）万岁！将臣斩首，不值紧要，那牛邈杀（立掌）进关来，（拱手）我主江山难保。【大锣一击】

刘 秀 哎呀是啊！江山要紧哪！（向郭摊手）

郭 妃 【大锣叫头】（抖袖上腕、拱手）万岁呀！这江山不要（摆手），也要斩首。

刘 秀 （面向马）是呀，江山不要也要斩首。

马 武 【撕边叫头】（右手弹扎、拱手）万岁，这江山事小，（向刘拱手）万岁与娘娘的性命（抱拳斜视郭）也有些难保【冷锤】。

刘 秀 （惊）哎呀是啊！孤王的龙头要紧哪！

郭 妃 （拱手）万岁呀！【快五锤】（走近刘）性命不要也要斩首！（右手拉刘左袖，撒娇地摇摆后掩面哭泣）

刘 秀 啊……是啊，性命不要（拍腿）也要斩首，我是斩定了。（双手抓帔，搭二郎腿，右手放右腿上，左袖向马扔出）

马 武 （摊双掌）咋！【冷锤】咋！（仓）咋！（仓）咋……

〔马武搓双手、脚跺地、反复四次。【撕边一击】向“大边”蹉步，起“反云手”至郭椅的外首，左顺风旗向里望。见郭怒坐，转身向外，抬右手打“背拱”【撕边一击】拱手略思。【撕边一击】转面向郭、侧身拱手。

马 武 娘娘，还是赦了的好。

郭 妃 定斩不赦！（向马摔左袖）

马 武 这！（仓）（猛回身抬左腿，面向外摊双掌）这！（仓）（侧身向“小边”台口，伸出右前、左后、掌心向上的双手）这！（仓）（抬左腿搓双手）这……（叉开双腿向台中蹉步。（撕边崩登仓）至台中双手撕扎亮相。【回头】愤怒地虎视，转动着思考的眼珠。【大锣原场】想起门外的钢鞭，随即出门拾鞭。反把握紧藏于背后。

【冲头】进门站“小边”、侧身向刘秀）

马　武　万岁，你当真不赦？

刘　秀　啊……（见郭摆手，转向马）当真不赦。

马　武　果然不赦？

刘　秀　啊……（看郭妃、再转向马）果然不赦！

马　武　你不赦吗？【大锣一击】（髯口让在左臂上，反攥的钢鞭倒成正把）

刘　秀　（预感不妙）你……你要怎样啊？

马　武　呸！着打！

「马武抖下左臂髯口，左手指刘秀。乐队奏唢呐曲牌＜急三枪＞。马武“大刀花儿”打刘，跪至“外场椅”前。刘秀躲桌后翻水袖护头，拿笔在马武手掌上写一个“赦”字。郭妃躲在“大边”椅后。

刘　秀　赦了、赦了！【大锣住头】

马　武　（起身）【冲头】（出门至“小边”台口，看手掌中的字）赦！哈哈……（撕边崩登仓）（横在腰间的鞭向前绕，藏于左腋下，高举左掌）

「【冲头】马武兴冲冲向“上场门”跑下。

「刘秀出门【撕边一击】抖右袖上腕，惊骇地向“下场门”望。右回身、抖下腕上水袖【撕边一击】稍松一口气。

郭　妃　（哭）喂呀……

刘　秀　哼！【冷锤】

「刘秀埋怨、烦恼地向郭妃摔下抓在手中的右袖，背双手在【大锣原场】里怏怏不乐地“下场门”下。郭妃急止哭声垂头丧气地跟下。太监随后下。

第十二场

「空场。

「马武内白：“嘿！”【大锣归位】高举左手、右手提甲“上场门”上，至“小边”台口。

马　武　非是马武行鲁莽，只为汉室锦家邦。(向“下场门”众人举左掌)圣旨下！

「【冲头】马武站台中。二校尉从马身后至“小边”台口一排，另二校尉“大边”台口一排。姚刚走马武身前至“小边”台角。姚期至台中，左侧是姚夫人，右侧是姚能。家院乙左边靠近姚能，右侧是丫环乙。家院甲右边靠近姚夫人，左侧是丫环甲。众人面向马武成一排。姚刚面向外。

马　武　圣旨下，跪！

姚　期　万岁。（全家同跪）【撕边一击】

马　武　跪听宣读。（左掌挡脸。根据掌心的一个“赦”字将自编的“圣旨”朗朗念出）“今有姚刚用太湖石将国丈压死。（稍落左掌，俯视姚家众人）理当满门斩首。（复抬左掌挡脸）念在马武进宫苦苦保奏，死罪已免，活罪难容，命他父子（俯视姚期）征战牛邈，（目光移视姚刚，复挡脸）得胜回来，将功折罪，若是败了哇……”（右手撕扎稍思，姚刚迫不及待地跪步向前）

姚　刚　（京白）怎么着？**【大锣一击】**

马　武　（向左掌心）呸！（抬右手擦左手）（京白）没事，没事。（向众人摆手）起来，起来。

姚　期　万万岁！

〔**【五锤】**四刀斧手上前给姚家满门除去项上绸条，两边下。众起身，马武立台中，姚期站台中“大边”一侧，姚能站“大边”台口，身后是：外首家院乙、里首是丫环乙、右侧是姚夫人；姚刚站“小边”台口，身后外首是家院甲、里首是丫环甲。

姚　期　姚刚。

姚　刚　（向姚期拱手）在。

姚　期　还不谢过马叔父讲情。（伸右手示意）

姚　刚　是。（向马武拜谢）多谢马叔父讲情。

马　武　姚刚！（右手抓姚刚左腕，同上步。**【快五锤】**）此番出兵，必须努力杀贼，方显你姚家父子的英名。（伸左手拇指）

姚　刚　那个不含糊呀！

姚　期　大家将房披挂！

〔奏唢呐曲牌<尾声>（后半截）

〔随着曲牌音乐，姚期与马武互拱手，姚期上步再次拜谢马。马武上前搀扶姚期，二人“推磨”，姚期站台中，左手抓站“大边”的马武右腕，回身右手抓姚刚左腕，姚刚左弓箭步，马武左手撕扎三人亮相。姚能站“大边”靠里，右侧是姚夫人，二院子、二丫环站里面一排。众亮相。**【急急风】**打住，结束。

——剧　终

李长春 **讲述**　　　　白荫棠 **整理**

铡判官

裘盛戎演出本

《铡判官》亦名《普天乐》。演无赖李保图财害死少女柳金蝉，却受到在阴间当判官的舅父张洪的庇护，将杀人罪名转嫁给书生颜查散。包拯审此案，发现疑点多多，于是亲下阴曹。经过一番深入的调查研究，审明此案，奖励了举报有功的油流鬼，惩治了徇私舞弊的判官张洪，抓获了杀人的凶手李保，扶助了蒙难的弱女和书生。善有善报，恶食恶果，扶正祛邪，普天皆乐了。

《铡判官》中出现了小鬼、判官、阎王，出现了阴曹地府、生死簿等传说中才有的人与物。但显而易见，其目的则在于惩恶扬善，除暴安良。剧中，对李保这个刑事犯进行了无情的揭露；对大搞不正之风、制造冤假错案的官僚队伍中的蛀虫张洪进行了狠狠的鞭挞；对生活中的弱者柳金蝉、颜查散等给以同情和支持；而对包拯下阴曹、游五殿，“找不回柳金蝉我不还阳间”的法不阿贵、忠于职守的工作态度则倾全力歌颂、赞扬。据此可见，是剧主题积极向上，其反贪倡廉的主旨，体现了中华民族的传统美德。

剧中出现了生死簿，这容易给人以“死生有命”、“前世注定”的消极感觉。但只要深入分析便可发现，生死簿不是剧作要宣扬的主旨，而是据此生发出张洪作弊、小鬼出首、包公铡判等一系列情节。剧作者并不信生死簿一类的说法，因为张洪、李保是舅甥，生死簿就可以撕下并任意涂改，这本身不就是对生死簿的无情嘲弄和辛辣批判么！

《铡判官》与一些“鬼戏”不同之处还在于它不袭用“阳间是昏官，只有到阴曹地府才能申冤复仇”的套路，而是全力褒扬阳间的好人，很大程度地贬抑了阴曹地府。全剧最终，还是靠阳间的人来解决问题，还是靠包拯平反涉及阳世、阴间的一大冤案，这无疑是对人定胜鬼——正义战胜邪恶的企盼和颂扬了。

《铡判官》有几个突出的艺术特点。一是其剧本情节曲折跌宕，悬念重重，引人入胜。一是其场面浩大，生旦净丑一应俱全。尤其是花脸角色，多达八个，这就使演绎阴司故事的戏剧，充溢着阳刚之美。当然，最可珍贵的是剧中主角包拯的唱腔。包拯在《探阴山》一折的歌唱，达到了裘派声腔的一个高峰。包拯登望乡台的成套二黄唱腔，唱词多达20句，是目前存留剧目当中，铜锤花脸唱腔最长的一段。这段由“导碰原”组成的唱段中，裘盛戎刚柔相济、气韵生动、曲律传情、委婉动听的唱腔、唱法得到了淋漓尽致的发挥。节奏铿锵的【回龙】“为黎民无一日心不愁烦”；耍板演唱的【原板】“错判了颜查散年幼儿男”；高低起伏的【碰板】“又只见小鬼卒大鬼判，押定了屈死的亡魂项戴铁链，悲惨惨，惨悲悲，阴风绕，吹得我透骨寒”；雄健豪放的【散板】“山谷内因何有这一鬼孤单”等，都是裘派声腔中的华彩篇章。

不能忽视的是，包拯见柳金蝉后，仍有至为精彩的【二黄散板】。像“哭啼啼哀告我你有什么屈冤，我问你名和姓家住在哪县”那“断句不断”的唱法，是裘派擅长的艺术处理。另外，包拯与阎君的对唱，裘盛戎创用了由【西皮摇板】过渡到【西皮快板】的唱法。在一句唱腔中，先散唱后转1/4拍的【快板】的唱法，传统花脸戏中没有先例。裘盛戎对这种破例情有独钟。《铡判官》后，他在《官渡之战》、《海瑞罢官》以及现代戏《雪花飘》中都曾使用。但用法各异，绝不雷同。

《铡判官》至今风靡舞台，裘门弟子竞相演出，其中不乏再创造。如方荣翔将包拯与柳金蝉的对唱改为【反二黄】，如吴钰璋将“扶大宋锦华夷赤心肝胆”的“扶”字高起高唱，延长尺寸，取金（少山）派调式，皆有新意。

赵晓东

人物行当

包　拯	净	小　鬼	丑
柳金蝉	旦	门　神	丑
张　洪	净	一殿阎君	生
秦光辉	净	一殿判官	净
江万里	生	二殿阎君	生
油流鬼	丑	二殿判官	净
柳自芳	生	三殿判官	净
李　保	丑	王　朝	净
颜柳氏	老旦	马　汉	净
颜查散	小生	张　龙	生
张　升	丑	赵　虎	生
张　千	丑	二衙役	杂
李　万	丑	四青袍	杂
陶　氏	老旦	四校尉	杂
公孙先生	生	四蓝文堂	杂
来　兴	丑	四小鬼	杂

服装扮相

包　拯　黑整脸。黑相纱、黑满，黑蟒、玉带，黄衬褶，紫彩裤，厚底靴。（“九场”换白蟒，紫衬褶，相纱上披黑纱）

柳金蝉　俊脸。梳大头、线尾子、点翠头面，浅蓝枝花帔、白衬褶、领花，白花腰包，粉彩裤，彩鞋。（七场换银泡钉、头顶白彩球，白绸条、白素褶子、领花，白素腰包，白彩裤，白彩鞋）

张　洪　红碎脸。判帽、红扎、红耳毛子、黄彩绸，红官衣，紫绣花衬箭、红下甲、红三尖，黄蓝条大带，黄彩裤，虎头靴。（楦体、卷六指；“十三场”露红发鬏）

秦光辉　黑碎脸。平顶冠、红后兜、红彩绸、黑扎、黑耳毛子，黄蟒、红绣龙大坎肩，黑软带，红彩裤，厚底靴。

江万里　俊脸。黑纱帽、黑三髯，蓝官衣、玉带，红彩裤，厚底靴。

油流鬼　揉黑小鬼脸。小蓬头、泡条、大绒球，黑花打衣、裤，云肩、侉子，小大带、黑薄底鞋。

柳自芳　俊脸。香色员外巾、黲三髯，香色帔、淡紫色衬褶，香彩裤，厚底靴。

李　保　勾豆腐块。蓝毡帽，蓝布大袖、小白水裙，腰带，青彩裤，白大袜、圆口鞋。

颜柳氏　俊脸。白发网、白鬓发、紫绸条、扣碗，褐色褶子、白腰巾，墨绿裙子，香彩裤，福字履。

颜查散　俊脸。青桥梁巾，浅蓝花领素褶子、素衬褶子，湖色彩裤，厚底靴。（“四场”后甩发）

张　升　丑脸。蓝毡帽，蓝布箭衣、紫大带，青彩裤，白大袜、方口皂鞋。

张　千　丑脸。皂隶帽，蓝布箭衣、紫大带，青彩裤，白大袜、方口皂鞋。

李　万　丑脸。皂隶帽，蓝布箭衣、紫大带，青彩裤，白大袜、方口皂鞋。

陶　氏　俊脸。黪网子、黪鬓发、扣碗、勒子、香色绸条，香色团花帔、绿裙子，香彩裤，福字履。

公孙先生　俊脸。黑学士巾、黑三，宝蓝褶子、绣边大坎肩、小绦子，青彩裤，厚底靴。

来　兴　丑脸。青软罗帽，青素褶子、紫大带，青彩裤，白大袜、方口皂鞋。

小　鬼　揉黑小鬼脸。小蓬头、泡条，灰侉衣、裤，云肩、侉子、腰箍，裹腿，黑薄底鞋。

门　神　揉白小鬼脸。罐子盔、丑三，红大铠服，红彩裤，朝方靴。

一殿阎君　俊脸。平顶冠、红后兜、红彩绸、黑三髯，绿蟒、玉带、紫衬褶，红彩裤，厚底靴。

一殿判官　紫碎脸。判帽、黄彩绸、黑扎、黑耳毛子，红官衣，紫衬箭、大带，红彩裤，厚底靴。（楦体）

二殿阎君　俊脸。金大镫、红彩绸、黑三髯，紫蟒、红衬褶，红彩裤，厚底靴。

二殿判官　黄碎脸。判帽、黄彩绸、黑扎、黑耳毛子，蓝官衣、黄衬箭、大带，紫彩裤，厚底靴。（楦体）

三殿判官　蓝碎脸。判帽、黄彩绸、黑扎、黑耳毛子，紫官衣、红下甲、大带，红彩裤，厚底靴。（楦体）

王　朝　紫三块瓦脸。黑大板巾、额子、茨菰叶、黑满，蓝团花箭衣、黑团花马褂、三尖，紫大带，红彩裤，厚底靴。（“九场”大板巾上披黑纱）

马　汉　元宝脸。黑大板巾、额子、黑满，蓝团花箭衣，黑团花马褂、三尖，紫大带，红彩裤，厚底靴。（“九场”大板巾上披黑纱）

张　龙　俊脸。黑大板巾、额子、黑三，蓝团花箭衣、黑团花马褂、三尖，紫大带，红彩裤，厚底靴。（“九场”大板巾上披黑纱）

赵　虎　俊脸。黑大板巾、额子、黑三，蓝团花箭衣、黑团花马褂、三尖，紫大带，红彩裤，厚底靴。（“九场”大板巾上披黑纱）

二衙役　揉脸。梢子帽，蓝布箭衣，大带，青彩裤，黑薄底鞋。

四青袍　俊脸。秦椒帽，青袍，青彩裤，黑薄底鞋。

四校尉　揉脸。黑大板巾、额子、茨菰叶、牵巾，紫素箭衣、黄素马褂、三尖，大带，青彩裤，黑薄底鞋。

四蓝文堂　俊脸。蓝大板巾，蓝龙套服，青彩裤，黑薄底鞋。

四小鬼　揉脸。杂色小蓬头，黑泡条、绒球，黑侉衣、裤，云肩、侉子、小大带，黑薄底鞋。

道具

屏风	一个	桌子	三张
喜鹊桥片	一个	椅子	三把
望乡台片	一个	台阶	两个
金钗	一对	手扭	一副
小棍	一根	马鞭	一根
小包袱	一个	腰刀	八把
锁链	一条	开门刀	四把
文房四宝	一份	单钉狼牙槊	一把
印盒	一个	金瓜	一杆
公文	两份	生死簿	一本
惊堂木	一块	判官笔	一枝
供状纸	一张	油壶	一把
堂板	两块	吹火筒	一个
夹棍	一副		

第一场

「堂桌、“小座”、“大边”跨椅（米黄色桌围椅披）。

「【撤锣】

「柳自芳内嗽：“嗯哼！”

「【小锣原场】柳自芳徐步走至“九龙口”稍停，抖单袖，前行至中台口站定，左食指捋髯。【小锣归位】

柳自芳 （引子）家藏明珠，[1]（多多）悔当初（多罗） 1 2 1 2 3 2 6 错 配 鸾（出双手食指至胸前）

7 6 5 6 5 5 6 ‖【小锣单上场】（左转向里归“小座”）凰。

（诗）数代簪缨[2]在朝堂，
告老还乡也风光。
只为女儿婚姻事，
每日叫人费思量。

「【小锣归位】来兴“下场门”暗上，站柳自芳左侧。

柳自芳 老夫柳自芳。（扎）宋室驾前为臣（拱手），蒙恩准告老还乡。家财豪富，膝下只有金蝉一女，只是早年不该错配颜查散为妻，为了此事终日闷闷不乐。本当退却这门亲事，怎奈我与他母有手足之情，不好明言。今乃元宵佳节，天子大放花灯与民同乐。已与夫人商议，带领女儿一同前去观灯。来兴！

来　兴 有。

柳自芳 外厢车辆伺候。

来　兴 是啦。（左转身欲前行）

「内架子：“颜相公到！”

来　兴 （复转向柳）禀员外，颜相公到。

柳自芳 噢！颜查散…… 【小锣一击】

来　兴 正是。

柳自芳 啊！他又做什么来了？哼，唤他进来。

来　兴 是啦。（向前至中台口拱手）有请颜相公。（回“大边”原位）

「【小锣单上场】颜查散自“上场门”上，至“小边”台口站定，抖单袖。

颜查散 （念）家业凋零母年迈，

---

① 明珠：柳员外对女儿柳金蝉的宠爱之词。

② 簪缨：本为古代官吏的冠饰，后代指个人或家庭门第的显贵。

一领蓝衫[1]（唉）穷秀才。

〔【小锣三击】进门至“大边”，向柳自芳躬身行礼。

甥男颜查散拜见舅父。

柳自芳 罢了，一旁坐下。

颜查散 告坐。

〔【小锣住头】来兴将“大边”跨椅搬向“大边”，颜落坐。来兴“下场门”暗下。

柳自芳 你不在家中侍奉你母，到此何事？

颜查散 今当元宵佳节，奉了母亲之命，（转面向柳拱手）前来与舅父拜贺。顺便讨个喜期，也好迎娶表妹过门。

柳自芳 噢，听你之言，你要完婚么？

颜查散 正是。

柳自芳 唉！你母亲真真的糊涂。想你功名未曾上进，刚刚只得中个秀才就要完婚，岂不怕亲友们（向颜摊双掌，双掌互击）谈论哪？【小锣一击】

颜查散 甥男也是这等言讲，只是我母言道，我与表妹均已长大成人，若早成大礼也好了却老人家一桩心事。

柳自芳 好！既是迎亲催娶，我来问你，这纳亲行聘的花费，可曾备齐呀（摊单掌质问）？

颜查散 这个……【小锣冷锤】父亡之后，家业萧条，只好委屈表妹，一切从简。

柳自芳 哎！想老夫年过半百，膝下就是金蝉一人。况且她出身宦门，从小娇生惯养。若是草草了事，岂不叫我这做父的愧对女儿吗？【小锣一击】

颜查散 依舅父之见，这婚姻之事……

柳自芳 嗯，暂且不提。【小锣一击】

颜查散 若要迎娶？

柳自芳 除非你改换门庭（出右手赞美指），独占鳌头！

颜查散 听舅父之言，莫非嫌我家贫，意欲悔婚么？

柳自芳 嘟！【五锤】（单手指颜离座。颜查散连忙站起躬身）胆大奴才，分明你轻功名、恋妻室，反出恶言顶撞长辈，不看在你母亲分上，定责不饶！哼，还不走去！（抖左袖，右转身，愤然坐回原位）

〔【大锣一击】颜查散面向外愣住。

（〔亮弦〕サ 4 3 2 3. 6 5 – ）

颜查散 （右回身向柳拱手）舅父哇（抖单袖）！

〔西皮摇板〕

【小锣凤点头】 サ（7 6 5 5 5 3 6 5 5 3 2 1 2

6 5 5 5 3 6 5 5 ） i 6 3 6 5 7 7 6 7

非 是 我 轻 功 名 贪

[1] 蓝衫：舞台上的生员（秀才）均穿蓝衫或青衫，表示家境清寒。

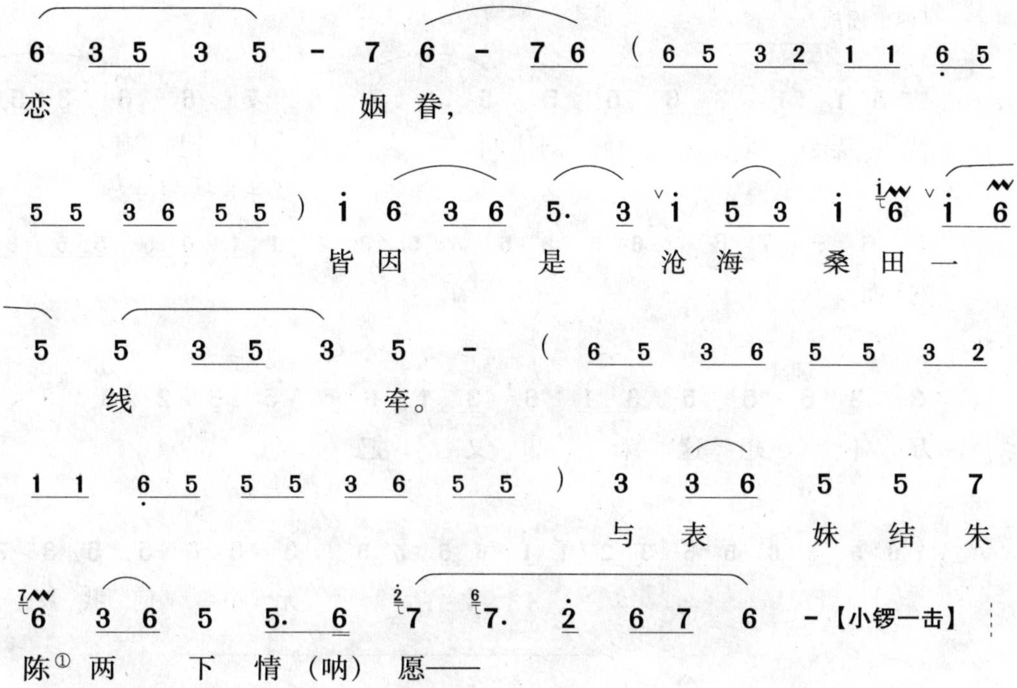

［随颜唱的尾音，来兴从“上场门”上，进门至“小边”，躬身向柳禀告。

来　兴　禀员外，礼部陈大人过府来拜，现在书房待茶。

柳自芳　哦，陈大人来了？

来　兴　正是。

柳自芳　哦，好好好，说我出迎。（离座走至台中）

来　兴　是。（随柳身后）

颜查散　（忙向柳拱手）舅父啊！（柳、来二人台中站定）**【小锣一击凤点头】**（抖单袖）

〔西皮摇板〕[2]

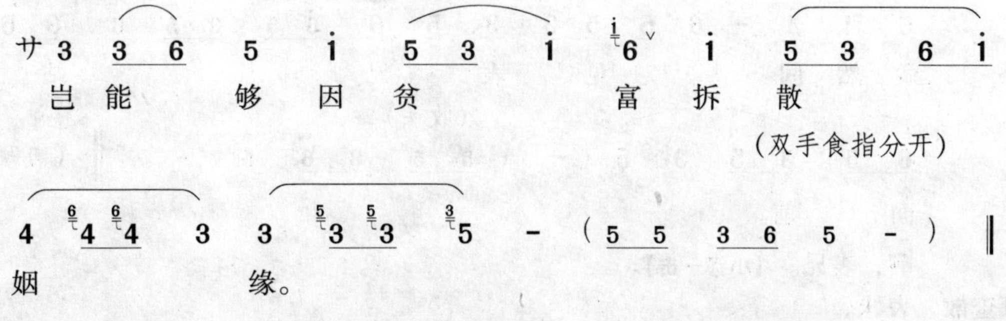

柳自芳　（单手指戳颜）你是真真的啰嗦，还不走去！（拂袖出门，“上场门”下，来兴随下）**【大锣一击】**（颜见状面向外呆立）

颜查散　呀！**【小锣凤点头】**（抖单袖）

---

① 结朱陈：朱陈原是古村名。白居易《朱陈村》诗：“徐州古丰县，有村曰朱陈……一村唯两姓，世世为婚姻。”后因用朱陈为联姻的代称。

② 曲谱中为了避免或减少〔摇板〕〔散板〕开唱之前的“过门”重复出现，记谱时作了省略。

〔西皮摇板〕

サ 5 i i 3 6 5 5 5 3 7 6 7 6 6 3 5 3

一霎 时倒叫 我羞愧满

(立单掌指脸颊)

5 6 - 7 6 (6 5 3 5 6 5 3 2 1 1 6 5 5 5 3 6)

(呐)面，

3 3 6 5 5 3 i 6 3 i 6 5 5. 6 2 3 3 5 -

万不 想这喜 事又 把 愁 添。

(摊单掌)

(6 5 3 6 5 5 3 2 1 1 6 5 5 5) 3 3 6 5 5 3 7 6

无奈 何我只 得

3 6 5. 3 7 5. 3 7 - 7 - 6 7 6 - 【小锣一击】

暂 回 家 转，

(金蝉随唱腔尾音由“上场门”暗上，徐步行至台中，与出门后欲走的颜相遇)

(〔亮弦〕4 3 2 5 7 6 -)

(颜面带愠怒，不愿对视，抬右手挡面转向外)

柳金蝉 【小锣凤点头】(略显羞涩，转面向外)

〔西皮摇板〕

5 i i - 6 5 5 3 3. 5 6 (6 5 3 5 6) 3 6 5

猛然间 见表兄 站立

(收头)

6 5 3 5 3 5 - (5 5 3 6 5 -) ‖ (向颜拱手)

面 前。

啊，表兄。【小锣一击】

颜查散 表妹。

柳金蝉 表兄到此何事？

颜查散 这…… (欲说又止) 唉！

柳金蝉 【小锣一击】(不解地，环视后问颜) 啊，表兄。我爹爹往哪里去了？

颜查散 (冷冷地) 有客来访，(单手指外) 去至书房。

柳金蝉 (点头) 哦，是了。【小锣一击】

颜查散 (越想越烦) 唉！

柳金蝉 (见此情景颇多诧异) 啊表兄，你满面愁容 (立单掌指脸)，有何为难之事 (单掌抚于胸前），金蝉愿闻。

颜查散 表妹哪里知道，只因母亲年迈多病，无人侍奉，是我奉了母亲之命前来与舅父商议，讨个喜期好早成大礼。怎奈舅父见我家贫，功名未就，意欲悔却这门亲事。（单手指外）

柳金蝉 **【小锣一击】**（顿感疑惑）我爹爹他他……（向颜追问）果有此意么？

颜查散 正是。

柳金蝉 不知表兄做何计较？

颜查散 我贫你富，怎敢高攀哪！（平摊双掌以示愤然与无奈）**【小锣一击】**

柳金蝉 （以袖遮面替父羞愧，随即转面向颜）表兄说哪里话来，妹粗知大义，岂能做那嫌贫爱富之人（单手指外，变掌抚于胸前）。此心惟天可表！**【小锣一击】**

颜查散 （见状气平，反觉愧意）表妹呀！愚兄只因舅父悔婚，心中气愤难平，出言不慎，还望表妹莫怪（躬身施礼向金蝉道歉）。这悔婚之事，待禀知家母再做计较。我在此处多有不便，愚兄告辞了。（施礼后欲走）

柳金蝉 （立右掌拦住）且慢！**【小锣一击】**妹这里有凤头金钗一对（随手从头上取下金钗一支），乃爹爹所赐，一支妹戴鬓边，这一支赠与表兄。（颜双手接过金钗）千万莫被爹爹知道，以免道妹不周。但愿此钗（二人同看金钗。金蝉随将指钗手放于胸前）能遂人意。**【小锣一击】**（二人再看金钗。颜点头会意，随即将金钗收于右袖内）

颜查散 多谢表妹，愚兄告辞了（向后施礼）。

柳金蝉 （欠身还礼）恕妹不远送了。

「**【小锣住头】**颜“下场门”下。**【小锣一击】**金蝉至“大边”望“下场门”里，见颜已远去，**【小锣一击】**金蝉右转身面向台口。

（〔亮弦〕サ ^{3}2　3 4　6　5　–　）（想着刚刚发生的事情，转叹一声，随即抖单袖）

〔西皮摇板〕

柳金蝉 **【小锣凤点头】**　サ 3 6　5　7　^{7}5. 6　5　6　$^{\dot{1}}$3 5
表　兄　匆　忙　回　家
（单手指“下场门”方向）

6（ 6 5　3 5　6 5　3 2 ）3　3 6　5　6　6
往，　倒　叫　我　金　蝉
（单掌自指胸）

i　5　6 5　^{5}3　5　–　‖　**【小锣抽头】**
心　意　彷　徨。

「柳金蝉右转身进门，挖至“大边”。柳自芳兴冲冲“上场门”上，至“小边”台口。来兴随上站柳自芳身后。柳自芳抖单袖。

〔西皮摇板〕

柳自芳 ㄜ2 1 3 2 3 3 1 2 6 2 1 3 2 (3 5
陈 大 人 他 约 我 同 把 灯 赏,
(右掌指外) (按右掌向右移)

2 1 6 1 2 1 6 5 5 5 3 6 5 5) 3 3 2 1 1
这 样 的 好

2 2 3 2 1 6 1 6 1 - (1 1 7 2 1 -)‖
朋 友 非 比 寻 常。

〔柳自芳左转身进门。来兴随后挖至“小边”。金蝉拱手相迎。

柳自芳 啊,儿啊,【小锣一击】(伸右掌示意金蝉坐“大边”椅。自己落“小座”)你到此何事啊?

柳金蝉 这个……【小锣一击】爹爹要带领女儿前去观灯,梳洗已毕,特来催请。

柳自芳 好,请你母亲出堂。

柳金蝉 是。(出门至“小边”向“上场门”里躬身)有请母亲。

〔来兴将“小座”改成“小边”跨椅。再将“大边”椅搬至桌旁成“大边”跨椅,后侍立“大边”。【小锣单上场】陶氏“上场门”上,至“小边”台口。金蝉站陶右侧。

陶 氏 (念)员外告老回故乡,
一家晚年乐安康。【小锣一击】
(金蝉搀陶进门)啊,员外。

柳自芳 夫人。

〔陶氏、柳自芳二人伸掌互让。陶坐“小边”跨座,金蝉侍立身旁。柳自芳坐“大边”跨座。

陶 氏 唤我前来,何事呀?

柳自芳 陈大人前来,陪我们一家前去观灯,我们一同前往。

陶 氏 好,一同前往。

柳金蝉 啊爹爹,女儿身体不爽,不愿前去。

柳自芳 啊!【小锣冷锤】方才你要去,如今怎么又不去了哇?好好好,既是我儿不肯前去,我们也就不用去了,待我回复陈大人去。(离座至台中,陶氏忙上前拦阻)

陶 氏 呵,待我向前。【小锣一击】(右转身向金蝉)啊儿啊,你若不去,你爹爹就要动气了。

柳金蝉 (无奈)女儿前去就是。

陶 氏 哎,这便才是。(转向柳自芳)啊老爷,我们一同前往啊。

柳自芳 唉!(右食指点戳金蝉)真真太娇养了。

陶 氏 哎,(看金蝉,复转向柳自芳)这是何苦啊。

〔西皮摇板〕

柳自芳 【小锣凤点头】 ㄜ2 1 3 2 1 3 1 2 2 6 2
宋 王 爷 办 花 灯 与

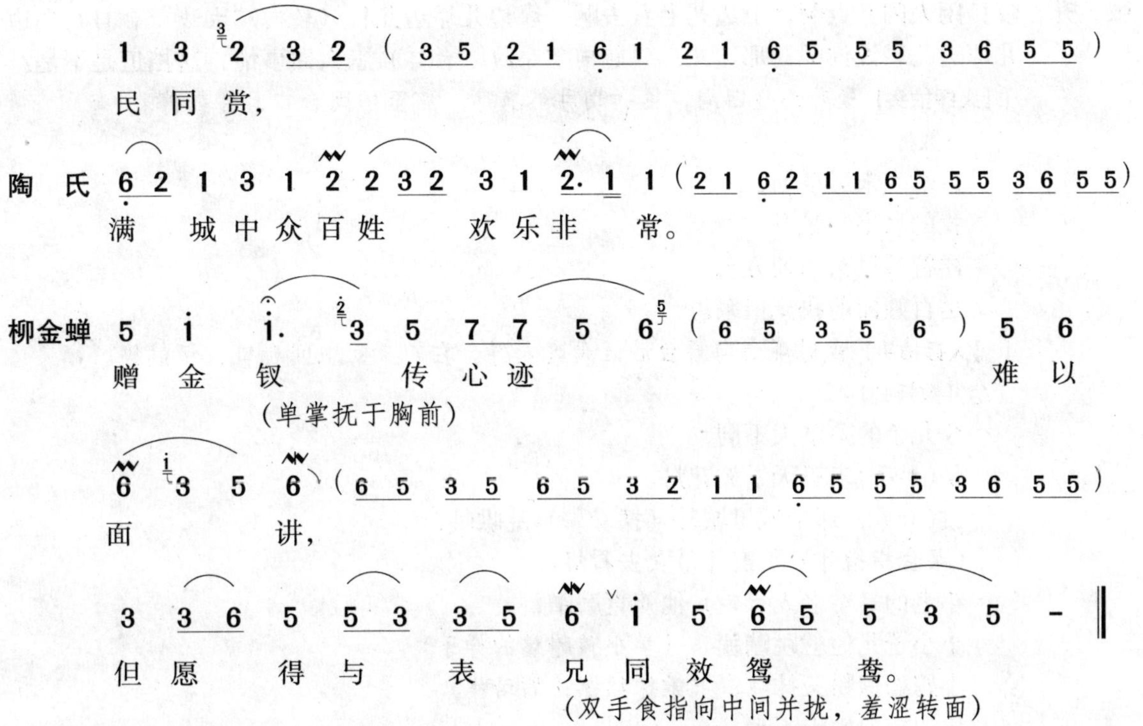

〖【小锣抽头】四人出门“下场门”下，来兴在前柳自芳随后，金蝉在陶氏左，搀扶同下。

第二场

〖转【大锣抽头】

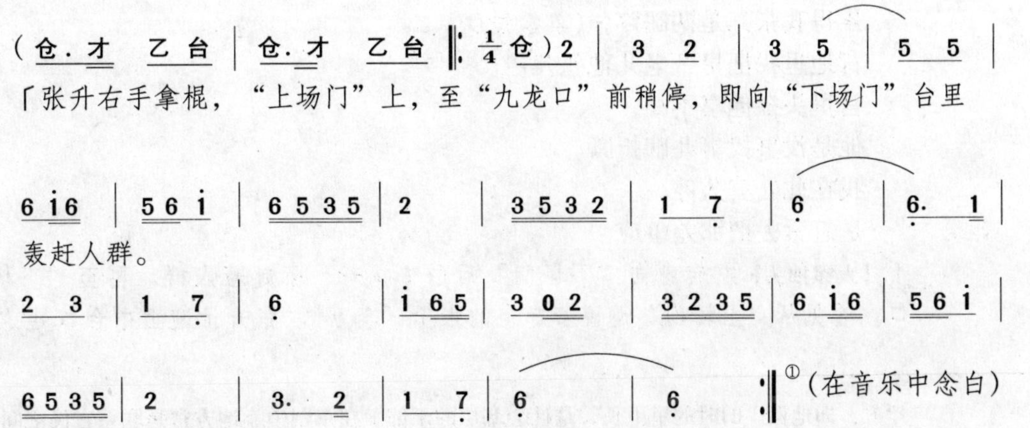

① 此音乐反复多次至李保上场方停。中间插【大锣抽头】时音乐也不断，人物念词、数板时音乐继续演奏。

张 升 哎！闲人闪开点啊，上边儿上看去啊，靠边儿靠边儿！（转向“大边”台口）那边儿那边儿，说你呢，那边儿！（转向“小边”台口）怎么回事情，这挡道是不是？

「【大锣抽头】张升巡视四周，见一切井然有序。随至中间台口，锣鼓停。

（念〔数板〕）

自幼生来运亨通，
我的名字叫张升。
祥符县里头当地方[①]，
是百姓面前我充祖宗。

「【大锣抽头】背对观众向舞台后区轰赶人群。右转身回中间台口，锣鼓停。

（念〔数板〕）

今儿个的差事大不同，
是(拱手)宋王天子放花灯。
(按双掌）那个城里城外（摆双掌）乱哄哄，
(双食指指外）是携儿带女去看灯。
年老的（学老人行走）他就直磨蹭，
小小子儿他就跳蹦蹦。（学小孩蹦跳的样子）
小媳妇擦粉又抹红，（学抹红擦粉的动作）
扭扭捏捏她走不动。

「【大锣抽头】向后走至台中，面向外学女人走路的姿态。学老太太用脚后跟走路的样子。至中台口念〔数板〕。

嚯，街上的人是如潮涌，（按双掌向右移再移向左）
简直的就是（摇摆双掌）一窝蜂。
县太爷看见他（手自指头）脑袋疼，
是就怕地面（摊双掌）出事情。
衙役三班他全出动，
大街小巷去巡风。
累得我张升是两腿疼，(单拳捶腿)
背地里我把皇帝老儿他怨几声。
宫里头福他享不尽，
他是没事找事儿瞎折腾。
我在此处莫久停，
是赶紧去把那差事应。

「【大锣抽头】左转身向“下场门”后区呼喊着，驱赶着人群。再至“下场门”台口。看见从“上场门”巡视着走来的张千、李万[②]。张升忙迎至中台口站“大边”

---

① 地方：即地保。旧时的里甲长，是社会基层的干部。在京剧中，地方常是联系官民之间的媒介。多用丑角扮演。

② 张千、李万：这是戏中祥符县的两名衙役。在戏曲剧目中，很多衙役都叫张千、李万，这是源于元杂剧的传统。王骥德《曲律·论部色》卷三：“元杂剧中……凡厮役，皆曰‘张千’，有二人，则曰‘李万’。”这在京剧中屡见。

一侧。张千站“小边”一侧，右侧是李万。锣鼓停。三人接着各念〔数板〕。

张 千 哎！叫张升你（摆左掌）别稀松，

李 万 我们找（左手指张升）你有事情。

张 千 适才太爷传下令，

是（拱手）皇上娘娘出龙廷。

李 万 （按双掌）家家户户摆香案，

晓谕百姓（斜托掌）齐挂灯。

张 升 有钱的主儿倒好办，

是穷人没钱（摊双掌）难挂灯。

张 千 哎！（绷脸）那可不行，

天子要看太平景，

是得罪了皇上可罪不轻。

张 升 好，您吩咐是我传令，

是军民人等听分明。

「【大锣抽头】三人齐向后巡视。张升转至中间，张千站“大边”一侧，李万站“小边”一侧。三人右转身各念〔数板〕。

张 千 哎！挂个一团和气灯，

李 万 和合二仙灯。

张 千 三战吕布灯，

「张升举棍抬腿亮高相，张千、李万在两边拧枪“骑马式”。

李 万 四时如意灯。

张 升 五子夺魁灯，

是外带着六国封相灯。

张 千 还有个七星照明灯，

是再来个八仙庆寿灯。

李 万 九曜星官灯，

张 升 十面埋伏灯。

张 千 这些个灯是挂齐整，

张 升 再挂一个琉璃盏的炮打灯。

张 千 灯要点得亮，

李 万 花要放得明。

张 千 今天的日子可大不同，

李 万 地面不可出事情。

张 升 绝对不能。

张 千 别偷懒，

李 万 莫看灯。

张 千 我们（双手指“下场门”）那边轰百姓，

张 升 （单手指地）这边儿的差事我来钉。

李 万 （至“大边”站张千右侧私语）抽个空喝两盅，

张 升 （听见二人谈话，摊双手）得！我的罪过儿是真不轻。（锣鼓收住）

张　千　（手指张升）你哪儿那么多事呀你！

〔张升忙摆双手欲向张千解释。

李　万　（手指点张升）你哪儿那么多说的！

〔张千、李万边指戳着“小边”的张升，数落着，边从“下场门”下。张升无趣地转向“上场门”里，轰赶着人群。

〔李保扒开人群从“上场门”挤上，回身向台里指着、叨唠着，退至“九龙口”前转身与轰赶人群的张升对碰左肩，张升轰赶着人“上场门”下。**【大锣一击】**音乐止。李保左转身软“扑虎”摔向中台口。

李　保　哎……哟呵！（很不高兴地慢起身，掸去身上泥土）我的妈呀！这哪是逛灯啊，简直这是要玩儿命啊！唉！想我李保白天宰杀猪羊，夜晚赌博宿娼。不幸父母双亡，给我留下一份家财，是我吃喝嫖赌无所不为呀，所有的家当儿也都花净了。跟我舅舅张洪过日子，不幸我舅舅也死了。撇下我一个人儿，就在这汴梁城屠宰为生啊。简直的是一点落儿都没有，腰里头空空的，天天要账的堆门。今有宋王天子大放花灯，一来我心说逛逛灯、散散闷，二来躲躲账主子。呵！这逛灯的人真不少哇，跟潮水似的，把我这么东一拥、西一挤，（向左、右两倒步）把我给挤在当间儿了，您说这灯逛什么劲儿呀？（掌心掌背互击，走向“小边”台口）人家逛灯为散心，我这逛灯简直的是懊糟。干脆这灯也不逛了，回家还睡我那懊糟觉去了，走了。**【小锣水底鱼】**（从“小边”台口向“大边”台里边侧身走，边扫兴地叨叨着，在“大边”与从“下场门”匆匆走来的来兴对撞左肩）哎哟！（二人同向左转一个整身，来兴“蹿扑虎”至中台口，二人同找对方理论至台中，来兴在“小边”，李保在“大边”）

来　兴　你怎么给我撞一个跟头哇？

李　保　我说你怎么了，剩我一人儿你还挤，挤什么呀？

来　兴　（认出）哎！这不是卖肉的李保吗？

李　保　这不是管家吗？

来　兴　可不是我吗。

李　保　干嘛这么慌里慌张的？

来　兴　哎呀！你可不知道。

李　保　什么事？

来　兴　我跟随我家员外、夫人，还有我们家小姐一块去看灯去了。看灯的人太多了，挤来挤去的你猜怎么着？

李　保　怎么着？

来　兴　把我们小姐给挤丢了，我怎么不着急呀？

李　保　得啦，得啦，那么大的人还丢得了吗？

来　兴　丢不了，那敢情好了。

李　保　咱们俩人老没见了。

来　兴　是啊。

李　保　这么办得啦，咱们找个酒馆喝四两。

来　兴　喝酒哇？

李　保　我请你。（拉来兴欲走）

来　兴　（向后边退边说）我找不着我们小姐，你还拉我去喝酒，你这人真是，找不着我们

小姐，我还要报官去呢，你还拉我喝酒…… **【小锣一击】**（挣脱了李保的手向“上场门”慌忙走下）

李 保 （望着远去的来兴）这小子可真够机灵的，我心说喝他的蹭儿酒，他不买我这本账。干脆我回家睡懊糟觉去。

〔**【小锣打下】**“下场门”下。

第 三 场

〔“下场门”后区摆放道具喜鹊桥片子。

〔柳金蝉内唱。

〔西皮导板〕

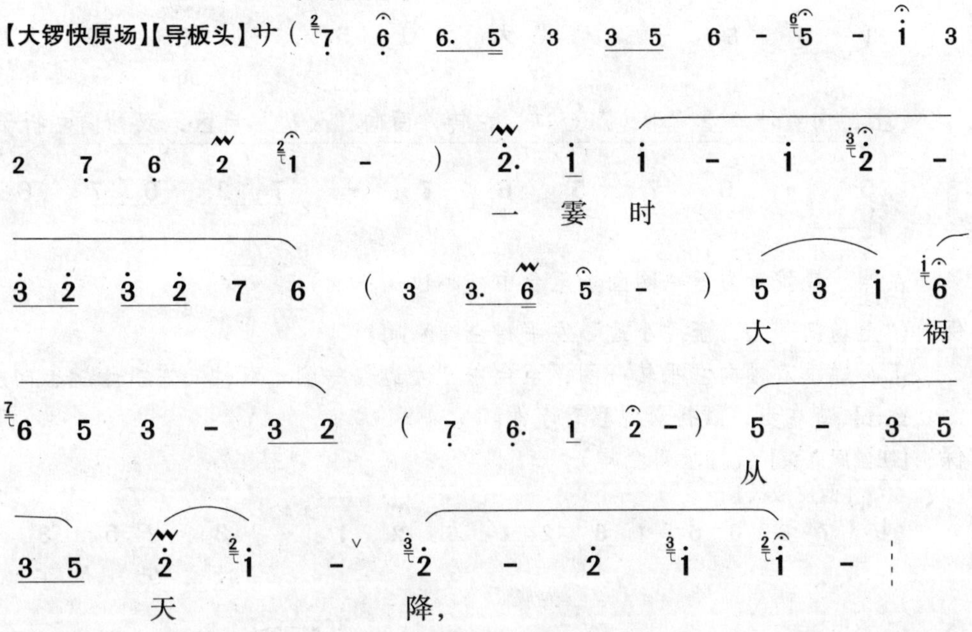

〔**【乱锤】**背身从“上场门”退上。双手食指抖动着指向“上场门”台里。至“九龙口”前。左回身向“大边”台口处张望，再向“小边”台口处寻找，至台中，踉跄一摔、右手在前扶地。**【紧锤】**起身张望至中台口。

〔西皮快板〕

柳金蝉

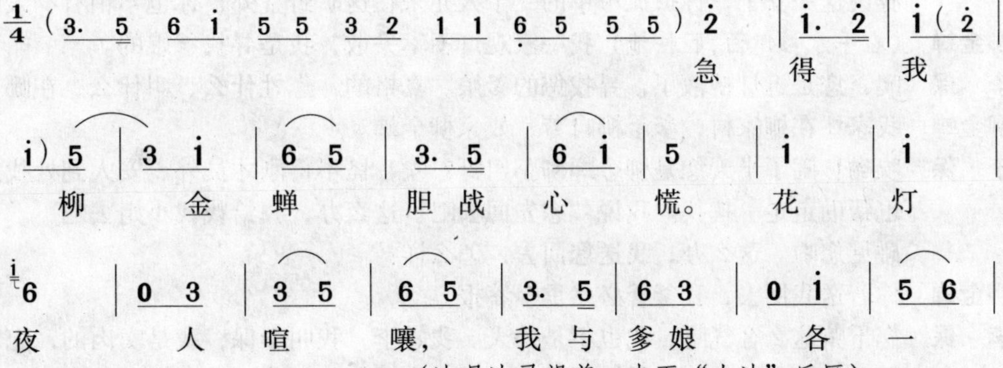

（边唱边寻望着，走至“大边”后区）

5 | 3. 2 | 3 6 | 5 | 0 3 | 3 5 | i | 5 |
方。自 幼 儿 未 出 闺 门

（左转身向前台搜寻）

i i | 3 5 | 6（6 | 3）4 | 4 3 | 2 3 | 6 | 4 3 |
多 教 养，不 知 我 家 在

（从“大边”后区至“小边”

2 3 | 5 | i | i | i 3 | 3 6 | サ 5 －（6 5
哪 厢。东 面 不 是

台口）（双袖向右反折腕

3 6 5 －）（大 大） 5 － 6 3（八大）
把 西

上，向右伸。望“小边”台口。左转，面向“大边”后区，双袖向左折于腕上向

5 － 6 7 5 6 7 － 7 2 6 7 6 －
往——

左伸。寻找着向里一圈圆场至台中“小边”一侧）

李　保　（“上场门”上，至“小边”左手指金蝉）嗨！

「金蝉垂双袖向左平转一圈，至台中“大边”一侧。双袖向左折于腕上向左伸，**【崩登仓】**踏右步，颤抖着观察着李保。

李　保　**【纽丝凤点头】**（打量着金蝉）

〔西皮散板〕

サ（7 6 6 5 i 3 2 1 6 2 1 －）3 2 5 3 2 2
这 女 子 黑 夜

2（1 6 1 2 －）1 6. 2 1 － 1 5 3 3 2 1 － ‖**【住头】**
间 你 遑 奔 何 方（啊）？

我说这一女子，你孤孤单单的一个人儿来在这旷野荒郊，你也不怕有歹人吗？

柳金蝉　（右手水袖遮面，胆怯地）我一家观灯不幸失散，我是寻找爹娘的。

李　保　噢，您是逛灯挤散了，寻找您的爹娘。真格的，您姓什么、叫什么、在哪儿住啊？

柳金蝉　我家住在柳家村，爹爹柳自芳，奴家柳金蝉。

李　保　唉哟！闹了半天您是柳金蝉柳小姐呀？唉，怪不得刚才员外、安人到处找您，让我也帮助走走、找找。我说“您先回去吧。这么办，我给找找小姐去吧”。可巧我就碰见您啦。这么办，我送您回去，怎么样？

柳金蝉　你若送我回去，我爹爹必然重金答报。

李　保　您干嘛这么客气呀，我也不是外人。我姓李，我叫李保，我是卖肉的，您府上常照顾我。您那儿的管家都跟我熟，往后您多照顾照顾我不就都有了吗？

柳金蝉 那个自然。

李　保 咱们走吧您？

柳金蝉 我们走吧。

李　保 走……柳小姐……

〔二人同向左转一小圆场，金蝉到“小边”。李保至“大边”，紧钉在金蝉身边。**【小锣一击】**金蝉警觉的回身看李。

李　保 您一人儿走多累呀，这么办，我，我搀着您啊？（说着伸双手就搀）

柳金蝉 （闪左臂退步，立右掌拒绝）不用。

李　保 不用……不用就不用。（摊双掌遮僵，收回双手。上下看柳打着坏主意）柳小姐您瞧这个（左手指天）月亮够多圆呢？真圆哪！（趁机伸右手摸柳左肩）啊？

〔金蝉机警地向后闪身躲开。李保用鼻子闻着摸柳的右手，坏笑着。

柳金蝉 （不高兴地）十五日的月亮，自然是圆的。

〔二人边向台中走边说。

李　保 哎哟对了，我日子也过糊涂了，今儿十五了，十五的月亮自然是圆的。这，（看着柳想入非非）这圆一块儿啦（坏笑）。

柳金蝉 此处离我家还有多远？

李　保 离您家，离您家不远了。您家那个……（煞有介事地指“下场门”）一拐角儿，一抹弯儿，往那边儿走，那不就是柳家屯儿吗？

柳金蝉 （细看）不是的。

李　保 不是的，嘻嘻，我告诉你说这儿叫喜鹊桥！**【撕边一锣】**

柳金蝉 （惊）为何来在这荒僻之地？

李　保 荒僻之地？荒僻之地才好呢！（上前拍金蝉左肩）

柳金蝉 哇！（退步闪身，上右手护肩，右袖向李甩出）**【小锣冷锤】**

李　保 呀！（向后躲身）你怎么打我呀？

柳金蝉 大胆狂徒，竟敢调戏良家妇女，劝你走去便罢，如若不然我喊叫起来，叫你吃罪不起！

李　保 得了！**【大锣冷锤】**你还怪不错的啦。我还告诉你说，我瞧你这满头珠翠、锦绣绫罗，你把头上的给我摘了，身上的给我脱下来，让我发笔小财儿，你瞧怎么样？

柳金蝉 （左手指李保）好贼子呀！（抖双袖）**【快纽丝】**

李　保 骂人也不成，赶快摘、赶快脱！（捋胳膊、挽袖子）

〔西皮散板〕

柳金蝉 サ（7 6 6 5 5 3 2 1 7 2 1 -）i 6 5 3 6 5
贼 子 做 事
（左手指戳李保）

7 6 3 5 6（6 5 3 3 5 6）i 5 6 6
真 大 胆，（仓） 欺 我 金 蝉

李保插白：“摘！”

6 5 5 3 5（2 3 6 5 -）3 6 5 7 5. 6
难 容 宽。（仓） 四 下 无 人

李保白：“脱不脱！” （金蝉四处张望）

2 i 2 - 2 3 i 2 i - （嘟……八仓）

怎 脱 险—— （金蝉下决心跑）

〔【快扫头】金蝉跑至“大边”台口，被李保推回。【乱锤】金蝉右转身半个小圆场向“大边”后区跑去。李保左转身到后区去挡。金蝉左转身复回又被右转身回来的李保在台中拦住。二人面对面，向左、右“一挤两挤”。李保走外首“漫头”过去，回身用左手抓住金蝉的右手，再用右手接住金蝉打来的左手，二人架住，【大锣三击】二人挣摆三下，李保再用左手反抓金蝉左手。

柳金蝉 （右回身）救人哪！

李 保 嗐，（嘟……崩登仓）（用右手掐金蝉脖子，金蝉倒于桥后）我叫你嚷！你还怪不错的呢（起身），没事让我费这事（用脚踢），嚷！（用手招呼）起来，嚷！起来呀（见没反应，探身用左掌去试），哟喝！背过气去了，我使的劲头不大呀。有了，待我扒东村。（欲向桥下去扒衣服，猛然想起）嗳，不对呀！刚才我不应该把真名实姓告诉她，我把真名实姓告诉她，呆会儿她要是缓醒过来，她饶得了我吗，这、这怎么办呢？（低头看见自己的腰带）有主意，【小锣一击】一不做二不休，干脆把她勒死！（随手解下腰带去到桥下做勒状）哎！【撕边一锣】得，我扒东村。（做扒衣服等动作，后提蓝布包袱从桥后走出）得，饱载而归。

〔颜查散内嗽:“嗯哼！”

李 保 （看“上场门”方向）【小锣一击】坏了，有人来了！（回身被绊倒，将金钗丢落在台中“大边”一侧）【小锣一击】【小锣住头】（慌忙“下场门”逃下）

颜查散 【小锣抽头】（“上场门”上，至台中，抖单袖）

〔西皮摇板〕

サ 3 3 6 5 5 7 6 5 6 6 3 5 3 5 -

与 表 妹 配 佳 偶 反 遭 阻

6 （6 5 3 5 6 5 3 2 1 1 6 5 5 5） 3 3 6 5

挡， 为 解 愁

3 3 i 6 i 6 5 5 2 3 3 5 - （6 5

去 酒 楼 独 饮 琼 浆。

3 6 5 5 3 2 1 1） i 6 3 6 5 5 5 7 6

天 将 尽 夜 未 归

5 7 6 6 5 3 7 6 7 6. 7 6 - 【小锣抽头】

恐 母 悬 望，

（先向“小边”台口处走，后左转身走∽形至“大边”一侧，发现脚下之物右回身【小锣凤点头】）

(〔亮弦〕 4 3 2 5 7ᵛ ⁷6 -)

〔摇板〕

i 6 5 5 i 5 3 i ⁱ6 ᵛ3 5 i 6 5

荒 郊 外 因 何 有 妇 人 行

3 5 3 5 - (5 5 3 6 5 -) ‖

藏? (白)哎呀且住!【小锣一击】想这喜鹊桥乃是荒僻之地,因何有妇人所带之物?(拾金钗细看。二公差、来兴"上场门"上)啊!【小锣一击】看此钗与表妹所赠,甚是相似…… (二公差注视,分析着颜的行动)

来 兴 (走近颜)哎!这不是颜相公吗?

颜查散 哦,来兴。

来 兴 颜相公。

颜查散 你因何至此?

来 兴 您不知道哇?

颜查散 何事?

来 兴 我们小姐丢了。(李万从后面走,向桥后巡视)

颜查散 啊!竟有这等事?

来 兴 可不是吗。

颜查散 哎呀呀,真真的岂有此理呀!

来 兴 可说的是哪。

李 万 哎!(手指桥后下方)这儿怎么有个死尸呀?(张千凑过)

来 兴 (快步跑到桥后看)哎哟!颜相公这是我们小姐哟,怎么叫人给害死了?小姐……(哭)

颜查散 待我看来。(急至桥后看)哎呀!

〔西皮散板〕

【快纽丝】 サ 3 6 5 7 ⁷6 5 6 3 5 6 (6 5 3

叹 你 青 春 正 年 少,

3 5 6) 3 6 5 6 6 3 i 5 6 ⁶5 (2 3 6 5)

(仓)许 诺 乘 鸾 未 吹 (呀)箫[①]。 (仓)

(张千、李万退至台中观察分析发生的事情)

---

① 许诺乘鸾未吹箫:传说春秋时秦国萧史善吹箫,穆公女儿弄玉十分倾慕萧史,穆公即将弄玉许婚萧史。萧史教弄玉吹箫作凤鸣声,后凤凰止其家,穆公为之做凤台。一日,箫史、弄玉俱乘凤凰升天而去。鸾凤同类,后世用乘鸾比喻夫妻和美以至成仙。这句是说已许婚但未成亲。

3 6 5 7 6 6 5 5. 6 i - 【哭头】 i - 6
从 此 姻 缘 成 梦 渺，
(抖单袖顿足)

3 2 3 2 7. 6 5 3 5 3 5 -（6） 5 6
表 妹

3 5 6 6 5 - 【扫头】（来兴哭，颜以袖揾泪）（末句略去，
呀！

或起【纽丝凤点头】（过门）接唱）3 6 5 6 6 6 5 5 3 5 -
此 恨 绵 绵 怎 能 消。

张　千　嘿！【大锣一击】咳咳，（单手指颜）这不是猫哭耗子假慈悲吗？

李　万　（站张千右肩旁）有那么点儿。

颜查散　（向右边的张、李公二差）啊，你们这算何意呀？

张　千　问你呢！我问问你，你在这儿哭了半天，真格的，这人是谁害死的，你知道不知道哇？

颜查散　想这闺阁幼女绝非仇杀，必是谋财害命。打量凶手走之不远，啊二位公差。

张　千
李　万　啊。

颜查散　快快捉拿凶手（回头向左侧的来兴）。来兴！

来　兴　有。

颜查散　你在此处看守。

来　兴　是。

颜查散　待我禀知舅父。

来　兴　对对，您快去，您快去。（颜向台前走，被张千推回，颜站台中“大边”左侧是来兴。张千站“小边”右侧是李万）

张　千　咳！【大锣一击】

李　万　哪儿去呀你？

张　千　好小子，啊！你可真有两下子。这旷野荒郊连个人影都没有，你叫我们哥两个哪拿凶手去，啊？这不用说呀，你用的这是调虎离山之计，你好跑哇。

颜查散　你，这是怎样的讲话呀？

张　千　你说怎么说呀！

来　兴　哎，哎，哎！你们这是干什么？我告诉你们，颜相公跟我们小姐乃是姑表之亲。颜相公为人十分忠厚，你们呀问清了，不要屈枉好人哪！

李　万　（对来兴）你小孩子，你懂得什么，胡说八道的。

张　千　（对颜）你听我跟你说，我们早就看见你了，一个人在这儿嘀嘀咕咕的，手里又拿

支金钗，不用说呀，你没办好事呀！

颜查散 哎！我是路过此处拾得此钗，你们不要血口喷人。

张 千 什么叫血口喷人呢？你听我告诉你说，这图财害命刚才可是从你嘴里说出来的。金钗在你手里拿着，哎！尸首又在你的旁边，这个人不是你害的还有谁呀？

李 万 是啊！

张 千 别费话，咱们堂上说去。（拉颜右手向前走）

李 万 走，走，堂上说去，走、走！

颜查散 （甩掉张千左手）**【大锣冷锤】**你们这算何意呀？难道说竟敢玷辱斯文、冤枉好人不成吗？

李 万 冤枉好人，（边说边至颜面前，从腰间拿出锁链给颜戴上）好人还有你这长相吗？别费话，走！走！

张 千 对，有话堂上说去，走！

〔**【一锤锣】**李万拉链子，张千推着，颜争辩着，三人“上场门”下。

来 兴 哎哟，哎哟，你瞧这事情糟不糟哇，我看颜相公这场官司是打定了。我们小姐也被人给害死了。有了，我呀快给颜老太太送个信儿去！我溜了吧。

〔**【大锣原场】**“上场门”下。

第 四 场

〔堂桌，“大座”（香色桌围椅披）。桌上放印盒、文房四宝、二份公文、惊堂木、一副手杻、供状纸。“大座”后放夹棍一副。

〔江万里内白：“人役们！”众内应：“有。”江万里内白：“尸首不可盛殓，好好看守。打道回衙。”众内白：“啊。”

〔**【冲头】【水底鱼】**四青袍前二人拿堂板“上场门”上，站“一条边”。二衙役随上站青袍前面。江万里拿马鞭上至“小边”台口，张千、李万、张升依序从“下场门”上，至“大边”台口成一竖排跪迎江万里下马，衙役甲接马鞭向“上场门”扔下。**【一锤锣】**江万里向张千等三人甩袖，进门面向里台中站定。二衙役、四青袍“挖门”站堂桌两边。江万里右转身面向外双手理髯，右转身入“大座”。张千、张升挖至“大边”。李万挖至“小边”。**【大锣归位】**

江万里 （念）本县出人命，

叫我心内惊。**【大锣住头】**

嘟！（击惊堂木）**【大锣冷锤】**（张千、李万跪桌角两边）大胆的张千、李万，天子大放花灯与民同乐，太平无事方显得君王有道。你二人竟敢不守职责，今在本县管辖地界出了人命案件。来！

众 有！

江万里 打！（击惊堂木。二衙役举手欲打张、李）

张 千 （二人抬手拦）哎呀太爷呀！小人等奉命巡查未敢偷懒，喜鹊桥一带原归地方张升所管，此事与小人等无关。

江万里　哼，起来！

张　千
李　万　是。（二人起来站原位）

江万里　大胆的张升！【大锣冷锤】（张升赶上前跪地）喜鹊桥一带乃你地方一人所管，竟出人命案件，来！

众　有！

江万里　押了下去！

众　是，走！

张　升　【冲头】（出门）唉！算我倒霉。（“下场门”下）

江万里　张千、李万。

张　千
李　万　有。

江万里　那颜查散是怎样拿获的？

张　千　回太爷的话，小人等奉命同领柳府来兴巡找柳小姐的下落，行至在喜鹊桥边，见那颜查散神色慌张，（从怀中取出金钗）是他鬼鬼祟祟，尸首在他的旁边，手里头又拿着金钗一支，（将钗交“大边”衙役甲，转交江万里验看后放桌上）故而将他拿来归案。

李　万　启禀太爷，依小人看来，一定是柳小姐失迷路途，偶遇颜查散。是他将柳小姐带在喜鹊桥荒僻之地，见柳小姐满头珠翠价值千金，一定是他图财害命。为此将他带上堂来求太爷公断。

江万里　哎呀呀，你二人讲得有理。来！

张　千
李　万　有。

江万里　请柳员外上堂。

张　千
李　万　柳员外上堂！（向外喊）

柳自芳　【小锣三击】（“上场门”上，至“小边”台口）

（念）一家去观灯，
　　女儿丧残生。【小锣一击】

（进门站“大边”）啊贵县，小女死得可怜，请贵县伸冤。

江万里　柳员外不必悲痛，本县一定捉拿凶手与你女儿报仇，也就是了。

柳自芳　多谢贵县。

江万里　啊柳员外。

柳自芳　贵县。

江万里　令嫒可曾许配人家？

柳自芳　唉！已然许配颜查散为妻了。

江万里　噢！颜查散……

柳自芳　正是。【小锣一击】

江万里　可曾与他们完婚？

柳自芳　只因他功名未曾上进，家业凋零，故而未曾完婚。昨日前来催娶亲事，老夫未曾应允，他是一怒而去。

江万里 噢，（单手捋髯思索）原来如此。（低头看见桌上金钗）柳员外，这有金钗一支你可认得？（拿钗交“大边”衙役甲递给柳）

柳自芳 噢，待我看来。（接钗细看）啊！**【小锣一击】**此乃小女生前所戴之物，（指钗）乃是一对，（交衙役甲送桌上）怎么只剩一支了哇？

江万里 柳员外哪里知道，这是我的差人捉到凶手一人，在他手中有金钗一支，此人名唤颜查散。

柳自芳 噢，颜查散……

江万里 （紧接着念）哦，哦哦柳员外，我想此事定是那颜查散见财动心，挟仇报复，害死你的女儿无疑的了。

柳自芳 哎呀贵县明断，请贵县要与小女伸冤。

江万里 那个自然，柳员外暂且回去。

柳自芳 多谢贵县！**【小锣五击头】**（出门）唉！儿啊……（“上场门”下）

江万里 来！

众 有。

江万里 带颜查散！（击惊堂木）

张千
李万 颜查散上堂。

〔**【冲头】**张千出门至“大边”幕边。颜查散“下场门”上至中间台口。

颜查散 唉！**【五锤】**（进门站“大边”，向江躬身行礼）参见老父母。

江万里 颜查散。

颜查散 有。

江万里 你是怎样害死你表妹柳金蝉，从实地招来。

颜查散 生员与柳金蝉乃是姑表之亲，况且定过婚约，无仇无恨怎能将她害死？

江万里 嘍！想天子大放花灯与民同乐，你不去观灯，为何到那喜鹊桥荒僻之地……（突然发问）你做什么去了？

颜查散 哦，只因……（面向外欲说）

江万里 （抬手拦阻）哎哎，你说害人之事你一概不知，这尸首为何（加快念）在你的身旁？

颜查散 哦，那是我归家途中……（欲向江诉说）

江万里 （抬手阻止）哎，哎哎，你说你不曾看见尸首，（左手拿钗，右手指着金钗追问）这金钗为何在你手中？

颜查散 哎呀大人哪！**【五锤】**生员回家途中拾得此钗，尸首确实不曾看见。生员只知闭门攻书，焉能做那不法之事？大人详情。

江万里 哼哼！好一张利口！金钗乃是一对，那一支呢？

颜查散 啊……

江万里 搜！**【撕边一锣】**

张千 是！**【冲头】【单搜场】**（上前在颜身上搜出金钗）现有金钗一支。（递交江万里）

江万里 （细看一对金钗）颜查散！**【撕边一锣】**如今金钗成对，你还有何话讲？（将钗放桌上）

颜查散　（不情愿地）大人提起这支金钗，还有段隐情在内呀！
江万里　还有什么隐情在内，不动大刑我是谅你不招。来！
张　千
李　万　有！
江万里　将他的功名（击惊堂木）革掉！
张　千　是！【大锣冷锤】（摘颜"桥梁巾"露出"甩发"）
江万里　夹起来！
张　千　是！
〔颜被推倒在台中跪下。【崩登仓】张千把"桥梁巾"放桌上，【快原场】二青袍上前用"堂板"将颜双手夹在中间，站两边握住"堂板"。二衙役从"大座"后拿"夹棍"立于颜脚后，在两边握夹棍绳子。
张　千　夹起来了。
江万里　有招无招？
张　千
李　万　招！
颜查散　我冤枉难招。
张　千
李　万　不招。
江万里　收！（击惊堂木）
〔【乱锤】青袍收紧夹板、衙役收紧夹棍绳。
颜查散　哎，哎呀！大人！（手、脚疼痛难熬）我受刑不过，愿招就是呀！
张　千
李　万　有招。
江万里　嗯，松刑。
张　千
李　万　松刑喽！【软脆头】
〔衙役松夹棍绳送回"大座"椅后，站回原位。青袍拿"堂板"回原位。
江万里　叫他画供。
李　万　是。（从桌上拿供状和笔递颜面前）画供，快点呀，干什么呢！
〔颜无奈画供，李万将纸笔送回桌上。
江万里　张千、李万。
张　千
李　万　有。
江万里　这有两道公文，火速送往开封与刑部候批，不得有误！（将两份公文分交张、李二人）
张　千
李　万　遵命！
〔【冲头】张千"下场门"、李万"上场门"分下。
江万里　来。
二衙役　有。
江万里　将颜查散上了刑具，绑至堂口听候发落！

衙　役　是。带上！

〔“大边”衙役甲从桌上拿手杻给颜戴上押至“大边”台口，搬椅颜坐，归原位。

〔【崩登仓】颜母内白：“走哇！”——

〔【撕边】颤巍巍“上场门”上，至“小边”台口。【快纽丝】踉跄一绊，抖双袖。

〔西皮散板〕

颜　母　サ 1 4 3 3 3 2 3 3 3 2 3 2 3 4 3 -

闻 凶 报 把 我 的 胆 吓 坏，

2 3 2 3 2 3 - 【纽丝凤点头】 3 2 1 1 1

（抖单袖） 无 情 剑 从

2 2 3 1 2 - 3 2 3 2 1 6 1 - ‖【冲头】

空 中 降 下 来。

（到“大边”台口，见查散惨景抖右袖上腕）

【大锣叫头】哎呀儿呀！适才来兴与为娘送信，言说儿遭下冤情，表妹究属被何人所害，为何将儿攀扯在内?你，你你快快讲来呀！

颜查散　【叫头】哎呀母亲哪！孩儿归家途中不想遇见这场祸事，县捕衙役，将孩儿拿到公堂，这赃官不容分说，革去功名，屈打成招，孩儿已然画供，唉！招认了……（哭）

颜　母　噢！【撕边一锣】儿已然画供招认么?

颜查散　正是。

颜　母　儿啊，你年幼无知，人命关天，岂能轻易招认?

颜查散　本当不招，怎奈酷刑难熬。

颜　母　将儿打死也不该招认。

颜查散　母亲哪里知道，其中还有段隐情在内呀！

颜　母　啊！【撕边一锣】难道儿当真做下什么不才之事么?

颜查散　母亲有所不知，只因舅父悔婚，是孩儿心中气愤难平，表妹出堂暗赠金钗一支以表心意，不想这支金钗也被他们搜去，公堂之上金钗成对，纵有冤屈难以分辩。啊母亲，想这儿女私相授受之事，若是说将出去犹恐玷辱表妹的……唉！名节……呀！（哭）

颜　母　唉！【撕边一锣】事到如今还顾什么表妹名节。待娘上堂要与儿鸣冤。

颜查散　多谢母亲！

颜　母　（翻双袖过头）冤枉啊！【撕边一锣】（至“小边”台口）

衙役甲　（探身望）启太爷，有一老太太喊冤。

江万里　带上来！

衙役甲　是。（至台中向颜母）咳！跟我来。

颜　母　噢，是是是……【五锤】（衙役甲回“大边”原位，颜母进门至“小边”面向江侧跪）叩见太爷。

江万里 这一老妇人，你有何冤枉，为何在堂口喊冤？
颜　母 民妇颜门柳氏，我儿颜查散身犯何罪，为何将他绑至堂口？
江万里 他害死柳金蝉，故而将他治罪。
颜　母 你道他害死柳金蝉，有何为证呢？
江万里 现有他的口供。（从桌上拿供状给颜母看）
颜　母 唉！屈打成招，（摆左掌）不足为凭。
江万里 还有金钗一对！
颜　母 哎呀（拱手）太爷呀！【五锤】这对金钗，一支乃是我儿在桥边拾得来的，那支乃是金蝉生前赠与我儿，也是我儿为人忠厚，顾全侄女名节不肯直言。谁想你不详加审问，反将我儿屈打成招。似你这样不明是非，草菅人命，（站起来）怎能为民之父母？
江万里 （击惊堂木）嘟！【冷锤】我不看你乃年老无知妇人，我是定责不饶。来！
众 有！
江万里 轰了出去！
衙役乙 出去！
〔上前拦住颜母【崩登仓】，推颜母出门（八 大大 仓），颜母走向“大边”颜查散的右侧。【快冲头】
颜　母 【叫头】儿啊！为娘上得堂去，这赃官不容分说。待娘去至开封府包大人那里，定要与儿鸣冤哪！（翻双袖上头）
颜查散 多谢母亲！
〔颜母向“下场门”冲下。【冲头】
李　万 （“上场门”上，进门至“小边”，向江单腿跪）回禀太爷，公文送至开封府，包大人进宫未回，故未回批。
江万里 哦，包大人进宫未回，延误案情叫我吃罪不起……
张　千 （内）报！【冲头】（“下场门”上，进门至“大边”，向江躬身）禀太爷，刑部批文下。（双手呈公文，衙役甲接过转身递交江万里）
江万里 呈上来！【五锤】（将咨文抽出细看）“正月十五日夜，天子大放花灯与民同乐，竟出人命案件”。刑部批示：“即将颜查散处以绞刑。”【撕边一锣】来。
张　千
李　万 有。
江万里 将颜查散绑上来。
张　千
李　万 是。
〔【冲头】颜进门至“大边”，衙役甲将椅搬“下场门”送下后回原位。
江万里 颜查散，刑部批示将你处以绞刑！【冷锤】唉，这害人者偿命，你无有什么说的了吧？
颜查散 （大惊，单手指江）【撕边叫头】江万里呀狗赃官！想我颜查散，决非图财害命。我死之后，若有冤情，定然立尸不倒，叫你这赃官偿命！（指戳江万里）
江万里 （连击惊堂木）绑下去！
张　千
李　万 走，走！（撕边八大大仓）（拦住颜）（八大大仓）（将颜推出双手抓颜肩膀）

颜查散 冤枉啊！

张 千
李 万 走吧你！**【一锤锣】**（将颜从“下场门”拖下）

江万里 打道法场！

众 是！

〔四青袍、二衙役归前。**【冲头】**江万里出门，**【水底鱼】**青袍带马，江上马，**【一锤锣】**众“插门”“下场门”下。

第 五 场

〔颜母内白：“狗赃官哪！”左手颤抖着指向前方，**【撕边】**“上场门”上，疾走至中间台口，抖双袖。

〔西皮散板〕

颜 母 **【快纽丝】** サ 3 32 3 4 3 3 4 ^5 32 1 2
我的 儿 无 辜 的 身 遭 险（呐）

（双手抚胸后向外摊双手）

3 （6 12 3 -） 1 3 21 1 2 ^3 2 ∨ 62 1 3
境，（仓） 狗 赃 官 在 公 堂 滥 动 非

（右手指“上场门”台口）

2 61 （7 62 1） 1 2 2 1 3 ^35 3 12 ∨ 25 3
刑。（仓） 到 开 封 去 鸣 冤 救 儿

（双手指“下场门”方向）

5 ^35 1 ∨ ^3 2 - 32 1 45 3 - ^5 3 ^2 3 23 2 -
的 性 命 （呐）！

〔**【撕边】**随着“命”字腔向左转一小圈圆场至“小边”。踉跄一绊（**八大大仓**）摔倒在地。**【扫头】**挣扎着抬起身，双手抖动着指“下场门”（**八大仓**）（**八大仓**）（**八大仓**）（**八大仓**）向“下场门”单“跪蹉”。**【撕边】**（**崩登仓**）艰难地站起。（**撕边八大大仓**）右手握右袖、（**八大大仓**）左握袖（**八大仓**）（**八大仓**）心急如焚地“下场门”走下。**【快原场】**

第六场

〔大堂桌、“大座”（红色桌围椅披）。桌上放印匣、文房四宝、惊堂木。

〔众内喊堂。

〔**【长锤】**四蓝龙套拿开门刀、四校尉挎腰刀，王朝、马汉、张龙、赵虎挎腰刀、公孙先生等人依次“上场门”上，“站门”分两边站立。包拯右手提蟒下襟**【撕边】**徐步从“上场门”走上，至“九龙口”亮住。**【快长锤】**上一步、上两步，抖右袖、抖左袖，双手端玉带。

〔西皮摇板〕

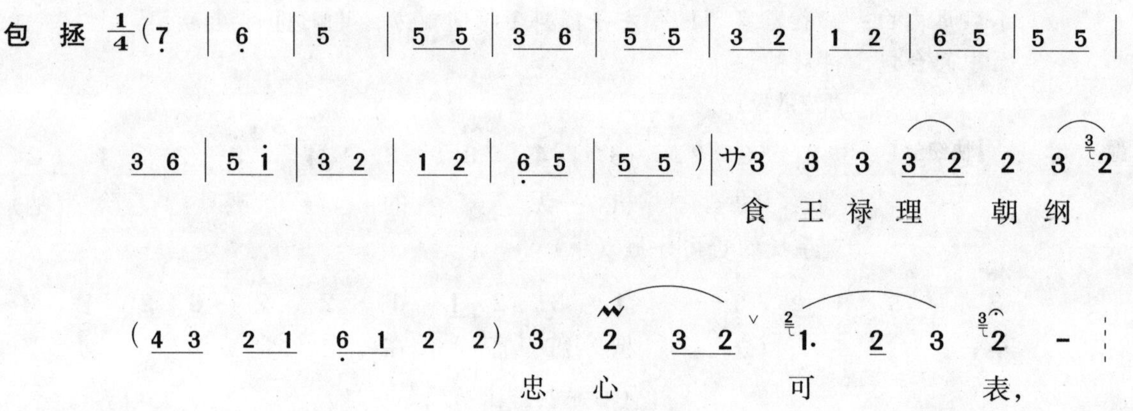

（右掌自指胸）

（右掌向前伸出。右手复提蟒下襟）

〔**【闪锤】**慢步走至中间台口。右手理髯。

〔西皮流水板〕（过门同前）

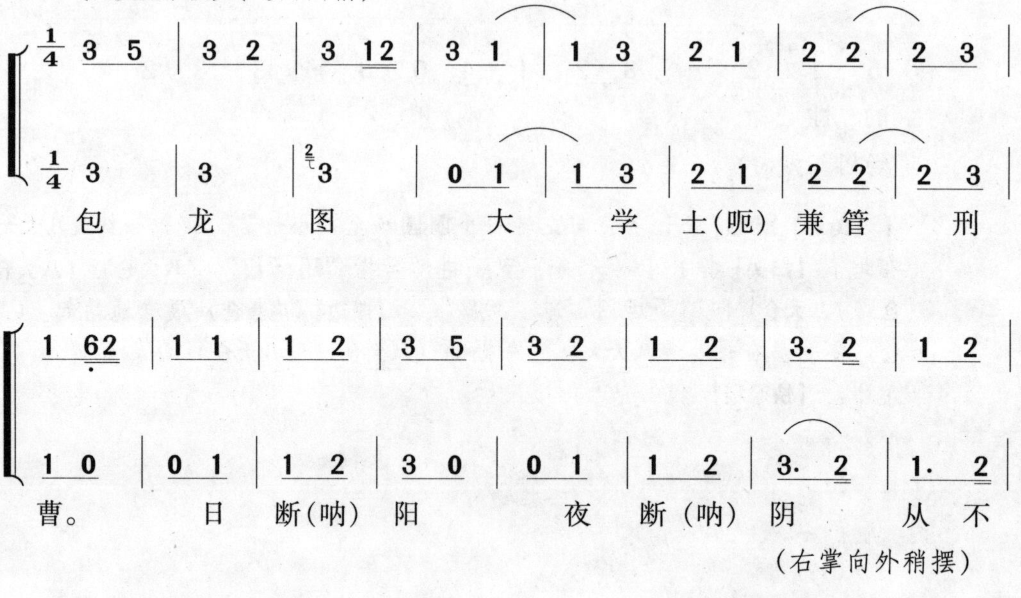

（右掌向外稍摆）

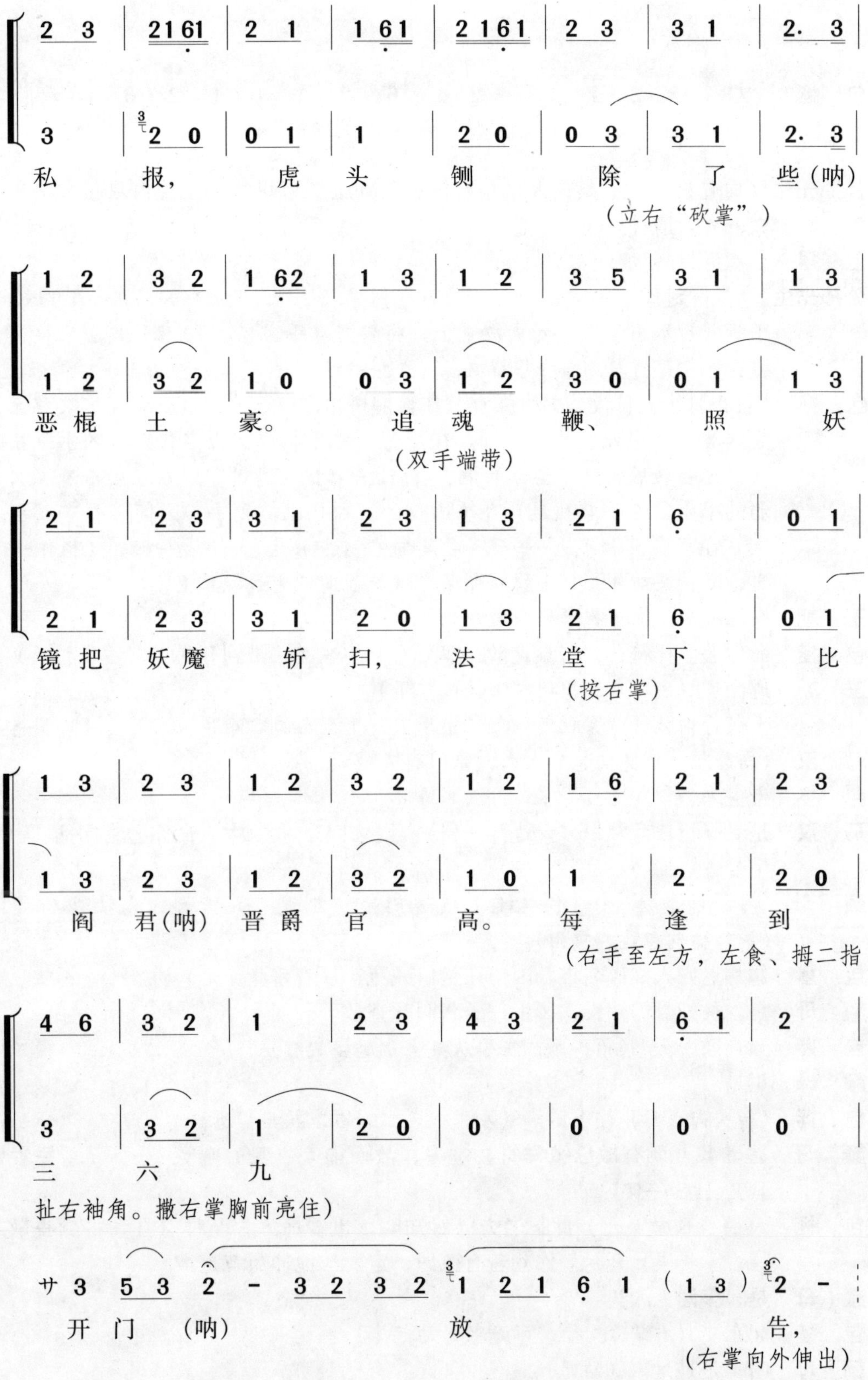

「【闪锤】包拯提蟒下襟、右转身入“大座”坐定。众随归“里八字”。公孙先

生站桌后椅旁。

〔西皮摇板〕

包　拯　サ3　3 2 2 1 - 2 1 6 2. 1 6 1 2. 6 1 - ‖【大锣住头】

收民　词理　结　案一　笔勾销。

公孙先生（向包躬身）启禀大人，今有祥符县知县江万里（从左袖内取出公文）有火速公文，大人请看。（呈包看）

包　拯　当堂拆封。

公孙先生　当堂拆封！

〔拆封后取出咨文，封皮放桌上，将咨文双手递包。【五锤】包左手接咨文，双手打开，左手捋髯细看右手咨文。【撕边一锣】

包　拯　"查正月十五日夜，书生颜查散在喜鹊桥边图财害命，（逐渐将咨文移至左侧，左手接咨文）谋死表妹柳金蝉。在尸旁（右手指咨文内字句）将凶手拿获归案"。（向前台转脸，移目思索）啊？【撕边一锣】（边想边用右掌点击着咨文）想这文弱的书生（右手掌扶桌）在桥边行凶，财物已然到手，因何（右掌回至左手咨文上）在尸旁徘徊不去……（右掌向右前方移去）【撕边一锣】（稍作思考再看咨文，复抬头向外）其中恐有冤情。（转面向"大边"）王朝。

王　朝　在。（上步向包抱拳躬身听命）

包　拯　命你去至祥符县，将颜查散一案（右手指咨文）带到开封。（右掌指桌）

王　朝　遵命！（左转身，出门"下场门"下）

〔颜母内喊："冤枉啊！""上场门"上至台口"小边"一侧。【撕边一锣】

马　汉　（向外望，回身向包）大人，堂口有人喊冤。

包　拯　带上来。

马　汉　是。（出门站台中"大边"一侧）啊老妇人，我家大人命你上堂回话。（向颜母招手后进门回"小边"原位）

颜　母　噢，是是是……【一锤锣】（进门至"小边"）青天大人快快与我伸冤……（哭。面向包跪，揾泪）

包　拯　这一老妇人姓氏名谁，因何在堂口喊冤？（右手指颜母）讲。

颜　母　是。贫妇颜门柳氏，所生一子名叫颜查散……

包　拯　颜查散……（抬头想，左手从桌上拿起咨文看）

颜　母　正是。

包　拯　（转头向颜母）往下讲。（左手托咨文，右掌扶桌静听）

颜　母　是。我儿颜查散已被祥符县拿去，故而前来（哭）鸣冤……（包按右掌安慰颜母）【撕边一锣】

包　拯　（将咨文放桌上）此案老夫已然知晓，也曾命人去至祥符县，将颜查散一案带到（右掌指桌）开封。你儿若有冤屈，定要与他伸冤就是。

颜　母　是，多谢大人！

包　拯　起来。（右掌心向上，示意颜母站起来）

颜　母　唔，是是是。（站起）

王　朝（内）走！【冲头】（"下场门"上，进门至"大边"桌角，躬身向包）启禀大人，今有祥符县知县江万里，已奉刑部批文，将颜查散绑赴法场！

包 拯 啊！**【撕边一锣】**大胆的江万里，虽有刑部批文，无有（右掌指桌）开封批示，竟敢草率行事。（转向“大边”）王朝。

王 朝 在。

包 拯 命你速去法场，将江万里与颜查散带到开封，老夫复审。（双手端带）

王 朝 遵命！**【冲头】**（出门“下场门”下）

包 拯 （转面向“小边”）颜柳氏。

颜 母 大人。

包 拯 将你儿冤情从实讲来。

颜 母 是。我儿颜查散习读诗书，身入黉门[1]。十五日去至他舅父家中催娶亲事，一夜未归，次日闻听人言，我儿已被祥符县拿去。是我赶到公堂，那赃官叫他招什么喜鹊桥害死表妹柳金蝉，将我儿屈打成招，看看就要问成死罪。民妇不顾生死，来到开封府。望求青天大人快快与我儿（哭）伸冤……（向包跪、求救，搌泪）**【撕边一锣】**

包 拯 原来如此。（捋髯思索）

王 朝 （内）随我来！**【冲头】**（与江万里“上场门”上，至“小边”台口，按右掌向江示意）在此稍待。**【五锤】**（进门归“大边”）启禀大人，祥符县江万里已在堂口伺候。

包 拯 上堂回话。

王 朝 是。（出门）江万里，大人命你上堂回话。（进门回原位）

江万里 是。**【冲头】**（进门至“大边”，躬身向包）卑职祥符县知县江万里参见大人。（曲单腿躬身行礼）

包 拯 贵县少礼。（出左掌示意）

江万里 谢大人。**【大锣住头】**（起身站“大边”）

包 拯 贵县。

江万里 大人。

包 拯 颜查散一案可曾带到（左掌指桌）开封?

江万里 （拱手）哎呀大人哪！**【五锤】**卑职今午接到刑部批示，立将颜查散处以绞刑！（右手指外）**【大锣冷锤】**（颜母大惊失色）只是他刑后立尸不倒[2]！（摆单掌）

包 拯 （从椅上站起）啊？**【大锣一击】**

江万里 话已讲明，大人，大人…… （回身向包）

颜 母 哎呀儿啊！**【崩登仓】**（昏倒在地，校尉上前扶住，软坐在“小边”）

包 拯 啊！

（〔亮弦〕 7 2 - 1 - ）

〔西皮散板〕

【撕边凤点头】 艹（7 6 6 5 5 3 2 7 6 2 1 - ）

---

① 身入黉门：黉，古代的学校。黉门，即用来泛指学校。

② 立尸不倒：迷信传说人有冤情或有未了之愿，死后可以立尸不倒。

3 3 3 3 3 2 3 1 3. 2 1. 2 3 (6 1 2 3)
颜查散他死 后立尸 不（哇）倒，（仓）
（伸右掌向外） （摆右掌）

3 1 2 6. 2 1 2 2 2 3 1 (7 2 1)
分明是错 判他冤魂难消。（仓）
（双手端带） （摇头）

6 3 2 1 1 6 3 2 6 2 1 1 3 2 1 6. 1 2 (7 6 1 2)
叫柳氏你且 莫把珠泪来 掉，（仓）
（右掌扶桌） （摊右掌）

3 2 5 3 3 1 3 (5) 3 2 1 6. 2 1 1 ‖【住头】
江万 里草菅人 命 你罪 难逃。
（转面向“大边”左手指江万里）

包　拯　将她（出右掌示意马汉）搀了起来。**【大锣住头】**（马汉将颜母搀起来）贵县。

江万里　大人。

包　拯　颜查散一案是何人拿获归案的？

江万里　是本衙差役张千、李万拿获的。（指外）

包　拯　噢，他二人可是亲眼看见颜查散就地行凶？

江万里　卑职听张千、李万回道，那颜查散站在尸首身旁，手拿金钗神色慌张，身旁并无别人。大人请想，（拱手走近桌旁）那颜查散（单手指外）不是凶手（摊双手转向包）谁是凶手呢？

包　拯　哼，若是贵县立在尸首的身旁，（按右掌指桌，转身向外）难道你（右手指江万里，左手扯住右袖角）也是凶手（右掌背击桌，摊右掌探身质问）不成？

江万里　啊，这个！（转身向外亮呆相**【大锣冷锤】**）（自觉理亏垂头不语）

包　拯　（面向外）他既是凶手，财物已然到手（撒右掌）因何在尸旁徘徊不去呢？

江万里　这！（抬头愣住）**【冷锤】**这，徘徊不去……（想再解释什么，看到包拯严厉的目光，又不能自圆其说）这，这……（连连向包拱手）大人作主。

包　拯　哼，此案不加详细审问，只凭可疑，又用刑法追问，岂不是草菅人命？（左掌按桌质问江）**【大锣一击】**

江万里　大……大人饶命！（连连向包躬身行礼）

包　拯　你速速命人将颜查散尸首停在城隍庙中。候老夫查明此案，若有冤屈定要将你（击惊堂木）治罪！**【大锣冷锤】**

江万里　大人……（还欲讲）

众　　　下去！

江万里　卑职告退。**【大锣五锤】**（出门）唉！**【冲头】**（垂头丧气地“下场门”下）

包　拯　颜柳氏。

颜　母　噢，大人。

包　拯　候老夫查明此案，你儿若有冤屈，（左掌自指胸）我定与他平冤就是。将她（按右掌，对马汉交代）好好安置（右掌心向上，指门外）。下堂去吧。

颜　母　唉，大人哪！（抖双袖）

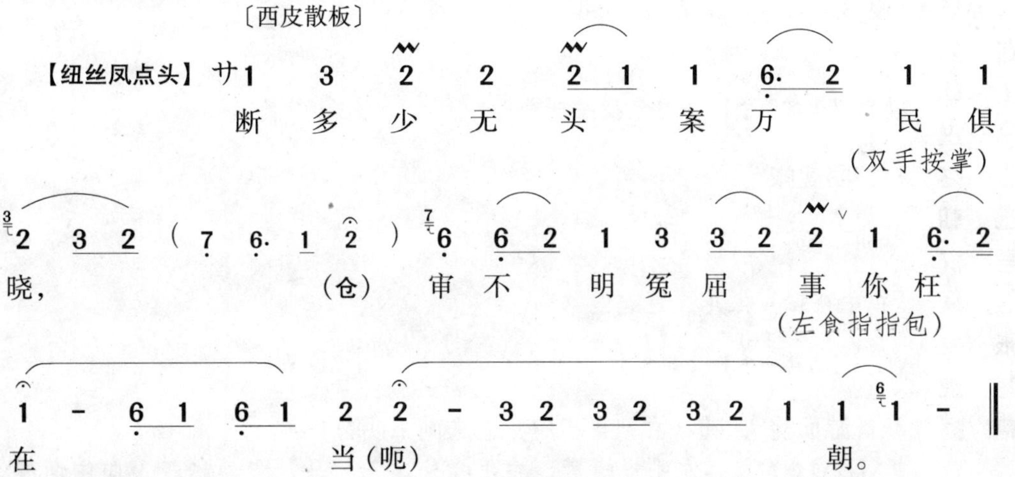

〔【撕边】（崩登仓）包抬头定睛愣住。马汉伸左掌送颜氏出门后，返回“小边”原位。

颜　母　唉！儿啊……（揾泪“上场门”下）

〔（〔亮弦〕2 7̣ － 2 － 1 －）包望着远去的颜氏。【纽丝凤点头】包右掌扶桌静思，伸右食指。

包　拯

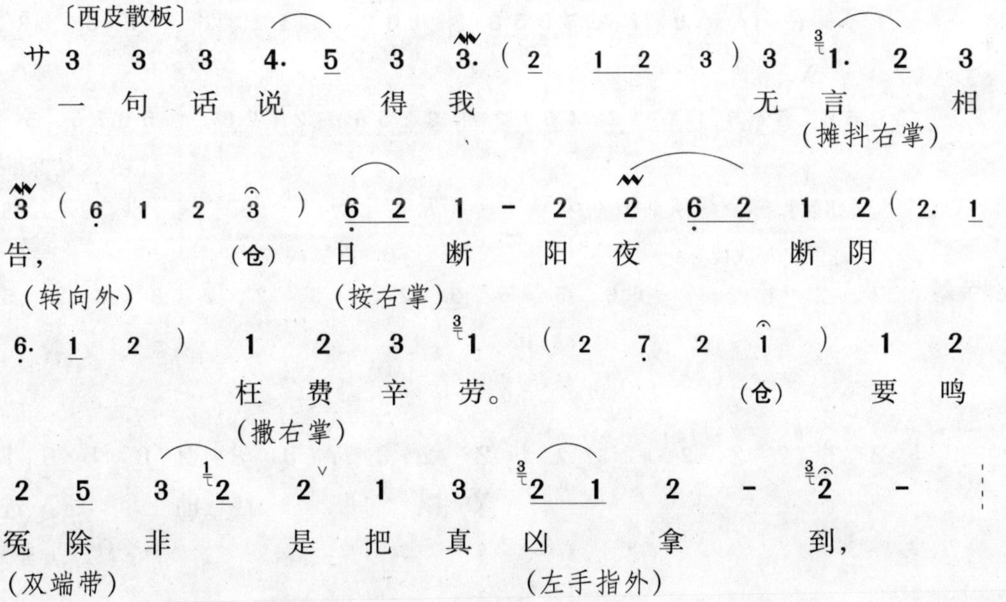

〔【纽丝】包摆双手示意龙套、校尉两边下。王朝、马汉、张龙、赵虎、公孙先生等向前归正。包从“小边”一侧出桌，左手捋髯边思索边至中间台口。

包　拯

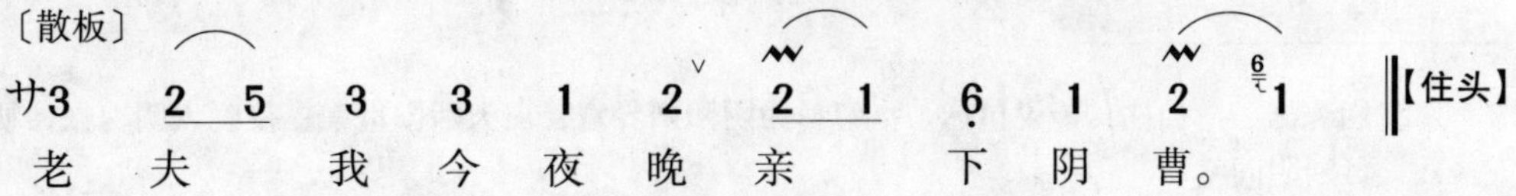

（白）公孙先生。

公孙先生 在。

包　拯 命你上本（拱手）朝廷、晓谕（双手端带）开封，老夫暂不理事。

公孙先生 遵命。（从后面走“下场门”下）

包　拯 王朝、马汉。

王　朝
马　汉 在！【大锣一击】（向包拱手听命）

包　拯 打扫阴魂帐[①]。

王　朝
马　汉 遵命。

包　拯 （右手捋髯）张龙、赵虎！

张　龙
赵　虎 在！【大锣一击】（向包拱手听命）

包　拯 准备游仙枕[②]，随（右掌自指胸）老夫同下阴曹！

〔【崩登仓】包拯左手提蟒襟，右手指外。王、马、张、赵四人向中间凑，将包拯围在中间，五人亮相。【快原场】闭二幕。

第七场

〔幕间曲：‖: 2/4 0 7 7656 | 1623 1232 | 1 56 3212 |

3256 523 | 032 1612 | 3256 2123 | 5676 5 :‖

（曲乐结束，开二幕）

〔【纽丝】柳金蝉双目直视双袖下垂，从“上场门”上，“魂子步”飘至中间台口。

〔反二黄散板〕

柳金蝉 サ（2 1 - - 6 5 - 3. 2 1 3 2 7 6 3 2 5 -）3
冤

3 1 2 2（2 1 3 2）2 2 3 7 6 3 2 3 5 6 1 -（6
魂 飘 飘 往 前 进，

5 6 7 6 i）4 3. 2 1 2 1 2 3 -（3 2 1 1 2 3）
（仓）凄 凄 惨 惨

①② 阴魂帐、游仙枕：传说包拯被皇帝封为阴阳两界官，白天断阳世案；夜晚入阴魂帐，枕游仙枕，可断阴间案。

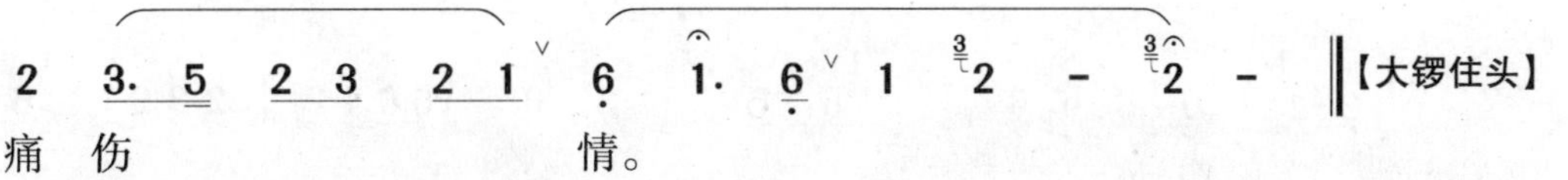

想我柳金蝉（垂双目）【撕边一锣】被李保害死。我与李保无冤无仇，今被他陷害岂能甘休。我不免去至城隍庙挂号，要来路引文凭前去索命便了。

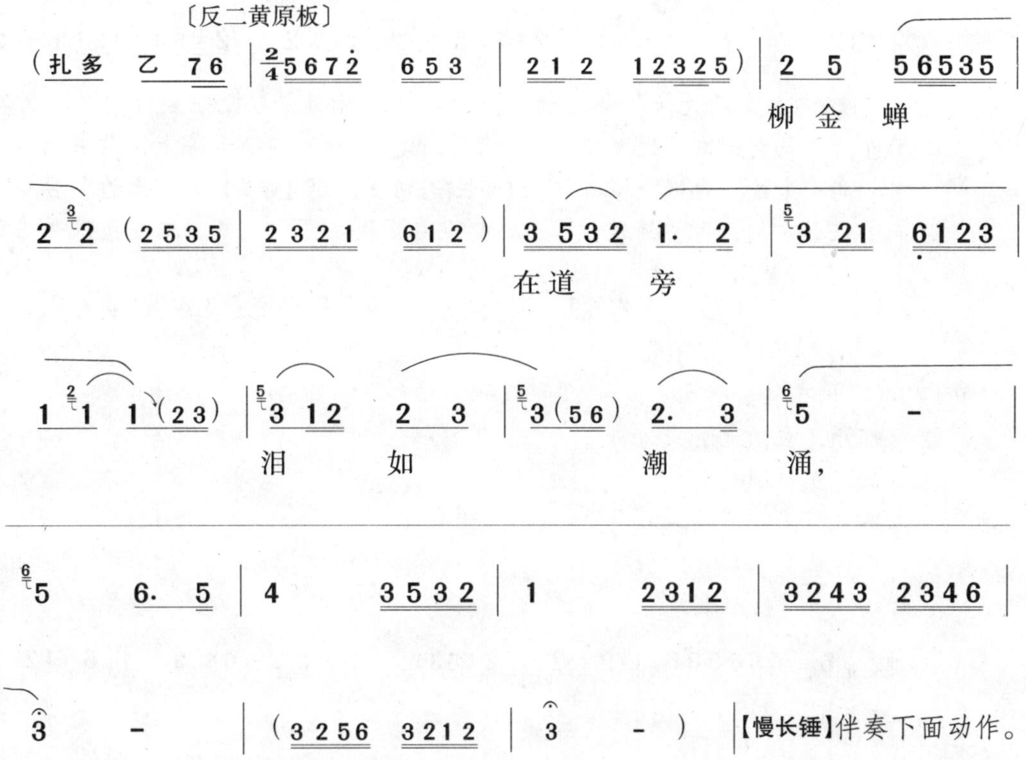

「向“大边”方向走“云步”，双袖下垂、两臂齐向左右微摆至“大边”。略抬双臂、向左平转一圈；双袖向左翻上腕；平抬双臂至左侧；踏右步，面向“小边”台口亮侧身相。（锣鼓切住），起【夺头】向“小边”方向上右步，右袖向右上方打开，上左步盖左袖，右臂在身后缓一圈回至右侧，踏左步、向右倒双手、左翻身。

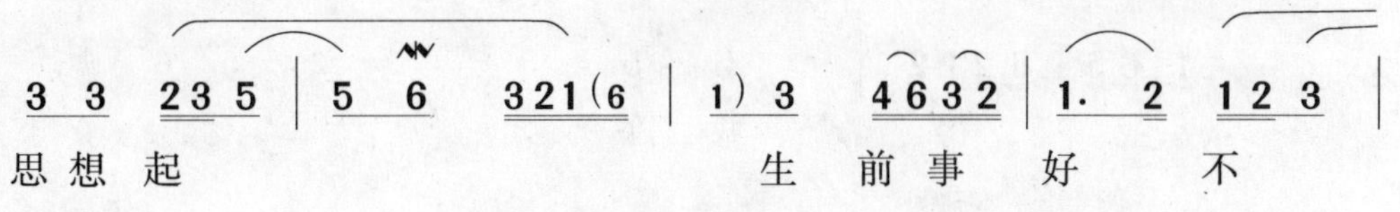

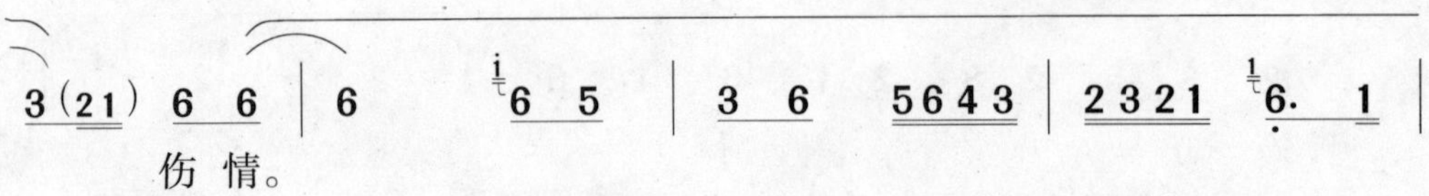

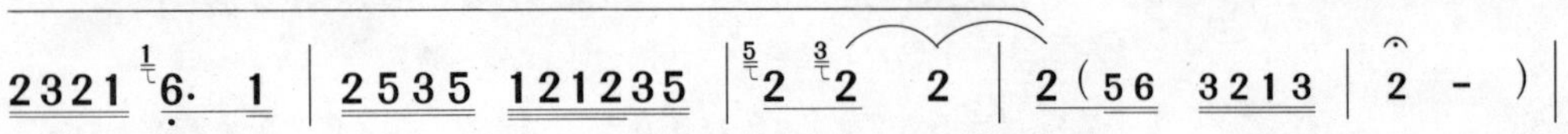

「【慢长锤】向"大边"走"云步"，双袖同时向左右微摆至台中。左臂在前、右臂在后平抬起，向"九龙口"左转身三圈。双袖向右翻于腕上，两臂向右平伸，踏左步向"大边"台口亮侧身相。(【慢长锤】切住）起【夺头】向"大边"台口上左步、向上打开左袖，上右步盖右袖，左臂在身后缓一圈回左侧，向左倒双手右翻身。

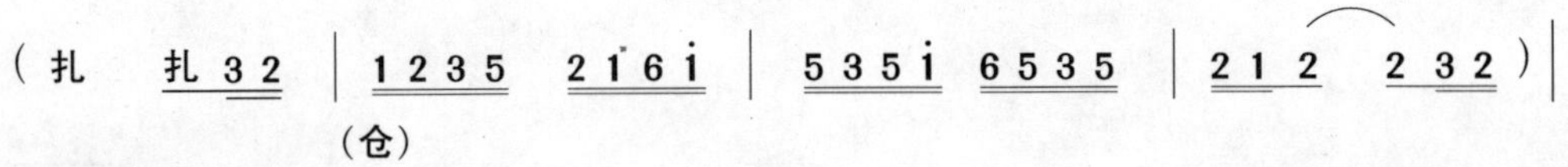

（双袖在胸前向上打开，右袖背于头侧、左袖翻手上，踏右步亮右"顺风旗"侧身相）

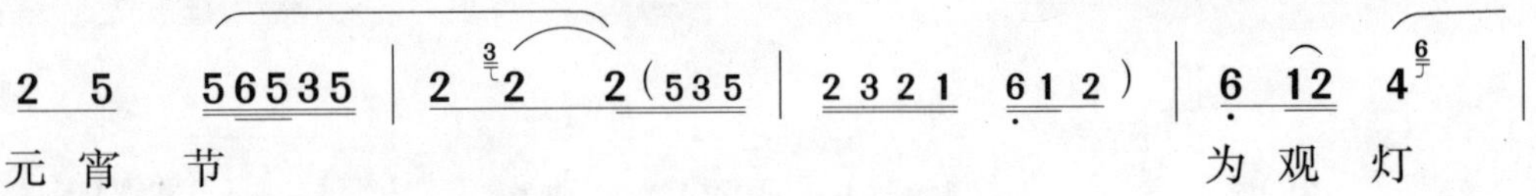

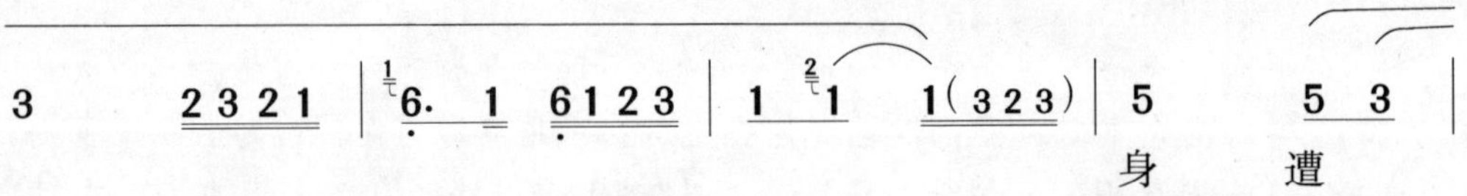

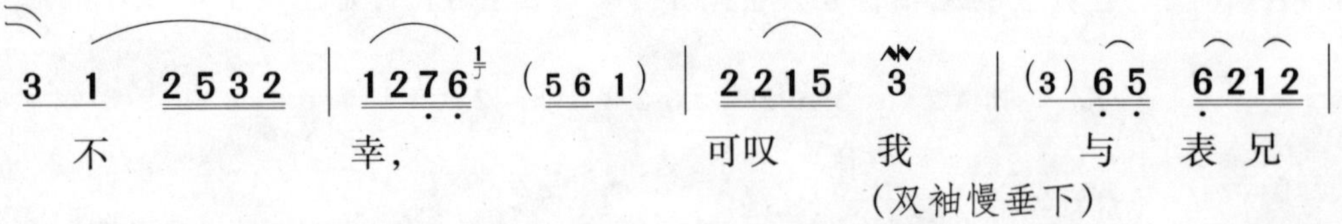

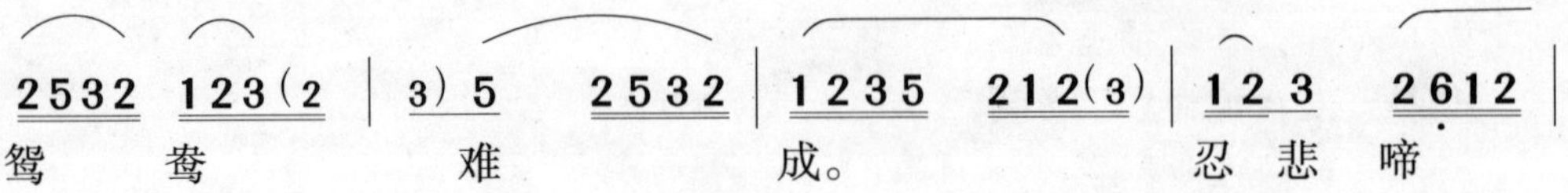

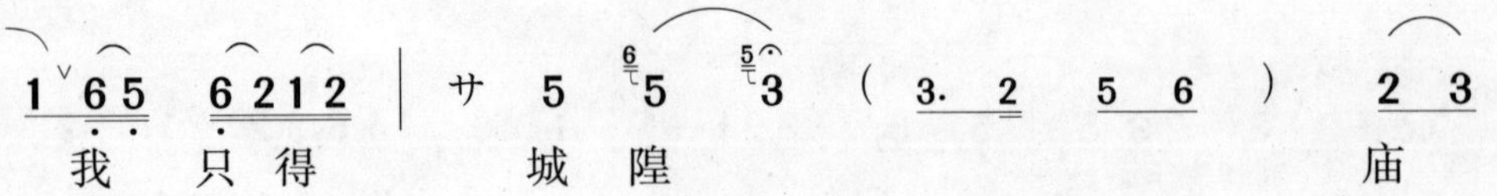

5 6 5 4 3 2 1 2 2 - 4. 3 3 -

奔，　　小鬼夹白：“嗯哼！”

（随“奔”字腔退两步，右转向里圆场一圈。回至台中）

〔【撕边崩登仓】小鬼“上场门”举单钉小狼牙槊上至台中“小边”一侧，横槊拦住柳金蝉。

小　鬼　（左手指柳）那一女鬼你是哪儿来的呢？

〔柳金蝉退两步。【纽丝凤点头】

〔反二黄散板〕

柳金蝉　サ（6 5 3 2 1 3 2 7 6 5）3 2 5 3 2. 3 5 5 3 - 3 3

我 本 是 柳 金 蝉 屈 死

2 3 5 3 2 1 6 1. 2 3 3. 5 2 2 -

魂 灵。

小　鬼　既是屈死的鬼魂，你上这儿可干什么来了？

柳金蝉　奴是前来挂号的。

小　鬼　噢，挂号的，我们城隍爷庆贺上元佳节去了，谁给你挂号啊。

柳金蝉　既是城隍爷爷不在，望求鬼哥与我路引文凭，也好前去索命！

小　鬼　你住了罢！【撕边一锣】刚才不是告诉你了吗，城隍爷庆贺上元佳节去了。谁管你索命不索命啦。快点走，走！再啰嗦吃我一顿毒打！（举槊前逼）【撕边一锣】走吧你，哼！嗯——【快冲头】（小鬼“上场门”下）

柳金蝉　（看小鬼远去，搭右袖于腕上）【叫头】且住！（将右袖垂下）城隍不在庙中，无有路引文凭，如何是好？（摊双掌）【撕边叫头】有了！（双手下垂）待我直奔李家前去索命便了！（【大锣水底鱼】向左转场一圈至“大边”）

门　神　（平端瓜锤“下场门”上至“大边”）嗨！【撕边】（崩登仓）（柳被吓得向右平转一圈左腿在前、别右腿，右障袖护头，左袖上腕至胸前，蹲身亮矮相）干什么的你，啊？

柳金蝉　你是何人，竟敢挡住我的去路？

门　神　嗨嗨，【大锣一击】（左手握锤站定）你问我呀，我是李保家里的门神，你是哪里来的冤鬼就往里胡闯啊？啊！

柳金蝉　【大锣冷锤】我是屈死鬼魂柳金蝉，被李保害死，我是前来索命的！

门　神　索命？啊，这个李保害人我怎么不知道呢？再者说我运动这个差事可不容易呀，刚上任没几天你就前来索命，这你不是要我的饭碗子使唤吗？快去，别跟我这儿搅！这怎么话儿说的这是。

柳金蝉　你既为门神必知善恶，那李保害我，你为何不知呀？

门　神　这……【大锣一击】嗨，是这么回事情，你听我跟你说，我呀是腊月三十上的任、正月十四呢到的差，十五哇我又逛灯去了。可巧又碰见那个酒铺的门神，请我喝了一顿不花钱的便宜酒，我今儿个才回来。我就知道李保他会宰猪，这杀人害人的事情我不知道。你赶紧给我走，别这儿搅我！

柳金蝉 【撕边快冲头】【叫头】尊神哪！我的冤仇似海，望你大发慈悲，你……你放我进去。（欲往“下场门”冲）

门　神 （忙横瓜锤拦挡）唉，得得啦！【撕边一锣】你一定要进去，我再问问你，你有城隍爷的路引文凭么？（伸右手要路票）

柳金蝉 城隍未归，故而无有路引文凭。（又欲向里冲）

门　神 （再横锤拦）【撕边一锣】得……得了！没路引文凭啊，不能进去，赶紧给我走！【撕边一锣】搅我连觉都没睡好，真是岂有此理。（肩扛瓜锤“下场门”下）

柳金蝉 （看门神下）【快冲头】（向里挖着走回至台中搭右袖上腕）【叫头】且住！（垂下右袖）李保门神不许我进去，难道说我这大仇就报不成了么？（摊双掌，稍想）【撕边叫头】也罢！（垂双袖）我不免大胆闯入五殿，前去伸冤告状便了。

〔反二黄散板〕

【纽丝凤点头】サ（6 5 - 3 2 i 7 6 7 3 2 5 -）1 3 3. 5 1 2 2

这门神

（1 3 2）7 6 3 6 5 6（6 5 7 6）2 2

阻挡 我 难以

1 2 2 1 2 2 4 - 3 3 - 【撕边纽丝】

索 命，

（走至“大边”回身）

（3 2 7 6 3 2 5 -）2 3. 2 1. 2 3 6 6 3 5 6 5

见 阎君

3 5 6 - 3 i 2 - 7 7 6 5 6 6. i 5 5 -

（3 2 5 -）5 5 6 3 2 1 2 3 5 2 1 6（6 5

（仓） 伸冤 枉

3 2 5672 6 -）3 3 5 - 6 5 6 5 3 5 2 1

捉拿 仇

6 1 1· 2 1· 2 3 - ²3 ⁵2 ³2 - ‖【大锣抽头】

人。

「柳金蝉走至“小边”台口向上扬左袖，左转身盖右袖面向“下场门”双袖下垂，脚根立起，“花梆子步”越走越快【大锣原场】“下场门”下。

第八场

「舞台天幕前设摆草龙屏风、后放两张半桌高台。前面摆堂桌、“大座”（紫色桌围椅披）。桌上放文房四宝、惊堂木。

「【一锤锣】张洪“判官袖”挡脸，疾步至“九龙口”前亮住。前行两步、跨右腿左转身、面向“上场门”背身“骑马式”亮住。【大锣三击】向右、左、右三扭屁股，【撕边】（崩登仓）脚不动向右转身、面向“下场门”跨左腿踢右腿落在左腿前，上、下掏扎，蹲身亮矮相。边向前转脸边吐第一口火。【快冲头】右手挡脸左转身，面向“上场门”背身“判官袖”挡脸，“骑马式”亮住。【大锣三击】左、右、左三扭屁股，【撕边】（崩登仓）脚不动左转身，面向“上场门”跨右腿，踢左腿落在右腿前，上下掏扎，蹲身亮矮相。边向前转脸边吐第二口火。【快冲头】左手挡脸右转身，面向“上场门”背身“判官袖”挡脸“骑马式”亮住。【大锣三击】向右、左、右三扭屁股，【软四击】跨右腿左转身，上、下掏扎抬左腿，面向前亮住。吐第三口火。【撕边】（崩登仓）左手挡脸将“火筒”扔下。腰间取生死簿、判官笔，左手握簿放胸前，右手握笔举至头侧，左“戳腿式”向“大边”台口亮住。【走马锣鼓】“跳判”：先看簿再看笔亮原相。双手至腰间、跨右腿、吸左腿慢伸直，微盘左腿跳起，盘右腿落成左“戳腿式”，举笔握簿亮原相（此组动作连做三遍）[1]。跨右腿左转身，向“九龙口”踢左腿落在右腿前，左拧身仰望“大边”台口，右手握笔举至头侧、左手握簿放胸前，别腿蹲身亮矮相。再向“九龙口”踢右腿落在左腿前，右拧身，回头仰望“大边”台口，左手举簿过头、右手握笔在胸前，别腿蹲身亮矮相。又踢左腿落右腿前，左拧身回头仰望“大边”，右手举起左手放胸前，别腿蹲身亮矮相[2]。【流水】小鬼甲“下场门”向“小边”台口斜场“翻上”，张洪右转身半个圆场至“小边”见小鬼甲，甲向张跪单腿、拱手、伸双赞美指。张得意地望着手中生死簿和笔，向左走一圈圆场至“大边”台口。同时小鬼乙“上场门”向“大边”台口斜场翻上，待张走近，乙跪单腿、拱手、伸双赞美指，张举右手笔俯视，小鬼乙左掌护头、立右掌恐惧地仰望张洪。张得意地右转身至中台口向桌前走。小鬼丙、丁“上、下场门”分上至桌两边，向中台口“小筋斗”翻出变“直扑虎”分向两边“滚膛”。甲、乙从丙、丁身上跃过至台中。【大锣水底鱼】张洪绕甲乙“脖儿”、“碰腩”，张拨甲乙“倒毛”，张与“大边”丁“搭叉”，顺势左转与“小边”丙同搭左手，右腿造丙头。张洪左转身坐丁的背上，向右伸左腿，丙在右侧托张靴底，乙在左后托腰、甲在身后扶背，张洪右手举笔、左

---

①② 两组身段的锣鼓节奏都是逐渐加快，动作的幅度随之变小。

手握簿放胸前，五人亮组合相。【冲头】四鬼归站桌后里“八字”。张洪右转入“大座”。

张　洪　【大锣归位】（将笔、簿放桌上，抖袖）

（诗）孽镜台上放光毫，

两旁刀山（斜扎掌）杀气高。【小锣二击】

生死凭（右拇指自指胸）我手发放，

代替（拱手）阎君（按右掌向右移）掌阴曹。

【大锣收头】（报名袖）某！【撕边一锣】森罗殿掌案判官张洪。（左袖抖回【大锣住头】）今有阎罗（右手指外）天子，朝罢上元天官，又朝地藏王（拱手）去了。命我看守殿庭执掌生死簿（右手指桌），赏善罚恶俱归我管。（右手自指）众鬼卒！

众　鬼　有！【撕边一锣】

张　洪　打开森罗殿门！（斜托掌）

众　鬼　啊！【冲头】①

柳金蝉　（“上场门”上，至台中“小边”一侧向左平转一圈站定）冤枉！

张　洪　啊？【撕边一锣】何方怨鬼前来伸冤，众鬼卒！

众　鬼　有！【冷锤】

张　洪　抓进来！

众　鬼　啊！（【冲头】②“大边”鬼出门右手抓柳左手进门至“大边”松手，柳向外，侧身跪）

柳金蝉　叩见阎君天子。

张　洪　唉！（抬左掌拦柳）【撕边一锣】咱不是阎罗（向外拱手）天子，乃是掌案的判官。（右手掏扎左掌扶桌探身望柳）【冷锤】

柳金蝉　与判爷叩头。

张　洪　掌起面来！

柳金蝉　是。（仰面看张洪）

张　洪　（左手掏扎、右手捋耳毛子看柳，再用右手掏扎、左手捋耳毛子看柳，复用左手掏扎、右手捋耳毛子三看柳金蝉。这三看用三个【撕边一锣】。击惊堂木）呔！【快五锤】何方女鬼前来伸冤，你可知咱五殿的厉害？（双掌按桌探身逼向柳）【冷锤】

柳金蝉　（向后闪身仰望张）冤女曾到四殿挂号，四殿判爷言道：（转面向外）“惟有五殿方可伸冤”，故而大胆前来告状（转面向张），望判爷作主！（低头）

张　洪　（抬双掌）哈哈哈……【撕边一锣】不错，惟有咱五殿权高势大（伸右手赞美指）。只是你今日来得（摆左掌）不凑巧啊！

柳金蝉　【撕边一锣】（抬头望张）怎么不凑巧？

张　洪　（拱手）阎罗天子赴会未归，判爷在此执掌殿庭。你有何冤枉对我（自指）讲来，与你（单手指柳）伸冤雪恨哪！

柳金蝉　【冷锤】（拱手）判爷容禀！

张　洪　讲啊。

---

①② 此〔冲头〕用双楗击南鼓以替代单皮鼓。

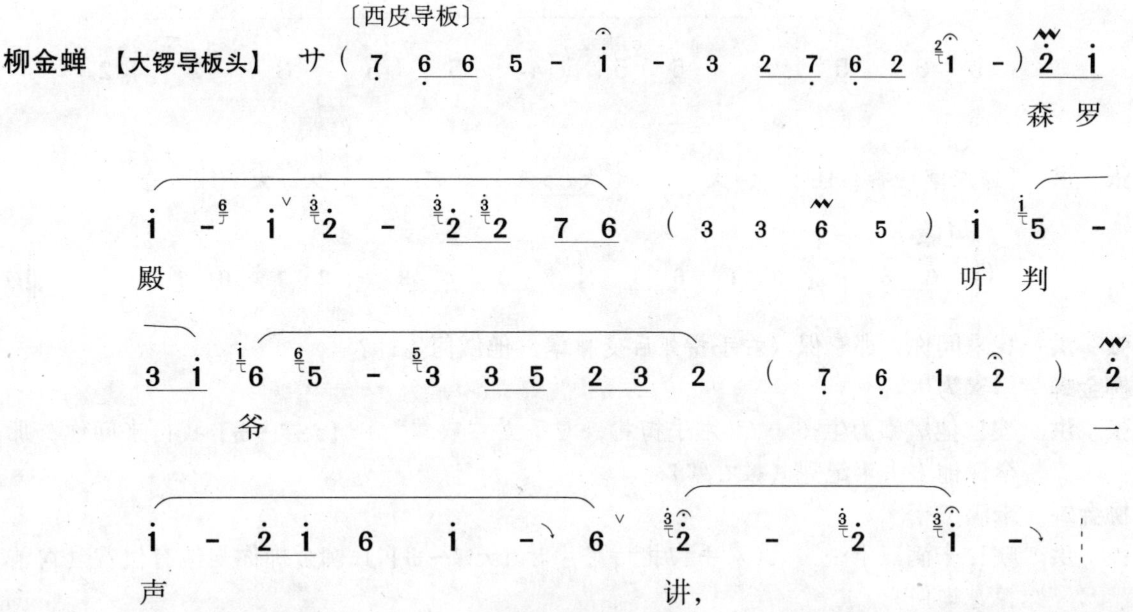

张　洪　（击惊堂木）呔！【撕边八仓】这森罗宝殿律条森严，你要讲啊！（左手指柳）【大锣一击】（柳抬右臂于胸前仰面看张）从实地与我（右手扶椅背，双腿跳起右腿盘落椅上，左腿伸直至右方，向后仰身左手指柳【撕边顷仓】亮住；同时柳金蝉双袖分开，左“障袖”护头，面向张洪立右掌、仰身亮住）讲啊！【撕边八仓】

柳金蝉　（双手垂下侧身跪）判爷呀！（拱手）【硬三锤】

〔张洪复原立于桌后。

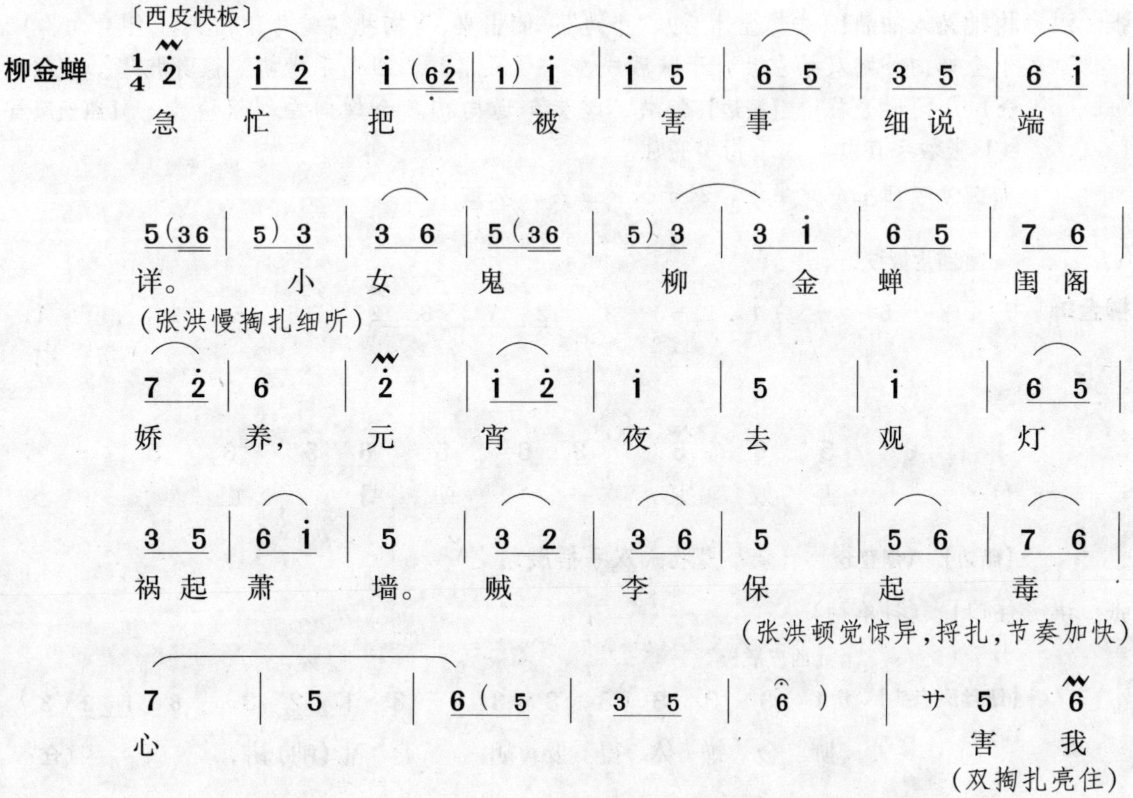

5 3　5 －　5 5　4. 5 3　3　2　2
命　丧，

张　洪　（伸左掌向柳）住了！（大大　大大｜乙大　大大｜仓　）

〔行弦〕

（‖: 0 3 ｜ 2/4 2 1 6 1 ｜ 2 3 4 3 ｜ 2 1 6 1 ｜ 2 :‖）

张　洪　我来问你，那李保（右手指外后变摊掌）他做何生计？
柳金蝉　屠宰为生。
张　洪　噢！他屠宰为生……（左手掏扎，右手立“砍掌”）【大锣一击】我再来问你，那李保他多大年纪呢（摊右掌）？
柳金蝉　未满三十。
张　洪　噢！未满三十……（双手掏扎稍想片时【大锣一击】）柳金蝉你与他有仇？（向前探身询问）
柳金蝉　无仇。
张　洪　有恨呢（摊双掌）？
柳金蝉　无恨。
张　洪　着哇！既无仇恨，他为何害你的性命？分明妄告不实，来呀！（看左右众鬼）
众　鬼　有！

〔柳金蝉抬右臂于胸前，左臂在左下侧伸直，仰身看张洪【冷锤】亮住。〔行弦〕停。

张　洪　将她叉入油鼎！（击惊堂木后从“小边”一侧出桌，双掏扎“骑马蹲裆式”，侧身向柳）

〔金蝉向外翻双袖左袖背于脑后成左“顺风旗”。四鬼手指柳，探身相逼。（崩登仓）众同时亮住。【撕边】张洪“蹉步”逼向柳。金蝉向左侧双跪步。【纽丝凤点头】张右手搂扎，左手指柳亮住。

〔柳金蝉向左倒身坐地，双手扶地立身，双袖下垂。

〔西皮散板〕

柳金蝉　サ（6 5 － 1̇ － 3 2 7 6 2 1 －） 1̇ 1̇
贪　财

1̇. 6 5 6 6 3 6 5 6 5 3 5 －
色　害　奴　家　一　命　身　亡。

【撕边】（崩登仓）（众小鬼收式双手插腰站定）

张　洪　住口！（抖单袖）

〔西皮散板〕

【纽丝凤点头】サ1 3 3 3 3 3 3 5 3 1. 2 3（6 1. 2 3）
柳　金　蝉　休　得　要　胡　言　乱（呐）讲，（仓）

3 2 5 3 3 3 1 2 2 1 6 1 2 1 –
平 白 地诬赖 人 忒 意荒唐。
（左手指金蝉）

柳金蝉 判爷呀！

【纽丝凤点头】 サ3 5 7 6 5 6 3 5 6（6 5 3.5 6）
若不与我鸣冤 枉，（仓）

5 i 6 5 5 3 3 5 6 5 3 5 i 6 5 3 5 ‖
候天子 回 殿 来我再诉 衷 肠。

张 洪 咋咋咋……（双手端扎面向金蝉【撕边】（崩登仓）亮住）哇呀呀呀……！【冲头】（左回身走S形回至桌前左袖上腕，【叫头】向金蝉甩左袖）柳金蝉！你敢用（向外拱手）阎罗天子压你（双手端扎）判爷不成？（双手由右向左下方将扎扔出，右手顺式将扎搂回至右腰间，左手指金蝉【冷锤】亮住）

柳金蝉 （抬右手至领下，左臂伸直于左侧，仰视张洪亮住）冤女不敢。

张 洪 嗯，谅你（左手指金蝉）也不敢。今年多大年纪？

柳金蝉 一十八岁。

张 洪 可曾许配人家？（摊右手）

柳金蝉 许配表兄颜查散尚未完婚。

张 洪 噢，颜查散……（双掏扎稍作思考）【撕边一锣】此事判爷（右手端扎）我一概尽知，哦，起来。（伸左掌示意，柳金蝉站起，【五锤】）柳金蝉，你在（右手指外）前四殿可曾诉过这被害的情由？（右手变摊掌式）

柳金蝉 未曾诉过。

张 洪 （双手上、下掏扎式）噢，未曾诉过……【撕边一锣】（左手成“背供”式，右手指金蝉）她未曾诉过（右按掌向前伸出）的好哇。（左回身至桌前）【大锣住头】柳金蝉，你且殿角伺候，待我差派小鬼将李保拿来与你（左手指金蝉）对案。

柳金蝉 （躬身垂目）谢判爷！

张 洪 走。（左手指金蝉，金蝉后退一步【撕边一锣】）去！（向外撒右掌，金蝉后退两步【撕边一锣】张右转身面向“上场门”，金蝉上前欲说【撕边一锣】，张右手掏扎左回身左手指金蝉）走！

〔【撕边一锣】金蝉转面向前想，要报仇绝非易事，轻叹一声，跺单脚，摊双掌，【撕边】（八仓）亮住。【冲头】金蝉疾步“下场门”走下。

张 洪 （追出至“大边”向“下场门”一望，右转身回台中进门面向里抬双臂示意四小鬼两边下。左回身面向前抬右掌）【叫头】且住！适才柳金蝉言道她被李保图财害命，（摊双掌）不知是真是假？（单手自指）我不免打开生死簿查看一番。【五锤】（右转身从“大边”一侧入桌后【搜场】翻看生死簿在其中一页停住。左手掏扎右手指簿【大锣三击】点戳三下。抬头【冷锤】亮住）查得在此。（左手拿簿从“大边”一侧出桌至台中，双手捧簿细观）【大锣住头】“正月十五日夜恶人李保图财杀命，害死柳金蝉。”（左手握合上的生死簿，（崩登仓）抬头惊呆。【撕边一锣】）呀！（右手掏扎看簿【纽丝】转面向外）

〔西皮散板〕

サ3 3 3 3 4 3 1 3. 2 1 2 3（6 1 2 3）

生 死 簿 早 注 定 李 保 罪（呀）状，（仓）

（右手指簿）（右手指外）

3 2 5 3 1 3 3 2 2 1 6 1. 2 2. 6 1 – ‖【大锣住头】

贪 女 色 害 金 蝉 一 命 身（呐）亡。

（摊右掌）

嘿！（右手接过生死簿击左掌【冷锤】左手接过生死簿）想我阴司赏善罚恶，是非分明，生死簿早已注定李保图财杀命害死（右手指外）柳金蝉。【大锣住头】（右手掏扎看簿）哎呀且住！（八大仓）想那李保乃是我的外甥，自幼父母双亡，（右掌自指）我在世之时他（单手端扎）随我长大成人，我死之后家业凋零，他屠宰为生。如今害死人命，我若按公而断岂不绝了李氏香烟后代呀！（摊右掌，转双睛，稍作思索）【大锣住头】想我身为掌案（伸右手赞美指）判官，连自已的外男都不能搭救，（面向“小边”摊双掌）哎呀这……（面向“大边”摊双掌）【撕边一锣】这……（面向“小边”摊双掌）【撕边一锣】这，这，这……【乱锤】（右手扶髯筹计，左转身右手掏扎眼望生死簿）【叫头】有了！适才柳金蝉言道，她乃颜查散妻子，我不免将生死簿上李保名姓（左手握簿、右手扶簿做撕状）扯下，改为（右手指外）颜查散谋害那（以簿指外）柳金蝉。【大锣一击】也好搭救我（右掌端扎）外甥性命哪！（右手扔扎，左转身右手掏扎至头上，左手握生死簿于胸前亮侧身相）

〔西皮小导板〕

【大锣导板头】サ（2. 3 5 i – 3 2 1 7 2. 2 1 –）3 3 2 3 4 5

我 要 把 生

3 2 1. 2 3. 2 1 2 – 3 2 1 2 3 2 – ⁞【撕边】（八大大仓）

死 簿 名 姓 改 换，（右转身）

「【四击头】从“大边”一侧入桌后将生死簿放桌角上。【撕边】俯视生死簿。

〔西皮原板〕

（仓大 0 1 | 2/4 2 1 612 | 0 35 6535 | 2165 3212 | 6125 3612 |

（右手握笔）

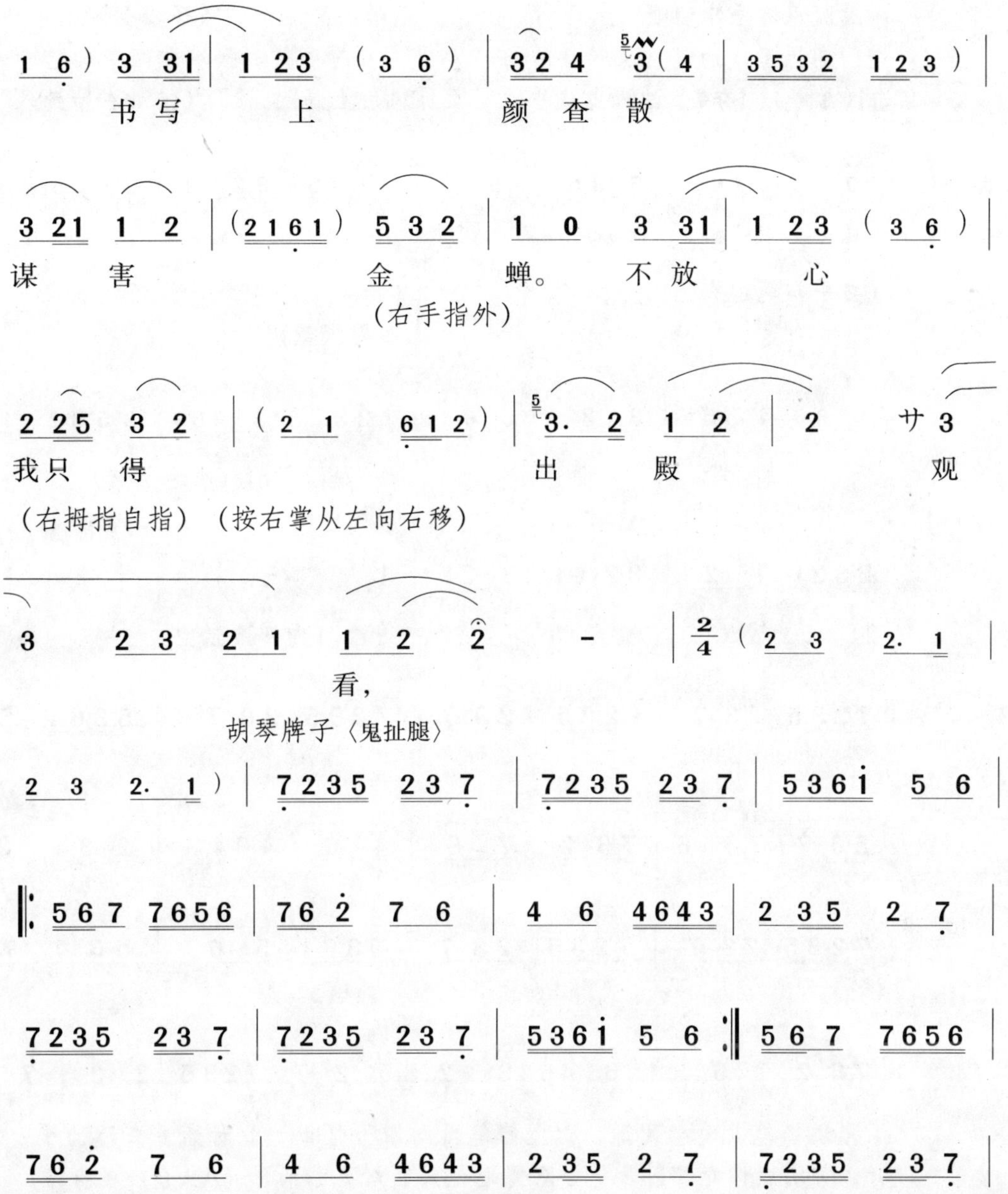

「张洪放笔从“大边”一侧出桌，出门至“大边”起“云手”，左转身右“顺风旗”，（曲中加【马腿儿】）向“下场门”“望门”。再变左“顺风旗”“望门”。按双掌至腰间，向左望，向后抬左腿，向右望，向后抬右腿（两番）。左掌将扎搂至腰间，侧身向外摆右掌示意无人。（锣鼓停）右手指“小边”，随按右掌圆场至“小边”“反云手”向右转身，左“顺风旗”，（曲中加【搓锤】）向“上场门”里“望门”，再变成右“顺风旗”“望门”。按双掌至腰间，向右望，后抬右腿，左望，抬左腿，做两番。侧身向外，右手搂扎（锣鼓停）摆左掌示意没人。此时油流鬼右手拿油壶“上场门”上，随在张洪身后，“矮子步”行至中台口。张洪进门向里望，油流鬼从张身后向“大边”“前毛”。张洪左回身向前看。**【大锣一击】**（曲停）**【夺头】**油流鬼蹑手蹑足至屏风后上高“立顶”。（张洪右转身入“大座”）

〔西皮原板〕

张洪 （0 0 6 | 5 35 6535 | 2165 3212 | 6125 3612 |
（扎 扎 0 仓）
（右手举笔过头亮住） （抬头望手中之笔，不由得心虚胆战，向四周张望）

1 6）4 35 | 3 3 （3 6）| 1232 3（46 | 3532 123）|
森罗 殿 冷 清 清（右掌抚胸）

〈鬼扯腿〉
2321 1 2 | 32（61）3 21 | 1 - ‖ 1 2 1. 6 |
胆 战 心 寒。（向四下张望）

7235 237 | 7235 237 | 7235 237 ‖ 536i 5 6 |

567 7656 | 76 2 7 6 | 4 6 4643 | 2 35 2 7 |

7235 237 | 7235 237 ‖ 536i 5 6 | 567 7656 |

76 2 7 6 | 4 6 4643 | 2 35 2 7 | 7235 2 3 | 7 - ‖

［张洪提笔欲改生死簿，心虚停笔再向四下张望。此时油流鬼添油毕，左脚勾椅背、伸右腿仰身“射燕”分双臂巡视哪盏灯要添油。**（八大仓）**（曲停）**【夺头】**张洪蘸墨掭笔欲写又发现生死簿原页未撕，忙放笔，左手托簿右手将原页纸扯下。

〔原板〕

张洪 （0 0 6 | 5 35 6535 | 2164 3212 | 6125 3612 | 1 6）621 |
（扎 扎 0 仓） 扯 下
（高举扯下之纸） （油流鬼见张扯生死簿大惊，起身观看） （眼望右手中被扯之页犯难）

1 23（3 6）| 3532 2（35 | 2 1 612）| サ 3 - 2 6 1 2. 2 2 - -
了 生 死 簿 搓 为 纸（喏）捻——

〔【撕边】（八大仓）油流鬼右脚勾椅背，伸左腿仰身“射燕”双手指张洪亮相。张洪欲搓纸捻又见生死簿还未曾改过，忙放纸提笔【九锤半】改写生死簿。胡琴接奏〈鬼扯腿〉

（仓 0）0 7 | 2/4 5361 5 ‖: 567 7656 | 762 7 6 | 4 6 4643 |

235 2 7 | 7235 237 | 7235 237 | 5361 5 6 :‖

567 7656 | 762 7 6 | 4 6 4 3 | 2 - ‖（曲牌伴奏下列动作）

〔张洪停笔观察四周，油流鬼起身，俯身细观。张再蘸墨改簿，油蹲步探身再看。生死簿改毕张停笔看簿。曲中【大锣一击】张抬头观望，放笔，出门至“大边”查看。油流鬼乘机溜下屏风至“大边”桌角蹲身向门外窥探。入桌后，拿起生死簿被扯下的一页细看，双手扶桌抬头疑惑不解。张洪从“大边”至“小边”经过台中，油流鬼蹲身藏于桌后，张在台中一绊，疾走至“小边”察看，油流鬼探头望，顺手拿起生死簿细看，再看被扯下之页惊呆，右手愤恨地指向门外。发现有动静急蹲身“矮子步”回至屏风后；同时张洪进门向里左右观望，曲中【撕边】（八仓）从“大边”一侧入桌后向外张望，拿起被扯之页稍想，曲中加【撕边】（八仓）摊右掌示意对被扯之页怎样处置，一时没有办法。将被扯之页交左手，再次观殿内动静，无意中右手将左侧桌角上的生死簿合上，似有感悟，低头看左手之簿，顿生妙计，先指自己再指被扯之页，双掌心相合做搓捻状，再指桌角之簿，点头晃身甚感得意，随将被扯之页放桌上卷起。同时油流鬼闪在张身后偷看，见看不清随至屏风后上高细看。曲中【夹饽饽】张洪将卷起的纸捻放手中搓紧。随末锣右手将搓好的纸捻举至头上亮住。再次观望两边后将纸捻放桌上。随曲中【夹饽饽】将装钉在生死簿上的线绳一点点拆下扔掉。再随曲中插【夹饽饽】将纸捻穿引入书中。穿好后举簿细观即放回桌上【大锣三击】用拳击三下生死簿。（曲牌收住）

油流鬼　（从高上向“小边”后区翻“台蛮”下，【撕边】（崩登仓）单腿跪在“小边”一侧桌角边）叩见判爷！

张　洪　（站桌外双手捧簿细观被惊吓）啊！【纽丝凤点头】（右转身至桌前左手将生死簿急藏身后，右手指油流鬼。油流鬼起身站“小边”向张拱手）

〔西皮散板〕

サ（6 5 - 1 - 3 21 72 1）3 25 3 1 3
油流鬼你因

2（21 61 2）3 21 1 2. 6 1 - ‖【大锣住头】
何　来到殿前？
（摊右掌）

油流鬼　判爷。

张　洪　你到此何事？

油流鬼　各殿灯油俱已添好，（按右掌从左移至右）特到五殿（单手指地）前来添油。

张　洪　噢！**【撕边一锣】**你几时进来的？（摊右掌）

油流鬼　我是刚才进来的，（摆单手）工夫不大。

张　洪　这！（左侧身看簿又藏于背后）**【冷锤】**（转向右侧油流鬼）为何不先禀报一声？

油流鬼　我见判爷在此批看（左掌当簿抬至胸前，右手当笔举至颔下）案卷。

张　洪　啊！（生死簿举于面前左转一圈将簿藏于背后，右掌扶扎在颔下（**崩登仓**）面向油流鬼亮住）

油流鬼　故而不敢惊动判爷您哪。（追两步，单腿跪摆双掌）

张　洪　嗯……（上步逼向油流鬼，油起身退后）**【撕边一锣】**你可知判爷批改的是什么案卷？（摊右掌）

油流鬼　嗨嗨，（转面向外）小鬼不知。（摆单掌，向外欲走）

张　洪　转来。

油流鬼　（面向张拱手）伺候判爷。**【大锣一击】**

张　洪　（右手自指）判爷批改案卷，（右手指油）你到底看见无有？

油流鬼　这个……（转面向外）

张　洪　（摊右掌探身追问）啊？

油流鬼　（“背供”右手指左侧张，转眼珠）**【大锣一击】**我没瞧见。（摆单手）

张　洪　噢，（旁跨两步抬右掌“背供”看左手生死簿）未曾得见哪。**【撕边一锣】**（抬头稍想，即将生死簿藏于背后，回至桌前）油流鬼。

油流鬼　噢，判爷。（向张拱手）

张　洪　（右掌端扎）判爷我待（指油）你如何？

油流鬼　（自指）待小鬼恩重如山（伸赞美指）。

张　洪　既然恩重如山，从今以后你不要（按右掌从左移至右）各殿添油，判爷我赏你（伸右食指）一个美差。

油流鬼　（向张拱手）判爷您赏小鬼我什么差事呢？（摊双掌）

张　洪　有一柳金蝉，在阳间（摇摆单掌）不孝父母，打街骂巷，我命小鬼拿在阴司，命你将她押在阴山背后。我在阎君驾前,美言几句,自有你的（伸右赞美指）好处。

油流鬼　判爷您多提拔吧。（向张躬身拱手）

张　洪　嗯，若是泄漏风声，我将你叉入油鼎！（右手抓油流鬼的左腕，左掌撩至头上，吸左腿，油左臂平抬立右掌于左肩处“骑马蹲裆式”，**【冷锤】**二人亮住）

油流鬼　小鬼我记下了。

张　洪　唤柳金蝉前来。（背向观众立于桌前）

油流鬼　（拱手领命）是。（至台中向“下场门”）柳金蝉快来！（回“小边”）

〔**【冲头】**柳金蝉“下场门”上至台中进门站“大边”。

张　洪　柳金蝉，我命小鬼捉拿李保去了，今命油流鬼将你带到一个享福之处，待等凶手到此再与你对案。（转向“小边”）油流鬼。

油流鬼　伺候判爷。（躬身领命）

张　洪　引她去吧！

油流鬼　遵命！**【一锤锣】**（单手指柳）柳金蝉与我走！（柳见张背过身去，左掌在胸前稍想片刻，即回身对张欲说话，油上前指柳）走！

「柳金蝉慢步至台中抬双臂垂目望袖，无奈顿足，【冲头】“下场门”下。油流鬼出门至“大边”，【撕边一锣】右“山膀”望柳金蝉的背影，【回头】回身见张洪横立在台中，【快原场】油流鬼边上下打量着张洪边后退两步，稍想片时，【快冲头】右“山膀”提甲式“下场门”冲下。张洪右“山膀”向“下场门”望。【冲头】右转身进门至桌前，面向“小边”左手掏扎【撕边一锣】看右手中生死簿。【撕边一锣】左手指“大边”。【撕边一锣】左拇指指头后。（崩登仓）左手接过生死簿横握腰间，抬右腿、胸前按右掌向外亮住。【冲头】“上场门”下。

第九场

「【纽丝】王朝、马汉、张龙、赵虎等头披黑纱，挎腰刀“上场门”上，站“一条边”。包拯右手提蟒至“九龙口”前抖右袖。

〔西皮散板〕

包 拯

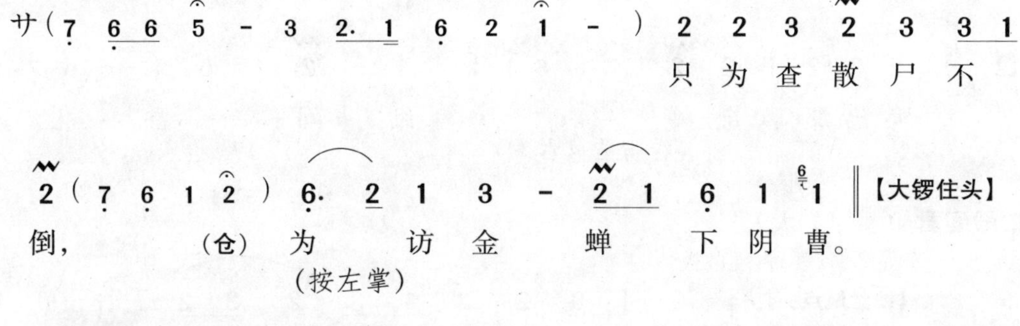

王 朝 （拱手向包禀报）来到一殿。

包 拯 （右掌向左指）向前通报。

王 朝 （上步举右掌向“下场门”喊）包大人到！

「【冲头】一殿阎君、判官“下场门”上至“大边”。同时赵虎上至台中后区，王、马、张、赵四人成“小边”“斜一字”。包站台中。

一殿阎君
一殿判官 （二人向包拱手施礼）包大人。

包 拯 （向二人拱手还礼）阎君请了。

一殿阎君 包大人亲下阴曹（摊右掌）为了何事？

包 拯 （双手端带）只因阳间有一案审问不明，特下阴曹前来查看。（拱手）请问阎君，正月十五日夜可有一柳金蝉来到这（在胸前按左掌）一殿挂号？

一殿阎君 十五日夜有一女鬼柳金蝉前来（右手指下方）挂号。如今已到（右手指外）二殿去了。

包 拯 好，（拱手）有劳了！

一殿阎君 （与判官齐向包拱手告退）请。

「【冲头】一殿阎君与判官“下场门”下。

「包拯面向"下场门"抖单袖【纽丝】右回身向前。

〔西皮散板〕

包　拯　サ 2 2 3 2 1 3 2 2 （7 6 1 2） 1 3 2 1 2（3）

听说金蝉到（哇）一殿，（仓）老夫　才把

（面向"小边"双手端带）　（面向"大边"端带）（向前点头）

2 1 6 1（7 - 2 1）5 3 3 1 2 2 2 6 1 2 2 -

心　放宽。（仓）速至二　殿莫　迟慢，

（面向"小边"王朝）（扬左掌向王朝示意）

「【纽丝】王朝领马、张、赵从包身前走∽形至"大边"成"斜一字"。包右手提蟒向"小边"走两步，左转身走至台中"大边"一侧。

王　朝　（右手搂髯、扬左掌向"上场门"喊）包大人到！

包　拯　（向"上场门"迎来的二殿阎君和判官拱手施礼）阎君。

二殿阎君　（与判官至"小边"向包拱手还礼）包大人。（判官站阎外首）

「包拯面对二人双手端带。【撕边纽丝凤点头】

包　拯　2 3 2 1 3 2（2 1 6 1 2）1 - 2. 1 6 1 -（7 2 1）

唤出那柳金蝉　细　问　一番。

（在胸前摊右掌）

二殿阎君　（拱手）大人！

〔散板〕

【纽丝凤点头】サ 1 2 1 3 2 2 1 3 2 3 2（7 6 1 2）

二殿未（呀）见此鬼（呀）面，（仓）

（摇摆左掌）

二殿判官　（向阎君拱手）

3 1 2 3 2 1 2 2 1 2 3. 2 1（7 - 2 1）

她到此来挂　号你未曾回　还。（仓）

（在胸前伸右掌）（摊双掌）

包　拯　（面向二人）

2 1 2 2 5 3 1 2 2 -

我问你柳金　蝉？

（左手指左前方）

二殿阎君　1 6 2 1 6 1 3 2 -

她已　奔　三殿。

（右手外指）

包　拯　（向二人拱手）有劳了。（向"大边"王朝）打道三殿。

「【纽丝】二殿阎君与判官向包拱手“上场门”下。王朝左转身领马、张、赵至“上场门”“斜一字”。包右手握袖左转身，小圆场至台中“小边”一侧。

王 朝 （抬右掌向“下场门”喊）包大人到！

（〔亮弦〕 4 3 1 2 ）

三殿判官 （ “下场门”上至“大边”拱手）大人。

【纽丝凤点头】 2 3 21 2 3 2 1 1

大 人 到 此 为 哪 般？

（摊双掌）

包 拯 听了。（左手指外）

【纽丝凤点头】サ 3 3 12 2 2 3 2 1 3 21 1 2（7

都 只 为 柳 金 蝉 死（喏）得 可 惨，

（双手端带）

6 1 2 ） 3 2 3 1 3 2 3 21 6 1 -

（仓） 老 夫 我 下 阴 曹 亲 查 一 番。

三殿判官 （拱手）大人！（抖右袖）

【纽丝凤点头】 1 3 2 13 21 6 1 21 1 2（21 6 1 2）

柳 金 蝉 挂 了 号 已 奔 四 殿， （仓）

（右手指外） （伸右手四指）

3 32 3 3 21 2 - 32 21 6 1. 2 2. 6 1 -‖

请 大 人 速 查 看 莫 要 迟 延。

（拱手） （摇右掌） （向包拱手“下场门”下）

包 拯 （向判官拱手。右手捋髯面向前（**崩登仓**）亮相）打道四殿！

众 啊！

「【急急风】王朝领众“下场门”下。

「包拯面向“小边”抬左腿左手抓蟒，上右步右手握袖转向“下场门”亮住。上左步跟右步，出右掌搭袖于腕上，横落至腰间，别左腿“下场门”下。

第 十 场

「草龙屏风、堂桌、“大座”（紫色桌围椅披）。

<发帽>

【大锣归位】サ（i̇ 6 5 3 6i̇ 5 - 6 - 7 6 - ）

〔【急急风】四小鬼右“山膀提甲式”“上场门”上“站门”。张洪左手握生死簿至台中稍亮归站“小边”。秦光辉左手掏扎右手握袖至中台口。（0 台 | 仓 才 | 仓 才大 | 按右掌左转身扫视殿内，右搭袖上腕。

吹奏〈大泣颜回〉（折句）

0 0 | 2/4 5 5. 7 | 6 . 5 | i̇ 6 5 3 |
另 仓 嘟 仓台 才 仓台 才台乙台 仓另 台

2 3. 5 | 3 . 2 | 2 - ‖
仓 另才 乙台 仓）

〔秦光辉在曲中向“大边”一望，反折右袖放胸前向“小边”一望，抖右袖入“大座”。曲收。

秦光辉 【大锣归位】（抖右袖）

（诗）十殿之中（右拇指自指胸）我为尊，

统领阴曹（双按掌）众鬼魂。【小锣二击】

权掌生死（左手掏扎，右手自指）威名震，

坐镇森罗（按右掌向右移）五阎君。

【大锣归位】（报名袖）孤，五殿阎君秦光辉。【大锣住头】执掌森罗律条森严，（左手掏扎）掌管生死簿善恶分明（单手指外）。日前（右手自指）朝拜（拱手）地藏王而归。今当理事之期，掌案的！

张 洪 （向秦拱手）有！【撕边一锣】

秦光辉 有事回禀，无事掩闭森罗。

张 洪 启禀阎君，今有阳间（右手指外）包拯亲下阴曹，已到（向秦拱手）五殿。

秦光辉 噢，（右手掏扎）包拯……

张 洪 正是。【撕边一锣】

秦光辉 他乃宋朝护国之臣（伸右赞美指），今下阴曹必有所为，倒要赏他个全脸（举左掌自指脸）。众鬼卒！

众 鬼 有！

秦光辉 动乐（拱手）相迎。

众 鬼 啊！

〔奏曲牌：乙字调〈小傍妆台〉（1=A）$\frac{1}{4}$（曲谱略）

〔张洪至台中出门站“大边”台口。秦光辉整冠双掏扎从左侧出座，出门站台中“大边”一侧。“小边”里首小鬼将“大座”搬成“小边”跨椅。“大边”里首小鬼至屏风后取椅放“大边”跨椅。同时王朝、马汉、张龙、赵虎等四人“上场门”上“一条边”。包随后上至中台口“小边”一侧。

秦光辉 （拱手相迎）包大人。

包 拯 （拱手还礼）阎君。

〔秦请包进门，王、马、张、赵依次进门从包身后挖至“大边”站“斜一字”。四小鬼走桌后至“小边”站“斜一字”。秦光辉、张洪挖至“小边”，包坐“大边”跨座，秦坐“小边”跨座，张洪站秦外首。（曲牌止）

秦光辉 不知（拱手）大人驾到，未曾远迎，当面恕罪。

包 拯 （拱手）岂敢。轻造宝殿，阎君海涵。

秦光辉 大人亲下阴曹，所为（左手掏扎摊右掌）何事呢？

包 拯 只因阳间有一案审问不明，特下阴曹前来（向秦拱手）领教。

秦光辉 阳间审案倘有冤屈，（右手自指）孤住阴司，善恶分明，从（摆右掌）无差错。

包 拯 嗯。（右掌扶桌）既然如此，只因正月十五日夜，有一柳金蝉被人陷害，书生颜查散屈打成招，问成绞罪。死后立尸不倒，又恐（按右掌）冤屈好人，求（向秦拱手）阎君指示。

秦光辉 这十五日夜……（右手掏扎细想【撕边一锣】右手自指）孤去朝拜（拱手）上官天君，十六日又去朝拜地藏王（右手指外），未在五殿（举左掌），不知此事。

包 拯 我今下阴曹，（撒左掌）四殿俱已查过，柳金蝉挂号之后，（左手扯右袖角右掌点击桌角）已到五殿来了。

秦光辉 噢，（左手掏扎）大人四殿俱已查过了？（摊右掌）

包 拯 查过了。

秦光辉 哦哦哦，喂（转向张），掌案的。

张 洪 （向秦拱手）阎君。

秦光辉 这十五日夜，可有一女鬼柳金蝉来到五殿（摊右掌）报到？

张 洪 （拱手）启禀阎君，柳金蝉（摆右掌）未到五殿哪。

秦光辉 噢，（向包拱手）啊大人，那柳金蝉（摆右掌）未到五殿。

包 拯 （向秦拱手）我四殿俱已查过（双手端带）岂能不至五殿……（转眼珠略思）王朝。

王 朝 在。（向包拱手领命）

包 拯 命你速至（出左掌）六殿问来。

王 朝 遵命！（【五锤】出门“下场门”下）

包 拯 （左手捋髯思索）莫非那柳金蝉，绕道直奔六殿去了（摊左掌）不成么？

王 朝 （内）走！（【冲头】“下场门”上，进门归“大边”向包拱手）柳金蝉未到（摊双掌）六殿。

包 拯 （双手端带不解地）啊？【撕边一锣】六殿无有，五殿（摊右掌）未来，难道那柳金蝉（斜视上方）飞出阴司（摊右掌）不成？（【撕边一锣】略思索即向秦拱手）还望阎君仔细查问一二。

秦光辉 （右手自指）孤掌管（伸右赞美指）生死簿，律条森严（摆右掌）从无差错，（向包拱手）大人不必多疑。

包 拯 我意欲借（右手指左掌）生死簿一观。

秦光辉 哦哦哦（起身离座向张）喂，掌案的。

张 洪 （向秦拱手）阎君。

秦光辉 看（右手指张）生死簿伺候。

张 洪 （拱手）启禀阎君，想这（右手指左手之簿）生死簿乃是阴曹文件，（左手握簿指向包）他乃阳官，岂能（扬双掌，转身向外）看得呀？

秦光辉 （右掌招呼张）嗳，（左掌“背供”右手指包）倒要与他看看，表明我阴曹（按双掌）地府是（伸双赞美指）公正无私。

张　洪 噢噢，生死簿在此。（将簿递与秦）

秦光辉 （左手握着簿）善恶分明（右掌指簿）早注定。（左手交给包）

包　拯 （起身右手拿过簿）只恐其中有隐情。**【五锤】**（翻簿细查找到其中一页**【撕边一锣】**左手执簿，右手指点簿上之字）“正月十五日夜，颜查散图财害命，谋死表妹柳金蝉”。（右掌扶簿、抬头静思）啊？**【撕边一锣】**这生死簿上，已然注明凶手名姓，因何颜查散之母口口声声道（双手捧簿向外一伸）他儿有冤？为何死后又立尸（摊右掌）不倒？（**【撕边】**左、右动双睛稍想，低头看簿后，用右掌击簿。**【一锣】**）自有道理。（**【住头】**张洪至台中从包手里拿回生死簿归回“小边”原位）阎君。

秦光辉 嗯。

包　拯 这生死簿上已然注明凶手名姓，因何这五殿（在胸前按右掌）之中不见（摊右掌）柳金蝉？

秦光辉 方才言过，柳金蝉（摆左掌）未到五殿。

包　拯 （右掌理髯）我却不信。

秦光辉 啊？（撤步右手掏扎**【撕边一锣】**）莫非其中有什么（向包摊双掌）差错不成？

包　拯 哦，想是（拱手）阎君不在殿庭，被你驾下之人将此事隐瞒，（摊双掌）也未可知。

秦光辉 大人你此言（撤右步、右搭袖，左手指包**【撕边两击】**）差矣！（将袖抖出**【大锣住头】**）岂不知暗室（右手指下）亏心，（举右掌）神目如电，阴曹之官非比阳间官吏，若有半点弊端，定遭（右手指天）天诛。似你这等藐视阴曹，（右掌端扎）诽谤孤王，真真（右手握袖左手指包**【撕边两击】**）可恼！（抖右袖）

〔西皮散板〕

【纽丝】 サ3 2 5 3 3 3 5 3 1 5 3 2 1 2 3（6
颜 查 散 谋 害（呀）人 或 绞 或 斩，
（右手指外） （立右砍掌）

1 2 3 －） 3 1 2 1 3 3 2 （2 1 6. 1 2）
（仓） 生 死 簿 早 注（啹）定
（左手指右掌）

2 － 3. 2 1 2 1 （7 － 2 1） 3 6 2 1
亦 非 偶 然。 （仓） 想 是 你
（向包摊双掌）

6 2 1 2 3 1. 3 2 1 1 2 （6 5 5 2 1 6. 1 2）
在 阳 间 将（呃）案 错 断， （仓）
（右手指外）

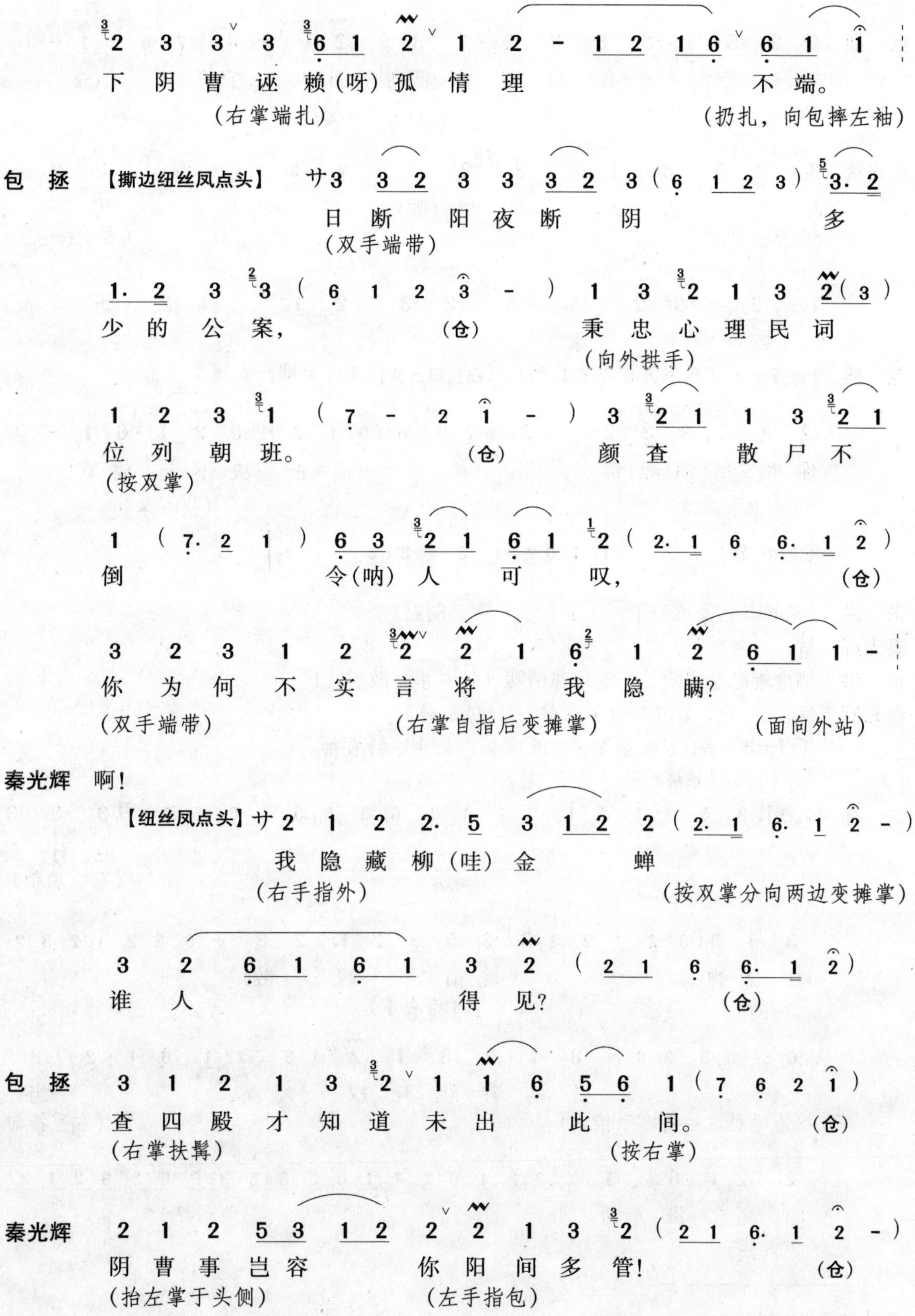
下阴曹诬赖(呀)孤情理不端。
(右掌端扎)
(扔扎，向包摔左袖)
包拯
【撕边纽丝凤点头】
日断阳夜断阴多
(双手端带)
少的公案，(仓)秉忠心理民词
(向外拱手)
位列朝班。(仓)颜查散尸不
(按双掌)
倒令(呐)人可叹，(仓)
你为何不实言将我隐瞒？
(双手端带)
(右掌自指后变摊掌)
(面向外站)
秦光辉 啊！
【纽丝凤点头】
我隐藏柳(哇)金蝉
(右手指外)
(按双掌分向两边变摊掌)
谁人得见？(仓)
包拯
查四殿才知道未出此间。(仓)
(右掌扶髯)
(按右掌)
秦光辉
阴曹事岂容你阳间多管！(仓)
(抬左掌于头侧)
(左手指包)

包　拯　2 3 5̂ - 3 3 3 2 1 3 3 2 1 6̣ 1（7̣ 6̣ 2 1̂ -）
宋（呃）天　子他封我是阴（呐）阳　二官。（仓）
（拱手）　（双手端带）

秦光辉　3 2 5 3 1 2 3 3 2（7̣ 6̣. 1 2̂）3. 2
藐视　孤就　应当（呃）　将
（右掌自指）　（右手指包）

1 2 - 3 2 3. 5 2 3 2 1 1 2̂ -
你（呀）　来　赶！

包　拯　（崩登仓）（右手握袖亮相）嗯！【纽丝凤点头】（抖右袖，双端带看秦）

2 3 3 3. 3 2 - 2（2 1 6̣ 6̣ 1 2̂）3 2 1 6̣ 1 -
你徇私铜（呃）铡　下　（仓）决不　放宽！
（立右砍掌）　（摆右掌）

【撕边一锣】〔行弦〕 2/4 ‖: 1 6̣2 1 3 | 2162 1 :‖

张　洪　（见秦与包僵持不下，上前拱手）啊，阎君。
秦光辉　哦。（转向张）
张　洪　柳金蝉已过四殿，一定是魂销魄（扬右掌）散了哇！
秦光辉　（向包）哎，着哇！（摊双掌。〔行弦〕停）
「【大锣一击】包拯撤左步右手捋髯，摇头，抖右袖。

〔西皮摇板〕
包　拯　【闪锤】（3. 5 6 i 5 i 3 2 1 2 6̣ 5 5 5 3 6 5 5）サ 3 3 3
说什么
（双手端带）

3 4 3（3 2 1 2 3 3）3 5 3 2 1. 2 3（4 6 3 2 1 2 3 2
柳金蝉　魂销　魄　散，
（撩右掌）

6̣ 5 5 5 3 6）3 1 2 3 1 2（3 2 1 6̣ 1 2）3
你掌着生死权　当
（左手扯右袖角右手指秦）　（右手指向

2 2 1 6̣ 1（3 2 1 6̣ 2 1 1 6̣ 5 5 5 3 6 5 5 3 2 1 2）
昭雪　澄　冤。①
下点戳）

① 此句要跺着唱。

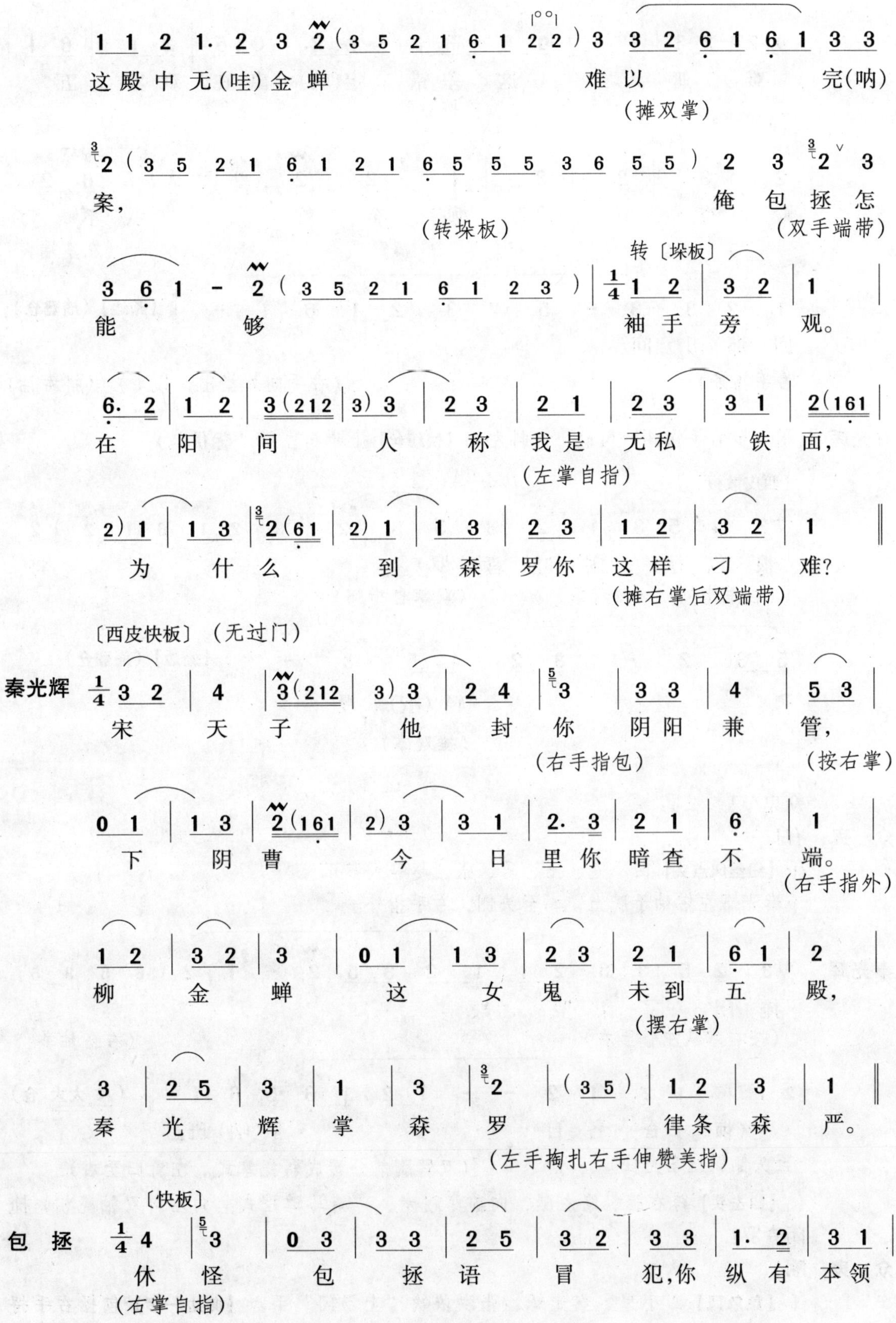
这殿中无(哇)金蝉 难以 完(呐)
(摊双掌)
案, 俺包拯怎
(转垛板) (双手端带)
转〔垛板〕
能 够 袖手旁观。
在阳间 人称我是无私铁面,
(左掌自指)
为什么 到森罗你这样刁难?
(摊右掌后双端带)
〔西皮快板〕(无过门)
秦光辉
宋天子 他封你阴阳兼管,
(右手指包) (按右掌)
下阴曹 今日里你暗查不端。
(右手指外)
柳金蝉 这女鬼未到五殿,
(摆右掌)
秦光辉掌森罗 律条森严。
(左手掏扎右手伸赞美指)
〔快板〕
包 拯
休怪 包拯语冒犯,你纵有本领
(右掌自指)

0 2 | 2 3 | 1 | 0 5 | 3 2 | 1 2 | 3 5 | 2 1 | 6 1 |
难 遮 天。 这 差 错 定(呐) 出 在 森 罗 五
(胸前按右掌)

稍慢
2 | 3 | 2 | 3 | 1 | 2 | 2 | サ(大大)3 6. 2
殿， 查 不 出 柳 金 蝉 我 不
(左掌端髯

1. 2 3 3 - 5 2 3 2 1 6 1 - ‖【撕边】(崩登仓)
回 那 阳 间。
右手指外) (右手向外指出，顿足) (抖右袖)

秦光辉 (退右步右手掏扎) 可恼！(抖左袖【快纽丝】上步抬左掌“背供”)

〔西皮散板〕
サ3 4 5 3 1. 2 3 5 3 2 (3 2 1 6 1 2) 2
恨 包 拯 闹 (哇) 森 罗 将
(右手指包) (按双掌) (双掌自指胸)

5 3 2 - 3 2 4 5 3 - ┆【撕边】(崩登仓)
孤 轻 (哦) 慢——
(摊双掌)

众鬼卒！

众 鬼 有！

〔【纽丝风点头】四小鬼、王、马、张、赵等人归正。

〔秦光辉左搭袖于腕上，举至头侧，右手指外。

秦光辉 サ3 2 5 3 3 2 1 1. 2 3 5 2 - 1 2 (6 5 3 5
掩 闭 了 森 罗 殿
(按右掌从左移至右) (右搭袖举

2 1 6. 1 2) 1 2 - - 1 2 1 6 5 6 1 ‖ (八 大大 仓)
(顷 仓) 各 自 散(呐) 班。
至头侧斜托掌亮住) (双臂胸前分开成斜托掌式。左臂归至右)

(【四击头】跨右腿、踢左腿，向前小蹉步、“骑马蹲裆式”向左抖双袖亮相) 掩闭森罗！

众 鬼 啊！

〔【急急风】四小鬼、秦光辉、张洪依次“上场门”下。【撕边一锣】包拯右手捋

髯，上步向“上场门”里望，抖右袖。【快纽丝】赵虎、张龙走包身后至“小边”。包拯左转身向前。

〔西皮散板〕

包 拯 サ3 3 3 3 3 3 ^{6}5 3 3（1 2 3 3 6̣ 1 2 3）
秦 光 辉 怒 冲 冲 下 五 殿，（仓）
（右拇指指“上场门”）
3 1 3 ^{3}2 1 ^{1}6̣ 1 1 ‖【撕边叫头】
倒 叫 包 拯 我 两 为 难。
（右掌自指） （右搭袖上腕）

且住！老夫我（双手端带）断过多少无头公案，今日为何遇见这样（右手捋髯）奇事呢？（向前方远眺）【撕边一锣】前面什么所在？

〔王朝等四人“单山膀”远望【撕边一锣】回身向包拱手禀告。

王 朝 望乡台。

包 拯 哦，望乡台可以望见自己家乡，（双按掌）也可以看清这阴曹全貌，（双手端带）不免去至那里亲自查看。王朝、马汉！

王 朝
马 汉 （向包拱手）在！【大锣一击】

包 拯 打道望乡台！（举右掌至头侧）

王 朝
马 汉 啊！

〔【软四击】包抬左腿左手抓蟒襟，右手抓右襟在胸前涮蟒，双手端蟒。王朝、马汉、张龙、赵虎齐聚中间将包围在心，王、马弓箭步五人亮组相。【急急风】灯暗或“下场门”下。

第 十 一 场

〔【冲头】“上场门”上，急至台中撑右掌向“下场门”望。右回身抬左掌）

张 洪 【叫头】且住！实指望改换生死簿搭救我外甥性命，不想包拯为了此事亲下（按双掌）阴曹，倘若被他查明这便如何是好？（摊双掌，【撕边一锣】举右掌）嗯，有了！【五锤】我不免寻找油流鬼，叫他将柳金蝉藏起，以免走露风声。【水底鱼】（左转身右手抓左袖角，右“弓箭步”面向里两望。迈左步向左望、迈右步向右望。小圆场至中台口“小边”一侧）

油流鬼 （同时“下场门”上至台中“大边”一侧拱手向张行礼）伺候判爷。

张 洪 噤声！（（崩登仓）左弓箭步，伸左掌制止。油流鬼右掌自捂嘴，二人亮住。【撕边】（八仓）二人分别向“上、下场门”矮身观望。【五锤】二人“合扇”双进门在台中各站一边）油流鬼。

油流鬼 （向张拱手）判爷。

张　洪　（左手掏扎）柳金蝉今在（摊右掌）何处？

油流鬼　现在（左拇指指头后）阴山背后。

张　洪　命你将她押在这（右弓箭步右手指前下方）阴桥之下。**【大锣一击】**

油流鬼　回判爷的话，想这（右手指左下方）阴山可就够受的了，干吗还要到（右手指下方变摊掌）阴桥去，可做什么呢？

张　洪　若不押在阴桥，惟恐走漏风声。

油流鬼　（向张躬身）您干吗老怕走漏了风声呢？依（右手自指鼻）小鬼说，（左手指外）阴山既不把牢，那阴桥可也（摆右掌）不大妥当啊。

张　洪　依你便怎么样呢？（摊左掌）

油流鬼　（右手自指）依小鬼之见，最可靠的倒有（伸右食指）一个地方。

张　洪　噢，现在哪里？

油流鬼　就是那（上步指前）森罗宝殿！

张　洪　（左腿踢油"吊小翻"，油趁势躺地抬右腿，张左腿蹬在油右脚上双手掏扎（**崩登仓**）亮住）嗯！……（**【撕边】**将扎上下分开**【一锣】**）

油流鬼　判爷，（摆双掌）您别生气。

张　洪　哼！（收腿站立**【大锣住头】**油"叠筋"起身站原位）

油流鬼　它是这么着，您走到哪儿（按右掌向左移）把她带到哪儿，省得您老不放心。若是将她交与（右手自指）小鬼，出了一差二错的，我可（掌背击掌心变摊掌）担当不起呀。

张　洪　只要（左手指油）你严加防守，焉能走漏风声？（摊右掌）

油流鬼　（向张躬身）我看住她倒是没有什么关系，若是（向外拱手）阎君到此查看阴山……

张　洪　（右拇指自指）有判爷料理，不许（左手指油）你多口。

油流鬼　要是有（右手指外）别人来了呢？

张　洪　这个……（左手掏扎**【撕边一锣】**）嗯，判爷有令，这阴山地界不论何人（摆右掌）不许乱出乱入。**【大锣一击】**

油流鬼　好便好，只是那（右手指外）柳金蝉终朝哭哭啼啼（右手食指在眼前擦泪）的，可真怪可怜的，我的（拱手）判爷。

张　洪　她自作自受（扬左掌转身向外）怨着谁来？

油流鬼　（向外转身**【冷锤】**右拳击左掌变摊双掌）唉！这不是一面儿官司自讨苦（双掌向外伸）吃吗！

张　洪　（左手指油）油流鬼！**【快五锤】**（上步至油面前）你将此事办好，我在（拱手）阎君驾前保荐与你，若是走漏风声，我将你叉上刀山！（**【撕边】**（**崩登仓**）左手抓油右腕，撑右掌过头，侧吸右腿。油"骑马蹲裆"，立左掌在右肩。二人亮高矮相）打入油鼎！（**【撕边】**（**八仓**）右弓箭步，右手指"小边"油立身看张所指方向，二人亮住）定不与你（左手指油）甘休！

油流鬼　（左单腿跪拱手**【冷锤】**）小鬼我记下了。

张　洪　你要仔细了！（向油流鬼逼一步**【冷锤】**）你要与我（左搭袖于腕上放胸前，右手掏扎探身**【大锣两击】**逼向油，油后仰身在右侧立双掌）打点了！**【撕边】**（**崩登仓**）（反绕左袖右"山膀"面向"上场门"亮住）

油流鬼　送判爷！

张　洪　免！【冲头】（“上场门”下）

油流鬼　（起身上步左“山膀”向“上场门”一望【撕边一锣】，左回身绕双手右拳击左掌变摊双掌【撕边】（八仓）亮住）唉！真想不到，连阴曹（右手指地）地府都会出了这样的事情。（右手自指嘴）嘴里头不住的说赏善罚恶，暗地里可尽办这（右手指地）黑心的事。（【撕边一锣】双手插腰，向里扭头运气。向外扭头扬右掌）哎，有了！【大锣住头】（上步）待等有了机会，我将此事禀报（向外拱手）阎君，管叫张洪你（摆右掌）吃罪不起。正是：（【大锣住头】“整袖”亮住）阳间李保心肠狠，阴曹判官（右手指“小边”台口向左“单蛮子”【撕边】（崩登仓）左拳端握腰间，右拳横于胸前亮相）也狠心！（右手指外后右掌拍跨起的右腿，左转身面向“下场门”（崩登仓）右“山膀”亮住，【快原场】“下场门”下）

第十二场

「“望乡台”景片，放舞台中后区。片子后放一桌，桌两边放两个台阶。

「包拯内唱。

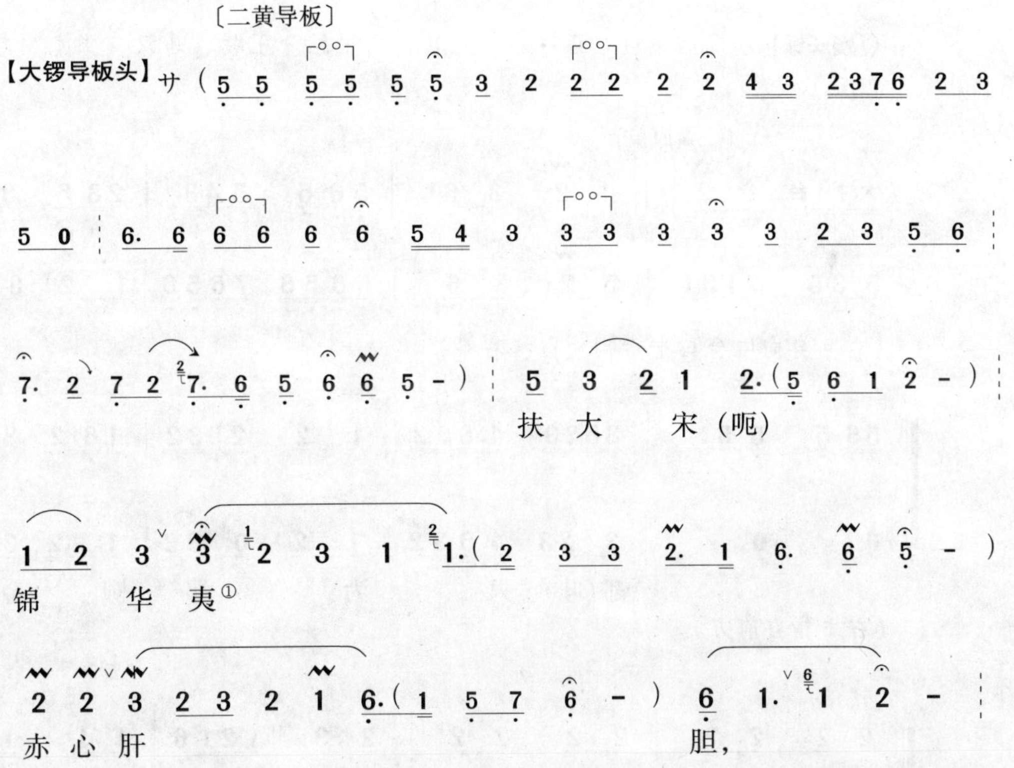

「【吊钹】【一锤锣】王朝、马汉、张龙、赵虎“上场门”上“斜胡同”，包右手提蟒，左手捋髯【撕边】【吊钹】中上至“九龙口”前亮住。【一锤锣】包心事重重向前上两步、抬头、思考，放开蟒、髯。

① 锦华夷：华，汉族；夷，少数民族。华夷连用，代指天下、国家。

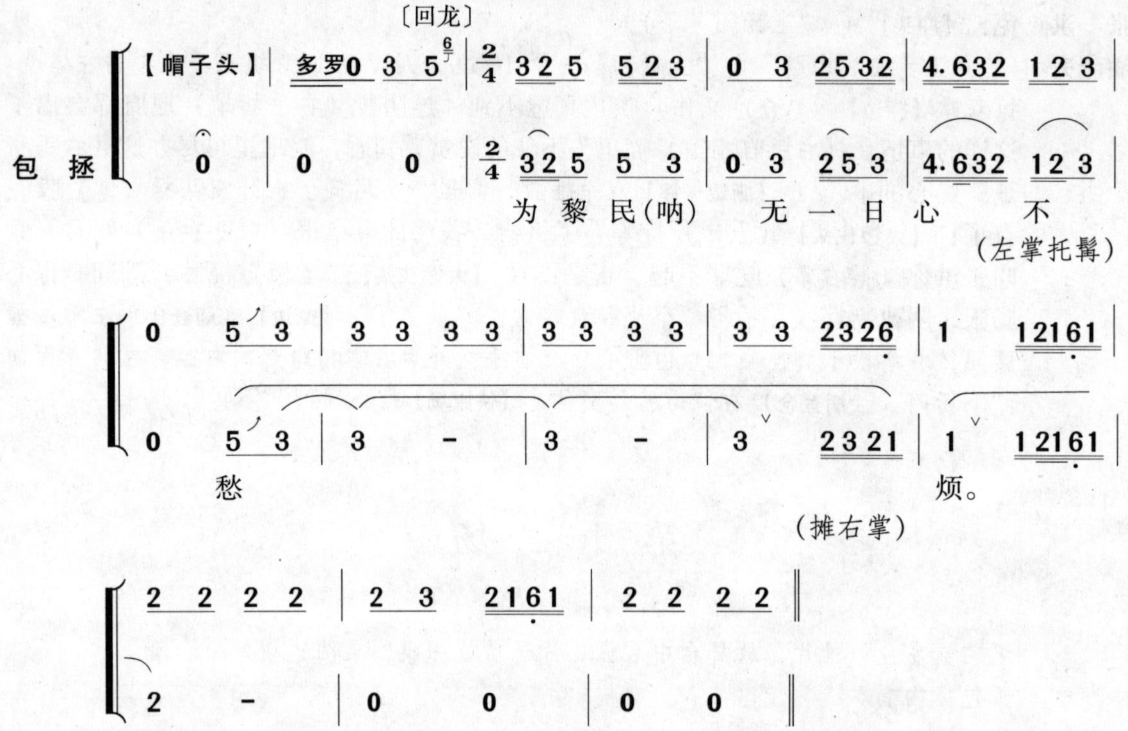

(【慢长锤】包拯向中台口迈一步、左转面向里站。王朝、马汉、张龙、赵虎前行归正)

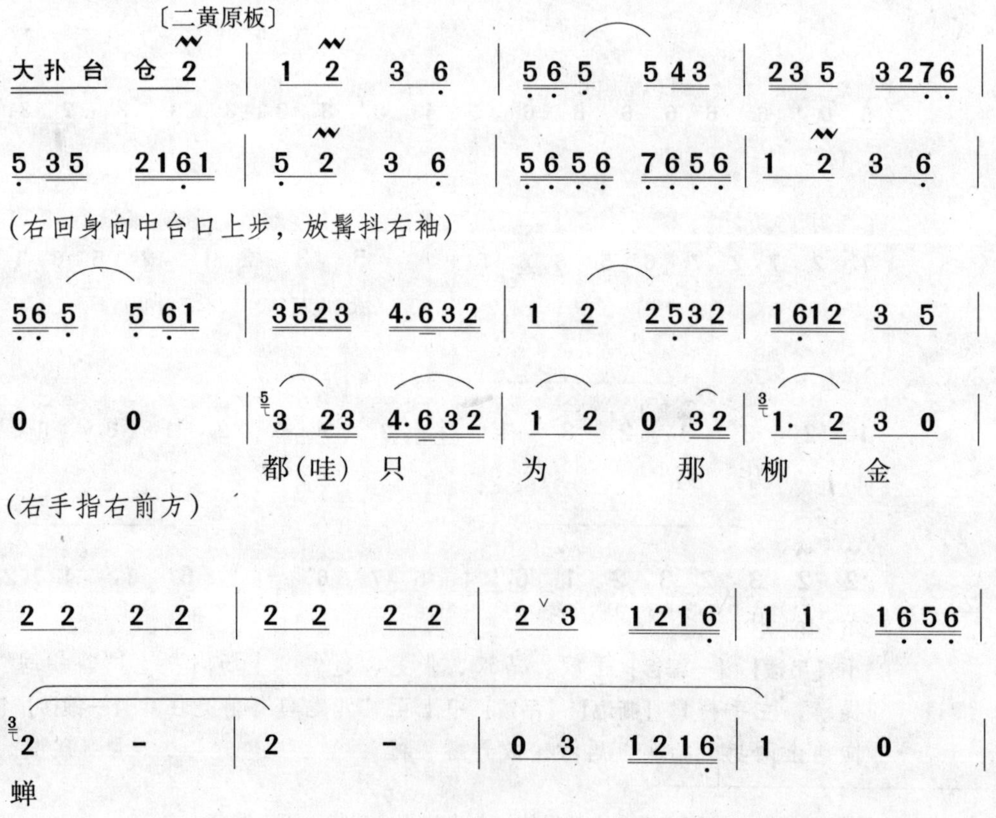

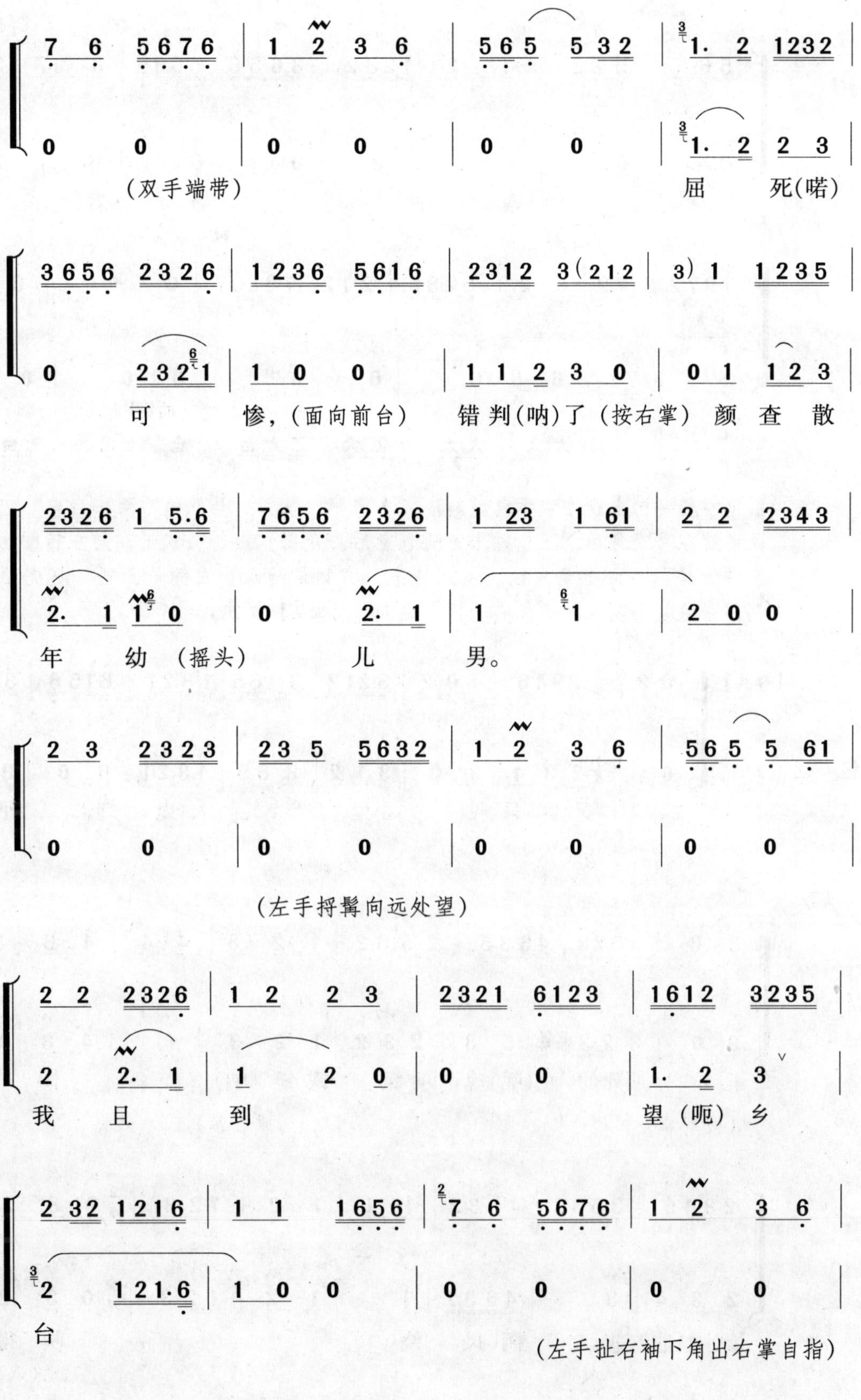
(双手端带)
屈 死(喏)
可 惨,(面向前台) 错判(呐)了(按右掌) 颜 查 散
年 幼 (摇头) 儿 男。
(左手捋髯向远处望)
我 且 到 望(呃) 乡
台
(左手扯右袖下角出右掌自指)

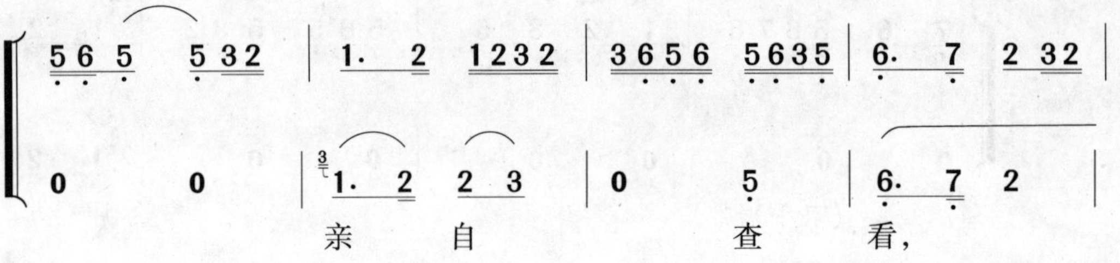

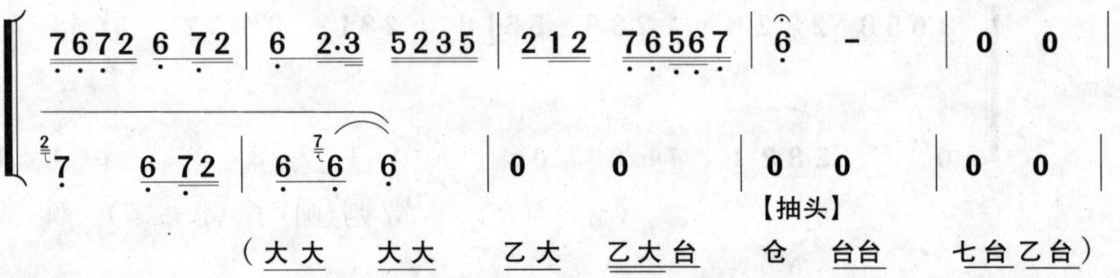

〔包右转身向上扬左掌示意。赵虎“右山膀”领头、马汉随后至中台口。包拯右手提蟒随在马汉身后，王朝领张龙随包身后。众以“搭轿”式走，向左转圆场一圈，至“大边”后区上望乡台。包拯站中，右侧是马汉，左侧是王朝。赵虎站马汉右侧，张龙站王朝左侧。包右手捋髯巡视，【抽头】收住。

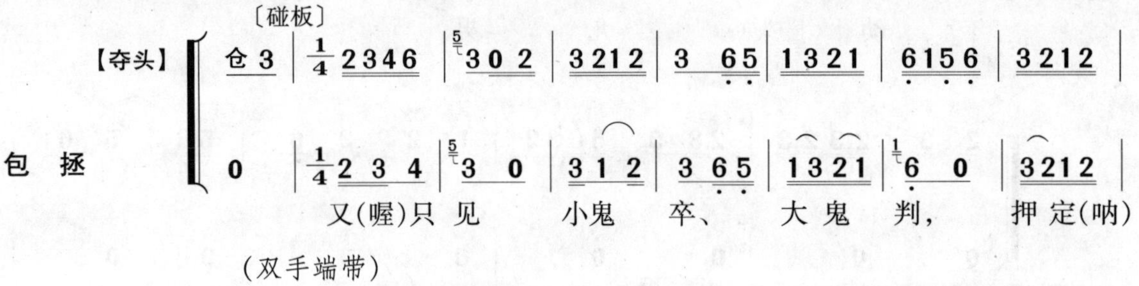

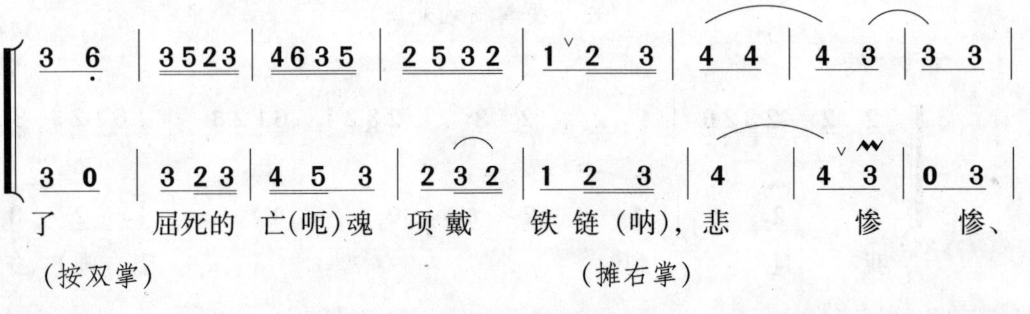

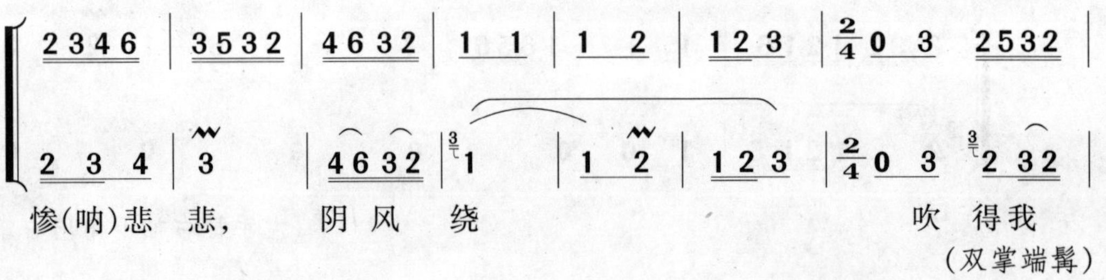

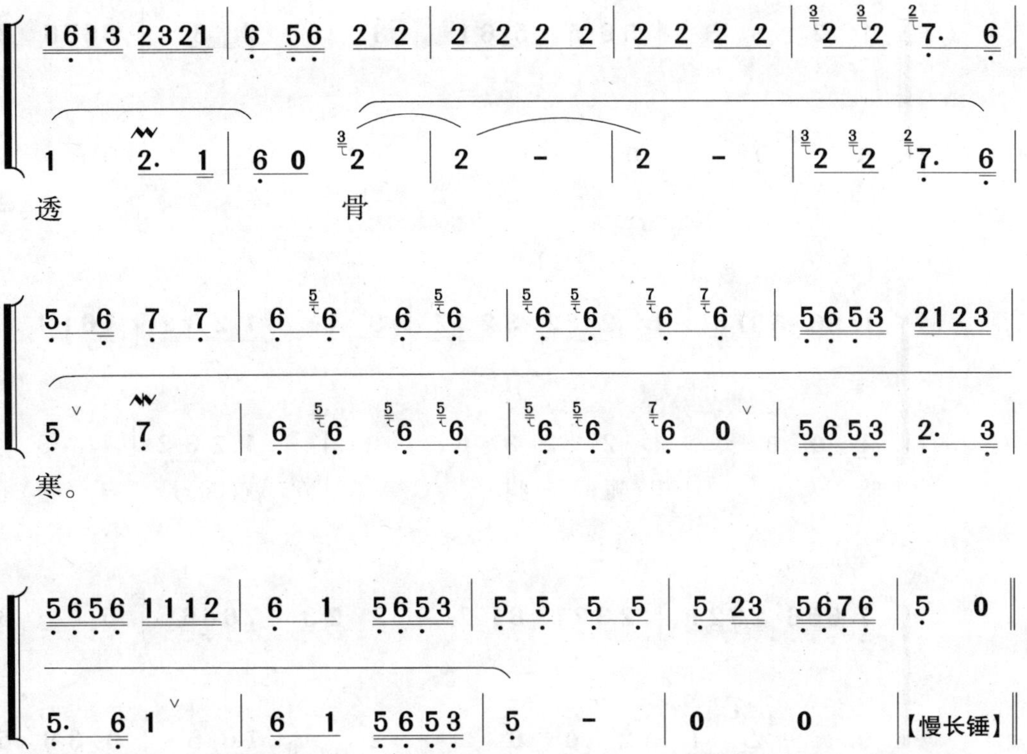

厂两放髯，右手搭袖于腕上放至胸前，向左慢转身左手捋髯向后巡视阴曹，再左转向前方远眺。将右袖抖出。转【夺头】

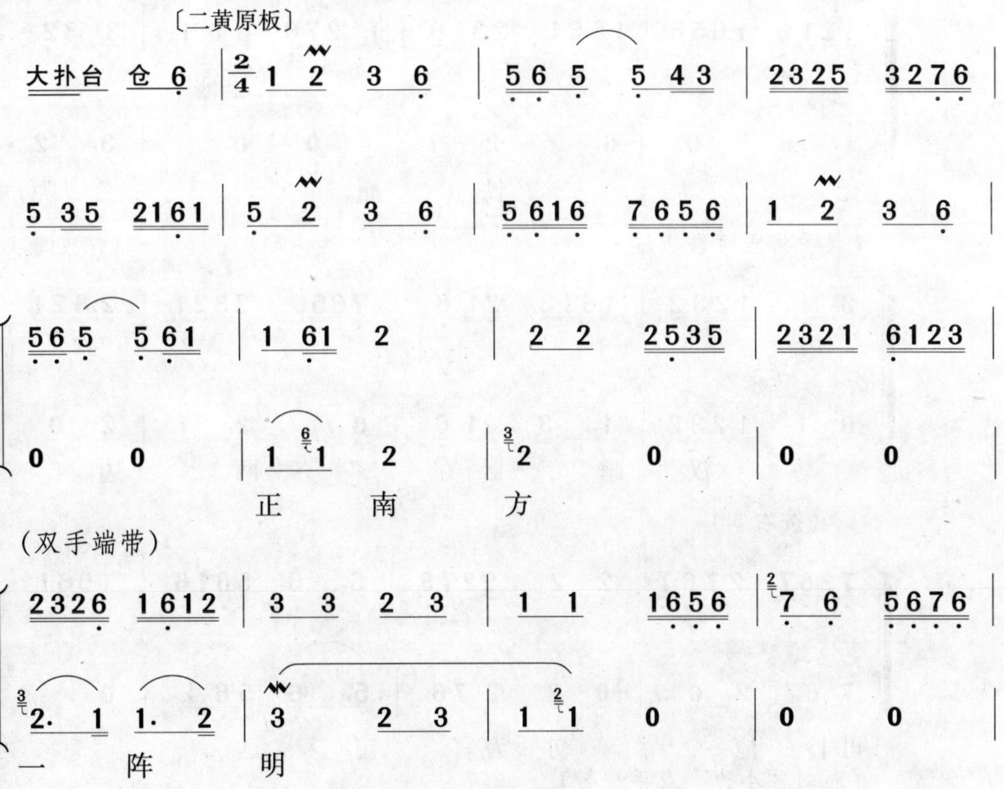

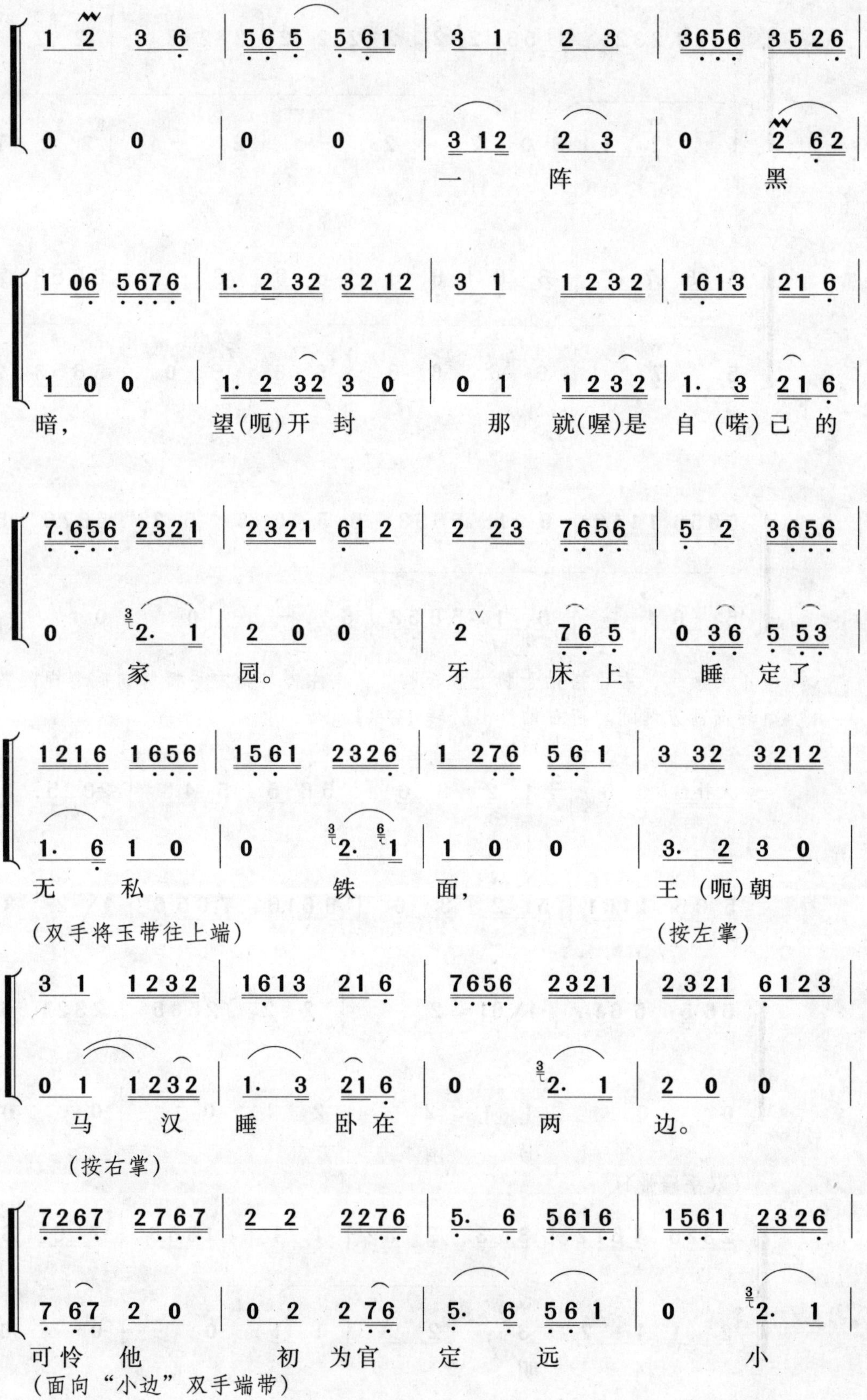
一 阵 黑
暗， 望(呃)开 封 那 就(喔)是 自 (喏)己 的
家 园。 牙 床 上 睡 定 了
无 私 铁 面， 王 (呃)朝
(双手将玉带往上端)
(按左掌)
马 汉 睡 卧 在 两 边。
(按右掌)
可 怜 他 初 为 官 定 远 小
(面向“小边”双手端带)

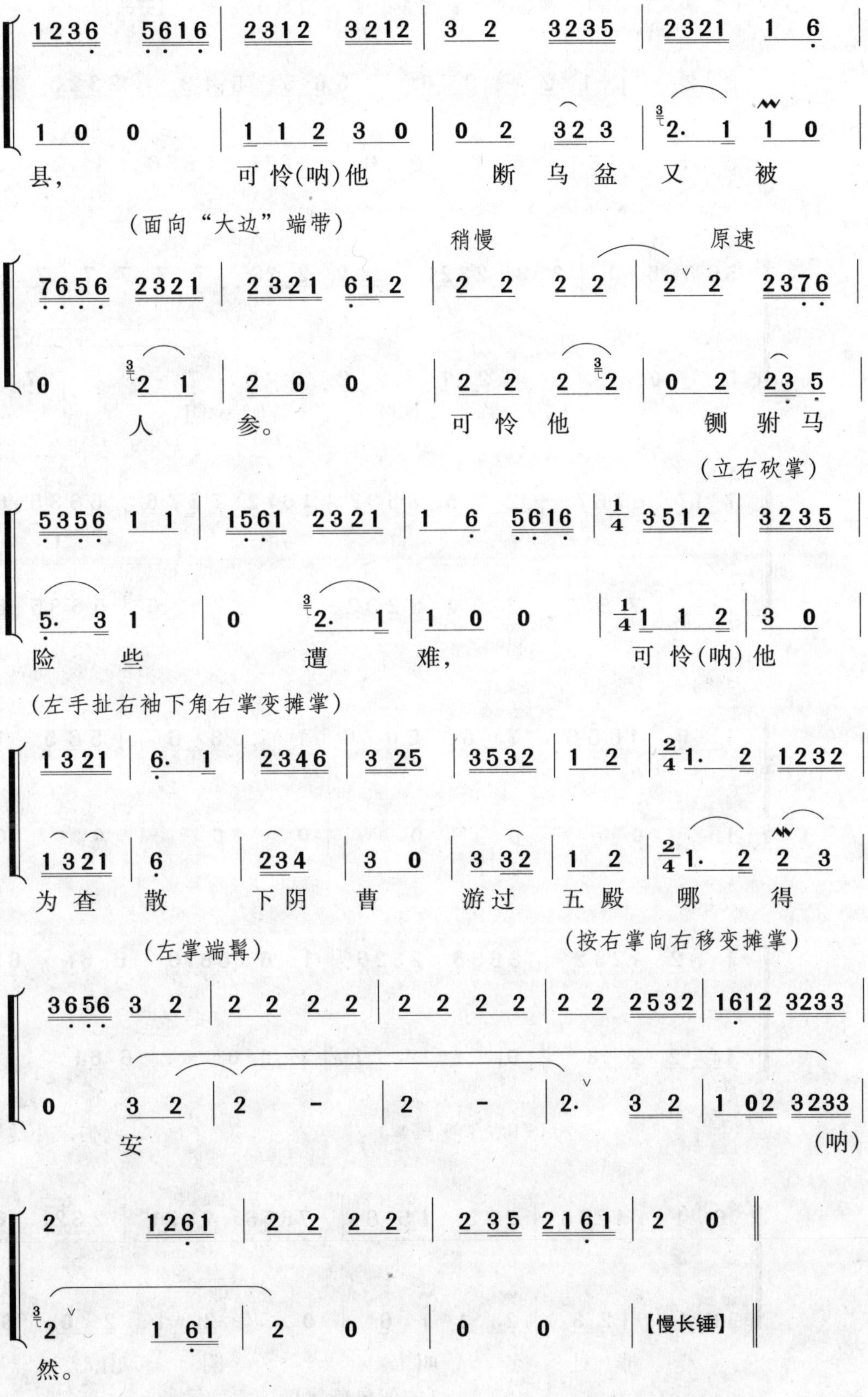
县， 可怜(呐)他 断乌盆又被
(面向“大边”端带)
稍慢
原速
人 参。 可怜他 铡驸马
(立右砍掌)
险 些 遭 难， 可怜(呐)他
(左手扯右袖下角右掌变摊掌)
为查 散 下阴 曹 游过 五殿 哪 得
(左掌端髯)
(按右掌向右移变摊掌)
安
(呐)
然。
【慢长锤】

「左掌放髯、两抖袖、双手背理髯、面向前双手端带。**【夺头】**

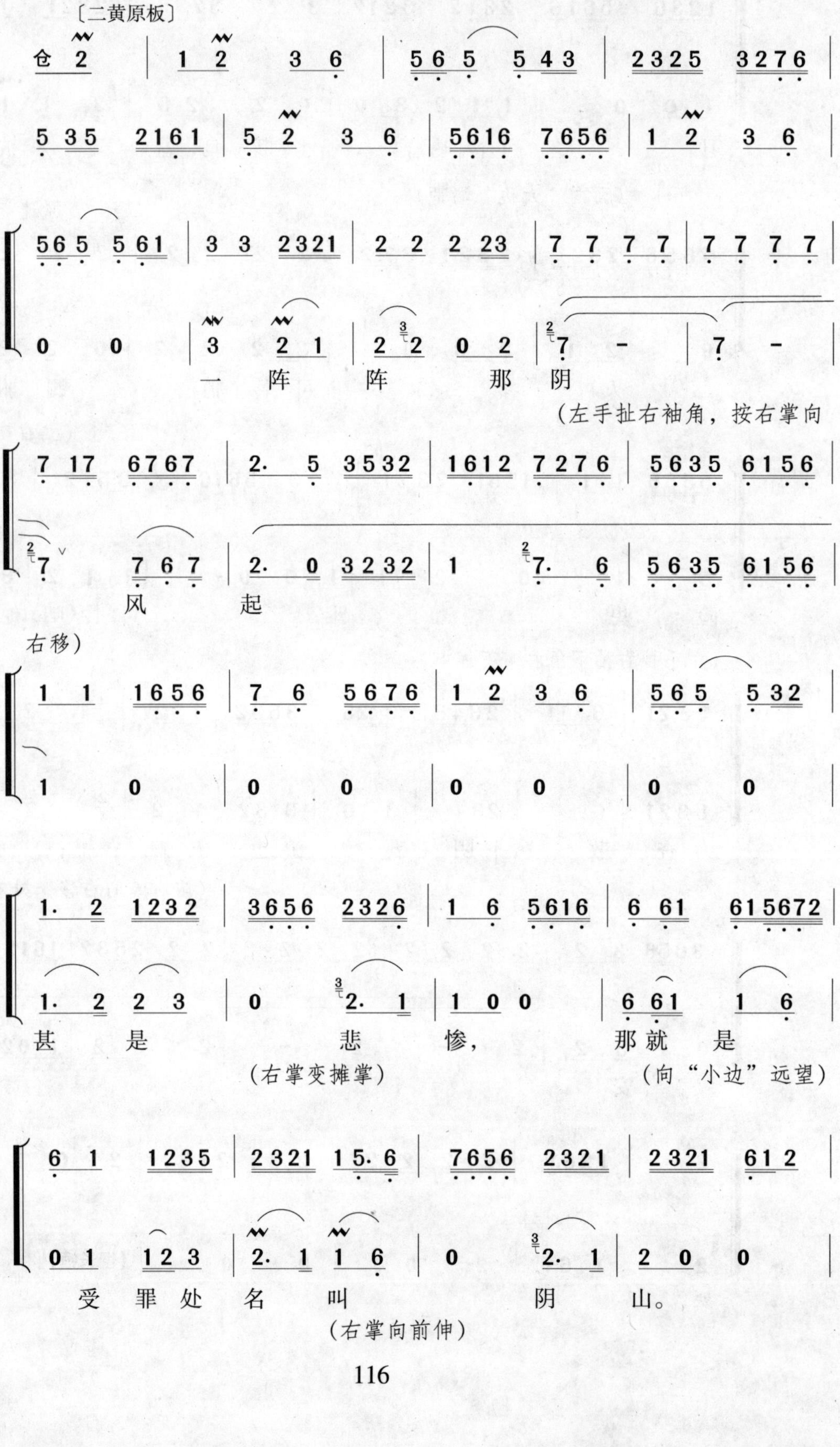

柳金蝉 一定在 那 厢 受
（面向“小边”双手端带）
难， 包 拯 今要入 虎 穴
（左掌端髯）
龙 潭。 叫（哇）王 朝
（左手放髯面向“大边”）
（大 大大 大大
乙大 大台 仓） 和 马
王朝：“有。”
汉 马汉：“有。”
（大大）
忙（呃）催

5 6 1 2 7 6 6 7 – 6 –

前　趱，

（左手扯右袖角，向“小边”摊右掌）

〔【慢纽丝】右手捋髯巡视，即扬右掌示意，众下望乡台至“小边”“一条边”。王朝“抽心”至台中后区，马汉领张龙随后，赵虎成尾。四人站“小边”“斜一字”。包右手提蟒，左手捋髯走里圈行至台中。锣鼓切住。

油流鬼　（“下场门”上，至“大边”拦住去路）吠！何方冤鬼少往前进呐！

（〔亮弦〕 0 6 5 6 7 6 – – ）

包　拯　（抬左掌“背供”）呀！

〔二黄散板〕

【纽丝凤点头】 サ（3 2 3 5 5 3 2. 1 6 2. 1 6. 6 5 –）

3 4 3.（3 2346 3 – ） 3 3 2 1 – 2 2 3.（3

山 谷 内　因 何 有

（面向外双手端带）　（面向外左手指油）

2 3 4 6 3 – – ） 0 3 2 1 6 1. 2 3 3 2 1 2 – ‖【大锣住头】

这 一 鬼　孤 （喔）单？

（转向油）

油流鬼　（向外拱手）判爷有令，不准私闯阴山。（面向前左拳放胸前端右拳在腰间）我油流鬼在此。

包　拯　你因何叫做油流鬼？

油流鬼　（按右掌从左向右移）各殿灯油俱归我添，故此（面向外右手自指鼻）我叫做油流鬼。（扭头看包）哎，真格的，（上下打量包）你是谁呀？

包　拯　（双手端带）老夫兼理开封府尹，龙图阁包拯。【撕边一锣】

油流鬼　（闻言一惊，右手“背供”左手指包，忙单腿跪在包面前拱手赔罪）原来是包大人，小鬼不知，多多的有罪！

包　拯　（伸左掌示意）起来。

油流鬼　谢大人！（起身【大锣住头】）大人您不在阳间，来到阴曹有何公干？（向包摊双掌）

包　拯　油流鬼。

油流鬼　大人。

包　拯　（按左掌）在此作甚？

油流鬼　在此看守（左手指外）冤鬼孤魂。

包　拯　（闻言急问）哪个冤鬼孤魂？

油流鬼　就是那个柳……（捂嘴作罢）

包　拯　啊？【大锣一击】

油流鬼　这……柳……

包　拯　柳……（摊左掌探身追问）柳什么？

油流鬼　大人，您乃是阳间的官，可不知道这阴曹（左手指地）地府的事。我劝您哪，还是（摆右掌）别打听，说出来您也没有办法不是（扬右掌）。

包　拯　你只管讲来，（双手端带往上稍抬）老夫与你做主。

油流鬼　哎呀，只是（单手指外）那判官凶狠，小鬼我可惹（双掌立于左侧）他不起。

包　拯　（面向外）哼，慢说是那判官，就是五殿阎君，他若徇私，老夫（立右砍掌示意）铜铡决不轻饶！

油流鬼　（伸左手赞美指【冷锤】）好！（拱手）大人既与小鬼做主，我在此看守的乃是那（右手指"小边"）柳金蝉！

包　拯　（【撕边一锣】左掌抓油右腕，探身叩问）怎么讲？

油流鬼　柳金蝉。

包　拯　啊！哈哈哈……（面向外左手背理髯。油不解的上下看包，向外摊双掌。【快原场】转向油）油流鬼。

油流鬼　大人。（拱手）

包　拯　柳金蝉得何病症而死？

油流鬼　哎，她没有（摆左掌）病啊？

包　拯　无病焉能（摊右掌）死人？

油流鬼　哪儿呀，她是被恶人（左手指外）李保给害死的。

包　拯　这就（摆右掌）不对了。

油流鬼　怎么会不（摊双掌）对了呢？

包　拯　老夫也曾游过五殿（右手指左掌），生死簿上乃是颜查散谋害表妹柳金蝉，（左手扯右袖角摊右掌）怎说是李保？

油流鬼　（拱手）大人，您要问这个事情，（单手自指脸）听小鬼我慢慢地对您讲来。

包　拯　（单手指油）讲！

油流鬼　（【大锣住头】拉"正山膀"右拳横于胸前，左拳端在腰间）只因正月十五日夜，（拱手）宋王天子大放花灯与民同乐。柳员外（按右掌从"小边"移至"大边"）带着柳小姐前去观灯散闷，不想被人拥散，来了恶人（单手指外）李保，将柳小姐诓到了喜鹊桥边。是那李保图财害命，用绳子（双手互绕做勒紧状）将柳小姐勒死，图了她（右食指点着左手各指，算件数）簪环、首饰、衣物等件，尸首扔在了（左手指外）喜鹊桥边。是那柳小姐她的（摆左掌）冤魂不散，（左掌向上扬）悠儿荡、（左掌下压）荡儿悠，悠悠荡荡（左掌从"大边"移向台中）她来到了阴曹。是我家阎君（摆右掌）不在殿庭，朝见地藏王去了，我家（单手指外）判爷执掌生死簿。是那日小鬼我正去添换灯油，见我家判爷将李保的名字（右手当笔向左掌上画写）改成颜查散谋死表妹柳金蝉。它是这么一回事情，我的（向包拱手）包大人！

包　拯　（【撕边一锣】右手捋髯稍想）嗯，你家判爷为何害了一人，救了（伸右手食指）一人，是何缘故？（摊右掌）

油流鬼　想那李保乃是我家判爷的（右手指外）外甥。大人，您想想，他哪有舅舅是不向着

（摊右掌）外甥的呢？

包　拯　嗯，（双手端带）老夫也曾游过五殿，（右手指左掌）生死簿上缘何无有（摊双掌）涂改墨迹？

油流鬼　他撕掉了一篇，（右掌做扯纸状，再做向左掌画写状）另写上一篇，您哪儿瞧得出（摊双掌）来呢？

包　拯　（右手扯左袖下角摊左掌）扯掉那一篇藏在了何处？

油流鬼　撕掉那一篇，（合双掌做搓状）他搓巴搓巴，捻巴捻巴，搓成纸捻儿（右手指点戳左掌、顿足），他订了生死簿了！

包　拯　（大悟，右手指外【冷锤】将右手指出、顿足）好判官哪！（抖右袖）

〔二黄散板〕

【纽丝】サ（2　3　3　21　6　6　5　－）2　3　2　2
好　一　个　无

21　1　63　21　12　1（65　6　7　6　1）2　1　2
知　的　造（哇）孽　鬼　判，　（仓）竟　改　了

3　12　3　62　1　2　2（5　6　1　2　－）2
生　死　簿　将　我　隐　瞒。　（仓）依

（右手指左掌）　（右掌自指）

1　3　2　1　1　2　3　2　16　6　1－
仗　你　五　阎　君　阴　曹　掌　管，（白）油流鬼！

（转向“大边”油）

油流鬼　（拱手）大人。

包　拯　【凤点头】62　1.　2　3　12　3（5）62　1　2　2　【大锣住头】
有　一　事　还　要　你（哇）细　说　根　源。

油流鬼。

油流鬼　大人。

包　拯　你说此话，（右掌自指）老夫难以（在胸前立右掌）深信。

油流鬼　您不信（摆右掌）不要紧的，我就说今有阎罗天子查看阴山，您听（右手指“下场门”）她说些什么。

包　拯　好。（点右掌示意油试试，转向“下场门”左手捋髯静听）

油流鬼　（转向“下场门”）柳金蝉，今有阎罗天子查看阴山，你可要躲避好了哇！

〔柳金蝉内白：“苦哇！”内唱。

〔二黄散板〕

【纽丝凤点头】サ（ 2 3 3 - 2 1 6 6 6 ⁶5 - ）6 6 2
被 判

1 1 ³2（ 6 4 3 2 ）5 7 7 ²5 6（ 6 5 7 6 ）
爷 押阴山

6 6 3 5 6 1· 6（ 6 7 6 1 ）7 6 2 ²7 ∨ ²7· 6 5
阎 君 查 看，（仓）无 辜 女 今 日

6 7 5 6 ²7 ∨ 3 6 5 3 5 ⁷⁶5 6 ⁷6· 1 5 ⁶5 - ‖
里 得 见 天 颜。

油流鬼 【撕边】（崩登仓）（向包指“下场门”里）您听见没有？

包 拯 （横迈右步叉双腿摊右掌）呀！

「【纽丝凤点头】左手放髯双手端带向“下场门”望，慢回身转向外接唱。

サ2 3 3 ¹2（ 2. 1 6 1 2 - ）2 1 1 -· 2 3（ 6 1
耳 听 得 哭 声 （呐）高

（抬左掌于头侧） （左掌落至胸前）

2 3 ）6 3 2 1 1 2 ²1（ ⁶5 6 7 6 1 - ）2 1
犹（喔）如 眼 见，（仓） 方 显

2 3 3 2 2 3 ∨ 3 6 2 1 2 2 -（ 5 6 1 2 ）1 3
得 油 流 鬼 不 是 虚 言。（仓）将 金

（右掌指左侧油） （摆右掌）

2 2 2 1 1·（ 6 5 6 7 6 1 - ）6 3 2 1 1 2 2 1
蝉 带 近 前 见 上 一（呀）面，

油流鬼 （摆双掌）小鬼不敢。【大锣一击】

包 拯 （左掌抚髯）嗯！（油流鬼向包抱拳躬身听命）【纽丝凤点头】（面向外双手端带，接唱）

2 1 2 3 1 2 3（ 5 ）3 6 2 1 6 1 2 2 ‖【撕边】（崩登仓）
谁 不 知 包 青 天 法 律 森 严！

（包左转身面向台里等候）

油流鬼 （转身向“下场门”）柳金蝉走动啊！（归站“大边”台口）

「【纽丝】柳金蝉迈着沉重的步子“下场门”上至“大边”。

〔二黄散板〕

柳金蝉 サ6 6 2 1· 3 2 -（1 3 2）7 6 3 5· 6 6 6 3

油 流 鬼 他 那 里 将 我

5 6 1·（6 5 6 7 6 1）7 6 2 7 6 5 6 7 7·（6 5 6

来 唤， （仓）我 只 得 小 心 儿

7· 2）3 6 5 5 3 5 7· 6 5 6 6 5 5 - ‖【大锣住头】

细 问 一 番。

（转向油）鬼哥，唤我何事？

油流鬼 今有阳间（拱手）包大人为你亲下阴曹，（右手指柳）你有什么冤枉，（右手指包）还不上那儿诉去吗？

柳金蝉 （低头垂目）有劳了。

〔二黄散板〕

【纽丝凤点头】 サ1 3 6 5 7 7· 6 5 6 6 6 3 5 6

他 道 说 包 大 人 阴 山 查

（面向外）

1· 6（6 7 6 1）5 2 2 7 7· 6 5 6 7 5 6 7-

看， （仓） 柳 金 蝉 今 日 里

2 6· 7 5· 6 7 2 7 2 6 5 6 6· 1 5 6 5 -

得 见 青 天。

（2 3 3 2 1 6 6 5 -）1 1 - 3 6 5 3 6

（仓） 我 这 里 走

5 7· 2 5 6（6 2 7 6）1 7 6 5 6 （八 大）

向 前 忙 把 礼

1· 7 1 2 - 2 - 1 - 【撕边】（崩登仓）

见——

（慢步来至包身边） （面向外跪。同时包抬右腿右回身，右手捋髯向柳亮住）

包大人……哪……（哭）（〔亮弦〕7 6 1 – ）

油流鬼（向包指柳）就是她。

「【**撕边大锣凤点头**】包放髯撤右步。

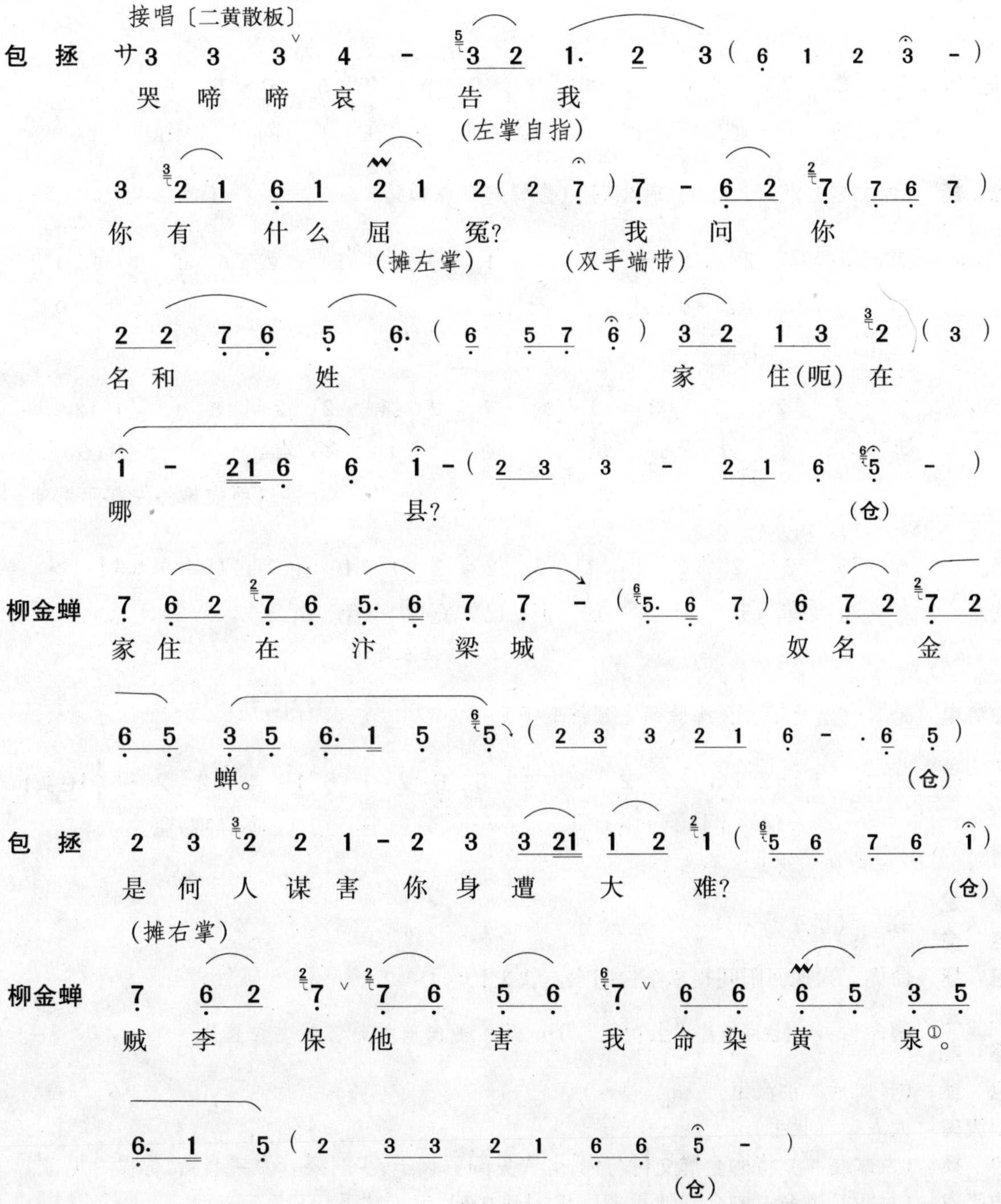

① 命染黄泉：黄泉，人死后埋葬的地方，亦指阴间。句中“命染黄泉”，不妥，以“命丧黄泉”为好。

包拯 2 3 2 1 1 2 3 6 2 1 1 2 1（5 6 7 6 1）
到阴曹五阎（呐）君怎样判断？（仓）
（按左掌）（摊右掌）

柳金蝉 7 6 7 7 6 5 6 7 6 5 3 5 6 5 6 5 –
贼判官他把我押在了阴山。

包拯 （伸左掌）起来！【纽丝凤点头】（金蝉起身原地站）
サ2 3 2 2 2 1 1 1 1 2 1（6 5 6 7 6 1）
到如今我才把是非分辨，（仓）
（面向外双手端带）
2 2 2 2 3 3（3）6 2 1 2 2（5 6 1 2）
却原来小张洪诡计多端。（仓）
（面向柳抬左掌示意油）
6 3 2 2 2 1 1 3 2 2 1 1 – |【纽丝凤点头】
将金蝉五刑法俱已宽免，
（摆左掌）

油流鬼 是。（上前将柳金蝉脖颈上锁链取下）
包拯 サ2 1 2 3 1 2 3（5）3 6 2 1 6 1 2 2 2 – ‖【住头】
拿李保铡判（呐）官与你鸣（哦）冤。
（面向外）张龙、赵虎！
张龙
赵虎 在！（拱手听命）
包拯 命你二人速回阳间捉拿李保归案。快去！
张龙
赵虎 遵命！（【快冲头】“上场门”下。马、王向前补赵、张之位置）
包拯 （转向油）油流鬼。
油流鬼 大人。（拱手）
包拯 （左掌指柳）将柳金蝉交付与你，老夫见阎罗天子，少时要（左手指油）你做一见证。
油流鬼 （拱手）遵命。柳金蝉随我来！（【快冲头】带柳“下场门”下）
包拯 （目送二人下场，右手捋髯转向前）王朝、马汉！
王朝
马汉 （拱手）在！【大锣一击】

包　拯　（右手指外）回转五殿！

「【急急风】包拯右手握袖左转身左腿踢蟒，左手抓蟒“下场门”下。王、马并排随下。

第十三场

「草龙屏风、堂桌、“大座”（紫色桌围椅披）。

「【快纽丝】王朝、马汉“上场门”上，急至“大边”。

「包拯上至“小边”台口右手握袖，左手提蟒襟走⌒形疾步至中间台口，抖右袖上步。

〔西皮散板〕

包　拯　（过门同前）サ 2 2 2 3 3 1 2 2 2 1 1 2 2 － 2

怒 冲 冲 来 至 在 五 殿 门（呐） 外，

（面向外双手端带）

（【快五锤】转向“大边”向王朝抬左掌示意）撞钟擂鼓！

王　朝
马　汉　（拱手）啊！（左回身抬右手做拿锤击钟打鼓状。——钟鼓齐鸣三声）

「【急急风】四小鬼“上场门”上“斜胡同”。张洪左手握生死簿至台中，见包以后站“小边”里首。秦光辉左手掏扎急至台中，右手握袖观看，见是包拯。

秦光辉　啊？（【纽丝凤点头】抖右袖）

〔西皮散板〕

サ 3 2 3 1 2 2 2 1 6̣ 1 2 1 ‖【大锣住头】

森 罗 中 鸣 金 鼓 所 为 何 来？

（按右掌从左向右移）（向包摊双掌）

包　拯　阳间断案公平，阴曹（按右掌指下。撒右掌）有私有弊呀！

秦光辉　嘿！

包　拯　【纽丝凤点头】（面向外双手端带）

〔西皮散板〕

サ 2 3 2 2 1 2 3 1 3 2 1 1 2（7̣ 6̣ 1 2）

柳 金 蝉 在 阳（呃）间 被 人 陷 害，（仓）

3 2 3 1 3 2 2 1 6̣ 1 － 1 （转身向外）

阴 曹 府 有 私 弊 太 不 应 该！

（看秦摊右掌）

秦光辉　【纽丝凤点头】（从张洪手中拿过生死簿，右手举簿于头顶，左手在胸前指簿）

〔散板〕

サ3 3 3 3 2 5 3 ˅ 3 2 1 2 3 3（6 1 2 3）

生 死 簿 早 注 定 难 以 更 改，（仓）

（落右手于胸前扬左掌于头顶）

3 1 2 3 1 2 ˅ 1 2 3 1（7 2 1 -）3 3 2 5

颜 查 散 谋 害 人 好 色 贪 财。（仓）你 道

（左手接过生死簿右手指外）

3 ˅ 3 1 2 3 2（2 2 1 6 1 2）3 3 4 - 3 -

我 有 弊 端 罪 证 何 在？

（面向包右掌自指） （向包摊双掌）

包　拯　（面向外右手捋髯【撕边崩登仓】亮住）王朝！

王　朝　在！（拱手）

包　拯　【纽丝凤点头】

〔散板〕

サ3 2 5 3 3 3 1 - 2（2 1 6. 1 2 -） 1 3

快 把 那 油 流 鬼 （仓） 带（呀）

（左手扯右袖角右手指外同时张洪大惊失色"掉袖"颤抖不止）

3 2 1 1 - 6 5 3 ˅ 3 5 2 3 2 1 6 1 - 【撕边】（崩登仓）

上 殿 来！

（随尾腔顿足，将右袖抖出，左转身面向里站）

张　洪　（将袖掳起打"背供"）唉呀！（【快纽丝】王朝出门"下场门"下）

〔西皮散板〕

サ2 2 2 3 3 1 2 2 1 3 2 1 1 2（2 1 6. 1 2 -）

听 说 是 油 流 鬼 把 我 吓 坏，（仓）

（右手端扎）

3 2 3 3 6 1 2 7 6 7 2 6 1

这 一 场 杀 身 祸 恐 难（呐）躲 开。

（将扎扔出）

「【急急风】王朝引油流鬼"下场门"上，至台中进门、王站原位。

油流鬼　（站"大边"向秦、包拱手行礼）小鬼叩头。

秦光辉　罢了！

包　拯　（左手指油）油流鬼！

〔西皮散板〕快速

【纽丝凤点头】 サ2 1 2 3 1 2 1 3 3 1 2（1 6 1 2）

贼判官他怎样把生死簿改，（仓）

（右手指张）

3 2 3 3 3 1 2 2 1 6 1 1

还要你在殿前细说明白。

（左手扯右袖角撒右掌）

秦光辉 讲来！

油流鬼 （拱手领命）是！**【撕边大锣凤点头】**（拉"正山膀"后，右手向后插腰，左拳横于胸前。面向台前侧身站）

〔西皮散板〕

サ1 3 3 3 3 2 3 3 4 3 1 2 3（6 1

柳金蝉在阳间李保陷（呐）害，

（左手指外）

2 3 -）3 1 2 3 3 3 2 2 2 1 6 1

（仓） 到五殿来伸冤反把祸栽。

（摊右掌）

（7 6 2 1） 2 1 2 4 3 5 1 2 -

（仓） 他为救亲外甥

（右手指张洪）

（3 5 5 2 1 6· 1 2 -） 1 4 3 3 1 2 -

（嘟 八大台 顷 仓） 把生死簿改

（右手指左掌）

2 2 1 4.5 3 3 3 2 3 2 - 【撕边】（崩登仓）

（呀）！

（右手指张顿足） （秦忙打生死簿看，被包抢过）

包 拯 拿过来！（**【搜场】**从生死簿中抽出纸捻打开**【快五锤】**将打开一纸放簿上，左手执簿右手指纸上之字）"正月十五日夜，恶人李保图财杀命，害死柳金蝉。"（抬头稍感兴奋，右转身右手在左边扶簿向秦望去，同时秦光辉摊双掌惊呆。（**崩登仓**）众亮住）嗨嗨！

〔西皮散板〕

【纽丝凤点头】サ 3 2 3 3 3 1 2 2 1 6 1 2. 6 1

你为何在一旁茶茶呆呆[①]？

（将簿交秦左手）

---

① 此句话在这里表示秦知被蒙蔽而吓得惊呆。

秦光辉 【撕边崩登仓】（看簿后右手指张洪顿足）好贼判哪！【快纽丝】（张洪跪在秦面前）

〔西皮散板〕

サ3 2 3 3 4 3 1 3.5 1 2 3（6 1 2

骂 一 声 小 张 洪 胆 敢（呐）作 鬼，

（右掌指左手之簿）

3）3 1 2 3 1 2 3 1 2 3 5 3. 2 1 2

（仓）我 不 在 森 罗 中 你 做 出 这 样 的 事

（右手自指） （右手点戳张洪）

1（7 6 2 1）1 2 2 4 5 3 2 1 2 3 3 4 3 –

来。（仓）将 张 洪 交 与 你 休 把 孤 怪——

（面向包） （从张头上取下判帽，推张至“大边”包面前。同时油流鬼从“大边”至秦右侧，秦将判帽与油戴上）

包　拯　王朝、马汉！

王　朝
马　汉　在！（二人上前抓张洪的手腕和肩）

包　拯　（【纽丝凤点头】右手端带左手指张洪）

〔西皮散板〕

サ2 3 3 1 2 2 – 3 2（6 5 5 2 1 6. 1 2）

将 张 洪 带 阳（呃） 间 （顷 – 仓）

（扬左掌）

力度加强

2. 1 6 1 – 1 2 2 2 1 6 1 – ‖

再 把 铡 开！【撕边】

（立右砍掌）

〔（嘟 仓大.）唢呐吹奏<大尾声>油流鬼向秦光辉拱手施礼，秦向油伸右赞美指。包拯右手握袖背于身后，左手捋髯面向外亮住。

——剧 终

李长春 白荫棠 **整理**　　赵小萍 赵 琪 **记谱**

铡包勉、赤桑镇

裘盛戎、李多奎演出本

京剧以铜锤花脸为主角的剧目中，包拯戏占有很大的比重。而在包拯戏中，又常常要提及“陈州放粮”。确实，围绕着包拯陈州放粮的前前后后，发生了不少故事。像包拯怒责国丈借赈灾横行不法的《打庞吉》，包拯怒打庞妃阻拦自己执行公务的《打銮驾》，包拯处斩贪赃枉法的侄儿的《铡包勉》等都是人们熟悉的铜锤花脸戏，也是裘盛戎的得意作品。

遗憾的是，在《打庞吉》、《打銮驾》、《铡包勉》之后，剧中人的命运却戛然而止，戏总给人没有演完的感觉。直到20世纪60年代，名净张洪祥献出了珍藏多年的《赤桑镇》剧本，由裘盛戎、李多奎联袂推出，不但使剧情与《铡包勉》紧密相连，成为一个完整的故事，而且演出的思想水平、艺术水平上均达到了相当的高度，一时“满城争说《赤桑镇》”。

其实，京剧演绎包拯铡死侄儿包勉，向嫂嫂赔罪的戏久已有之。百年以前，前辈花脸名家何桂山演过《铡侄跪嫂》；20世纪50年代中后期，中国京剧院赵文奎、王玉敏曾据何异旭改编本上演了《赤桑镇》。但《赤桑镇》的真正走红，以至成为经典之作，还是自裘盛戎、李多奎的演出开始。

《铡包勉》演包拯秉公执法，处斩了在萧山县任上贪赃枉法的侄儿包勉。这折戏的唱腔比较零散，集中的唱腔只有在铡了包勉之后，包拯修书嫂嫂的一段〔西皮散板〕、〔快板〕、〔散板〕。这段唱自“哗啦啦铜铡响连声”的高腔起始，以“你替我多多拜上嫂娘亲”的〔散板〕结束。其中的〔快板〕节奏明快，气口紧凑，“长亭铡了小包勉，铡了包勉有包拯”两句，更用了干板垛字的唱法，唱腔没有花哨的旋律，但近于口语的演唱形象地表达着包拯向嫂嫂剖析心曲，有一肚子话要倾诉的心态。这段唱结尾的“你替我多多拜上嫂娘亲”一句，裘盛戎唱得委婉悲切，把花脸的〔哭头〕巧妙地揉入行腔之中，加上他所专擅的“擞音”，全句听来撼人肺腑，有极强的艺术感染力。

创作《赤桑镇》时，裘盛戎年近天命，那正是他艺术创作的巅峰时期，他娴熟地驾驭着花脸声腔，将包拯的复杂心态融化于〔西皮〕、〔二黄〕中间。与之相匹配，年近古稀的李多奎全力以赴，用源于传统而又富有新意的唱腔，演绎着有良好教养、深明大义的吴妙贞的形象。正如李多奎授徒时所讲：“《赤桑镇》这个戏，吴妙贞从上场起就要唱，直到全剧结束。不把唱腔处理好，就无从谈到塑造吴妙贞这个人物了。”

《赤桑镇》的唱腔安排绝对是大手笔。包拯与吴妙贞初见面时情绪异常冲动的对口〔快板〕；情绪略微稳定下来之后，吴妙贞的〔二六〕，包拯的〔散板〕；包拯向吴妙贞倾诉衷肠的〔二黄快三眼〕；吴妙贞觉悟之后的〔散板〕、〔碰板〕、〔三眼〕、〔原板〕；二人和解，包拯无比兴奋的〔快板〕等，都是精到、贴切的，让人觉得非如此不能表达人物的感情，非如此不能取得淋漓酣畅、声声动人的艺术效果。

裘派的声腔特色在《赤桑镇》中得到充分的发挥。裘派的音色本来就丰富多彩，剧中，“嫂娘亲闻凶信定要悲伤”一句，裘盛戎在“要”字、“悲”字上，连续使用两个“哭音”，体现包拯对嫂嫂的担忧；“按律严惩法制伸张”的“伸”字，他用“虎音”加以夸张；“小包勉犯王法岂能轻放”的“放”字，他用“炸音”表达包拯秉公执法的决心。在唱腔上，裘盛戎更是大胆创新，上场的〔西皮快三眼〕，劝嫂的〔二黄快三眼〕，尽是绝妙佳句。比如劝嫂的“弟若徇私上欺君下压民败坏纪纲我难对嫂娘”的尾腔，吸收了青衣唱腔的某些旋律，十分吻合包拯向亲人吐露心声、娓娓道来的特定情景。

有人把裘盛戎、李多奎合作的《赤桑镇》与传统戏《遇皇后、打龙袍》相媲美。其实，不论是思想性还是艺术性，《赤桑镇》较之《遇皇后、打龙袍》都是有过之而无不及的。《赤桑镇》不仅是裘、李两派合作的典范，也是新中国成立以来戏曲舞台上推陈出新的艺术精品之一。

赵晓东

人物行当

包　拯	净	赵　虎	净
包　勉	丑	四勇士	杂
陈　琳	生	四刀斧手	杂
王延龄	生	四蓝文堂（随赵斌一方）	杂
赵　斌	净	四白文堂（随陈琳一方）	杂
王　朝	净	吴妙贞	老旦
马　汉	净	家　院	生
张　龙	生		

服装扮相

包　拯　黑整脸。黑相纱、黑满，黑蟒、玉带，黄衬褶，紫彩裤，厚底靴。（“赤桑镇”时换紫蟒）

包　勉　豆腐块儿脸。蓝学士巾、八字吊搭儿，蓝改良官衣、紫绦子，红彩裤，朝方靴。

陈　琳　俊脸。大太监帽，白鬏发，绿蟒、黄绦子，香彩裤，厚底靴。

王延龄　俊脸。文阳、白三髯口，白蟒、玉带，红彩裤，厚底靴。

赵　斌　揉老红脸。黑奸纱、白二涛、耳毛子，蓝蟒、玉带，红彩裤，厚底靴。

王　朝　紫三块瓦脸。大板巾、额子、黑满，紫箭衣、大带、黑马褂，红彩裤，厚底靴。

马　汉　元宝脸或白三块瓦脸。大板巾、额子、黑扎、耳毛子，白箭衣、大带，黑马褂，红彩裤，厚底靴。

张　龙　俊脸。大板巾、额子、黑三，绿箭衣、大带，黑马褂，红彩裤，厚底靴。

赵　虎　揉黑脸。大板巾、额子、黑一字、耳毛子、牵巾，黑箭衣、大带，黑马褂，红彩裤，厚底靴。

四勇士　俊脸。大板巾、额子、牵巾，箭衣、大带，黄马褂，红彩裤，薄底鞋。

四刀斧手　俊脸。大板巾、额子、单翎，刀斧手服，红彩裤，薄底鞋。

四蓝文堂　俊脸。蓝小板巾，蓝龙套服，红彩裤，薄底鞋。

四白文堂　俊脸。白小板巾，白龙套服，红彩裤，薄底鞋。

吴妙贞　俊脸。黪老旦网子、香色绸条、扣碗、黪鬏发，香色帔，绿裙子，黑彩裤，大袜、福字履。

家　院　俊脸。黑软罗帽、白鬏发、绸条、白满，海青褶子、大带，青彩裤，大袜、皂鞋或福字履。

道具

桌子	三张	椅子	五把
酒壶	两把	酒杯	五个
纸、笔、砚、墨、信纸、信封	各一	扇子	一把
云帚	一把	腰刀	八把
虎头铡刀	一口	马鞭	两根
龙头拐杖	一根	孝巾（白色绸条）	一条
托盘	三个	拐杖	一根

铡包勉

第一场

〔【撤锣】空场。

〔包勉内白："马来！"

〔【小锣抽头】手持马鞭"上场门"上，至"九龙口"。

〔西皮摇板〕

包勉（7 6 5. 5 5 5 3 6 5 i 3. 2 1 21 6 5 5 5）

3 3 3 1 2 2 1 3 3 2 － 【小锣抽头】

家中奉了母亲（呐）命，（打马左转面外，

（拱手）

持马鞭行至中间台口勒马。锣鼓收住）

（过门同前）3 2 2 6 2 1 2 2 3. 5 2 1 1 －（1 1 7 2 1）‖

去往长亭来饯行。

下官包勉，【小锣一击】（马鞭垂下）曾为越州萧山知县。来到一年，贪了十万两银子，被人参奏，因此弃官逃走。回到家中，我母亲言道，我三叔去往陈州放粮，今日启程。我不免去到长亭，一来饯行，二来求三叔讨个官儿来做。看天时不早长亭去者。

〔西皮摇板〕

【小锣凤点头】（过门同前）3 3 3 2 2 2 1 2 2

急急忙忙长亭奔，

〔【小锣抽头】加鞭走至"大边"后右转身。

6 2 1 2 2 3. 5 3 2 1 ‖

见了三叔问安宁。

（拱手）

〔【小锣打下】包勉加鞭"下场门"下。

第二场

〔【冲头】二幕前空场。

「赵斌内白："开道！"

「四蓝文堂喝道，"上场门"上"站门"，奏唢呐曲牌<三枪>赵斌上场，走到中间台口。**【住头】**

赵　斌　（念）长亭送包拯，心中气不平！**【住头】**

下官赵斌。**【报名一锣】**官居一品，系属皇亲。可恨包拯与我等做对，圣上命他去往陈州放粮，命我与他饯行，本当不去，怎奈圣命难违，只好暂时忍耐，有朝一日查出他的弊端，也好拔去眼中之钉。来——

四文堂　有！

赵　斌　长亭去者。

「唢呐曲牌<三枪>接**【大锣慢原场】**四蓝文堂"插门"圆场归"上场门"站"一条边"。同时四白文堂"下场门"上"一条边"。王延龄"下场门"上，至"大边"台口与"小边"台口的赵斌一同下轿。八文堂两边下。**【回头】**王、赵二人中间台口碰面。同时启二幕。

「中台后放大堂桌、"小座"、两边二"跨椅"。（红色桌围椅披）桌上放一把酒壶、三个酒杯、一个托盘。"小边"处斜放一小桌、两边二"跨椅"。小桌上放一把酒壶、两个酒杯、一个托盘，一把扇子。锣鼓止。

赵　斌　王大人——

王延龄　赵大人也来了？

赵　斌　圣命难违。天到这般时候为何不见包拯到来？

王延龄　少时就要到了。

「包拯内白："勇士们！"众人："有！"**【大锣一击】**包拯："打道长亭！"

「**【冲头】**接唢呐曲牌<小朱奴儿>。赵斌归"大边"台口与王延龄站斜排。四勇士、王朝、马汉、张龙、赵虎等人"上场门"上，"一条边"。**【大锣回头】**包拯上场，**【大锣原场】**至"小边"台口。一勇士掀轿帘，包拯下轿，上步与王、赵同作拱请式。在锣鼓声中念以下对白。

包　拯　恩师、赵大人——

王延龄
赵　斌　包大人——

「众人"挖门"，包拯先挖至"大边"。王延龄至"小边"里首　，赵斌至"小边"外首。勇士、王、马、张、赵等从包拯、王延龄、赵斌身后挖至"大边"归站"侧八字"。锣鼓止。

包　拯　学生有何德能敢劳恩师、赵大人长亭饯行。

王延龄
赵　斌　理当如此。

「内白："公公到！"

王　朝　公公到！

包　拯　有请。

「陈琳"上场门"上，**【小锣打上】**至"小边"台口。

陈　琳　奉了贤爷命，长亭来饯行。包大人在哪里？包大人在……

「陈琳边说边进门与迎上的包拯见面，二人同拱手。

包　拯　公公——

「陈琳右转身与“小边”的王、赵见面互拱手。

王延龄
赵　斌　公公——

陈　琳　二位大人你们倒先来了。咱家奉了贤爷之命，与包大人饯行来了。

包　拯　包拯有何德能敢劳公公长亭饯行。

陈　琳　理当如此。酒宴摆下。

「奏唢呐曲牌<小傍妆台>——四人在台口站一排，“整冠”、拱手、互让。陈琳右转身入“大座”；包拯右转身随陈琳后入“大边”跨椅；王延龄左转身入中间桌“小边”坐；赵斌左转身入“小边”斜桌里首椅坐。赵虎给坐大桌的三人依次斟酒，马汉给赵斌斟酒，曲牌止。

陈　琳　列位大人请——（持杯拱手请酒，包拯等持杯拱手相让，奏唢呐曲牌<三枪>——众饮酒）

「**【小锣打上】**包勉“上场门”上至“小边”台口。

包　勉　来此已是，门上哪位听事？（站中台口“小边”一侧）

王　朝　（出门）做什么的？（站中台口“大边”一侧）

包　勉　往里通禀，就说包大太爷要见包大人。

王　朝　候着。（进门回“大边”）启相爷，外面一人口称包大太爷要见包大人。

包　拯　问他哪里人氏，叫什么名字？

王　朝　是。（出门）来人的！你家住哪里，叫什么名字？

包　勉　家住合肥小包村、姓包名勉，包大太爷要见包大人。

王　朝　稍待。（进门回“大边”）启相爷，来人言道家住合肥小包村，姓包名勉。

包　拯　知道了。（起身向陈琳等拱手）告便。

陈琳等　请便。

包　拯　（边走边念出门站台中“大边”一侧）包勉在哪里？包勉在哪里……**【撕边一击】**

包　勉　参见三叔。

包　拯　包勉，你从哪里而来？

包　勉　我从家中而来。

包　拯　我嫂娘可好？

包　勉　问候三叔。

包　拯　包勉，你做什么来了？

包　勉　奉了母亲之命与三叔饯行来了。

包　拯　好，包勉你来看——长亭之上（右手“背供”左手指内）众位大人在此，讲话需要小心！

包　勉　如今侄儿是会讲话的了。

包　拯　好，随我进来。**【五锤】**（二人进门，包拯归原座，包勉站“小边”左转身向里看）

包　拯　（伸右掌向包勉示意）见过列位大人。

包　勉　是。（欲行礼，回身左掌挡“背供”）哎呀呀，这长亭之上有众位大人在座，我与哪个行礼，与哪个不行礼呀？（摊双掌做难状。拍双手）有了。我与他们行一个撒网礼。啊列位大人（回身向陈琳等拱手）我这厢有礼了！（转身向外抖左袖，右手抓左袖，从包拯始至赵斌止，随“有礼了”三字半蹲走一圈向里躬身行礼）**【小锣**

一击】

赵　斌　(执扇离座与包勉至“小边”站里首)娃子，你这是怎样的行礼呀?

包　勉　我这叫撒网礼。

赵　斌　何为撒网礼?

包　勉　我好比渔翁站在船头，这一网(做撒网状)什么鱼、鳖、虾、蟹，【小锣一击】都在其内了。(右手扳左手指数，念到“蟹”字时左手指赵斌)

赵　斌　(急挡包勉的手指)可有你三叔在内?

包　勉　(摇手)无有我三叔在内。

赵　斌　顽皮的娃娃。(回“小边”原座)

陈　琳
王延龄　(指包勉问包拯)此位是?

包　拯　侄儿包勉。

陈　琳
王延龄　(同)与大相公看座。
赵　斌

包　拯　列位大人在此哪有他的座位。

陈　琳
王延龄　(同)有话叙谈，哪有不坐之理。
赵　斌

包　拯　(示意包勉)还不谢过列位大人。

包　勉　列位大人我这厢……(欲再行撒网礼)

赵　斌　(急站拦包勉)不要撒网了，坐下吧。(指斜桌外首跨座【大锣一击】包勉坐)

王延龄　(面向包拯)老朽有几句言语对你言讲。

陈　琳　(对包拯)咱家也有几句话对你说。

包　拯　如此转至屏风。

〔【一锤锣】包拯至台口，陈琳出座“下场门”下，王延龄走桌前随下，包拯，王、马，张、赵，四勇士依次“下场门”下。赵斌跟至“大边”边看边右回身。

赵　斌　好话不背人，背人无好话。

包　勉　(跟两步看众下，对赵斌)老大人在上，卑职有礼了。

赵　斌　娃子方才见过礼了。

包　勉　有道是礼多人不怪。

赵　斌　好个礼多人不怪。你也坐下吧。

包　勉　谢坐。(【小锣一击】二人落座)老大人我与你满上一杯。(给赵斟酒)

赵　斌　你也吃上一杯。

包　勉　(给自己斟酒)卑职多谢老大人。(举怀二人同饮酒【小锣一击】)

赵　斌　娃子口称卑职，在哪里为过官么?

包　勉　做过一任萧山知县。

赵　斌　官儿虽小倒是一个正印。

包　勉　大人夸奖了。

赵　斌　你再吃上一杯。(包勉又自斟一杯饮尽【小锣一击】)啊大相公，老朽在帘内为官，不晓得帘外的规矩，你将这帘外的规矩细说一遍，老夫洗耳恭听。

包　勉　唔，老大人不晓得帘外的规矩？

赵　斌　正是。

包　勉　待卑职与老大人细说一遍。

赵　斌　你慢慢讲来。

包　勉　在京城领凭上任，拜庙、拜客，三、六、九日升堂理事了。

赵　斌　可有打官司的无有，都是些什么案子？

包　勉　不过是田地房产、奸情盗案、赌博的官司。

赵　斌　这赌博的案子是怎样的断法？

包　勉　这有何难，在大堂之上堆上两堆紫荆，叫那赌博之人去抓。

赵　斌　抓什么？

包　勉　抓紫荆啊！

赵　斌　岂不把手抓烂了？

包　勉　抓烂了，他们就不赌钱了。

赵　斌　这倒是个“好法子”。你包家为官辈辈都是清官！

包　勉　这清官么，难做得很呐！

赵　斌　怎么难做得很呢？

包　勉　这一任未满，我连裤子都赔掉子。

赵　斌　取笑了，后来你便怎么样？

包　勉　后来我就贪……（欲说急止，捂嘴）【小锣一击】

赵　斌　（站起用扇子压住包勉挡嘴的左手）贪什么？

包　勉　（摇手否认）无有什么。

赵　斌　娃子，（靠近包勉）我与你三叔一殿为臣，但讲何妨。

包　勉　后来我就……贪赃了。（站起向前走）

赵　斌　怎样贪赃呢？（凑前追问）

包　勉　若有打官司的前来，我就在大堂之上放两个竹筒，叫打官司的往里丢！

赵　斌　丢什么？

包　勉　丢银子啊。

赵　斌　噢！丢银子，那被告丢满了呢？

包　勉　被告就赢了。

赵　斌　原告丢满了呢？

包　勉　原告就赢了。

赵　斌　两家都丢满了呢？

包　勉　这有何难，我在花亭之上备上一桌酒席，将师爷请出，与他们两家说合说合也就是了。

赵　斌　这银子叫他们拿回去？

包　勉　这银子就是我的了。

赵　斌　这一任知县未满，你赚银多少？

包　勉　一任未满，我赚银十万。（用左手食、中二指相叠比十状）

赵　斌　（压住包勉左手）怎么！这一任未满你就赚银十万？

包　勉　（把手收回）正是。

赵　斌　（指“下场门”内）你三叔可曾知道？

包　勉　（急摇双手）我三叔不知！

赵　斌　啊，你三叔不知…… （至台中“背供”）哎呀且住！【小锣一击】不想他包氏门中也出了贪赃枉法之人…… （用右手指“下场门”）包拯呐包拯，我看你怎生得了！

包　勉　（急至台中托住赵斌右肘）啊大人，方才之言不要对我三叔言讲。

赵　斌　娃子，（用左手拍包勉双手后指自己嘴）我的嘴好比一把锁。

包　勉　什么锁？

赵　斌　不用钥匙（左手推开包勉双手，右手将扇打开）自开锁！

包　勉　（急上前）啊大人，不要开玩笑哇！

赵　斌　哪个与你开玩笑哇！（闭扇回原座，包勉摊双掌，垂头丧气的回原座）

「【一锤锣】四勇士、王朝、马汉、张龙、赵虎依次“下场门”上，站“下场门斜胡同”。前二勇士把陈琳“大座”改成“大边”跨座，把包拯“大边”跨座改为“大边”“虎头椅”。王延龄归原座，陈琳坐“大边”跨椅，包拯坐“虎头椅”。四勇士、王、马、张、赵站“大边”“侧八字”。

王延龄　（对包拯）贤契，老朽的言语你要牢牢谨记！

陈　琳　咱家的言语你要记下了。

包　拯　学生谨记。

赵　斌　（离座向包拯拱手）明公，大相公在哪里为官？

包　拯　曾任越州萧山知县。

赵　斌　倒是个正印的官儿。

包　拯　他年幼不会为官。

赵　斌　嘿嘿，说什么年幼不会为官，一任萧山知县未满，他就赚银十万！（右手扇指包勉）

包　拯　（【撕边大锣一击】震惊）就是他？

赵　斌　不是他难道是我不成？（回原座）

包　拯　包勉可有此事？

包　勉　乃是一句戏言。

包　拯　撤座！（抖出右袖【大锣一击】）

包　勉　（急站起，稍定神上步）啊三叔，长亭之上列位大人赐我一个座位，为何撤去？

包　拯　慢说是座位，少时连儿立足之地全都无有！【大锣一击】

包　勉　（退一步面向包拯）嘿嘿，若论国法你大我小；若论家法，你吃过我母亲的三年乳奶。（用手比三）你我要弟兄相称！（指包拯后再指自己，背向包拯站定【大锣一击】）

包　拯　怎么讲？

包　勉　弟兄相称！

包　拯　好奴才！（离位）

〔西皮散板〕

【纽丝】サ（6　5　5 5　i　3　^{1}2 2　7̣ 6̣　2　1　1 1　－）

（离位面向外）

3 3 3 3 3 2 3 3. 2 1. 2 3 3（6
在长亭怒坏了龙图包拯，
（右手指自己）

1 2 3 -）6. 2 1 3 1 3 2 1 2. 1
（仓） 骂 一声小包勉胆大的
（右手指包勉）

6 1（7 6 2 1 1 1 -）2 1 2 3
畜生。（仓） 初为官你

6 2 1 6 1 3 1 2（6 1 2 2 -）3 3
竟敢不清不正，（仓） 贪赃

3 6 2 1 2 1 2. 5 3 1（7 6 2 1
银受贿赂苦害黎民。（仓）
（双按掌）

1 1 1 1）1 2 2 3 1 2 2 3 2 1 2 2 0
叫人来与爷铜铡搭定！
（右掌从“小边”至“大边”按掌）

〔【急急风】二刀斧手抬虎头铡“上场门”上，“下场门”下，过场；另二刀斧手站包勉身后，摘下包勉冠巾。

包拯 【快纽丝】（过门同前）サ2 2 2 1 3 2 2. 1 1 2. 6 1 -‖【大锣一击】
长亭上铡包勉决不容情。

包勉 不好了！（抖双袖）

〔西皮流水板〕

【小锣凤点头】$\frac{1}{4}$（6 | 6 | 5. 5 | 5 5 | 3 6 | 5 i | 3. 2 | 1 21 |

6 5 | 5 5）| 4 | 3 | 0 3 | 3 2 | 3 5 | 3 2 | 3 |
一见此情心内惊，

0 1 | 1 1 | 2 | 2 | 3 1 | 1 2 | 1 | 0 3 |
不该长亭来饯行。走

6 1 | 6 | 0 1 | 6 1 | 2 | 0 6 | 6 1 | 1 6 1 |
向 前 忙 跪 定， 大 人 与

渐漫

2 | 2 | 6 2 | 7 6 | 5 6 | 1 | （1 1 | 7 2 | 1）‖
我 讲 人 情。

（跪在赵斌面前）

赵 斌 包勉你跪在我的面前做什么呢？

包 勉 方才我与大人讲了一句戏言，你对我三叔言讲，我三叔要铡我一死，望求大人与我讲个人情。

赵 斌 你三叔铁面无私，这个人情恐怕讲不下来。

包 勉 难道你就袖手旁观不成？

赵 斌 好，看你的造化如何。（示意包勉起来，走至台中向包拯拱手）啊明公，老夫这厢有礼了。

包 拯 施礼为何？

赵 斌 老夫方才讲的乃是一句戏言，你怎么认起真来。看在老朽面上将他饶恕了吧。

包 拯 （右手指赵）你住口！

〔西皮散板〕

【凤点头】サ（6 5 5 5 i 3 2 2 7 6 2 1 1 1）

2 2 3 2 1 2 2 （7 6 1 2 -）6 2
我 若 不 看 同 朝 面， （仓） 你

1 3 2 2 1 - 6 1 2 1 ‖【住头】
与 包 勉 一 路 而 行。

（抖右袖）

赵 斌 （背向包拯再回身对包拯）要铡，铡你包家之人，与我什么相干？岂有此理！（抖左袖归坐于斜桌外首椅）

包 勉 大人，人情讲得怎么样了？

赵 斌 人情不准，（右手指王延龄）你那旁哀告王大人去吧。

包 勉 你呀，（手指赵斌）你害苦了我了！

〔西皮流板〕

【小锣凤点头】$\frac{1}{4}$（6 | 6 | 5. 5 | 5 5 | 3 6 | 5 i | 3. 2 |
（抖袖）

1 21 | 6 5 | 5 5）| 6 | 6. 2 | 1 | 0 6 | 6 1 | 1 |
赵 大 人 讲 情 情

6 1 | 2 | 0 6 | 0 1 | 3 | 2 3 | 2 1 | 6 | 1 |

不 准， 倒 叫 包 勉 恨 在 心。

0 3 | 6 1 | 6 | 0 1 | 0 3 | 2 | 0 6 | 6 1 |

走 向 前 礼 恭 敬， 大 人

稍慢

1 | 6 3 | 2 | 2 | 3. 5 | 2 1 | 1 | （1 1 | 7 2 | 1）‖

与 我 讲 人 情。（跪在王延龄面前）

王延龄 起过一旁。（包勉起立站斜桌前。王延龄起身向陈琳拱手）公公请过来。（二人至台中“小边”一侧背对包拯）

陈 琳 大人，什么事呀？

王延龄 包拯要铡他侄儿一死，公公与他讲个人情吧！

陈 琳 得啦，包拯是你的门生，还是你讲个人情吧。

王延龄 还是公公的脸面为重。

陈 琳 怎么着，咱家的脸面为重？好，看他的（指包勉）造化如何。

王延龄 有劳公公。（归原座。陈琳左转身向包拯拱手）

陈 琳 包大人咱家这厢有礼了。

包 拯 （站起）公公施礼为何？

陈 琳 包勉虽然有罪，看他年幼不会为官，你就饶他一死吧！

包 拯 这个奴才做出此事，岂能留在我包氏门中。（抱拳躬身）公公讲情实难从命。【小锣一击】（归原座）

王延龄 （起身问陈琳）公公怎么样了？

陈 琳 （回身向王）我碰了。

王延龄 哎呀，这个人情不好讲啊！

陈 琳 知道不好讲，你叫我碰钉子？

王延龄 公公你我一同讲来。（二人上前至台中对包拯）啊贤契——

包 拯 （起身）恩师。

王延龄 看在公公与老朽的面上，将包勉饶恕了吧。

包 拯 似这样贪赃卖法的官儿，我是决不轻饶！（摆右掌）【大锣一击】

陈 琳 咱家有几句话对你言讲。

包 拯 公公有话请改日再讲！

陈 琳 你听着吧！

〔西皮小导板〕①

【大锣导板头】サ（3. 5 6 - 6 5 - i 3 2 - 7 6 2 1 -）

3 3 2 3 4. 5 3 ²3 3 ⁵3 2. 3 4 - ᵛ

包 大 人 休 得 要 心 怀 愤

① 此小导板的节奏稍快。

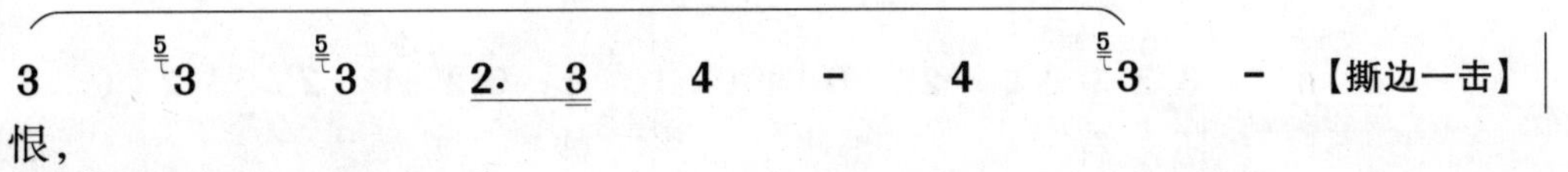

包　拯　公公有话改日再讲！

陈　琳　你听着吧！

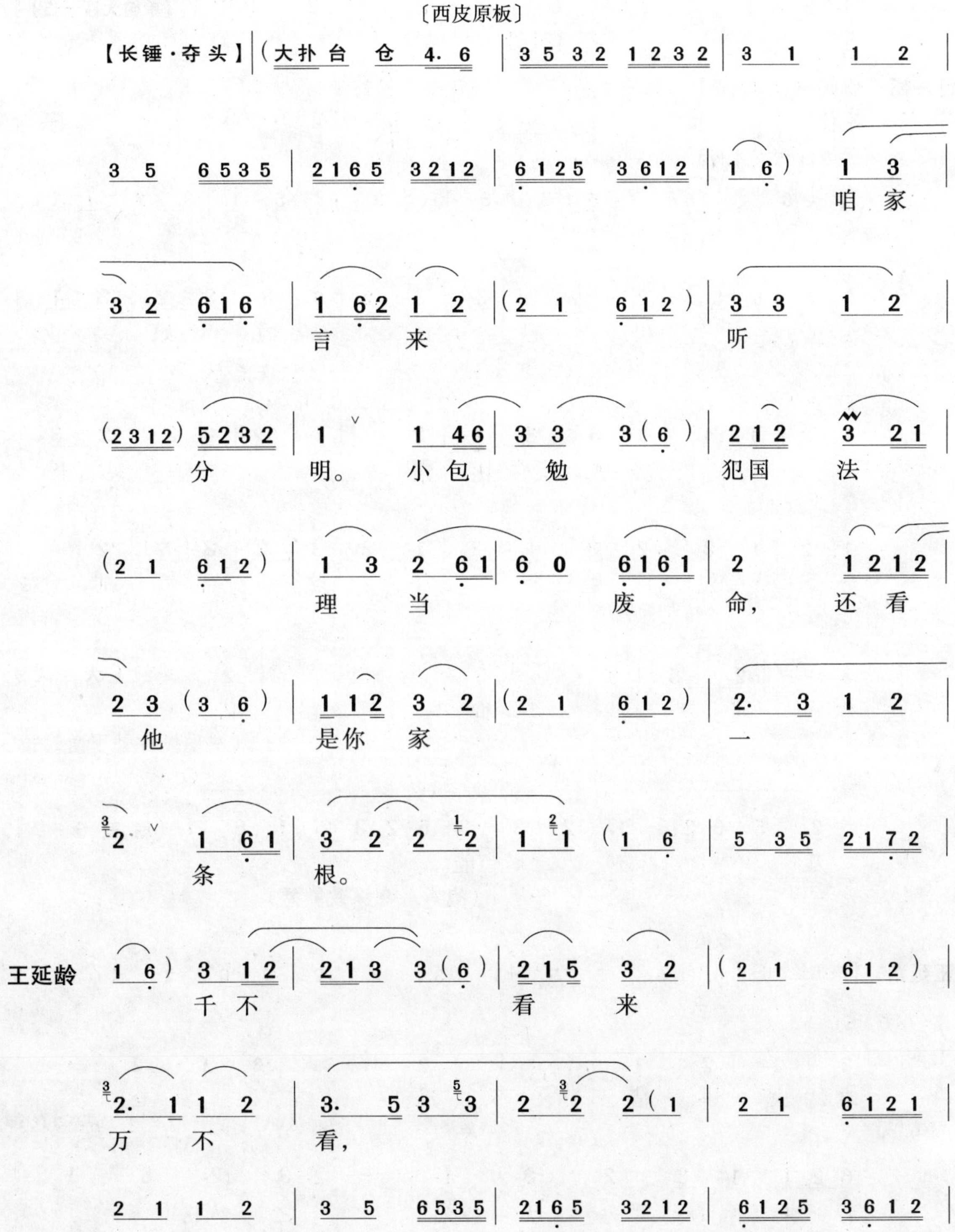

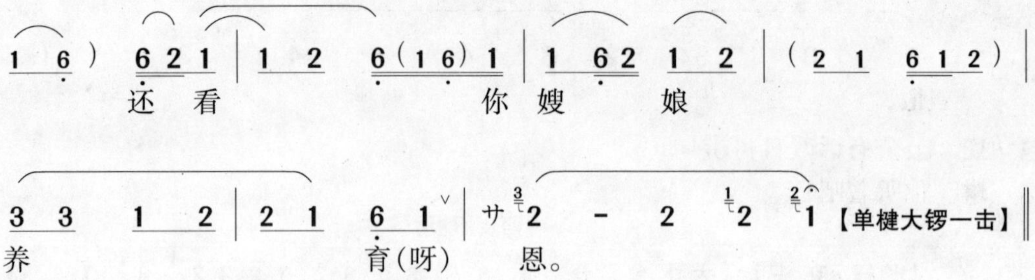

包　拯　恩师啊！【闪锤】（拱手。抖左袖，一勇士把包拯坐椅从“下场门”送下，复上站原位）

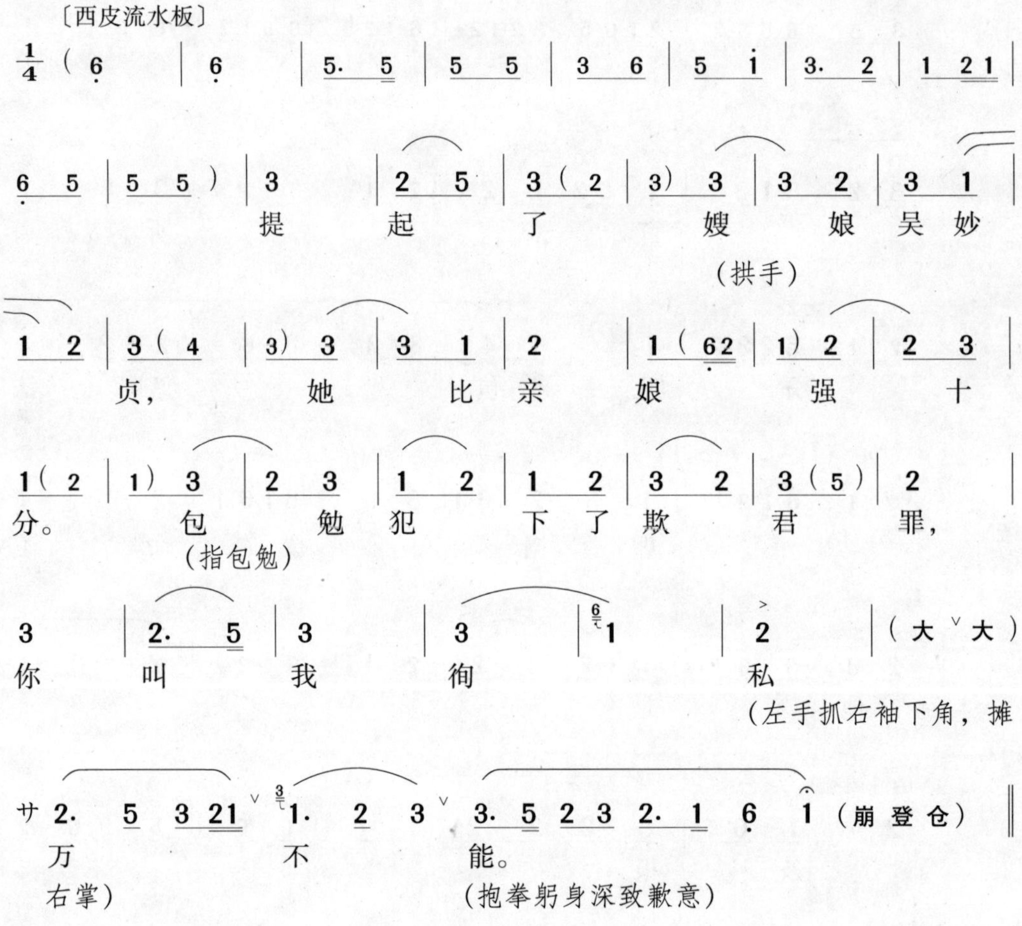

王延龄　【快纽丝】

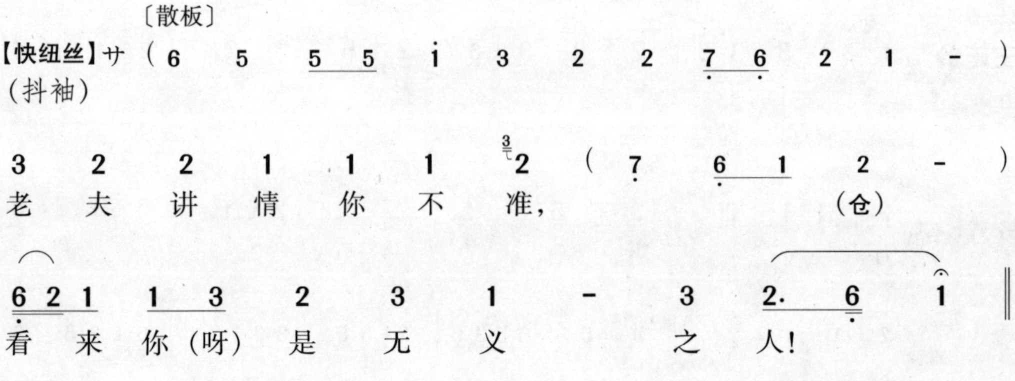

〔(崩登仓) 包拯放左袖。右掌打“背供”。

〔西皮散板〕

包 拯 【撕边凤点头】 サ(6 5 55 i 3 2 2 7̣6̣ 2 1 -)

3 3 3 3 3 12 3 (6̣ 12 3 -) 6̣2 1
恩 师 一 旁 发 怨 声, (仓) 背 转
(面向“下场门”台口)

2 1 53 1 (7̣ 6̣2 1 -) 1 2 3 2 12
身 来 自 思 忖。 (仓) 本 当 铡 了 小
(上步指包勉)

3 2 (7̣ 6̣1 2 -) 3 1 3 2 21 6̣ 1 (7̣
包 勉, (仓) 他 是 包 家 一 条 根。
(收手退身) (面向台外)

6̣2 1 -) 1 2 1 2 12 3 2 1 3.2 13 2 1
(仓) 有 心 不 铡 小 包 勉, 那 旁 坐 定 是
(眼睛由包勉转赵斌,右手指赵斌再面向外)

〔行弦〕

1 6̣2 1 1 ‖ (0 嘟 仓 大 0) ‖: 1 6̣2 1 3 2162 1 :‖
对 头 人。 (在“行弦”中赵斌做下面念白、动作)

赵 斌 (站起至台中“小边”一侧,高声念,包勉站“小边”台口静听)明公,你若铡他一死,谁与你包家赚银子啊!

〔【大锣一击】包拯握右袖。

〔散板〕

包 拯 【快纽丝】サ(6 5 55 i 3 2 2 7̣6̣ 2 1 11)
(抖右袖“背供”)

3 3 3 3 53 3 (6̣ 12 3 -)
赵 斌 一 言 出 了 唇, (仓)
(右手指赵斌面向台外)

3 3 1 2 3.1 1 (7̣ 6̣2 1 11
包 勉 送 到 枉 死 城。 (仓)

11) 1.5 3 3 12 2 21 2 2 - |
忙 将 奴 才 来 铡 定!
(右手指包勉退步,左手抓右袖角立右掌做砍状)

〔【急急风】二刀斧手押包勉“下场门”下。包拯右手握袖，左手撩蟒襟半个圆场到“下场门”。（冬仓）听斩锣抖左袖面向台内呆立。【脆头】摊双手。

包　拯　唉呀！（双抖袖【快纽丝】回身至台口）

〔散板〕

加强度

サ（6 5 5 5 i 3 2 2 7 6 2 1 －）5 5 5 5

哗 啦 啦 铜

（指“下场

5 ⁵3 5 5（2 3 6 5 －）3 ³2 3 4 3（5）2 1

铡 响 连 声！①　（仓）包 勉的 尸 首 两

门”面向台外）

稍慢

¹6 1（7 2 1 －）1 3 ³6. 2 1 6 2 1 6 1

离 分。（仓）如 今 我 把 国 法

（双食指分开）

2 1 6 2 1 6 4 ⁶3 3 ³2 ⁵3 2 1（7 2 1 －）

正，我 上 对 天 子 下 对 黎 民。（仓）

（拱双手）　（按双掌）　（左手指王朝

3 3 3 1 2 2.（2 1 6 1 2 －）6 － 2 ³2 0 |

王 朝 看 过 文 房 宝，

〔【紧锤】王朝、马汉从“下场门”内抬桌子（上有托盘、笔架、纸笔、砚墨、信封、信纸）放在“大边”台口。包拯走到“小边”台口。想起嫂娘向前拱手，摊右掌摇头，左转身走S形至“大边”台口桌后，急上前拿笔蘸墨、举笔（锣鼓收住）。

〔西皮快板〕

1/4 3. 5 | 6 i | 5 i | 3 2 | 1 21 | 6 5 | 5 5 |

| 1 | 2 1 | 2 3 | 3 1 | 2 5 | 3 2 | 1 62 | 1 1 |

包　拯 | 1 | 2 | 0 3 | 3 1 | 2 | 3 | 1 | 0 1 |

手 提 羊 毫 写 分 明。上

---

① 裘盛戎先生还有一种唱法：3 3 3 3 3 2. 5 3 2 3（6 1 2 3）

哗 啦 啦 铜 铡 响 连 声！

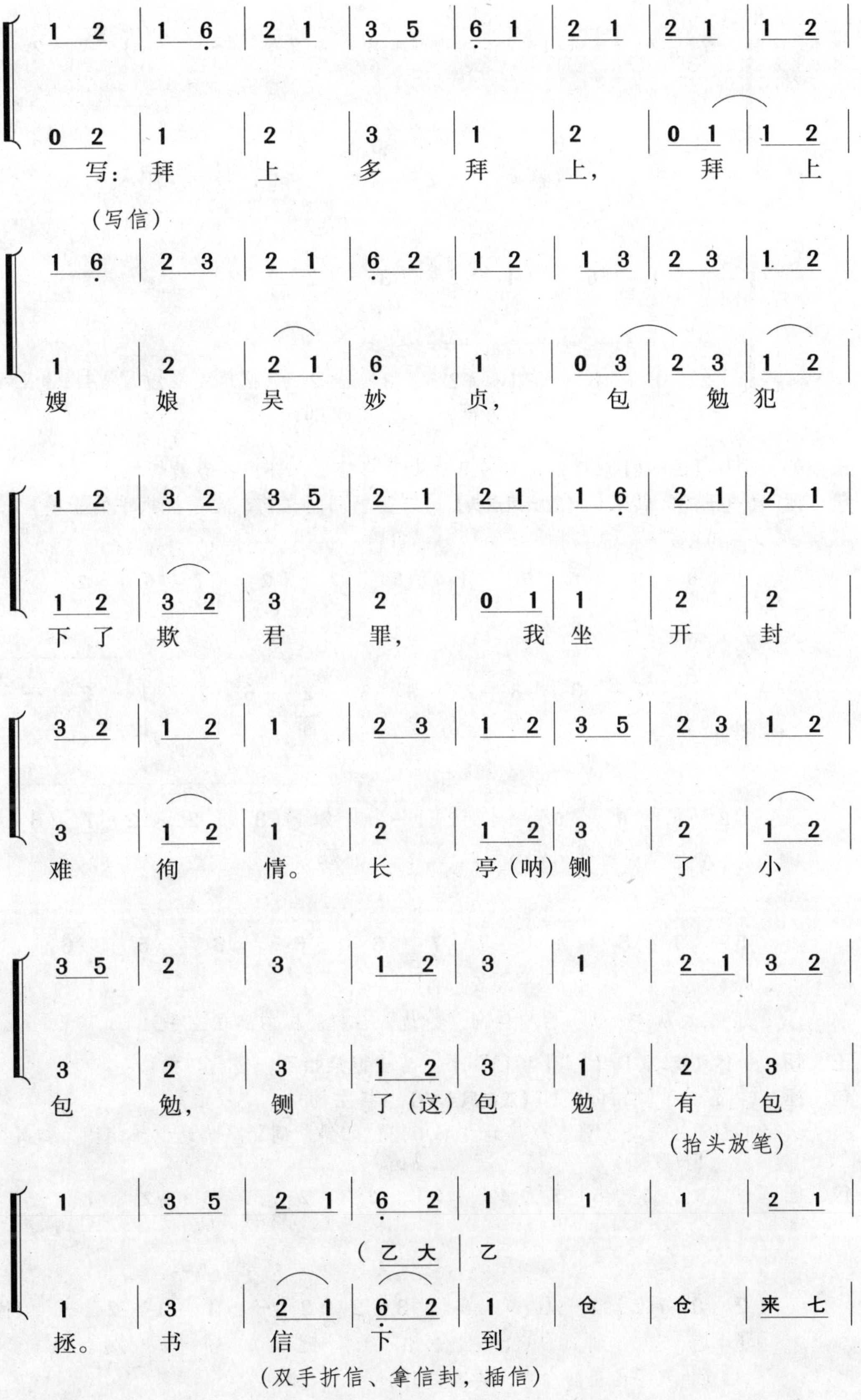
写：拜 上 多 拜 上， 拜 上
（写信）
嫂 娘 吴 妙 贞， 包 勉 犯
下 了 欺 君 罪， 我 坐 开 封
难 徇 情。 长 亭（呐）铡 了 小
包 勉， 铡 了（这）包 勉 有 包
（抬头放笔）
（乙 大 乙
1 3 2 1 6 2 1 仓 仓 来 七
拯。 书 信 下 到
（双手折信、拿信封，插信）

7̣ 2 | 1 ∨サ 3 2 - ∨ 3 2. 3

台 | 仓) ∨サ 3 2 - ∨ 3 2. 3

（抬头） 合 肥

（看王朝）

2 1 6̣ ∨ 1. 2 3 2 |

2 1 6̣ ∨ 1. 2 3 2 |（把信完全插入信封，递王朝。垂头）

（看信） 郡，

王 朝 啊！【快长锤】（接信，左转身边走边将信插入怀中，锣鼓切住）

包 拯 （叫王朝）转来！【散板凤点头】（与王朝同站桌前，左手抚拱手的王朝）

〔散板〕

サ（6 5 5 5 i 3 2 2 7̣ 6̣ 2 1 - ）

3 2 4 3 ∨ 3 2 3 3 ∨ 2 6̣ 2 1 2 - 1 2

你 替 我 多 多（的）拜 上

（2. 1 6̣ 6̣. 1 2 - ） 2. 3 2 2 7̣ 6̣ 5̣ 5̣ ∨

（面向观众拱双手） 嫂

5̣ 3̣ 5̣ （6̣） 7̣. 7̣ 6̣ 6̣ 6̣ 5̣ ∨ 6̣ 5̣ - |

娘 亲 呐！

（边唱边从“大边”台口转向“小边”台口。跺右脚摆左手）

王 朝 是！【紧长锤】（“下场门”下。勇士把桌抬下，锣鼓切住）

包 拯 （对张龙）顺轿伺候！【双楗凤点头】（抖左袖）

「四勇士与马、张、赵等站“下场门”“斜胡同”。包站“斜胡同”口处。

〔西皮散板〕

包 拯 サ（6 5 5 5 i 3 2 2 7̣ 6̣ 2 1 - ） 2 2

辞 别

2 3 1 2 2 （多 多）3 2 2 - ∨ 1 1 2 - |【撞金钟】

了 恩 师，（白）公 公 忙 把 轿 顺。

（拱双手由王转向陈，再面向外） （躬身施礼）

王延龄
陈　琳　（拱手）多多保重了！

〔包拯点头，左转身撩蟒欲上轿——锣鼓切住。

赵　斌　包大人，你真是铁面无私。

包　拯　（转身向赵）哼！

〔散板〕

【挂板凤点头】 サ（6 5 5 5 i 3 2 2 7 6 2 1 1 -）

3 3 1 2 2 1 6 1 （7 2 1 -） 1 2 3
回 头 叫 声 老 赵 斌， （仓） 有 朝

6 2 1 6 3 3 1 2.（7 6 1 2 -） 3 3 1
犯 在 包 某 手， （仓） 铜 铡

2 2 （21 6 1 2 -） 2. 1 1 2. 6 1 - ‖
之 下 决 不 容 情。

（右手指赵斌）

〔**【大锣慢原场】**包拯左转身，马汉、张龙撩轿帘，包拯左手撩蟒迈左脚，右回身向后别右腿，面向外场，坐于轿内。马汉、张龙放轿帘，包拯左转身“下场门”下。张龙、赵虎随下，马汉下，勇士下。同时赵斌幸灾乐祸地“上场门”下。

〔王延龄、陈琳望“下场门”后回身对视，摊双手，“上场门”下。

（以上，《铡包勉》一折完，下面可接《赤桑镇》）

赤 桑 镇

第 一 场

〔二幕外，空场。

〔王朝内白：“马来！”手持马鞭、挂腰刀**【撕边】**“上场门”上，走至“九龙口”前举鞭（八大仓）亮住。**【半个水底鱼】**至中间台口勒马亮住。

王　朝　（念）合肥下书信

面交吴夫人。**【大锣住头】**

俺，王朝。**【报名一锣】**（放马鞭）只因我家大人在长亭之上铡了包勉，又恐吴氏夫人怪罪，为此修书一封命某去至合肥，面交吴氏夫人。就此马上加鞭！

〔跨右腿加鞭（八大仓）亮相。**【半个水底鱼】【大锣快原场】**“下场门”下。

第 二 场

〔**【撤锣】**场上设堂桌、“小座”。（香色桌围椅披）

〔**【小锣打上】**吴妙贞右手持拐杖至“九龙口”整衣襟，再至中间台口。**【小锣归位】**

吴妙贞　（引子）桑榆暮年，（多多）喜我儿，（多罗）

3　3 1　(5)3　2　(3)2　(2)1　∨　6 (7)6　5 6　7　(2)7　(2)7　(7)6　－　‖（**【小锣慢归位】**归小座）

欢　乐　　堂　　　　　　前。

（诗）苍松翠柏耐霜秋，

萱草堂前乐无忧。

幸喜安居身康健，

有儿戏彩复何求？[①]（扎）

〔家院“下场门”暗上，站“大边”。

老身吴氏妙贞。先夫早年去世，膝下一子名唤包勉，曾为萧山县令。不知何故，唉！被解职回家。兄弟包拯官居龙图阁大学士。闻得他要往陈州放粮，也曾命我儿包勉去往长亭与他饯行，他叔侄见面也好倾诉衷肠。正是：——

（扎）久别又重逢，

叔侄表衷情。

〔**【大锣五击】**王朝不带腰刀、马鞭，“上场门”上，至中台口“小边”一侧。

---

① 戏彩：取“莱子斑衣”故事。吴妙贞这四句定场诗通俗而精到。突出表达了吴妙贞对儿子的钟爱，唯如此，儿子被杀对她心灵上的冲击才越发强烈。

王　朝　来此已是，里面有人么?

家　院　（出门站中台口“大边”一侧）做什么的?

王　朝　烦劳通禀，开封府王朝求见老夫人。

家　院　请稍待。（进门回原位）启禀太夫人，开封府王朝求见。

吴妙贞　唤他进来。

家　院　是。（出门）太夫人唤你，随我进来。

王　朝　是。【大锣住头】(二人进门，王朝站“小边”家院归原位)小人王朝，参见太夫人。

吴妙贞　罢了。你家大人今在何处?

王　朝　现在赤桑镇馆驿之中。

吴妙贞　不侍奉你家大人，到此何事?

王　朝　奉了我家包大人之命，前来下书。

吴妙贞　啊？我也曾命我儿包勉去往长亭，与你家大人饯行，难道他叔侄二人不曾见面么?

王　朝　已然见面。

吴妙贞　既已见面，还与我下的什么书信哪？（摊左掌）

王　朝　启禀太夫人，少公子他……　【小锣一击】

吴妙贞　他怎么样？快些讲来!

王　朝　现有我家大人书信在此，太夫人一看便知。（从怀中取信，双手递与吴）

吴妙贞　待我看来。（把杖拐放身后桌边，接信、将信抽出打开看。【大锣五击】面向左前方念信）

　　上写包拯多拜上，
　　拜上嫂娘吴妙贞。【小锣二击】

（转向右前方念信）

　　弟往陈州把粮放，
　　叔侄相逢在长亭。【小锣三击】

（转向台中念）

　　包勉初任萧山县，
　　贪赃枉法害黎民！【住头】

（起身颤抖着继续念）

　　国法条条难容忍，
　　铜铡之下断尸身！（八 大 仓）

（右“翻袖”护头）哎呀！【撕边一击】（晕坐椅上，放下右袖，信落地）

〔【冲头】家院拾信放桌上，与王朝“合扇”伸单掌挡住吴妙贞。

王　朝
家　院　太夫人醒来!

〔西皮导板〕

吴妙贞　【大锣导板头】（3. 5　6　6　6 5　i i　3 3　2 2　7　6

2　1　-）1　4　3　3　4　3（6　1 2　3）4

我　心　中　似　刀　绞　　　肝

3 ^{4}3 ^{4}3 2. 3 4 3 - - ^{5}3 ^{5}3. 2 3 | 【乱锤】(起身向前，抖右袖上腕)

肠 痛 断，

【大锣三叫头】包勉！姣儿！哎，儿啊！……

(用袖拭泪)

〔西皮散板〕

【快纽丝】サ (7 6 6 5 1 3 2. 1 6 2 1) 1

叹

2 1 1 2 2 1 1 2 (6 6 1 2) 2 2 1 ^{5}3. 2

我 儿 铜 铡 下 死 得 可

(摊双掌)

1 (7 6 2 1) 6 3 2 2 2 1 1 6

怜！ (仓) 恨 包 拯 全 不 念

(右食指指外)

3 2 2. 1 1 2 2 1 (1 1 1 1 1 2 3 5

叔 侄 情 (哪) 【大锣哭头】

2 1 7 2 1 -) 1 2 7. 6 5 7. 6 5 ^{2}7. 6 5

面， 我 的 儿 呀！

6 6 5 - 【撕边一击】(2 4 6. 1 5) 【大锣双楗凤点头】

(揾泪，抬头稍想，抖右袖)

〔散板〕

(7 6 6 5 1 3 2. 1 6 2 1) 3 2. 1

去 找

1 1 1 2 ^{3}2 6 2 1 2 ^{2}1 ‖【大锣住头】

那 负 义 人 报 仇 伸 冤。

(右手指外)

吴妙贞 家院，吩咐车辆伺候！（家院“下场门”下）

王 朝 太夫人，去不得！【大锣一击】

吴妙贞 休得多口！

〔【扫头】吴氏出门。王朝从桌边拿拐杖追出，见吴氏踉跄跌倒急上前搀扶。【乱锤】吴氏接过王朝递过的拐杖。

王　朝　太夫人，去不得！

〔吴氏用拐杖蹾地，愤怒地向“下场门”奔去。王朝追下。【大锣快原场】

第　三　场

〔幕启，台中设堂桌，“小座”，“小边”跨椅。（紫或红色桌围椅披）

〔【慢长锤】张龙、赵虎“上场门”上“站门”。

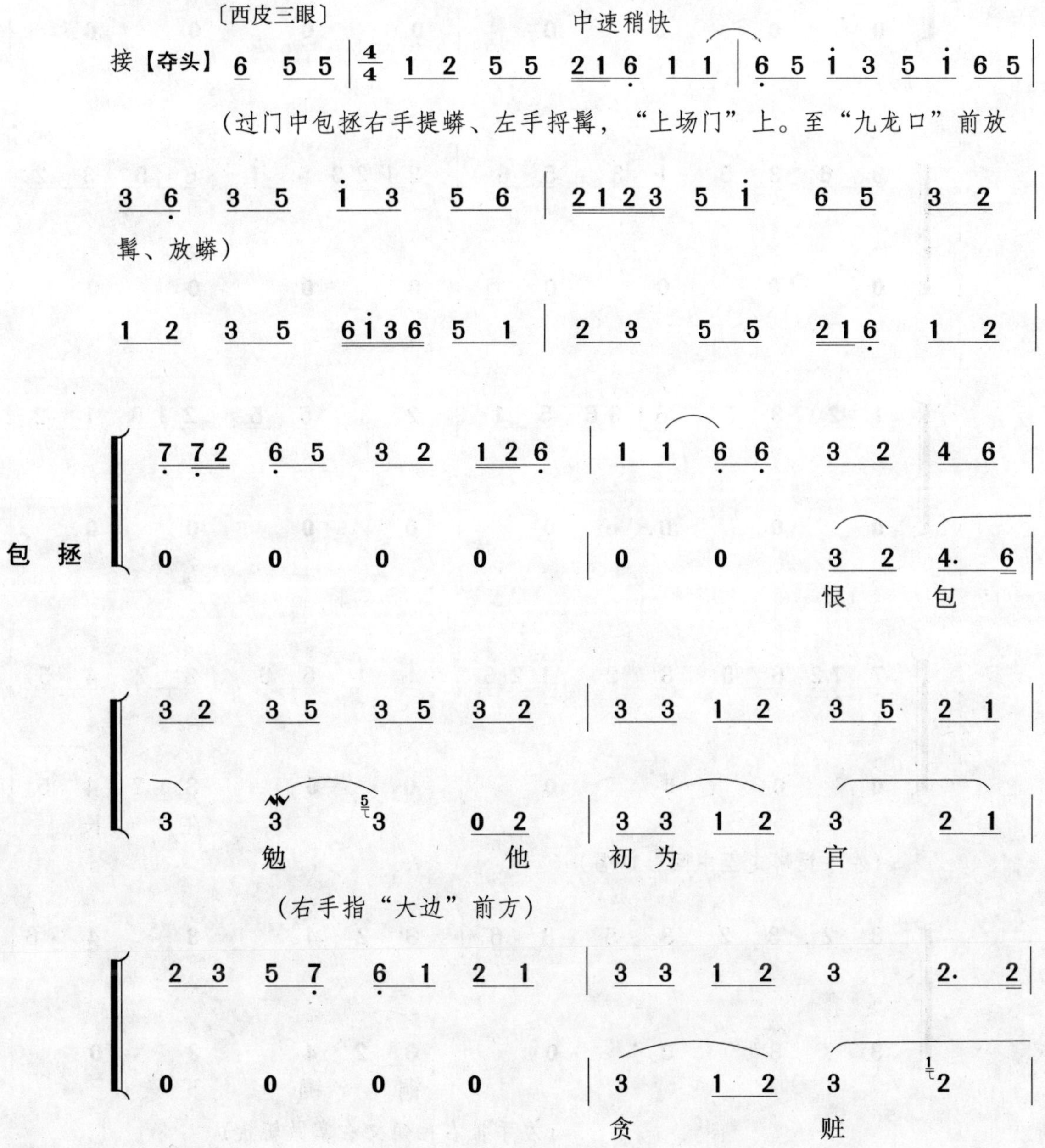

罔 上，
（右手指出）
（左手提蟒走至中间台口唱）
在 长
亭 铜 铡 下
（左手扯右袖角立右掌做斩状）

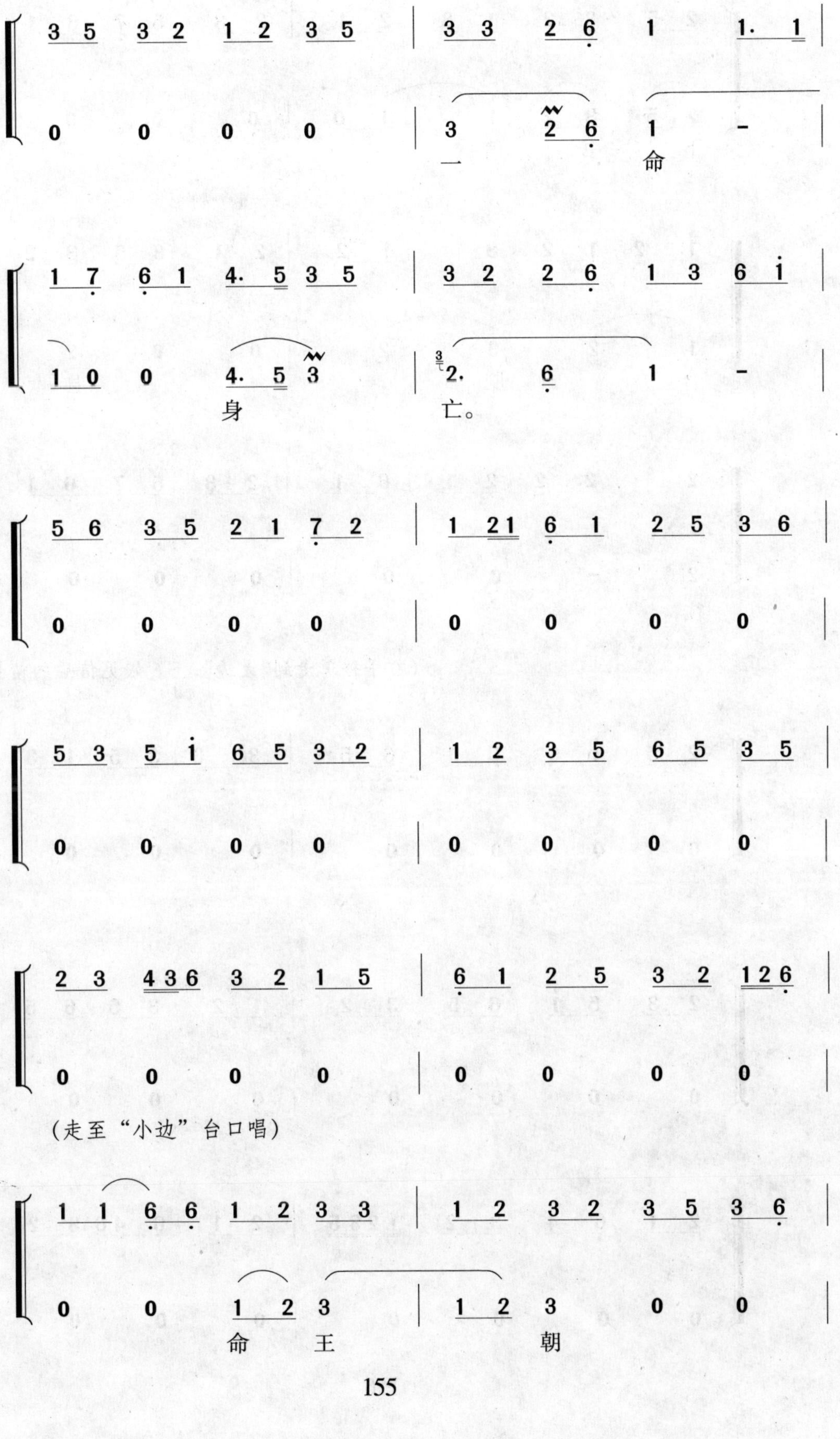
一
命
身
亡。
(走至“小边”台口唱)
命
王
朝

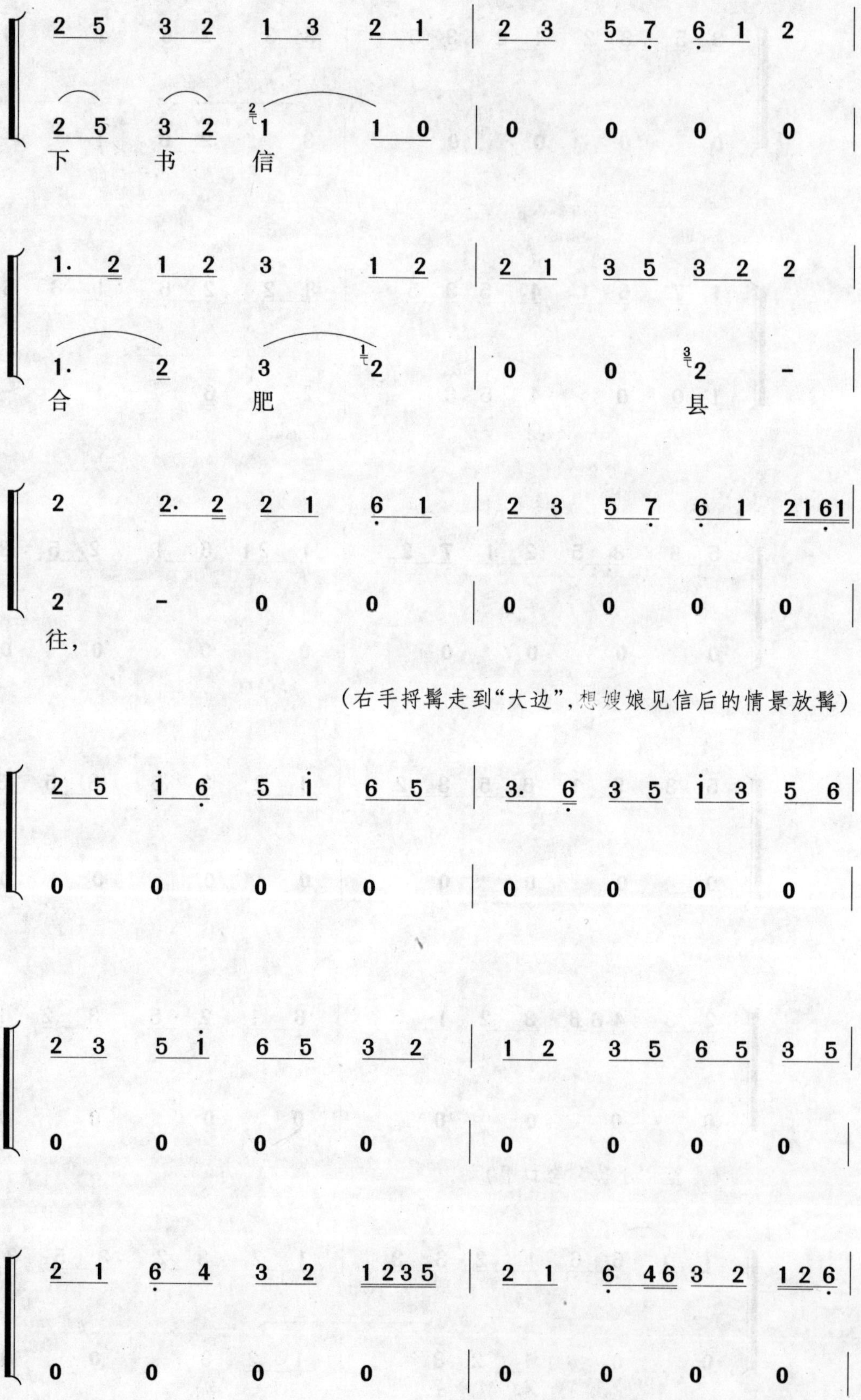
下 书 信
合 肥 县
往,
(右手捋髯走到“大边”,想嫂娘见信后的情景放髯)

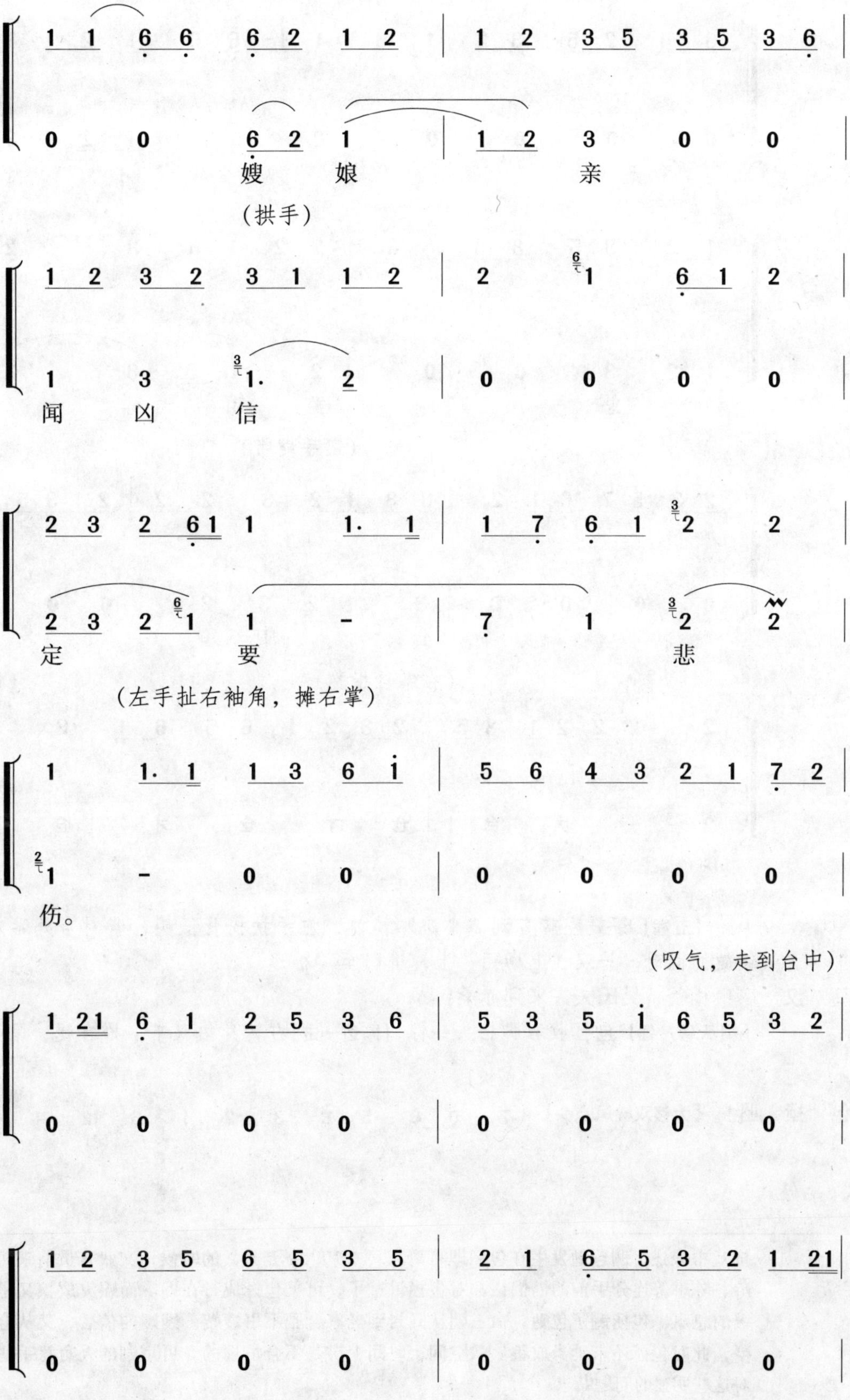
嫂 娘 亲
(拱手)
闻 凶 信
定 要 悲
(左手扯右袖角，摊右掌)
伤。
(叹气，走到台中)

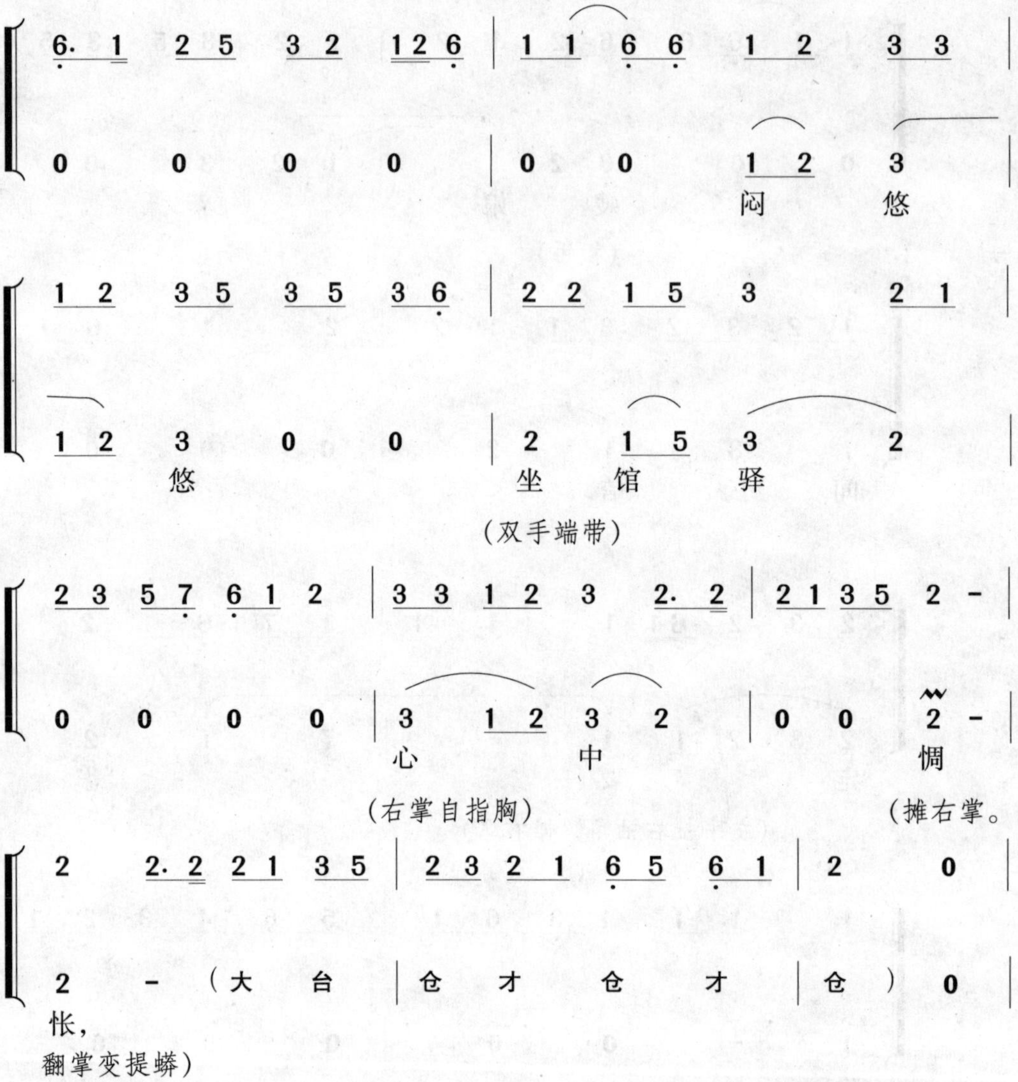

「随【五锤】锣鼓左转身到“小座”椅前，左手扶椅背低头，背对台外站定。在此锣鼓的同时，马汉“上场门”上，进门至“小边”。

马 汉 启禀相爷，吴氏夫人来到赤桑！①

「【大锣冷锤】包拯收右脚抬头一惊，【撕边一击】右转身拍双掌，抬右腿，呆坐椅上。

〔散板〕

包 拯 呀！【大锣双楗凤点头】（7̣ 6̣ 6 5 i̇ 3 2. 1 6̣ 2 1） 6̣ 2

嫂

（站起拱

① 按戏中表述，铡包勉发生在包拯即将离京（东京，今开封）的时候，文武官员前来送行，王延龄、陈琳等连分手前的悄悄话都对包拯讲过了，可见包拯成行在即。而赈灾放粮又是个刻不容缓的急事。包拯铡了包勉，命王朝从开封到老家合肥下书嫂嫂。嫂嫂闻信后，又从合肥赶到长亭，此时包拯还未动身放粮。从空间、时间上讲是不合情理的。可京剧的大写意手法让人们不对这些明显的问题苛求。

1 6 3 1 3 2 1 6 3 2 1 6 1 ‖【大锣住头】（右掌自指双手）

娘 亲为 此 事 亲 到 赤 桑。

（白）随我出迎。

〔包拯摆双掌示意张龙、赵虎两边下。马汉归站“大边”。【水底鱼】随锣节奏包拯摊双掌，左手提蟒、迈左腿到中间台口。同时王朝扶吴妙贞“上场门”急上，至中台口与欲出门的包拯碰面。包拯将未落地的右腿收回别在左腿后，撤左脚抱拳躬身拜。马汉站包身后。

包 拯 嫂娘！

吴妙贞 【大锣一击】好奴才！

〔【大锣双槌凤点头】吴妙贞举拐杖向里打，包拯退步让开。吴妙贞打空，踉跄进门，包拯上前欲搀，吴妙贞左转身再向包拯举拐杖，包拯横迈右步、退左步摆手阻止。同时王朝随吴妙贞进门在其身后转一圈至“小边”一侧摆手阻拦。马汉站吴妙贞左肩后挡住。

〔西皮小导板〕

吴妙贞 3 5 5 3 6 5 - 6.5 4 3（32 123）3 5 6 5 - 5 5 4 5 - |

见包拯怒 火 满 胸 膛！

包 拯 【大锣一击】（立身拱手）嫂娘！（躬身拜）

王 朝 （吴氏又举起拐杖）太夫人，使不得！（伸双掌拦阻）

吴妙贞 （生气地向王朝蹴拐杖）

〔西皮快板〕

【硬三锤】1/4（3 5 | 6 i | 5 i | 3 2 | 1 21 | 6 5 | 5 5）| 3 5 |

骂

（转向包拯）（包拯躬身听训）

5 | 0 3 | 0 1 | 2 5 | 3 2 | 1 | 0 1 | 1 2 |

声 包 拯 负 义 郎！ 我 命 那

（指包拯） （左掌自指）

3 | 2 1 | 0 3 | 2 3 | 2 | 0 3 | 2 3 | 1 |

包 勉 长 亭 往， 与 你 饯

2 | 1 5 | 3 2 | 1 | 3 2 | 3 | 6 | 0 3 |

行 表 衷 肠。 谁 知 道 你

（右手指包）

1 2 | 3 2 | 3 3 | 2 | 0 3 | 2 3 | 1 | 2 |

把 那 良（呃） 心 丧， 害 死 我 儿

3 5 | 1 2 | 1 | 0 3 | 2 3 | 1 3 | 2 3 | 2 1 |
在 异 乡。 有 何 脸 面你 活 在
（摊左掌）

6̣ 1 | 2 | 2 5 | 3 5 | 3 | 2 1 | 2 |（大 大）
世 上？ 快 与 我 儿
（左手指包）

サ 5 – 5 5 3. 2 1 ˇ 1 – 2 3 3 2 3 2 – 1 ‖【大锣一击】
把 命 偿 啊！
（摔出左袖，抖回袖振泪，面向观众站）

包 拯 （拱手）嫂娘！【大锣双楗凤点头】（从吴妙贞的脚往上看，直到看到面部，然后抖右袖收回成"背供"）

〔西皮散板〕稍慢
サ（7̣ 6̣ 6̣ 5 1̇ 3 2. 1 6̣ 2 1）6̣ 2 1 – 3
嫂 娘 年

6̣ ˇ 1 3 2（2. 1 6̣. 2 2）3 5̣ 1 7̣. 2
迈 如 霜 降，（仓）远 路 奔

稍慢
1（3）2 1 6̣ 1（7̣ 2 1）2 1 2 3 2（2）
波 到 赤 桑。 （仓）包 勉 他 初 任
（回头看吴，按右掌） （上步，左手指"下场门"台口）

〔流水板〕
1/4 3 2 | 3 | 2 | 4 | 3 | 0 1 | 0 2 |
萧 山 县， 贪 赃 枉 法
（面向"下场门"台口）

3 1 | 1 2 | 1 | 0 1 | 1 2 | 3 2 | 3 | 0 1 |
似虎 狼。 小 弟 居 官 法
（右掌指胸）

0 3 | 2 | 0 5 | 3 2 | 1 | 2 | 1 2 | 3 |
执 掌， 岂 能 坐 视 负 君
（拱双手）

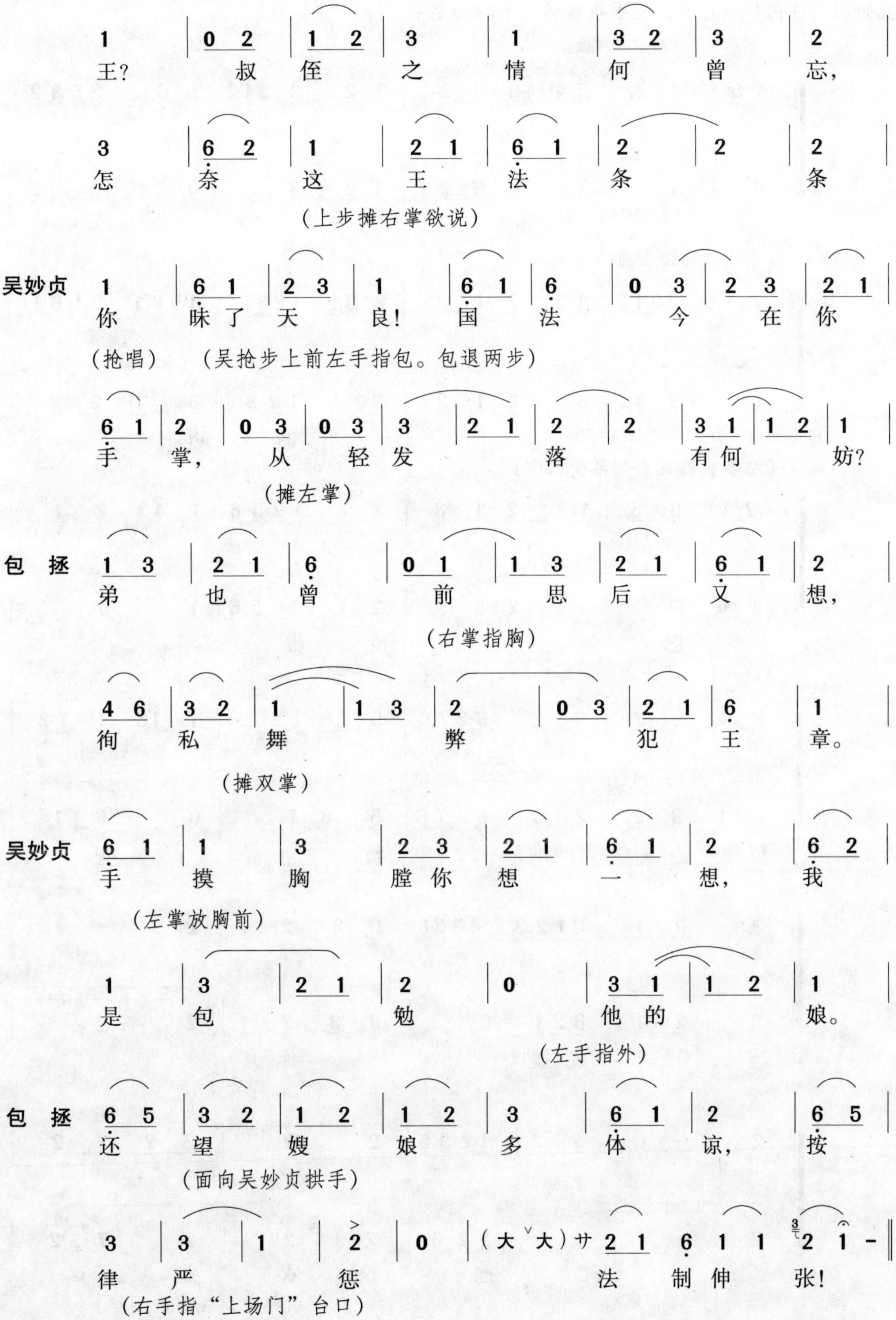
王？叔侄之情何曾忘，
怎奈这王法条条
（上步摊右掌欲说）
吴妙贞
你昧了天良！国法今在你
（抢唱）（吴抢步上前左手指包。包退两步）
手掌，从轻发落有何妨？
（摊左掌）
包拯
弟也曾前思后又想，
（右掌指胸）
徇私舞弊犯王章。
（摊双掌）
吴妙贞
手摸胸膛你想一想，我
（左掌放胸前）
是包勉他的娘。
（左手指外）
包拯
还望嫂娘多体谅，按
（面向吴妙贞拱手）
律严惩
（大大）
法制伸张！
（右手指“上场门”台口）

吴妙贞 住口！（上步，左手指包拯）【**单槌大锣一击**】

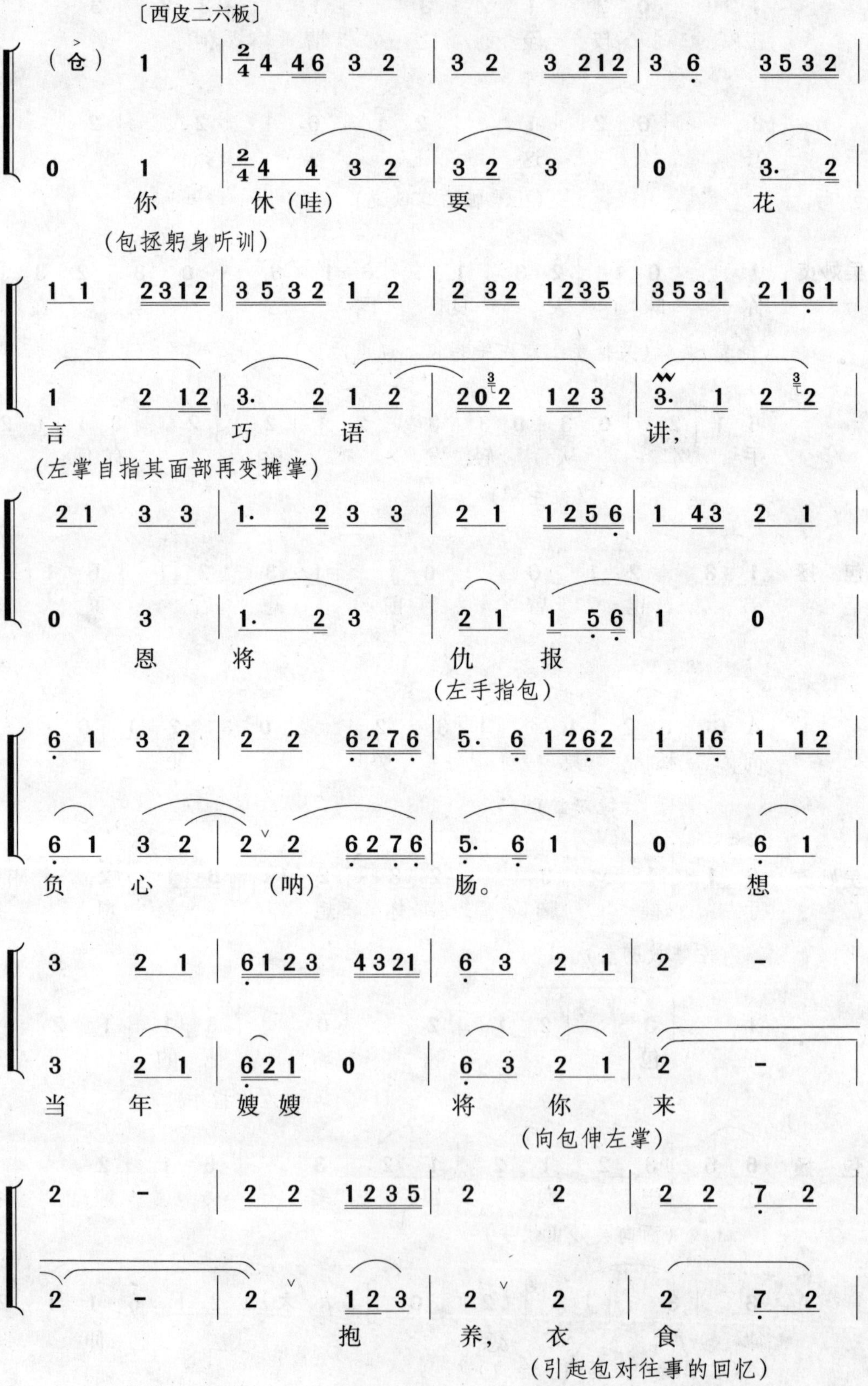

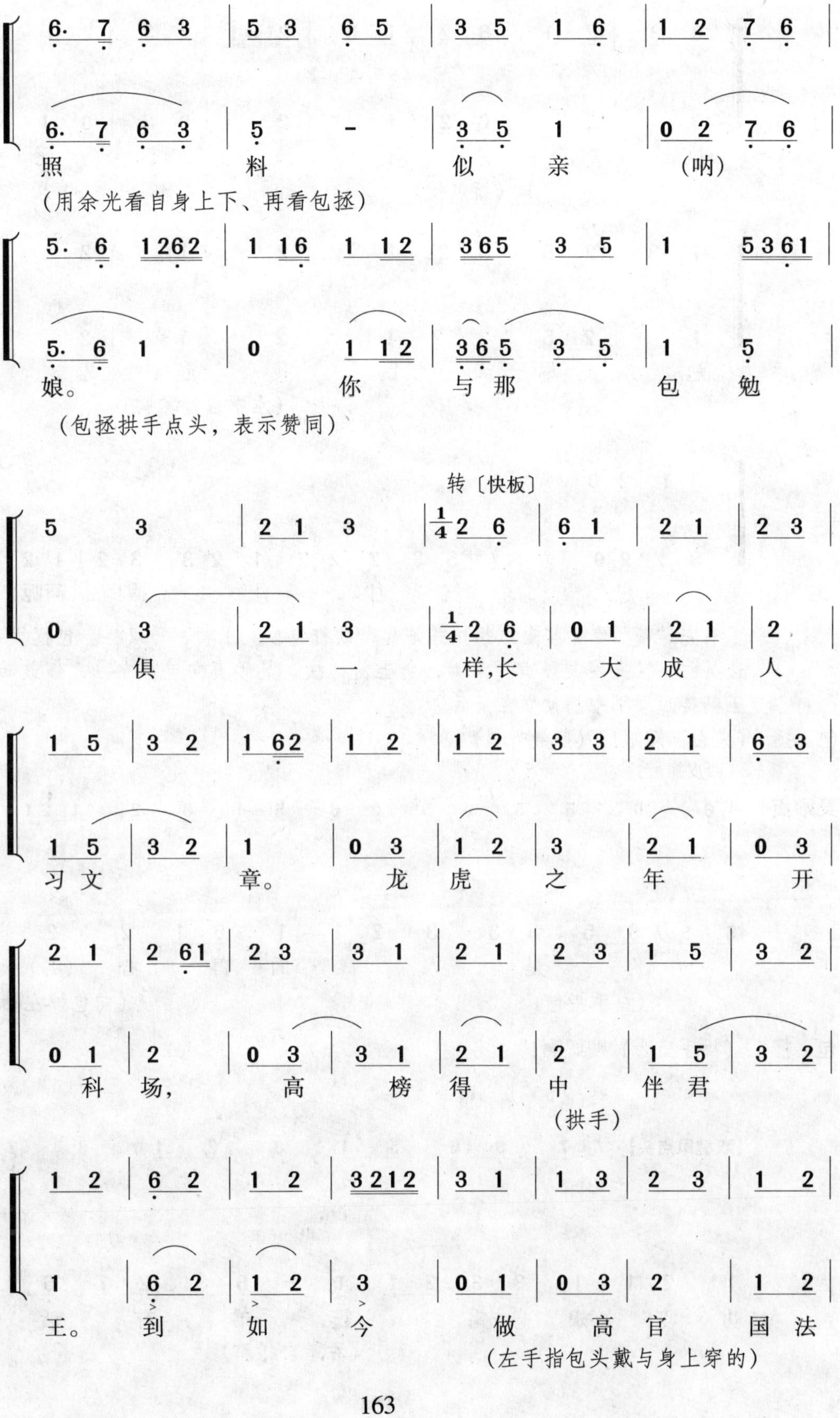
照 料 似 亲 （呐）
（用余光看自身上下、再看包拯）
娘。 你 与 那 包 勉
（包拯拱手点头，表示赞同）
转〔快板〕
俱 一 样,长 大 成 人
习 文 章。 龙 虎 之 年 开
科 场， 高 榜 得 中 伴 君
（拱手）
王。 到 如 今 做 高 官 国 法
（左手指包头戴与身上穿的）

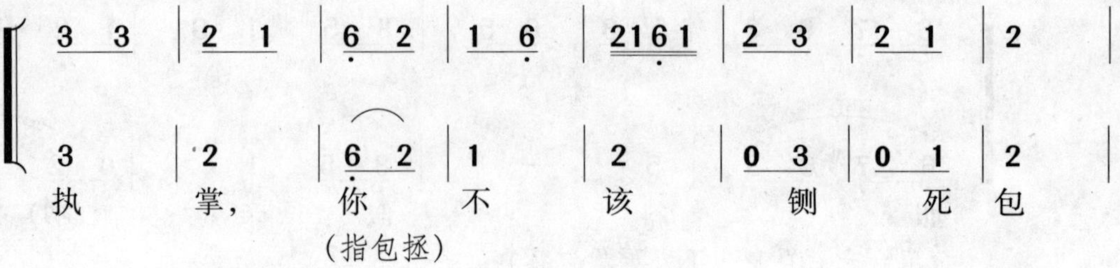

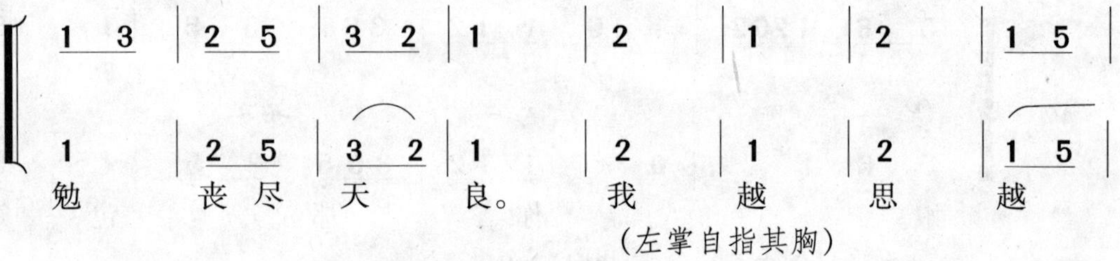

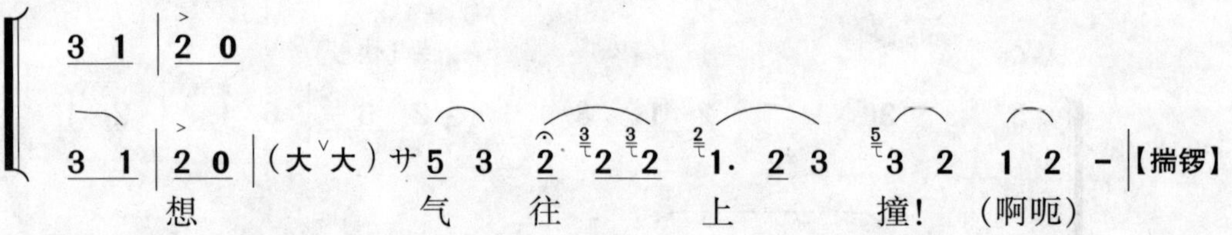

〔唱完“撞”字紧接着蹴拐杖并举起，欲打包拯。王朝、马汉拦。包拯拱手、曲身让吴打，又发现吴妙贞要晕倒，急上前搀扶。吴妙贞向包摔左袖，锣鼓转【闪锤】王朝接过吴手中拐杖立在桌后。

包　拯　（夹白）嫂娘！（躬身听训）

〔西皮摇板〕

吴妙贞

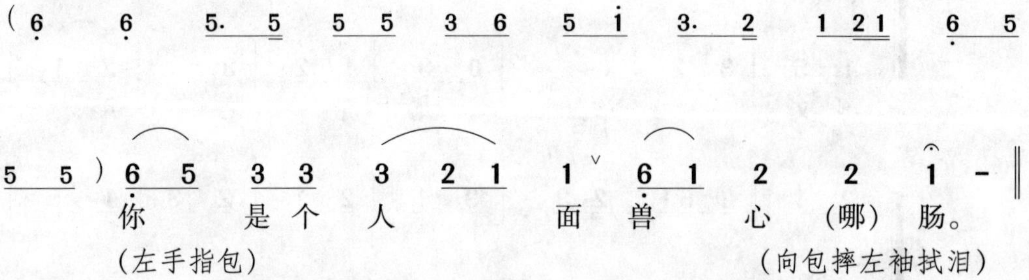

包　拯　（拱手上步）嫂娘啊！

〔西皮散板〕稍慢

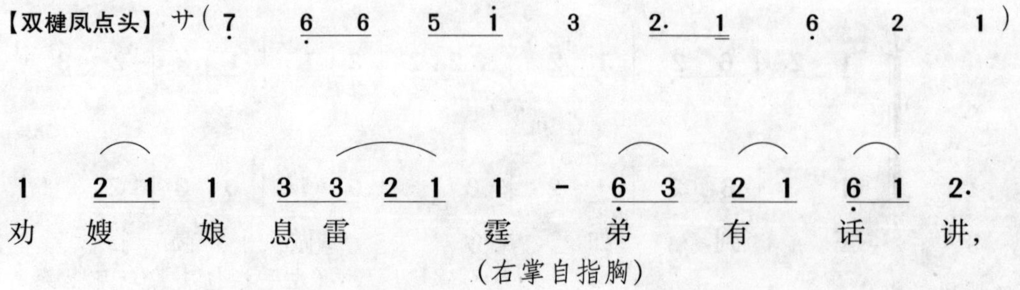

(3 5 5 21 6 ⁶¹2) 3 2 5 3 1 3 ³2∨

(仓) 且 落 座 细 听 我

(按右掌)

(6 1 2) 2 1 6 1 - 2 ²³2 ³2 ⁶1 - ‖

表 叙 衷 肠。

(右掌自指胸变摊掌)

「包拯右手示意王朝将“小边”“跨座”搬至中台口“小边”一侧。**【冲头】**马汉回“大边”，王朝搬椅扶吴妙贞坐，王朝站“小边”。同时包拯右转身面向台里边走边沉思。左回身向吴妙贞拱手。**【大锣双叫头】**

包 拯 嫂娘啊！（拱手拜。踩着“叫头”的节奏向前上两步）恩嫂！**【大锣五击】**（躬身，末锣起身，起音乐。下面一段是包拯念白，要念得情深意切，节奏稳重自然）

D调弦乐<配曲>稍慢

2/4 (6. 7 6 5 | 3 - | 6. 6 567 | 6 - |

(念白)“小 弟 自 幼

(右掌自指胸)

6. 7 6 5 | 3. 5 2 3 | 5. 6 5632 | 1 2 127 |

被 爹 娘 抛 弃，

(拱手变摊掌)

6. 5 | 6. 1 5 | 3 - | 2. 3 1 2 |

多 蒙 兄 嫂 抚 养 成 人。

(拱手)

3 - | 6. 7 6 5 | 3 6 567 | 6 7 6 5 |

如 今∨养 育 之 恩 未

(按右掌)

3. 5 2 3 | 5. 6 5632 | 1. 2 127 | 6 - |

报， 谁 知 包 勉 贪 赃

(右手指“大边”台口)

6. 7 6 5 | 3 - | 2. 3 1 2 | 3 - |

枉 法， 国 法

6. 6 3 5 | 6 6 567 | 6. 7 6 5 | 3 5 2 3 |

难 容！ 私 情 难 宥。∨还 望 嫂 娘 宽

(拱手)

5. 6 5632 | 1. 7 | 6 - | 6 7 6 5 | 3 -) ‖

恕 **【大锣一击】** 小 弟——！”

(深施一礼，恳求吴氏体谅)

【单槌慢速大锣一击】（诚恳地面对吴氏嫂娘）

〔二黄快三眼〕中速稍快

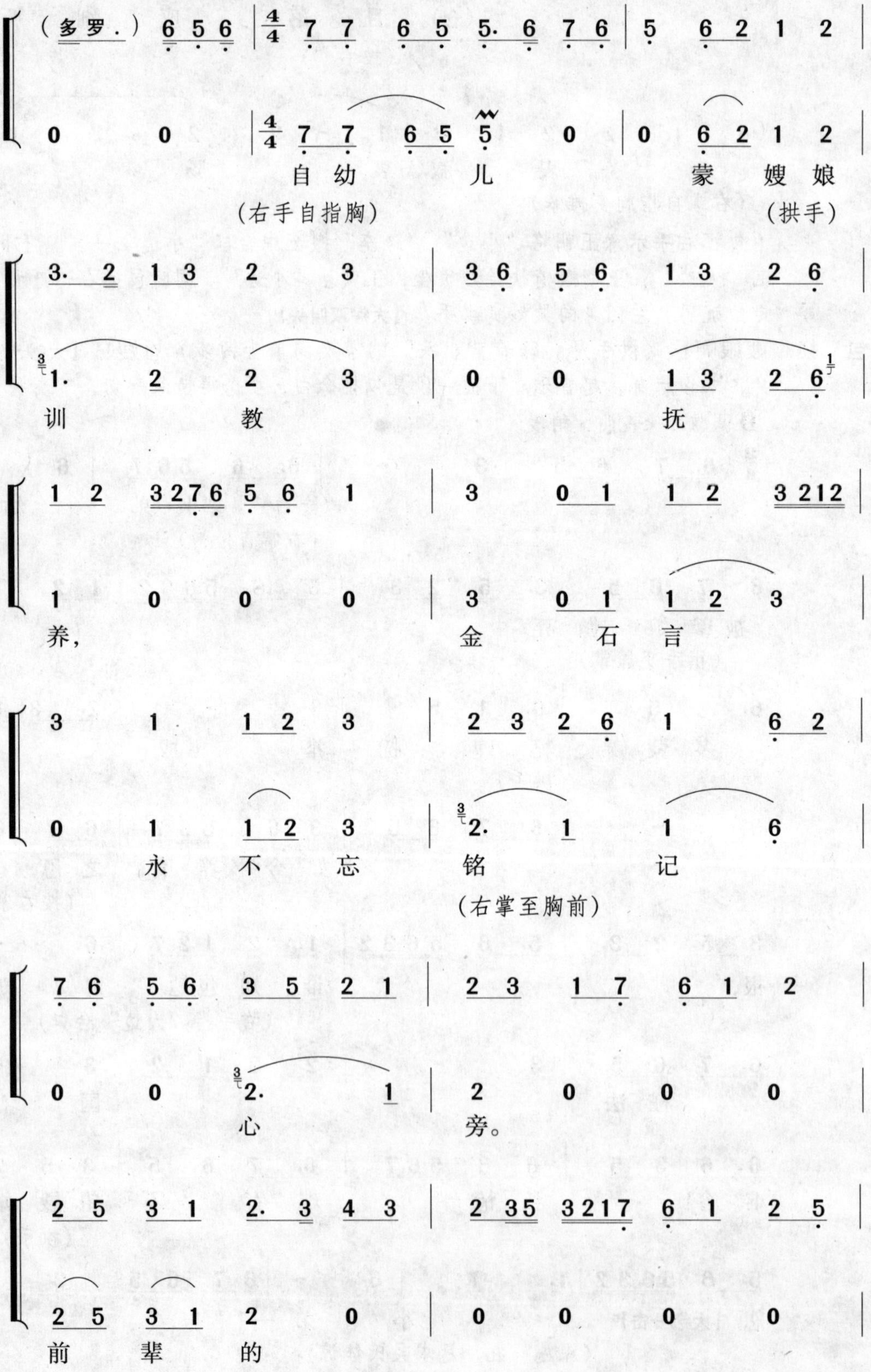

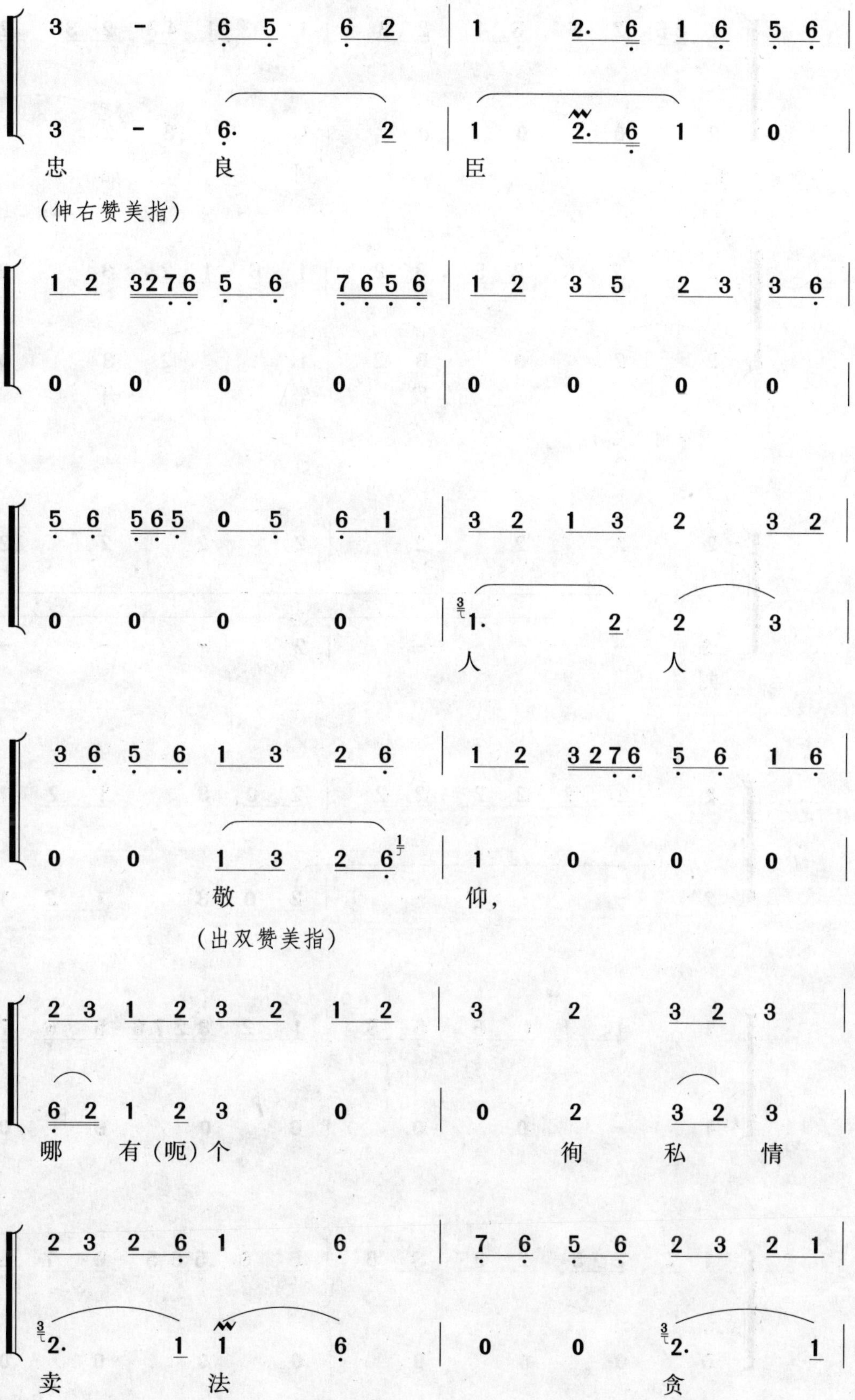
忠 良 臣
（伸右赞美指）
人 人
敬 仰，
（出双赞美指）
哪 有（呃）个 徇 私 情
卖 法 贪

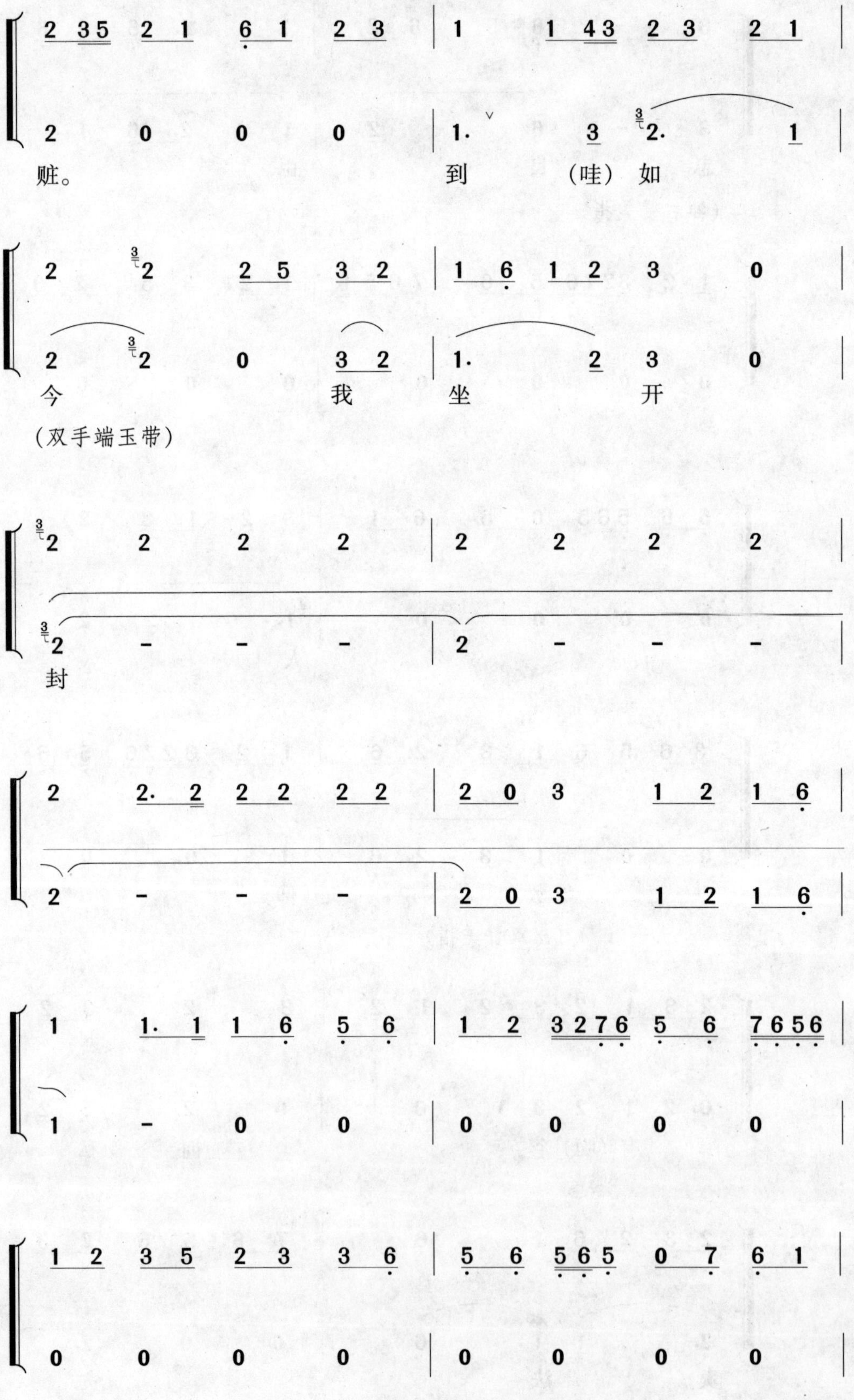
赃。
到
（哇）
如
今
我
坐
开
（双手端玉带）
封

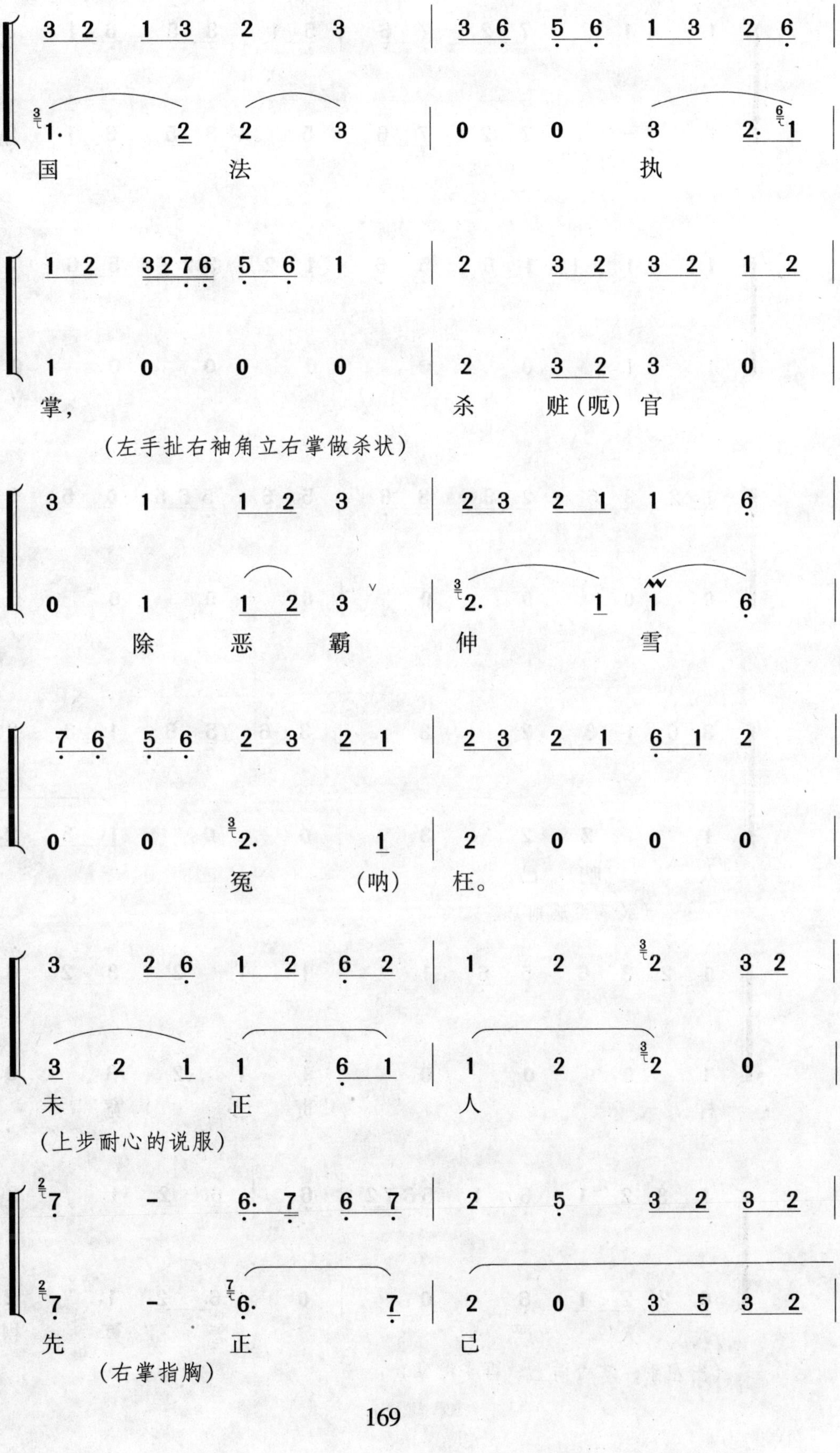
国 法 执
掌，
杀 赃（呃）官
（左手扯右袖角立右掌做杀状）
除 恶 霸 伸 雪
冤 （呐） 枉。
未 正 人
（上步耐心的说服）
先 正 己
（右掌指胸）

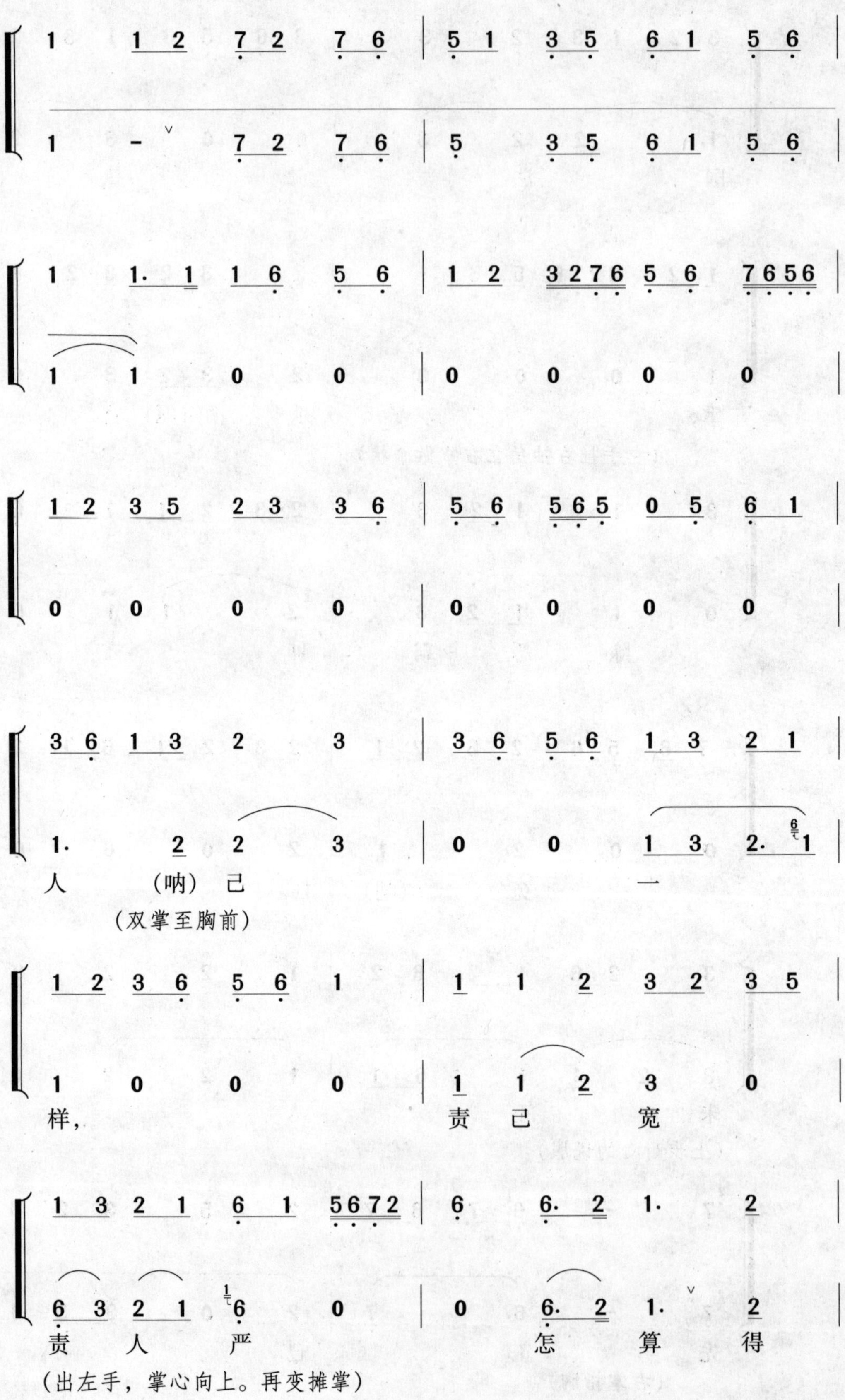
人 (呐) 己 一
(双掌至胸前)
样，
责 己 宽
责 人 严 怎 算 得
(出左手，掌心向上。再变摊掌)

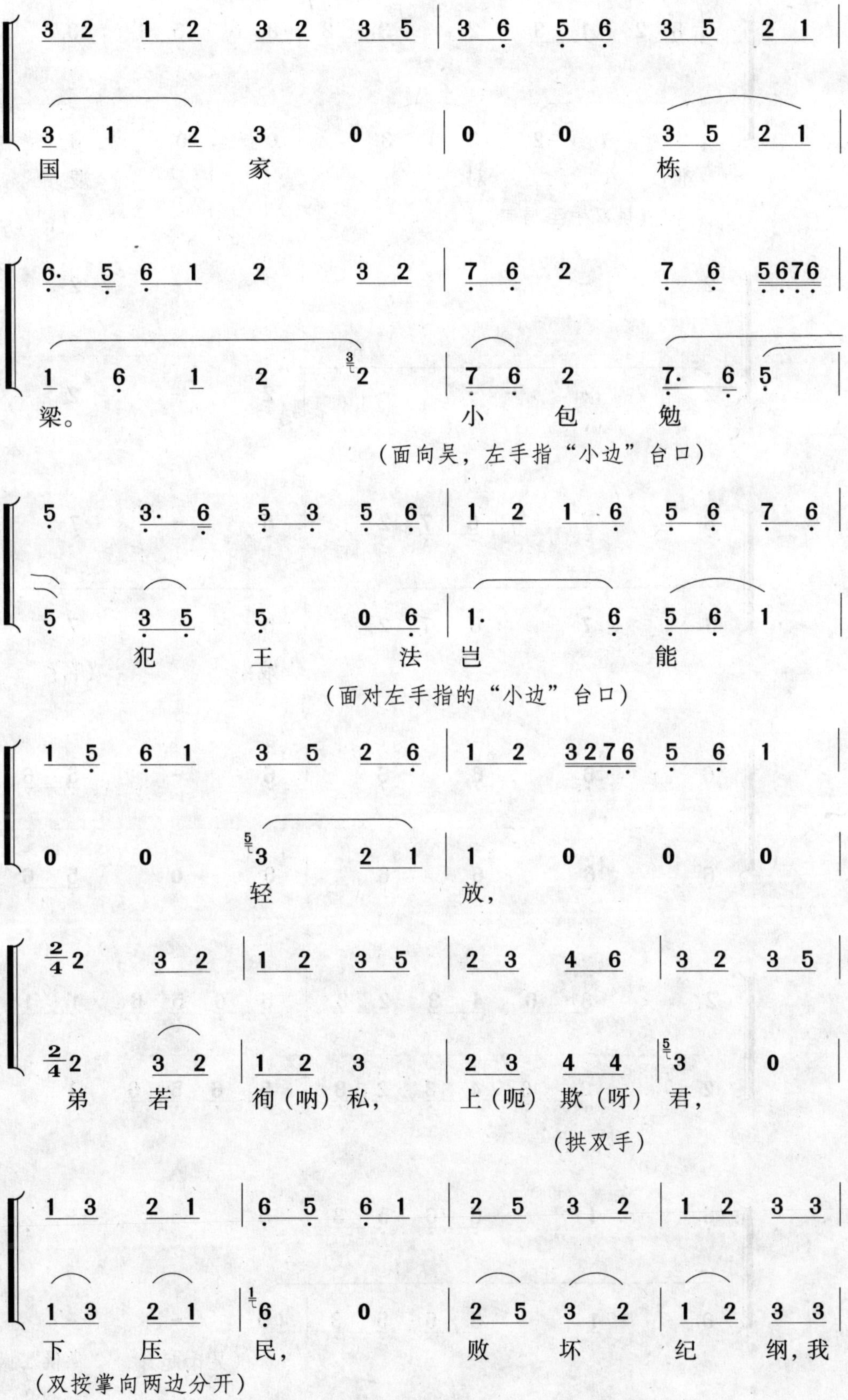
国 家 栋
梁。 小 包 勉
(面向吴，左手指“小边”台口)
犯 王 法 岂 能
(面对左手指的“小边”台口)
轻 放，
弟 若 徇(呐)私， 上(呃) 欺(呀) 君，
(拱双手)
下 压 民， 败 坏 纪 纲，我
(双按掌向两边分开)

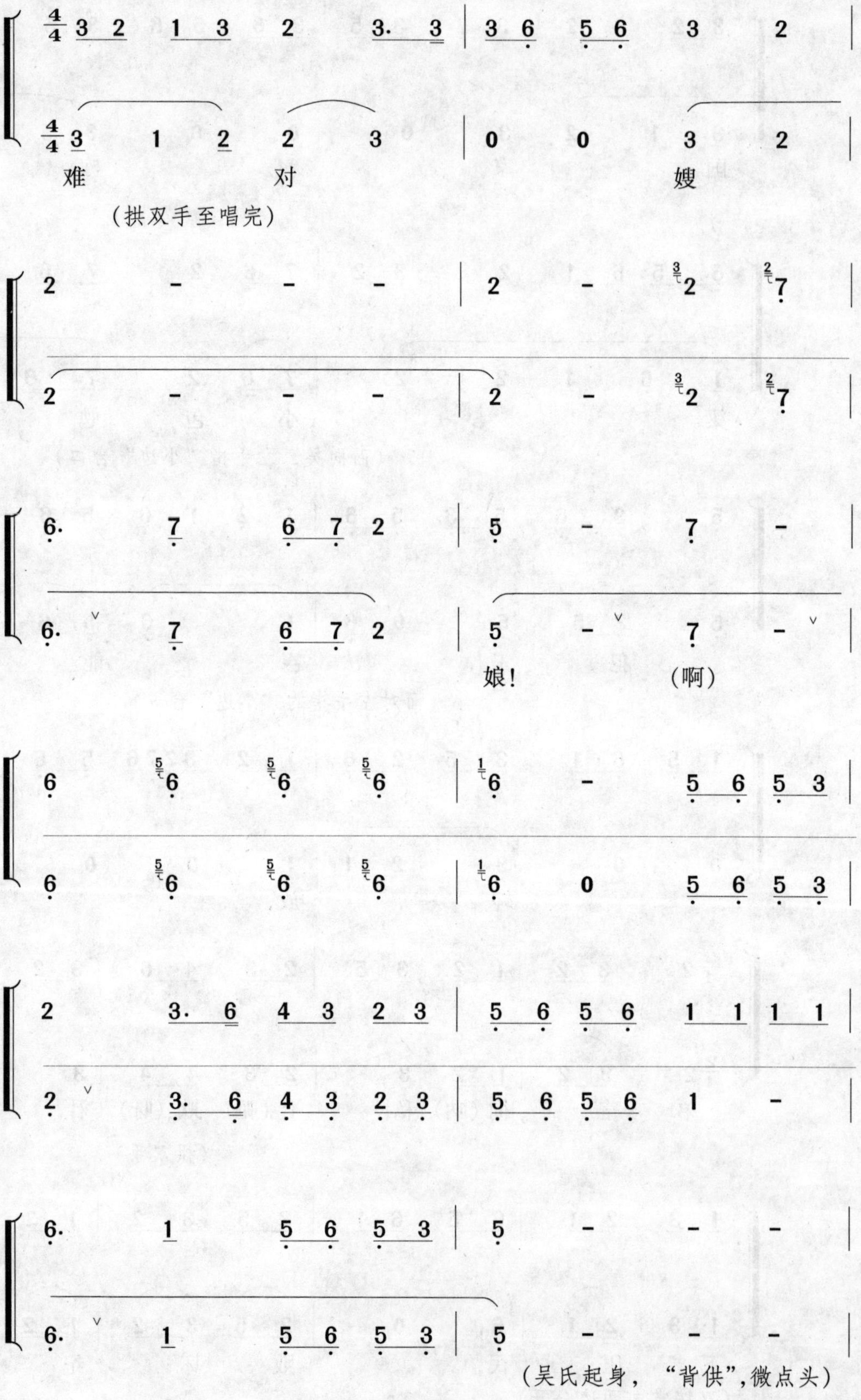
难
对
嫂
(拱双手至唱完)
娘!
(啊)
(吴氏起身，“背供”,微点头)

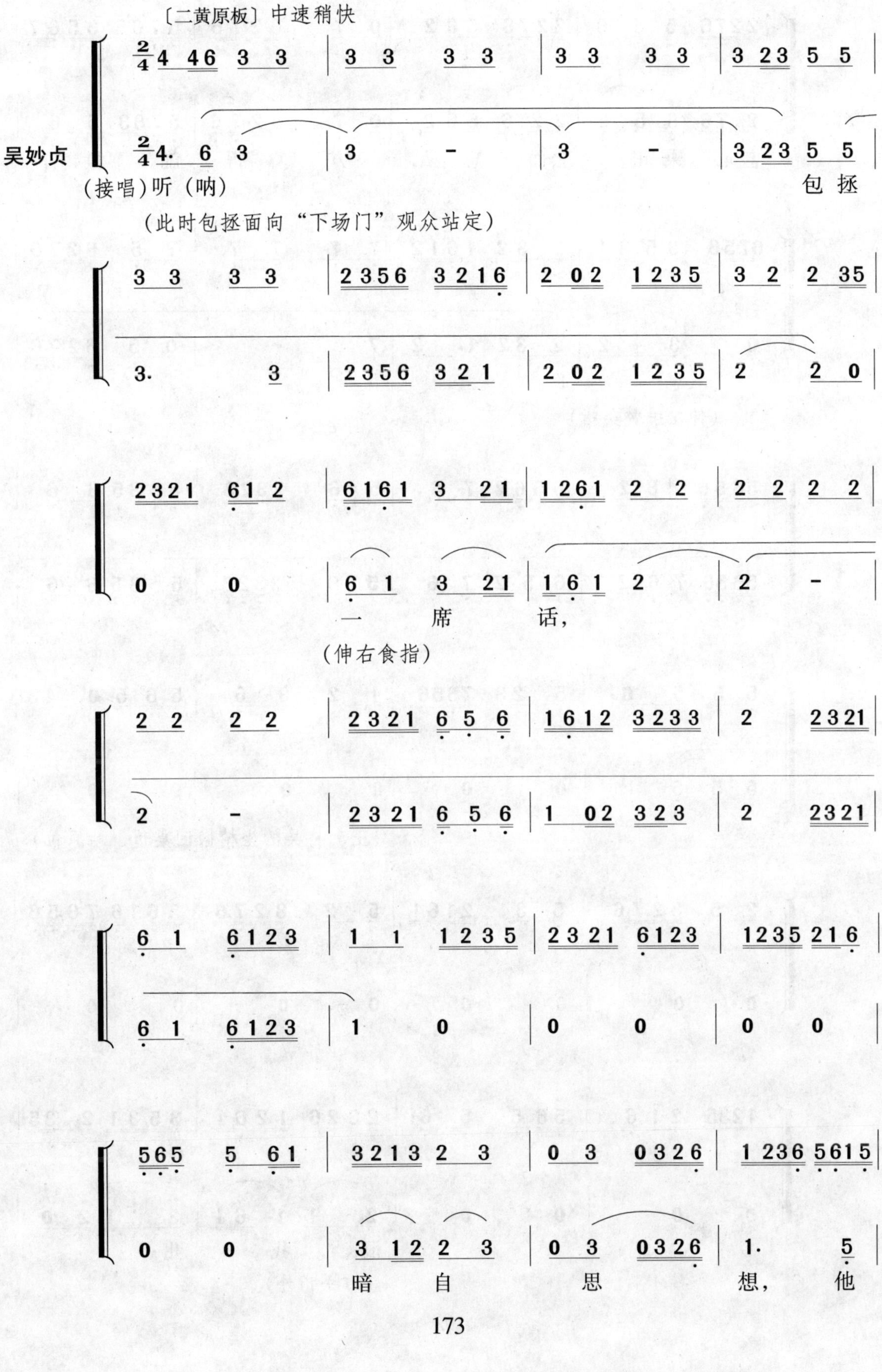
〔二黄原板〕中速稍快
吴妙贞
(接唱)听(呐)
包拯
(此时包拯面向“下场门”观众站定)
一 席 话,
(伸右食指)
暗 自 思 想,他

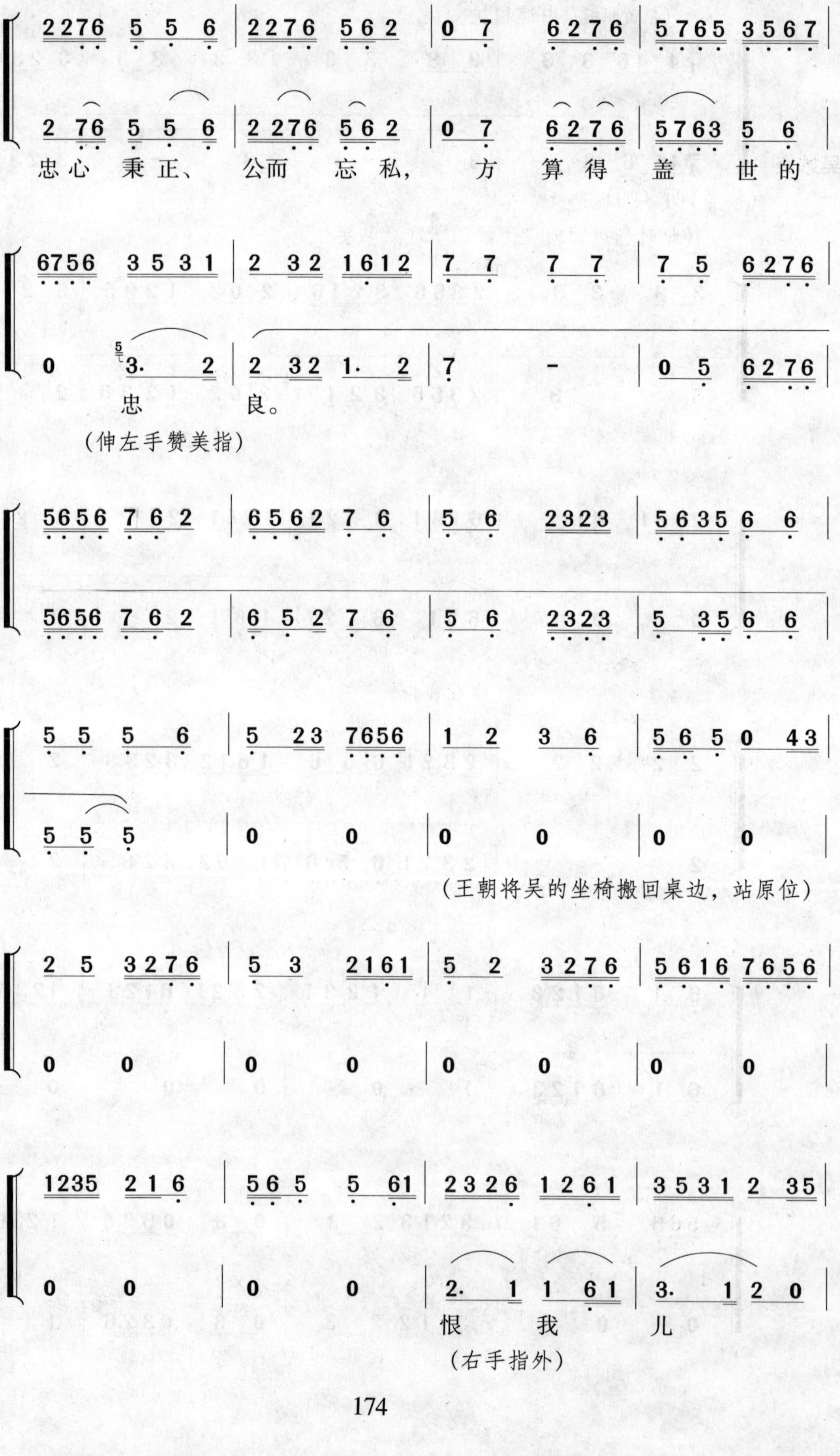
忠心秉正、公而忘私，方算得盖世的
忠良。
（伸左手赞美指）
（王朝将吴的坐椅搬回桌边，站原位）
恨我儿
（右手指外）

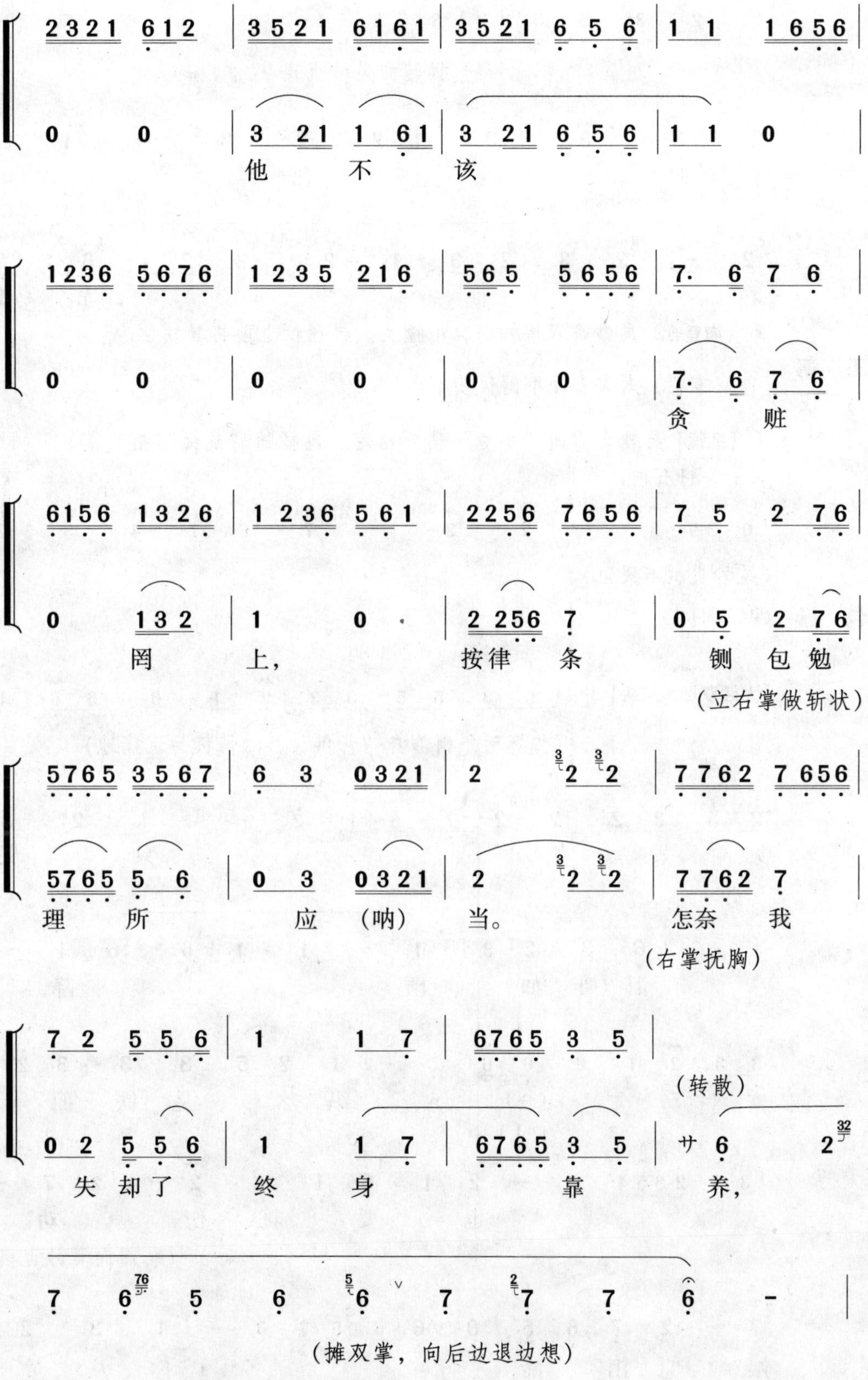

（夹白）罢！【大锣双槌凤点头】（抖袖）

サ（2. 3 5 5 3 3 2. 1 6 6 6 5 - ）2
倒

（包拯转向吴妙贞）

2 3 3 3 1 2 2 3 - （1 2 3）
不 如 我 碰 死

2 - 2. 3 2 3 1 2 3 2 1 6 1 2 - ‖
在 赤 桑！

〔（崩登仓）吴妙贞双握袖向台中撞头。包拯忙上前将其扶住。

王 朝
马 汉（伸双掌拦）太夫人使不得！使不得！

〔【乱锤】吴妙贞面向“小边”朝外站定。包拯随“乱锤”拍双掌、“摊掌”、抖双手、抖右袖，锣止。

（0 3 2 - 2 2 - 7 6 7 4 3 2 - ）

（吴妙贞拭泪哭泣）

包 拯 嫂娘啊！

〔二黄散板〕

【大锣双楗凤点头】サ（2. 3 5 5 3 3 2. 1 6 6 6 5 - ）

（包拯面外稍侧身“背供”，心情极为沉痛地）

慢速、深沉地

2 5 3 2 2 2（7 6 1 2 - ） 1. 2 3 2
见 嫂 娘 只 哭 得

2 - ）6 3 2（3） 1 - 1 1. 6 6 1 - （1. 2
泪（呀）如 雨 降，

3 3 2. 1 6 6 6 5 - ）3 2 5 3 3 3 2 2 3.
（仓） 纵 然 是 铁 面 人

（3 5 2 3 5 4 3 - ）2 1 6 1 2 2 - （2）7 - 6 2
也 要 心 伤。 劝 嫂

（转面向吴妙贞拱手）

7 - 2 7 6 5. 3 6（6 5 7 6 - ）1 3 2 - 2
娘 息 泪 啼， 你 从 宽

（上前伸右掌抚慰吴

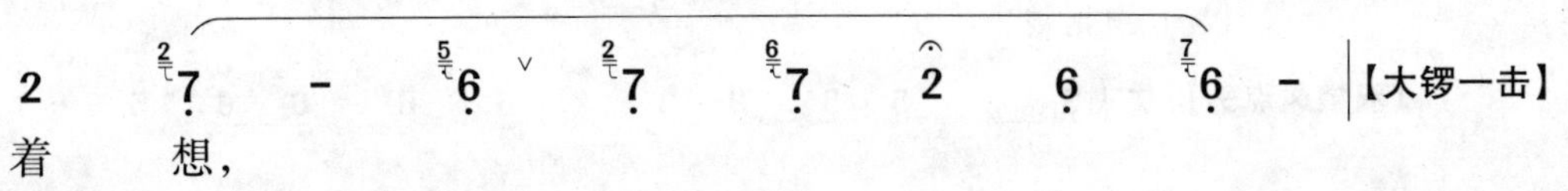

妙贞）

吴妙贞 儿……喏！…… （拉袖拭泪）

包 拯 （转向“大边”站的马汉）孝巾伺候！

马 汉 是。

（音乐随锣鼓慢奏）

〔在锣鼓音乐中马汉“下场门”取托盘，盘上横搭着白绸条，包拯转身看吴妙贞。包左转身接马汉递过的托盘孝巾，转向台外方向看盘中孝巾，（转**【慢长锤】**）走至吴面前。曲止。

包 拯 嫂娘啊！**【大锣夺头】**（向吴躬身，起身上右步）

〔散板〕

【双楗凤点头】 サ（2. 3 5 5 3 3 2. 1 6 6 6 5 — — — ）

3 3 1 2 1. 3 2 1 1 — 6. 2 1. 1 2
今 日 事 望（呃）嫂 娘 将 弟 宽

1.（ 6 7 6 1 — ） 3 3 3 1 1 2 3（6 1 2
放， （仓） 我 还 要 去 陈（呐）州

3 — ） 3 2 2 3 2 1 6 1 2 2 —
赈 济 灾 荒。

（右手托孝巾盘，按左掌做扶民状）

〔行弦〕

仓 大（3 ‖: 2. 1 6 1 | 2 3 4 3 | 2 1 6 1 | 2. 3 ）:‖

（白）嫂娘，宽恕小弟吧！

「包拯边说边向吴施礼，音乐收住，起【纽丝】包拯左回身，马汉接过其手中的托盘和孝巾"下场门"送下，复上站原位。包拯背向台口站定。

「吴氏退两步，被包拯说动，上步"背供"。

〔二黄散板〕

吴妙贞 サ（2. 3 5 5 3 3 2. 1 6 6 6 5 — — — ）2 5
小 包

5 3. 5 2 2（5 6 1 2 — ） 3 2 1 1 6（6
拯 他 把 那

5 7 6 — ） 3 2 2 2 1. 2 2. 6 1 6. 1 2 2
赔 情 的 话

1 2 1 2 1 6 1（1. 2 3 3 2 1 6 5 — ）2 7 6
讲， （啊 呃） （仓） 句 句

5 6 5 6 1 7（6 5 3 5 6 7 — ） 3 7 6 3 5 3
话 感 肺 腑（哇） 动 人

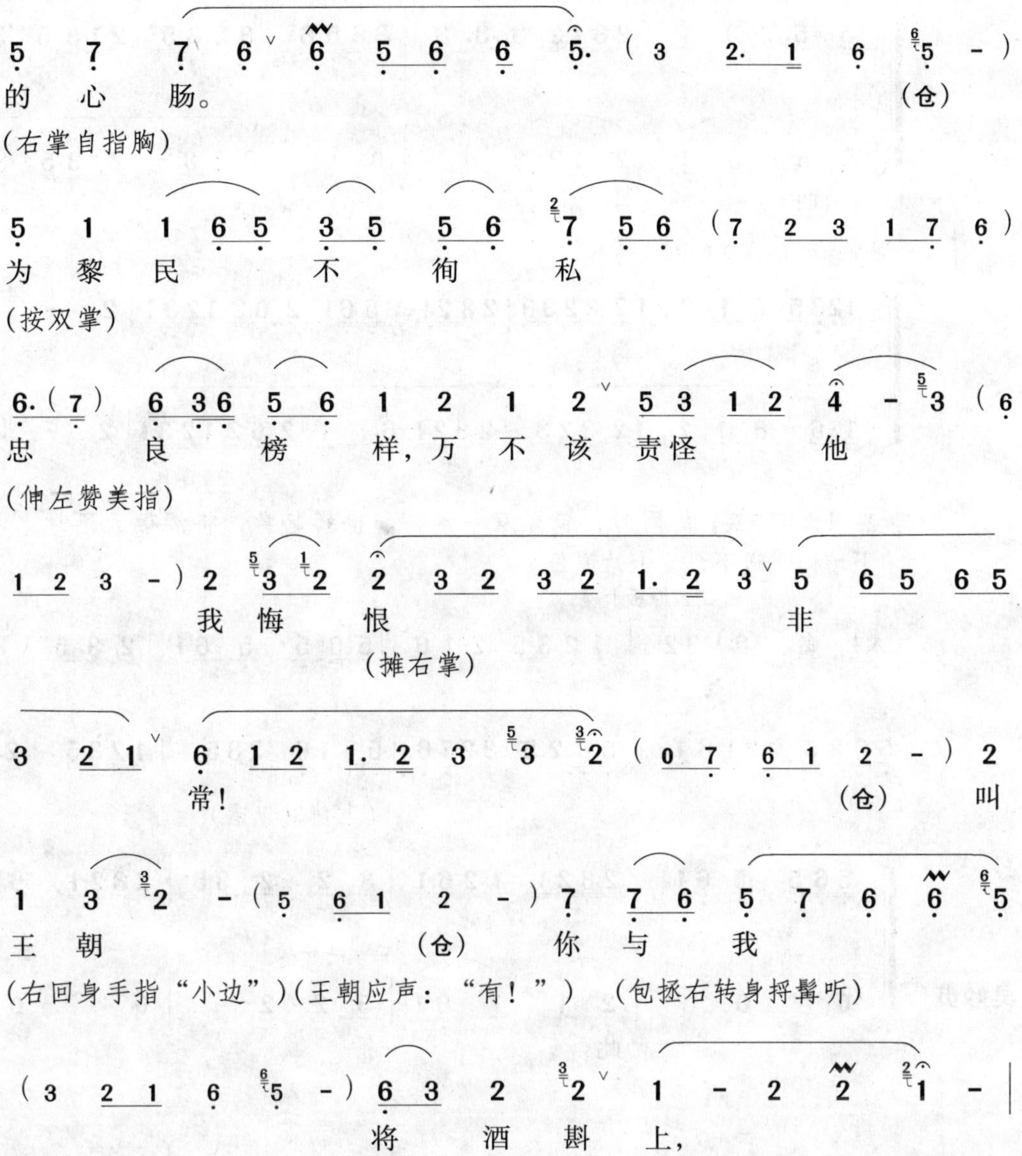

王 朝 是！

〖**【散长锤】**“上场门”取酒具、斟酒，送交吴妙贞。锣鼓转快后切住。叔、嫂二人同至台中。**【单楗慢打大锣一击】**吴双手执杯向包敬酒。包拯立双掌挡，退两步。向前，右、左、右上三步，上左脚踢蟒，左手抓蟒，从右至左撤蟒，双手打蟒后片，右腿跪地拱手致谢[①]。

〔二黄三眼板〕

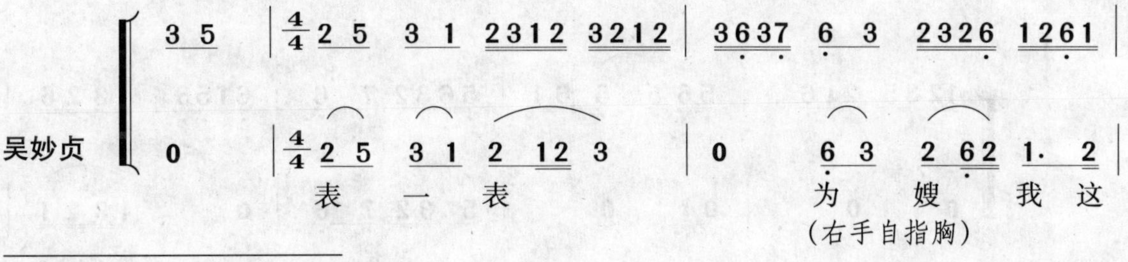

① 以上动作均在“单楗大锣一击”中完成。

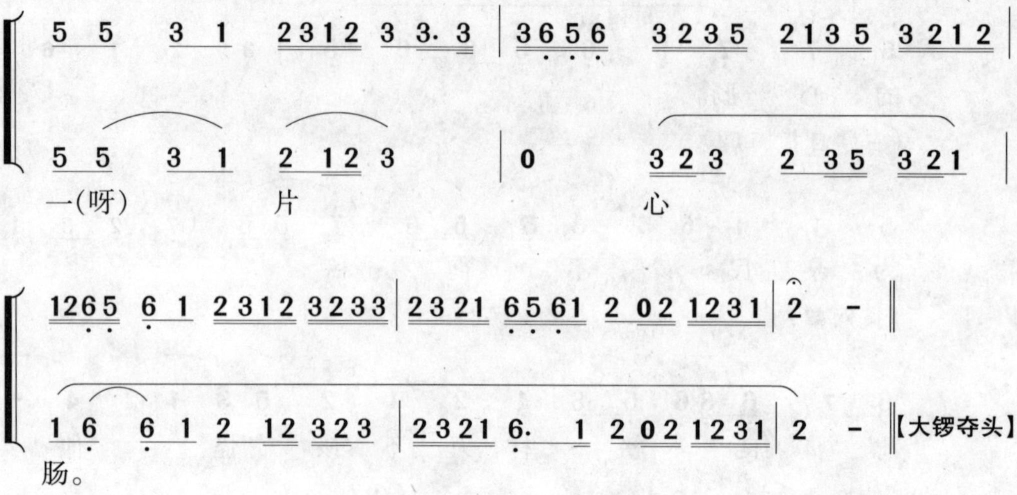

「在【大锣夺头】的同时，包拯双手接杯、撩蟒起身，将酒敬天洒地。马汉接杯“下场门”送下，复上站原位。

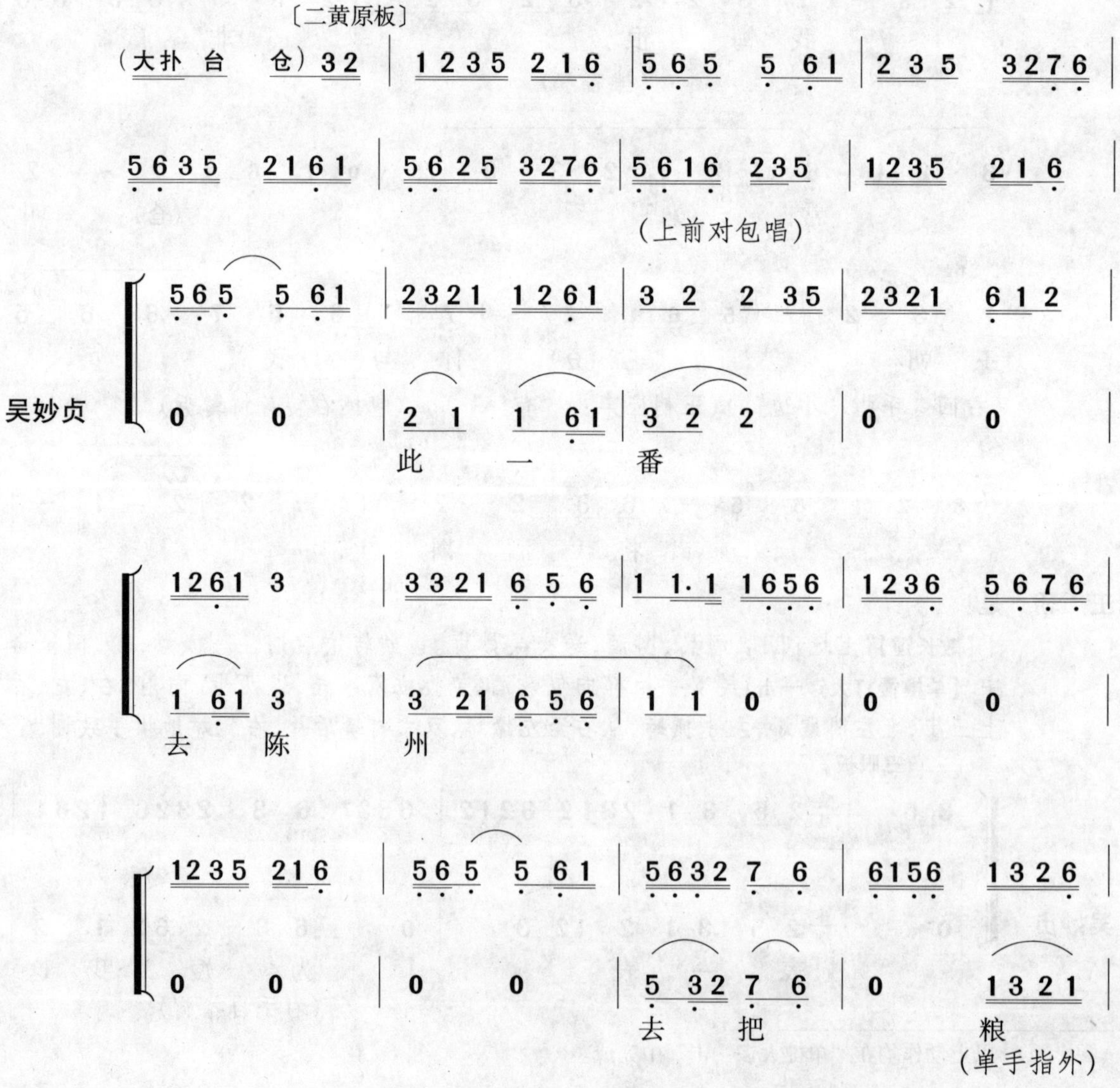

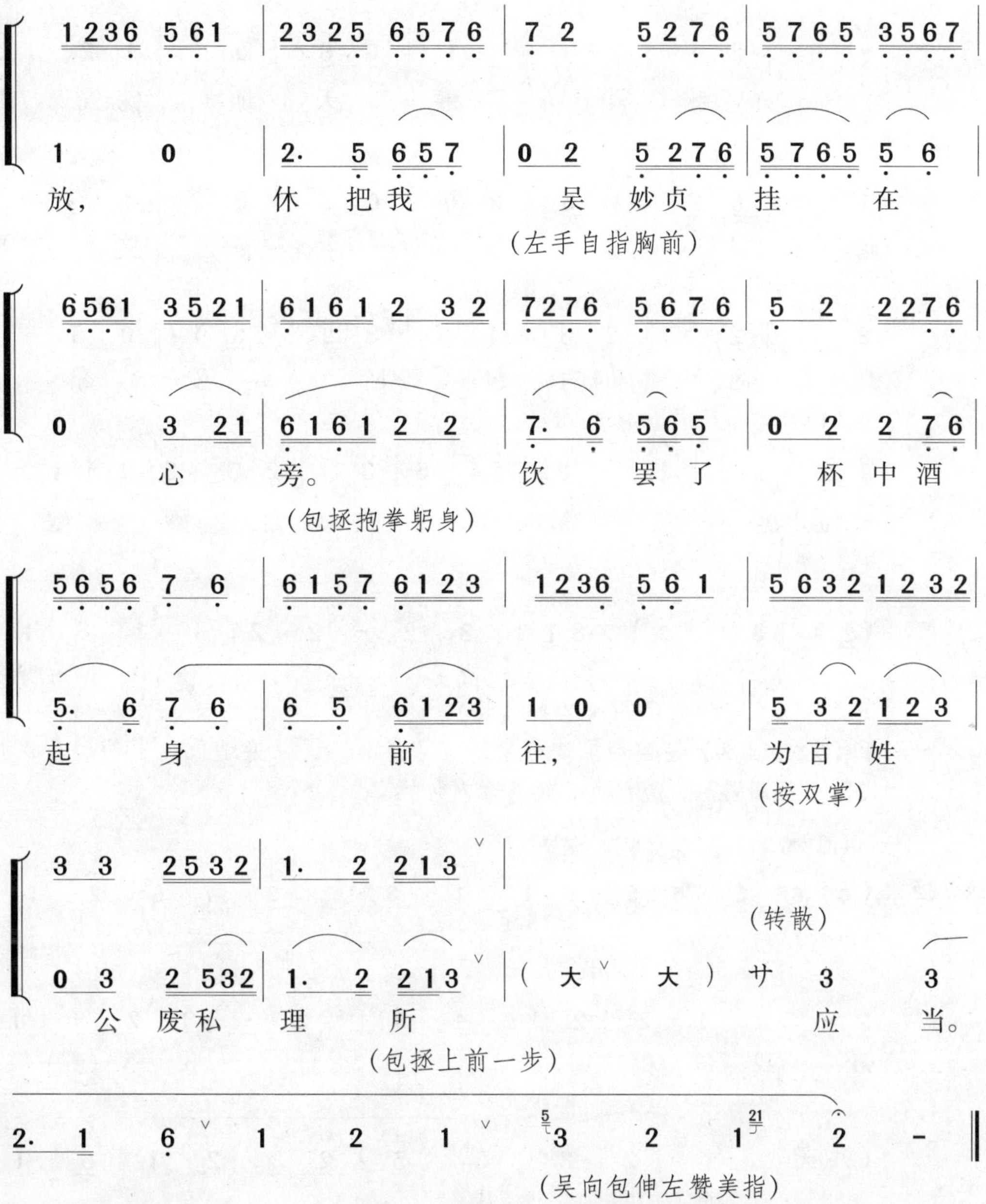

「（**撕边八大仓**）包拯惊喜，左握袖、退左步、右脚在前成丁字步，伸右赞美指。

包　拯　好嫂娘！【**紧锤**】（抖出左袖，右手抓左袖向前上步虚跪右腿向吴行礼。抖双袖起身。锣鼓收住）

〔西皮快板〕

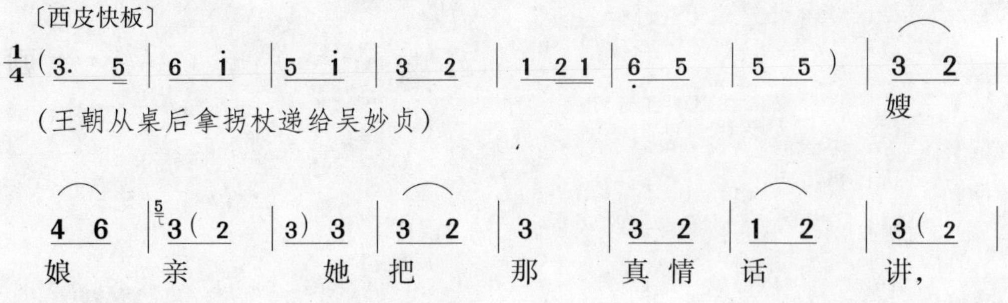

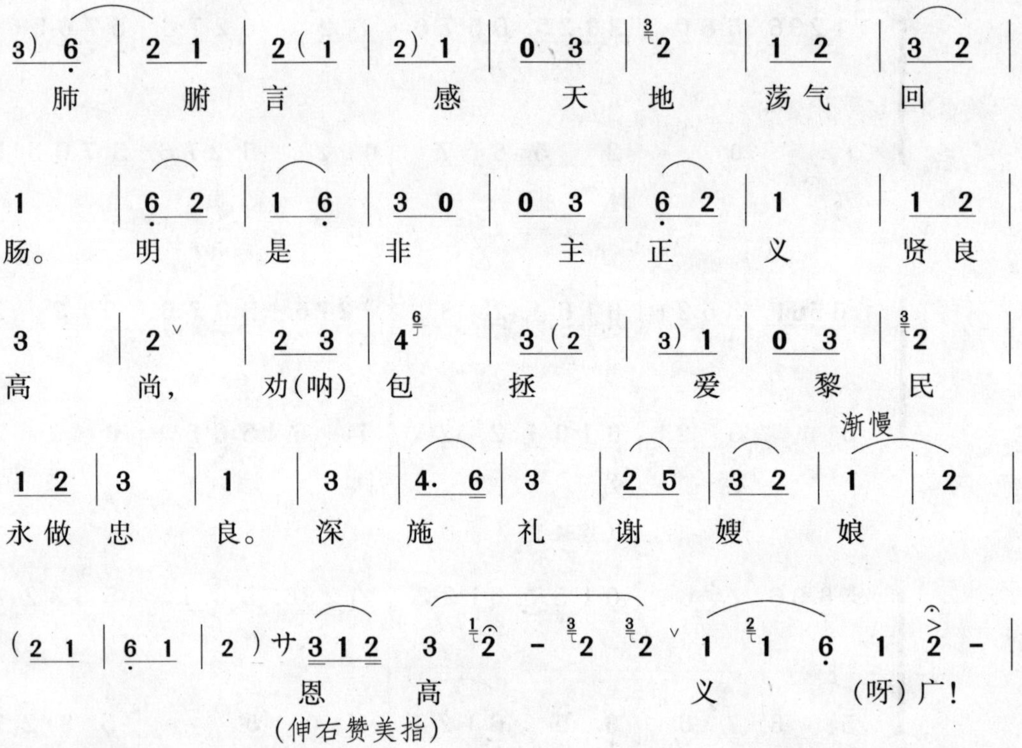

〔【双楗凤点头】包拯走里边与吴妙贞“推磨”，互换地位。王朝、马汉扯“下场门”“斜胡同”。吴妙贞右转身面对包拯。

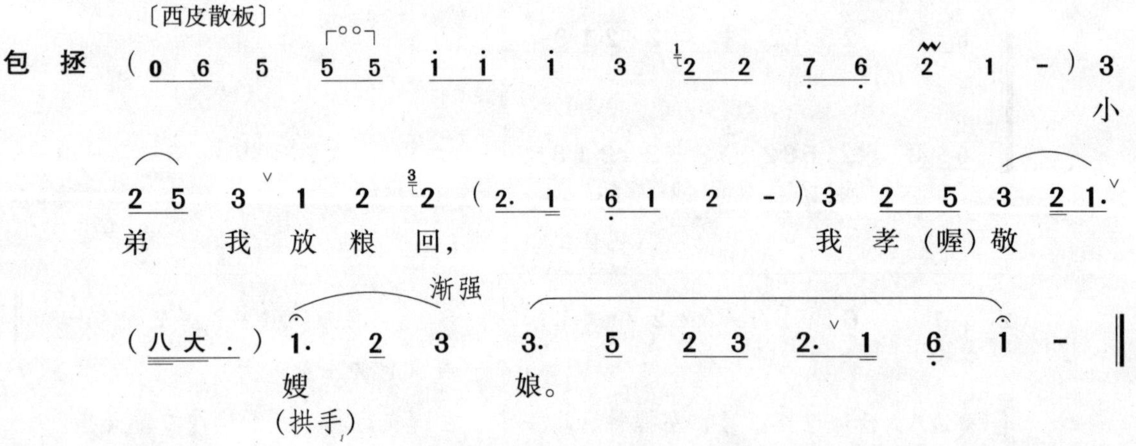

〔奏唢呐曲牌<尾声·末段>包拯向吴妙贞虚跪右腿拜，吴伸手搀，包拯扶吴妙贞“下场门”下。王朝、马汉随下。【大锣原场】

——剧 终

王　硕　整理　　　　蔡国盈　记谱

刺王僚

王泉奎、哈宝山、刘砚亭演出本

春秋时期，吴国吴王死后理应由其子姬光嗣位，但姬僚却仗势自立为王，是为吴王僚。僚心有不安，每日内穿猼猊铠，外罩绣锦袍，以防被刺。姬光（即公子光）为谋复位，收智勇双全的伍员为宾客。伍员荐壮士专诸，定下“鱼肠剑”之计。公子光假意请吴王僚赴宴，专诸假扮厨夫，借献肴之机刺死王僚，专诸就义。公子光遂为王，是为吴王阖闾。事见《左传·昭公二十七年》、《列国演义》第七十三回及《史记·刺客列传》。此戏与《战樊城》、《长亭会》、《文昭关》、《浣纱记》、《鱼肠剑》、《专诸别母》等戏联演，总名为《全部伍子胥》，又名《鼎盛春秋》。《刺王僚》一出亦可单折演出，以净行中的铜锤为主。

《刺王僚》是王泉奎先生的代表作之一。王泉奎（1911—1987），北京人，回族，是20世纪30年代红透京城的名净。彼时，花脸三山（何桂山、穆凤山、金秀山）早已谢世，金少山远在申城，裘盛戎还未走红，京城以架子花郝寿臣、侯喜瑞争雄于各大戏院，王泉奎则以其独具的带金属音的嗓子一鸣惊人，脱颖而出，尤以扮演《刺王僚》中的吴王僚最具特色。《刺王僚》的演出虽只有三十几分钟，但吴王僚一角却最难把握，演员不仅要有一条好嗓子，台上还要有“份儿”。没有嗓子唱不下来，没有“份儿”表达不出人物的霸气。以上两个条件王泉奎兼而有之，所以这出戏对他来说可谓得心应手，因之常演不衰。

在《刺王僚》这出戏中，吴王僚的扮相与众不同。他头戴草王盔、插翎尾，脸上勾油黄老三块瓦谱式，挂黪满髯口，身穿黄蟒，围玉带，挎宝剑，完全是一副威武的帝王样。王泉奎的吴王僚随【四击头】出场，脚沉步稳，威严地走至台口，念引子“大地山河，图霸业，一统吴国”，前四个字字音平出，“霸”字双唇用力然后用张嘴音念得响堂，“业”字用齿音念得狠，“一统”二字扬起，紧跟着“吴”字用鼻音，“国”字喷薄而出，极有气势。只这一个引子就把吴王僚的身份、性格表现了出来，获得满堂彩。

当然，这出戏的艺术亮点还是那段脍炙人口的“列国之中干戈厚”。这段唱由〔西皮导板〕起，转〔原板〕、〔二六〕，再转〔快板〕，计一十六句。在这段唱中王泉奎从刻画人物出发，始终遵循以情带腔、因腔传情的规律。如〔导板〕中的前四个字“列国之中”，开口就是拔地而起的高音，这种唱法气魄大，表现了吴王僚傲视一切的心态。〔原板〕中“弑君不啻”的“啻”字，用舌抵上膛，衬一个“呀”字，再走高音。后面“虽然是弟兄们”的“们”字走鼻音，拉三板，听起来韵味淳厚。转〔二六〕的“真少有”三个字，在“少”和“有”之间用休止符，既俏皮又受听。后面的几句〔快板〕唱得珠走玉盘，爽脆有口劲。最后三字“解根由”的“根”字走鼻腔共鸣，转两个小腔后，“由”字归韵，干干净净地收住。这段唱腔充分展示出人物的个性，更体现了王泉奎唇、齿、喉、舌、鼻处处通畅的演唱造诣。

由于王泉奎的《刺王僚》广受戏迷观众好评，有时一晚要演出两场，往往是在谭富英的班里唱完开场又赶到杨宝森那里唱《全部伍子胥》，以《刺王僚》殿后。更有些观众是专门追着听《刺王僚》而来的，足见王泉奎的艺术魅力。

王泉奎的嗓音得天独厚，音质纯正，具有动听的金属音。他初时效仿郎德山，后又宗金秀山，经数载磨砺，演唱时呈现出简约、工整、流利、圆润的大家风范。可惜，自他之后再未见似他这样的好嗓子，故艺无人继。今由他的孙子王硕将《刺王僚》记录整理，根据的是当年王泉奎、哈宝山（饰伍员）、刘砚亭（饰专诸）的演出本，当时是杭子和司鼓，杨宝忠操琴，亦为一时之盛。

常立胜

人物行当

姬　僚	净	大太监	丑
姬　光	老生	四　将	杂
专　诸	净	四蓝文堂	杂

服装扮相

姬　僚　勾油黄老三块瓦。网子、水纱、草王盔、翎尾、髟满，黄蟒、玉带，红彩裤，厚底靴。

姬　光　俊扮。金大镫、黑三，红蟒、玉带，红彩裤，厚底靴。

专　诸　勾紫三块瓦。梢子帽、黑满，侉衣，白腰包、大带，黑彩裤，厚底靴。

大太监　太监帽，太监衣，红彩裤，薄底靴。

四　将　分扎红、白、蓝、紫靠，红彩裤，厚底靴。

四蓝文堂　素脸。小板儿巾，蓝龙套衣，彩裤，薄底。

道具

马鞭	五根	酒壶酒杯	各两个
鱼盘	一个	短剑	一把
宝剑	一把		

第 一 场

「【大锣原场】四蓝文堂、四将“站门”上。

「【四击头】姬僚上，亮相，【大锣原场】抖袖、整冠、捋髯，走至台口。【大锣归位】

姬 僚 （念引子）

大地山河，【小锣二击】图霸业，（大大）5 3· 2 1 2 3 2 3 2· 6 7· 7 6 - ‖

一 统 吴 （啊）国。

「【大锣原场】姬僚转身归“大座”，四将、四文堂归里。【大锣归位】

姬 僚 （念诗）忆昔当年立帝基，

附庸之土地无余；【小锣二击】

开疆占土立大业，

列国不敢兴兵机。【大锣归位】

孤，【大锣一击】姬僚。【住头】占据东海之地，国富兵强。只因御弟姬光有帖到来，请孤赴鱼肠大会，为此内穿狻猊铠①，外罩锦袍，提防不测。众位将军——

四 将 在。

姬 僚 人马可曾齐备？

四 将 俱已齐备。

姬 僚 起驾秦霄府。

四 将 起驾秦霄府。

「【大锣长尖】四文堂“合龙口”，姬僚及四将上马。奏唢呐曲牌<小朱奴儿>，四文堂、四将“插门”下。【大锣原场】姬僚下。

第 二 场

「【大锣原场】姬光上、走至台口。【大锣归位】

姬 光 （念）妙计巧安排，王僚剑下埋。

「【冲头】姬光转身归“小座”，大太监上，进门站“小边”。

大太监 大王到。

姬 光 有请。

「奏唢呐曲牌<小傍妆台>，姬光出迎、站“大边”台口，四蓝文堂、四将“一条边”上，姬僚上、至“小边”台口。

姬 光 啊兄王。【撕边一击】

「姬僚及众将下马，众“挖门”进，姬僚归“小座”、姬光站“大边”，曲牌止。

姬 光 兄王请上，待弟大礼参拜。

---

① 狻猊铠：狻猊，兽名。古代铠甲多用其图象为饰。

姬　僚　生受你了。

「奏唢呐曲牌<小傍妆台>，姬光参拜、站“大边”，曲牌止。

姬　僚　御弟相邀，有何见谕？

姬　光　弟在钱塘得来几尾鲜鱼，请兄到此，共享此味。

姬　僚　到此就要叨扰。

姬　光　酒宴摆下。

「奏唢呐曲牌<小傍妆台>，姬僚、姬光至台口，抖袖、整冠，姬僚转身归“大座”，姬光坐“大边”跨椅，曲牌止。

姬　僚　众将官！

四　将　在。

姬　僚　两厢搜来。

「**【急急风】**四将两边搜查，**【快冲头】**四将在台口站“横一字”。**【大锣叫头】**

四　将　哈哈，哈哈，啊哈哈哈……

「**【快冲头】**四将分归两边，虎视而立。

姬　光　啊兄王，这是何意？

姬　僚　御弟哪里知道，列国之中人心难测，兄不得**【大锣一击】**不疑！

〔西皮导板〕

【大锣导板头】（3. 5　6 6　6 2̇　7 6　5 5　1̇ 1̇　1̇ 1̇　3　2. 3

5 5　2 1　1 2　1 1）353　3　5　3　-　3　2 1

列　国　之　中（呃）

（2　1 1）2　-　3 2　3　2 3　2　1　1　2　-

干　戈　厚，

「**【大锣长尖】**大太监斟酒，姬僚姬光相敬而饮。

〔原板〕

【大锣四击头撕边】　仓大　0 1 | 2 1　6121 | 2 1　1 2 | 3 5　6535 |

2 5　5532 | 1235　6535 | 2165　3212 | 6125　3612 |

1 6　3 46 | 3246　3536 | 3523　5·236 | 3532 123 |

0　3246 | 3 45　3 | 3 23　5·2 3 | 0　0 |

弑君　不啻（呀）

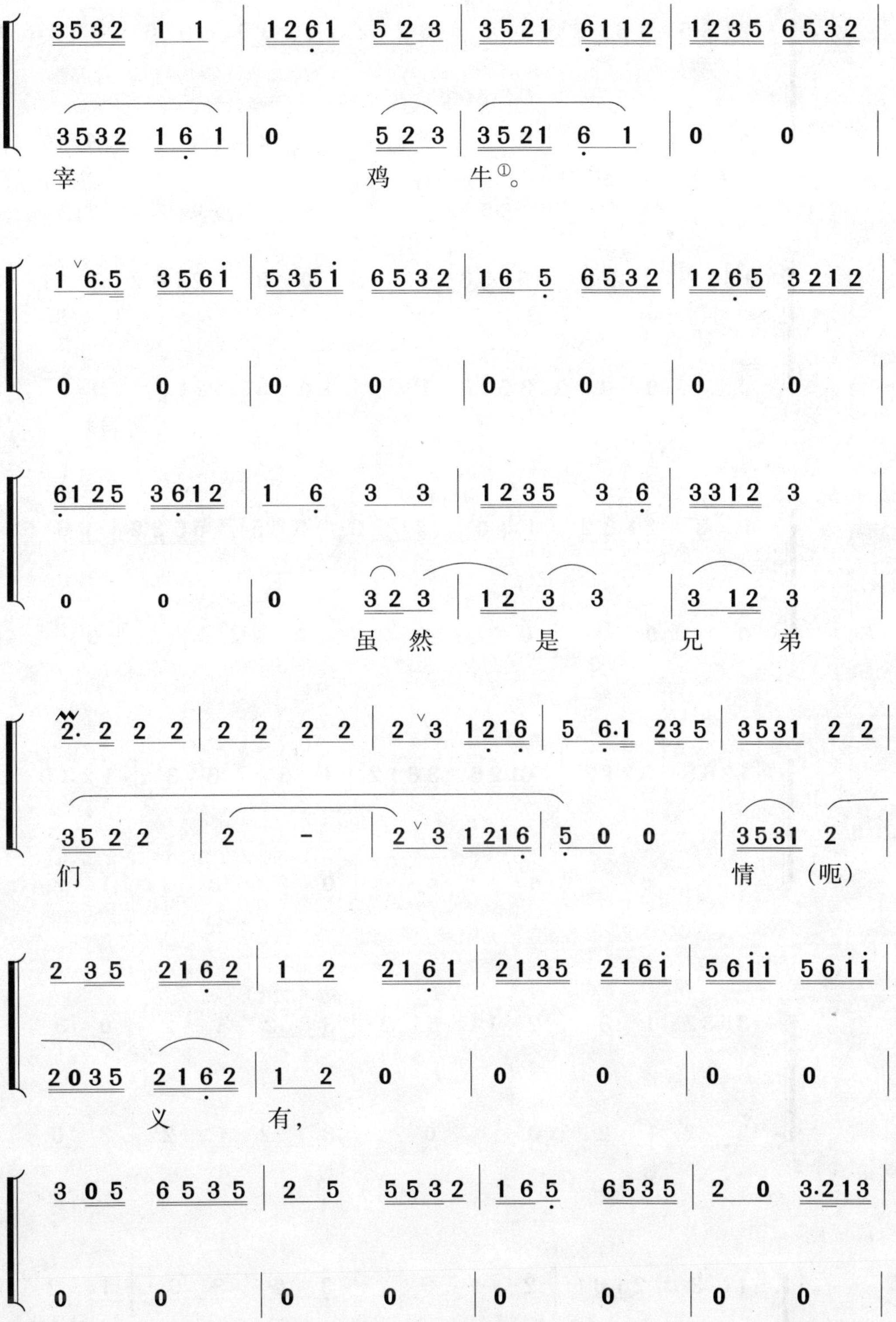

① 弑君不啻宰鸡牛：啻，读chì（赤），作不异于解。因字形上有“帝”字，一些老艺人常错读“帝”音。后有人直接将“啻”字改为“如”字。“如”字上口，则音与“啻”字相近。总之，误读不行，读正音又略嫌冷僻，改为“如”字，不失为可取之法。

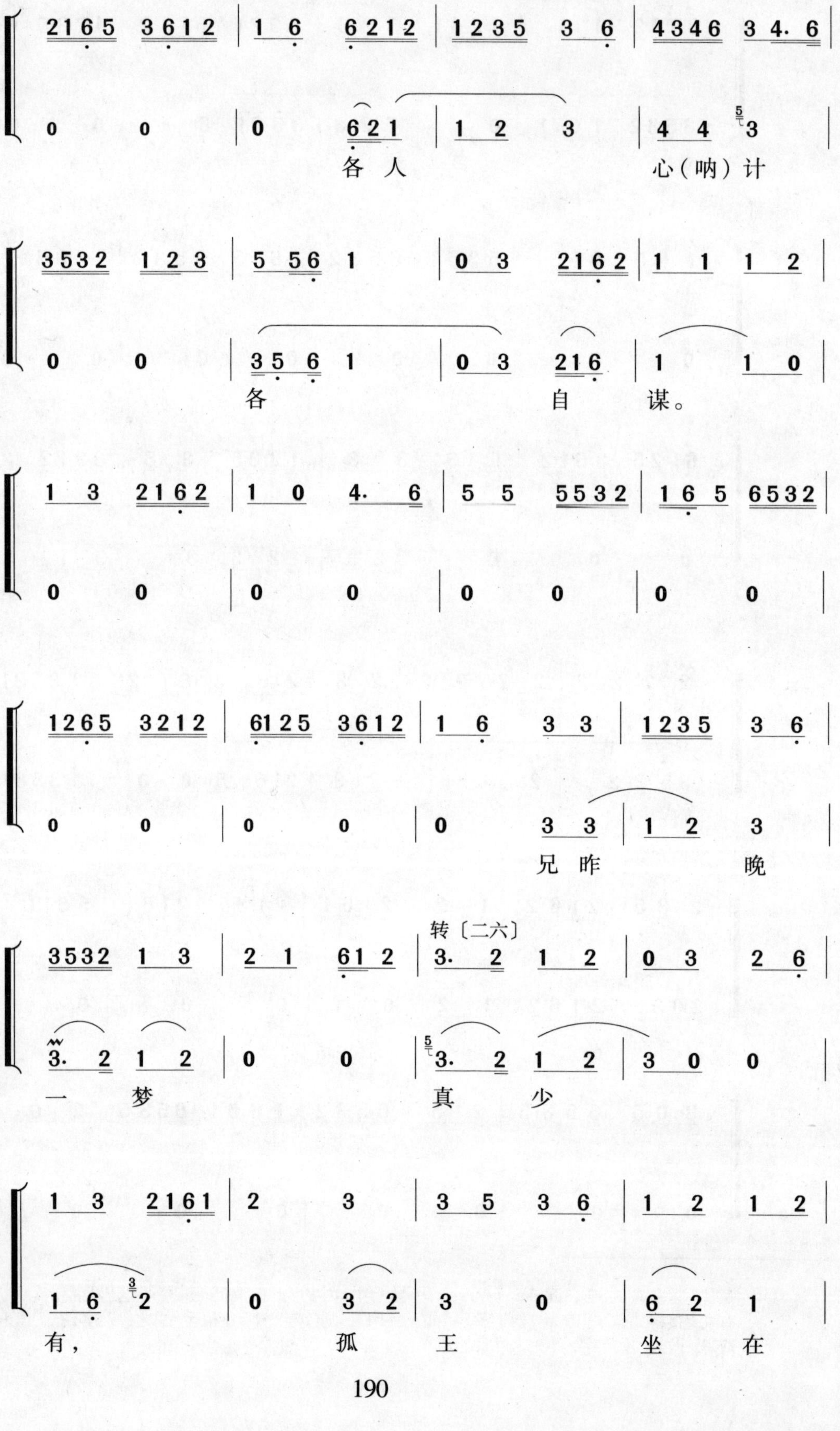
各人
心（呐）计
各
自
谋。
兄昨
晚
转〔二六〕
一
梦
真
少
有，
孤
王
坐
在

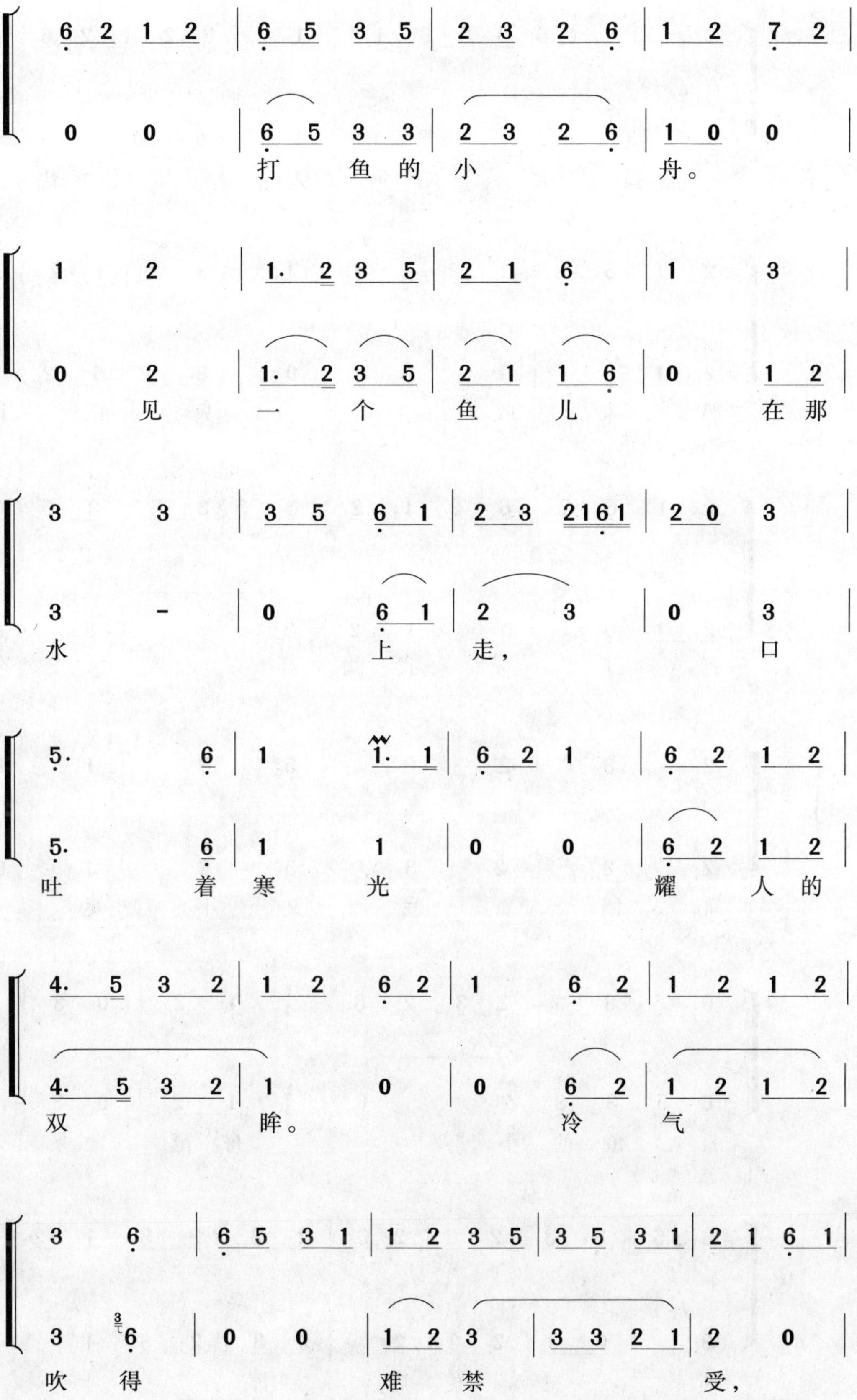
打 鱼 的 小 舟。
见 一 个 鱼 儿 在 那
水 上 走， 口
吐 着 寒 光 耀 人 的
双 眸。 冷 气
吹 得 难 禁 受，

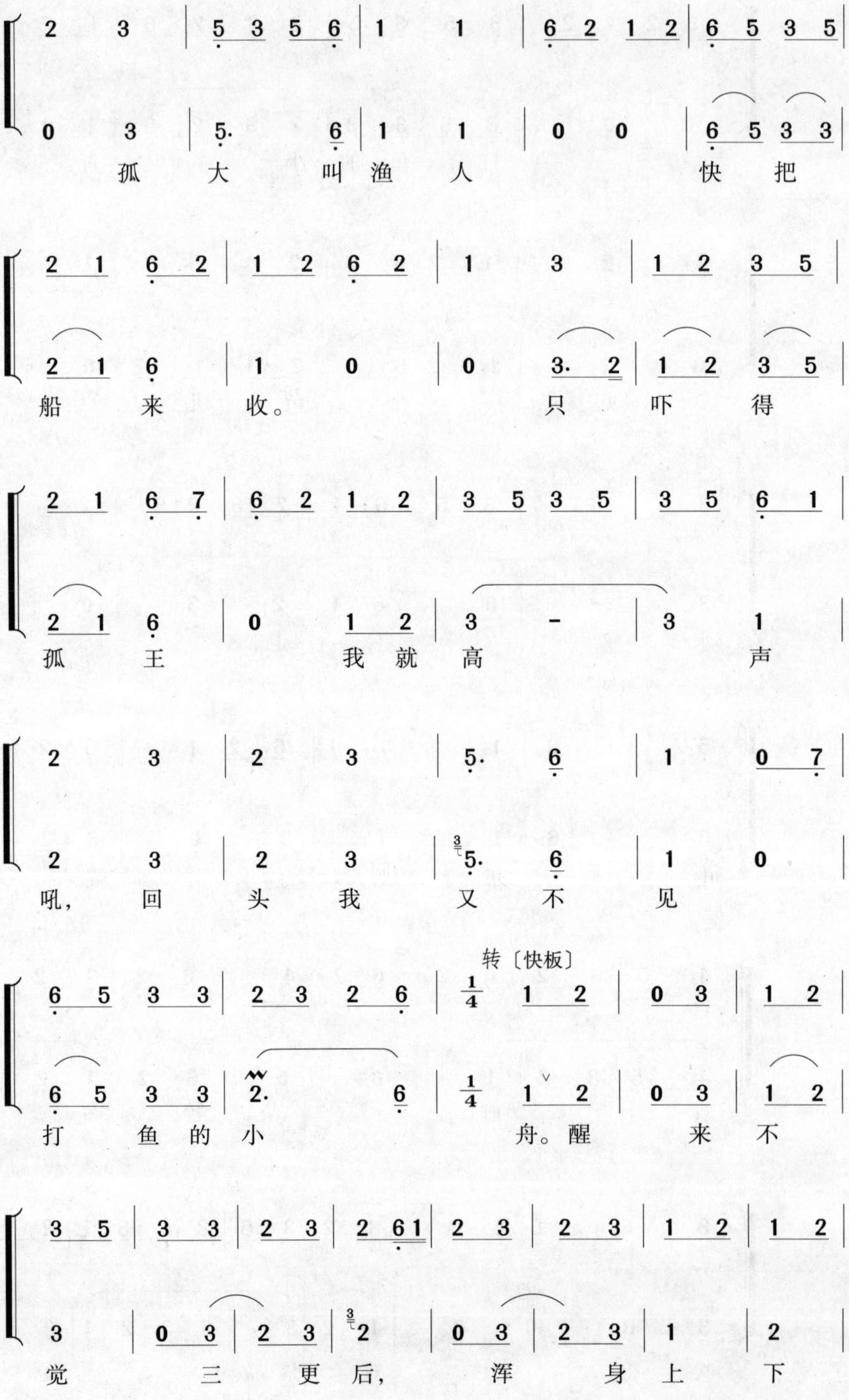
孤大叫渔人快把
船来收。只吓得
孤王我就高声
吼，回头我又不见
转〔快板〕
打鱼的小舟。醒来不
觉三更后，浑身上下

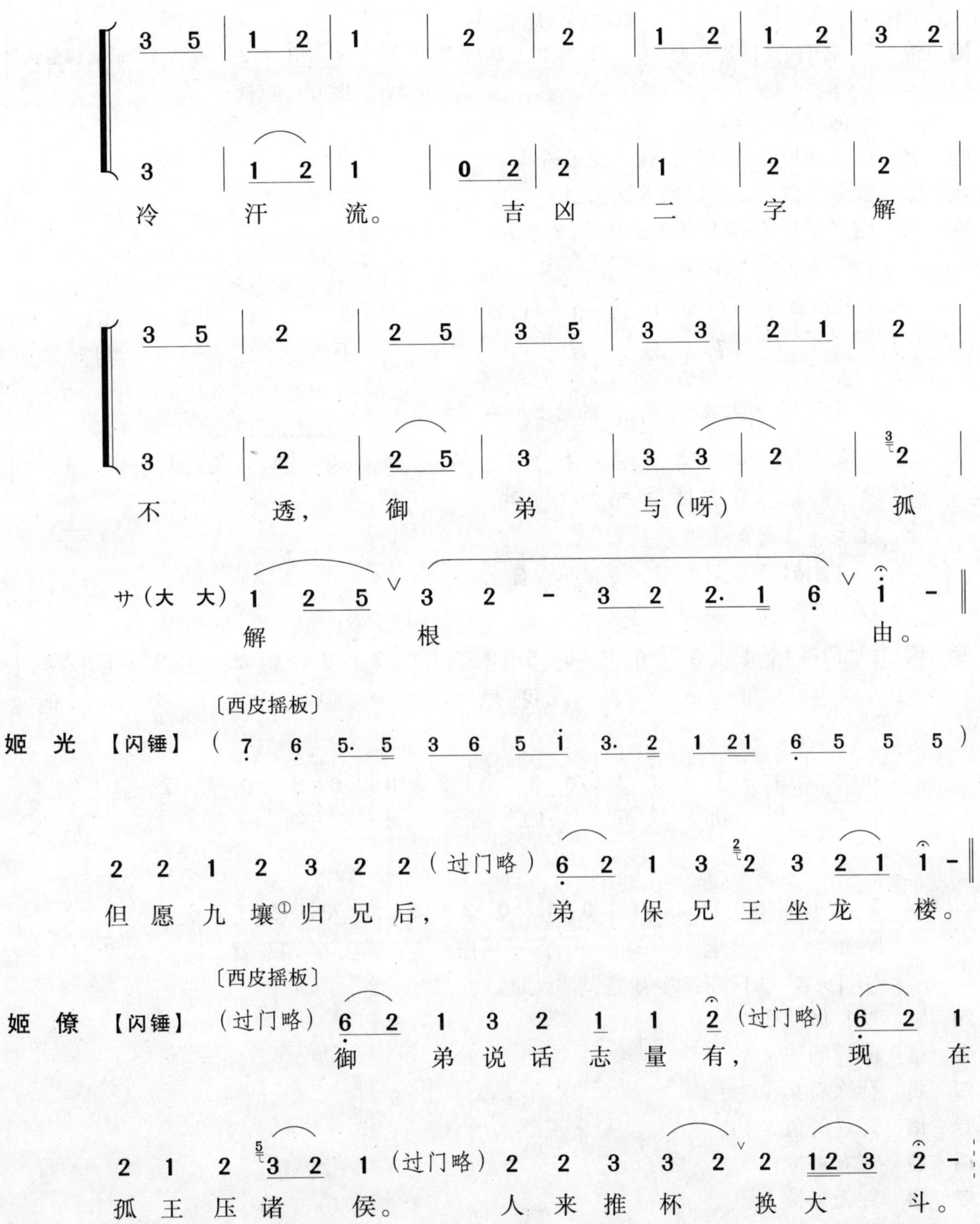

〔【快长锤】大太监换杯、斟酒。姬僚、姬光相敬而饮。【快长锤】切住。

① 九壤：犹九州。《文选·束皙〈补亡诗〉》："恢恢大圜，茫茫九壤。"李善注："九壤，九州也。"姬僚急于"一统山河图霸业"，姬光恭维他"九壤归兄"。

姬　僚　〔亮弦〕【闪锤】(过门略) 6̣ 2　1　3　2 ˇ 3　1　3　2　6̣　1̂ -【大锣住头】‖
御　弟因何脸带　愁？
因何这等模样？

姬　光　弟在钱塘捕鱼时节，腿上受了风寒。

姬　僚　孤命太医调治，后面养病去吧。

姬　光　谢兄王！【闪锤】(离座施礼)

〔西皮摇板〕

(过门略) サ 2　1　3　1　2 ˇ 2　1　3　2̂ -
辞　别　兄　王　下　堂　口，

〔【闪锤】大太监出门下，姬光出门站“大边”台口。

(过门略) 3　2　2　1　1　2 ˇ 4· 5　3　2　1　6̣　1̂ -‖
专　诸　到　此　贼　命　休。

〔专诸幕内白：“走哇！”

〔【紧锤】姬光转身下，专诸托鱼盘上。

〔西皮快板〕

专　诸　(过门略) 1/4 4 | 3 | 0 3 | 0 5 | 3 2 | 1 2 | 3 | 0 2 | 0 3 | 1 | 2 |
姬　光　待　我恩　义　厚，我　今　替　他

0 2 | 3 | 1 | 0 2 | 0 3 | 1 2 | 3 | 0 6̣ | 0 1 | 2 1 | 6̣ 1 |
报　冤　仇。鱼　内　暗　藏　剑　一口，要把

2 2 | 0 3 | 1 2 | 1 | 0 1 | 0 2 | 3 | 2 3 | 2 1 | 6̣ 1 | 2 | 2 |
姬僚　一笔　勾。手　托　鲜鱼　我就往　里走——

〔【大锣一击】〔行弦〕四将归“大边。站“斜一字”。

四　将　呔！做什么的？

专　诸　献肴的。

四　将　什么肴？

专　诸　乃是鲜鱼。

四　将　可有夹带？

专　诸　并无夹带。

四　将　我等要搜！

专　诸　要搜？站定了！

〔西皮快板〕

【闪锤】2 5 | 3 2 | 3 | 0 3 | 0 5 | 3 | 1 2 | 1 |
这　才　是　官　差不　自　由。

2 | 2 | 3 | 3 | 2 ˅ | 2 1 | 2 | 2 |

解 带 脱 衣 请 搜 透——

〔【快长锤】专诸"上场门"下，脱衣帽上，站"小边"台口。【快长锤】切住。两将上前搜专诸。〔行弦〕中两个【大锣一击】

专 诸 可有夹带？

四 将 无有夹带。

专 诸 闪开了！

〔【闪锤】四将退回。

专 诸 2 5 | 3 2 | 3 | 0 1 | 0 2 | 2 | 3 | 1 | 2 5 | 3 |

老 天 爷 助 俺 把 名 留。大 着

3 | 1 2 | サ 2 （过门略） 5 3 2 - 3 2 1. 2 3 3 2 -

胆 儿 朝 上 （呃） 走，

〔【快长锤】专诸进门，站"大边"。【快长锤】切住。专诸往里观望。

〔西皮摇板〕

【闪锤】（过门略） 1 3 2 1 2 ˅ 6 2 1 1 - ‖

见 君 不 敢 强 抬 头。

〔【闪锤】专诸至台中，面向里跪，高举鱼盘。

〔西皮小导板〕

姬 僚 （过门略）サ 3 3 4. 5 3 2 1 2 ˅ 3 4 4 3 -

闻 得 一 阵 香 风 （呃）透，

【大锣一击】（姬僚站起看鱼盘，惊喜）啊！【闪锤】

〔西皮快板〕

1/4 3 2 | 3 | 0 3 | 0 1 | 2 | 3 | 1 | 1 | 2 | 3 | 1 2 | 2 | ˅ 3 2 2【快扫头】‖

只 见 鱼 儿 在 当 头。快 快 拿 来 孤 消 受——

〔专诸向前献鱼，趁机抽剑刺死姬僚，四将砍死专诸。【急急风】四将分下。<快尾声>

——剧 终

王　硕　整理　　　　　　　　　蔡国盈　记谱

五台山

王泉奎、张元智、鲍盛启演出本

京剧的花脸一行，旧时多处于附属地位。到20世纪30年代，金少山脱颖而出，雄视菊圃，花脸才得与生旦平分秋色。纵观中国京剧近二百年历史，在花脸一行中，金少山称得起是承前启后、砥柱中流的一位大家。

金少山的传人不少，其中，王泉奎是成就最高的一位。

王泉奎嗓音清亮、激越、纯净、高亢。他引吭高歌，不论高、中、低之腔，也无分开、齐、撮、合之字，其声音均铮铮响亮，字字悦耳。研究声乐的专家称赞王泉奎的嗓子“有金属声”。人的嗓音能类金属响，音色的优美就非同一般了。

凭着这样一条天赋好嗓，王泉奎一生主工铜锤花脸。他早期演过的传统剧目如《锁五龙》、《铡美案》、《打龙袍》、《刺王僚》、《白良关》、《御果园》等，昭显阳刚之美，绝对大家风范。尤其叫绝的是，他以充沛的演唱功力，开创了把生、旦、净合作的唱功戏《大保国》、《探皇陵》、《二进宫》连缀在一起演出的先河，使原来分别独立的三折戏成了一个相对完整的故事。王泉奎首倡之后，《大、探、二》得与《失、空、斩》、《群、借、华》等并列为京剧名家合作的经典剧目之一。

王泉奎的中年，基本上是在中国京剧院、梅兰芳剧团度过的。这一期间，他演出了一批经过加工整理的古代戏，如《将相和》、《除三害》、《智斩鲁斋郎》等，其中，以《五台山》最有特色。

《五台山》一名《五台会兄》。故事取材《杨家将》小说，描写杨六郎去北国搬取父亲尸骨，归途中，遇番兵追赶，逃到五台山佛刹借宿。而杨五郎在当年金沙滩血战后，于此处出家。弟兄相见，不能相识。杨六郎盘问五郎的身世，五郎历述杨家将旧事，至此，弟兄双双亮出身份，二人悲喜相认。此时，番兵杀来，五郎力退番兵，六郎得以脱险，弟兄二人洒泪分别。

如同许多铜锤花脸戏一样，《五台山》也是以唱取胜的。《五台山》中的六郎是去搬请父亲尸骨，又处于番兵的追杀之中；五郎则是因大战失利，抛弃亲人来五台山出家。剧中着重演绎的是六郎盘问五郎，五郎深深地沉浸在对腥风血雨的回忆之中。因此，《五台山》的声腔设计，主调是深沉、凄凉、婉转，间或有悲壮的强音。选用抒情委婉的〔二黄〕系列，无疑是恰当的。

杨五郎的唱腔大体可分为两个部分，一个是剧中一头一尾的散唱，这些内容偏重于叙事，类似于歌剧中的宣叙调。对这部分唱腔，王泉奎处理得简洁、明快，落落大方，不事雕琢。

杨五郎历述家史的唱腔，是全剧的精华所在。这个长达20句的唱段，由〔二黄导板〕、〔回龙〕、〔二黄原板〕、〔二黄散板〕组成，是最标准、最规范的花脸〔二黄〕系列唱腔。京剧花脸唱腔，原本古朴平直，相对于生旦行当来说，节奏较为单纯，旋律较少变化。而王泉奎却在遵循花脸声腔基本规律的前提下，依照人物心路历程，在唱腔上极尽跌宕起伏，使这个唱段摇曳多姿，美不胜收。

通观这段20句的唱段，王泉奎在10个上句中，使用了10个各不相同的句尾行腔。这10个上句的句尾行腔的节奏、旋律既为京剧爱好者熟知，而其中风格各异的微小变化又让人耳目一新。第一句的“天波杨府”，王泉奎在“府”字后面，垫上一个虚字“哇”，“哇”字是开口音，将其高高扬起，恰好显示出王泉奎的“金属音色”，在此可谓一鸣惊人；第三句的“磁州山后”，他用“擻音”加以美化；第七句的“七男二女”，他用低回的行腔，表示亲切的手足之情；第九句的“长枪丧命”后面，王泉奎加上了一个〔哭头〕：“我那好汉的哥”。戏谚有云：“青衣怕笑，花脸怕哭。”盖因花脸人物多粗犷豪放，轰轰烈烈，伟岸的汉子落泪，反差大，表现难。而杨五郎说到兄长丧命，又不能不哭。这里的〔哭头〕，王泉奎处理得凄凉但不悱恻，一则是保持行当以及人物特色，二来这是五郎叙述家史的开头，一开口便痛哭不已，下面的话就无法再说了。

10个行腔各不相同的上句，连同那大气磅礴的下句“保国的忠臣”，凄惨的下句“两泪淋淋”，骄傲的下句“镇守三关统雄兵”等，把五郎在回忆家史时时而凄凉、时而悲愤、时而遗憾不已、时而壮志填膺的复杂心情刻画得逼真动人。尤其值得提出的是，在历数杨家人物后，五郎情不自禁地要亮出自己的身份，这里的〔散板〕唱得不同凡响，“五郎延德我隐居在山林”一句，“五郎延德”拖长、拔高，“隐居在山林”的“林”字，又通过头腔共鸣，用“虎音”进行夸张。至此，勇猛、刚直的杨五郎形象，凸显在观众面前。

赵晓东

人物行当

杨延德	净	老和尚	末
杨延昭	老生		

服装扮相

杨延德　“和尚脸”脸谱：脸蛋和脑门为白色，窄眼窝和窄嘴窝为油黑色，刀螂肚形眉窝为灰色，脸蛋为粉红色，印堂、嘴唇、圆光为红色，鼻须、毛纹、皱纹斑点为黑点。网子、水纱、黑蓬头、牵巾、僧头箍、虬髯，胖袄、灰短僧袍、僧背心、大带，黑彩裤，大袜子、僧鞋。

杨延昭　面部淡彩。网子、水纱、黑三髯口，将巾，胖袄、白箭衣、蓝大带、黑马褂，黑彩裤，厚底靴。

老和尚　揉老脸，勾白色眉、眼纹、皱纹，白五绺。网子、水纱、杏黄僧帽，胖袄，杏黄僧袍，黄彩裤，僧鞋。

道具

马鞭	一根	伽蓝棍	一根
宝剑	一口	佛桌	一张
黄包袱	一个	小帐子	一份
拂尘	一根	香炉	一个
念珠	一串	蜡扦	一份
椅子	两把		

五台山

〔【大锣原场】【小堂鼓架子】【大锣快纽丝】杨延昭背包袱、持马鞭上，至“九龙口”回身“望门”。【大锣快纽丝】切住，〔亮弦〕。

〔二黄散板〕

杨延昭 【大锣双楗凤点头】 サ（6 5 5 5 3 2 2. 1 6 5 5 5）1 3 2 3 2 2 1
打开 玉笼

2 2 1 1. 2 3 1 – |【大锣纽丝】（加鞭催马至台口）
飞 彩 凤，

〔二黄散板〕

（过门同前）1 2 3 1. 2 3 3. 5 2 2. 1 1 2 – ‖【大锣住头】
挣断金锁 走 蛟龙。

俺奉了母亲之命，去往北国昊天塔搬请爹爹骸骨，且喜骸骨到手，不想辽兵追来，是俺杀退追兵，行至此处，天色已晚——（向前观看）【撕边大锣一击】看前面山坡之上有一古庙，不免且到那里借宿便了！

〔二黄散板〕

【大锣双楗凤点头】（过门同前）3 1 2 3 2 3 3 2 2 2 1
催 马 加 鞭 山坡

1 2 2 1 – |【大锣纽丝】（加鞭催马走小圆场至“上场门”台口，
奔，

〔亮弦〕 〔二黄散板〕

勒马观望）【大锣纽丝】切住。（6 7 6 1 –）【大锣双楗凤点头】（过门同前）2 5 3 1
不 觉来

2 3 – 2 2 1 6 1 1 1 2 – ‖
到 古 庙 门。

〔【大锣住头】杨延昭转身下马，复上前探问。

杨延昭 啊，师父开门来！

〔老和尚内白：“嗯嗽！”【小锣五击头】（持念珠“下场门”上）

老和尚 （念对）扫地不伤蝼蚁命，爱惜飞蛾纱罩灯。

是哪位？【小锣一击】（出门观看）

杨延昭 （打躬）师父！

老和尚 原来是位壮士，到此做甚？

杨延昭 我乃行路之人，行至此处，天色已晚，欲在宝刹借宿一宵，明日早行。

老和尚 请问壮士从哪道而来？要往何方而去？

杨延昭 从北国而来，要往南朝而去，望师父方便方便！

老和尚 出家之人慈悲为本，方便为门，这有何难？来来来，待我与壮士牵马。

杨延昭 这就不敢。

老和尚 请！

〔**【大锣五击头】**老和尚引杨延昭牵马进庙门。

杨延昭 啊师父，我在哪里安身？

老和尚 在伽蓝殿安身，随我来。

杨延昭 谢师父！

〔**【大锣原场】**老和尚引杨延昭牵马“下场门”下。

〔小堂鼓起“更鼓”，**【一更】**。

〔杨延德内白：“好酒！”内唱。

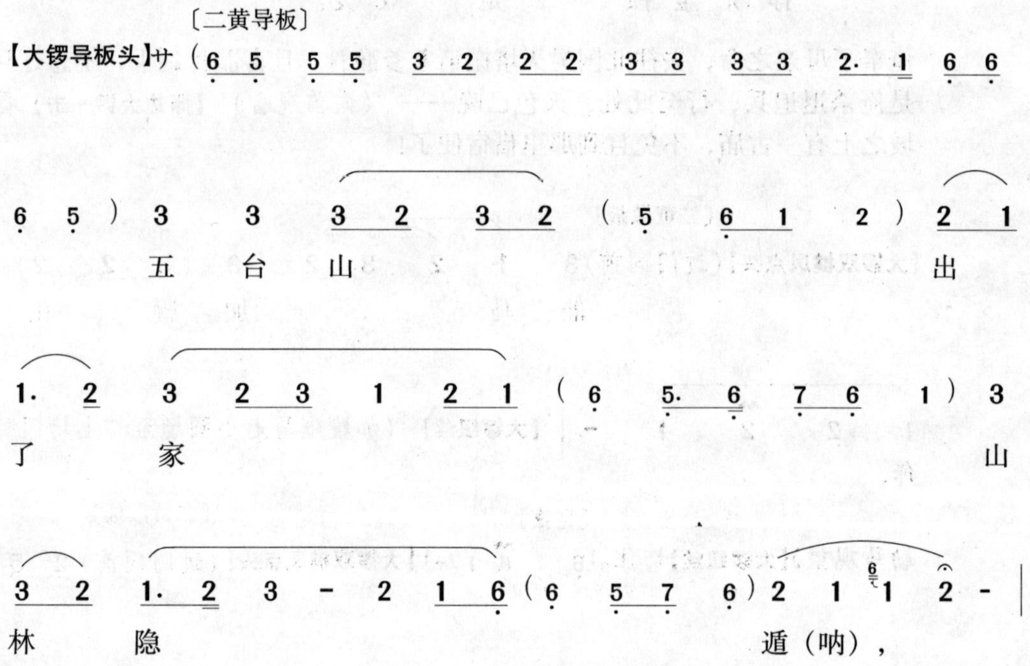

〔**【大锣纽丝】**杨延德持拂尘“上场门”上，“九龙口”亮相，慢行至台口。

杨延德

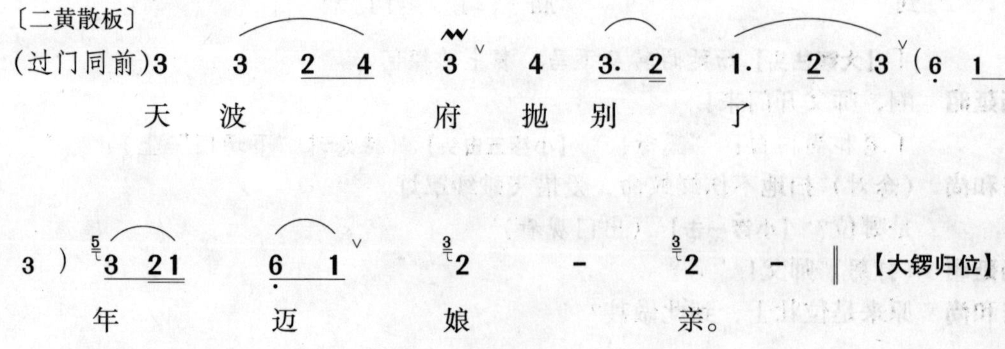

五 台 山

（念诗）刀割连心肉，箭射白莲花。【小锣二击】
　　不愿陪王驾，五台出了家。【大锣住头】
适才在山下赴香斋大会，那些个施主们，这个也敬俺一杯，那个也敬俺一盏，只吃得醺醺大——（醉）。（呕吐）【撕边大锣一击】
看天时不早，不免回山便了！

〔二黄散板〕
【大锣双槌凤点头】（过门同前）

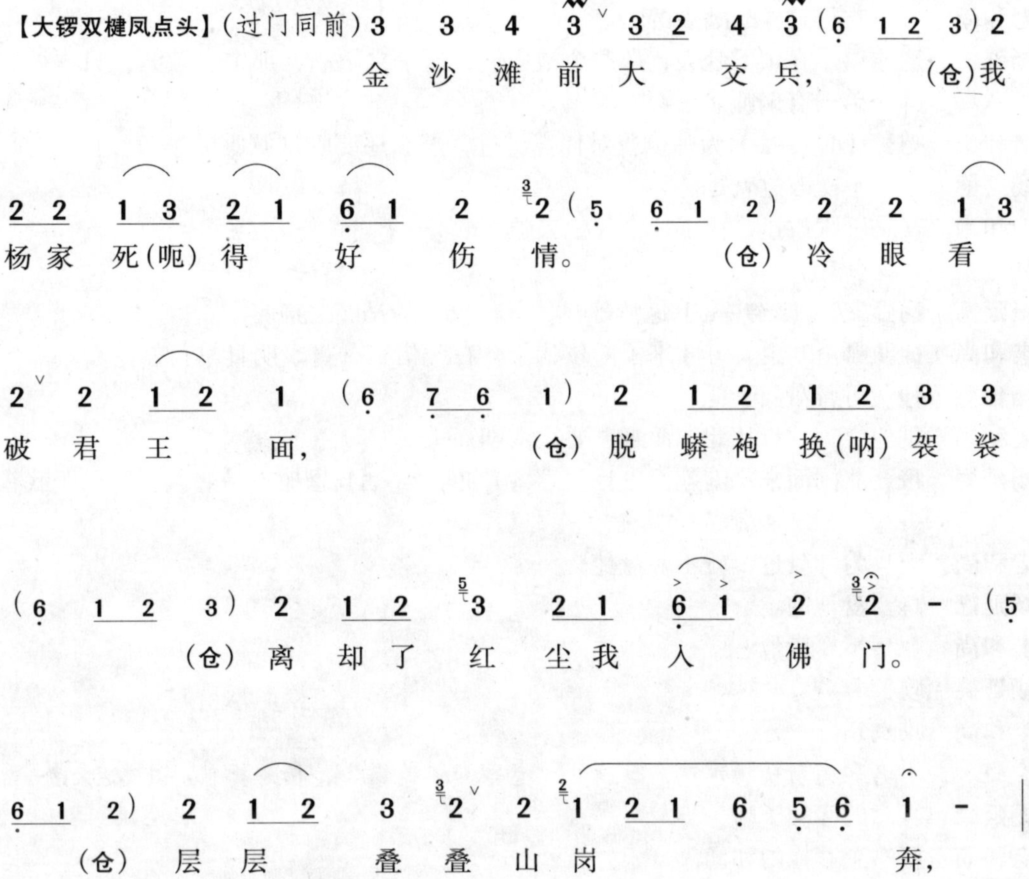

〔【大锣纽丝帽】杨延德走圆场、仿上山的动作，至“上场门”台口亮住。【大锣纽丝】切住，鸣钟声。

杨延德　呀！

〔二黄散板〕
【大锣双槌凤点头】（过门同前）

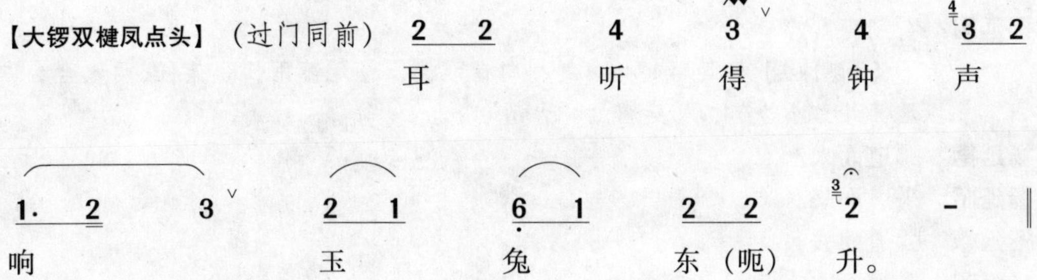

〔【大锣住头】观望山门。【撕边大锣一击】

山门关闭了。小和尚开门来，开门来，呔！【大锣一击】开门——（呕吐）【撕边大锣一击】

「老和尚“下场门”上。

老和尚　想是徒儿回来了，待我与你开门。

杨延德　慢腾腾的，待我打了进去！

「【乱锤】老和尚开门、杨延德跌撞入。

老和尚　哪里吃得这样醺醺大醉？

杨延德　适才弟子在山下赴会，那些个施主们，这个也敬酒，那个也敬酒，只吃得醺醺大醉，弟子有偏师父了啊！

老和尚　嗯！【小锣一击】为师也曾对你言讲过，怎么还要吃这肮脏的东西？！

杨延德　弟子下次改过就是。

老和尚　又是下次改过，快去禅堂打坐去吧。

「马嘶声。

杨延德　啊师父！【大锣一击】这清静禅林，哪里来的马嘶之声？

老和尚　徒儿哪里知道，方才来了一位壮士，在此借宿一宵，明日早行。

杨延德　师父可曾盘问于他？

老和尚　是他言道，打从北国而来，要往南朝而去。

杨延德　哦，北国而来，南朝而去！（思索）【小锣一击】恐他不是好人，待弟子我去盘他一盘。

老和尚　呃！为师盘过，就不要盘他。

杨延德　总要盘他的。

老和尚　呃！不要盘他。

杨延德　唉！

老和尚　哎哟！

「老和尚劝扶杨延德，杨搪开，老和尚踉跄退步，杨急搀扶。【撕边大锣一击】

杨延德　忒意的啰嗦了呵！

老和尚　好一个莽撞的和尚。（下）

杨延德　哈，哈，哈哈哈——！【小锣一击】咱家师父真是个好人！待俺伽蓝殿走走。

「【大锣水底鱼】杨延德走小圆场至“上场门”台口，向殿门观望。

杨延德　来此已是，待俺进入。（至台中进门站“小边”，杨延昭坐正场桌“大边”，跨椅睡困，杨延德上下打量杨延昭）【小锣一击】好个雄壮的汉子！壮士醒来，壮士醒来，呔！【大锣一击】壮士醒来！

杨延昭　看剑！

「【大锣冲头】杨延昭起身拔剑刺向杨延德，杨延德用拂尘架住,两人至台中，杨延德站“小边”，杨延昭站“大边”。

杨延德　哪道而来？

杨延昭　来道而来。

杨延德　哪道而去？

杨延昭　去道而去。

杨延德　住口！

〔二黄散板〕

【大锣快纽丝】(过门同前) 3 3 3 2 3 4 3 3 (6 1 2

洒 家 好 言 来 询 问,

3) 2 2 3 2 1 6 1 2 2 (5 6 1

持 剑 行 凶 (你) 忒 欺 人。

2) 1 6 2 1 1 2 3 2 1 2 1 - |

(仓) 我 扫 地 不 伤 蝼 蚁 命, (仓)

杨延昭 哦,如此说来,师父倒是个好人!

杨延德 阿弥陀佛!

【大锣双楗凤点头】(过门同前) 3 2 4 3 5. 3 2 1. 2

出 家 人 无 歹 意

3 0 3 2 1 6 1 2 2 - ‖

你 莫 要 疑 心。

杨延昭 哦!

〔二黄散板〕

【大锣快纽丝】(过门同前) 2 1 5 3 2 3 2 2 2 1 1

这 是 我 睡 朦 胧

6 2 1 2 2 1 (6 7 6 1) 1 2 2

不 能 相 认, (仓) 望 师 父

1 2 2 3 6 2 1 2 2 - ‖ 【大锣住头】

念 我 远 路 风 尘。

杨延德 听壮士讲话不像此地人士。

杨延昭 本不是此地人士。

杨延德 哪里人士?

杨延昭 乃大宋朝京城人士。

杨延德 怎么,你是大宋朝京城人士?

杨延昭 正是。
杨延德 这倒巧的很！洒家我也是大宋朝京城人士。
杨延昭 哎呀，如此说来，我们是乡里？
杨延德 同乡！
杨延昭 啊？！
杨延德 啊？！
杨延昭 这？！
杨延德 这？！哈哈哈——
杨延昭 哈哈哈——

「**【撕边大锣一击】**两人互相打量。

杨延德 （同时打“背供”） 看此人好生面熟，待我去盘他一盘。
杨延昭 看他好像五哥模样，待我问来。啊师父——

杨延德 哦？
杨延昭 你既是大宋朝京城人士，我要盘你一盘。
杨延德 洒家不曾盘你，你倒盘起我来了，你盘我何来？
杨延昭 你既是京城人士，有一天波杨府，师父可知？
杨延德 这天波杨府——**【撕边大锣一击】**哎！提起天波杨府，洒家这酒——**【大锣一击】**醒了大半了！

〔二黄导板〕

【大锣导板头】

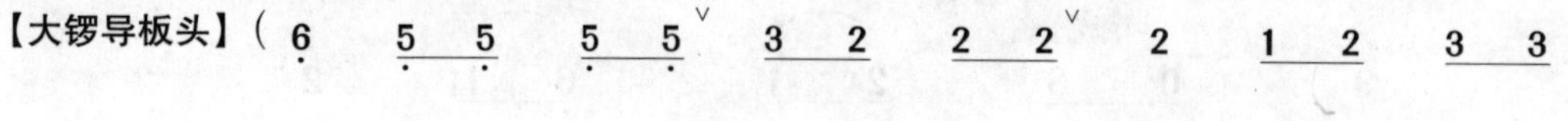

「**【大锣原场】**俩人归座，杨延德位“小边”，杨延昭位“大边”。

杨延昭 师父请讲。
杨延德 听了！

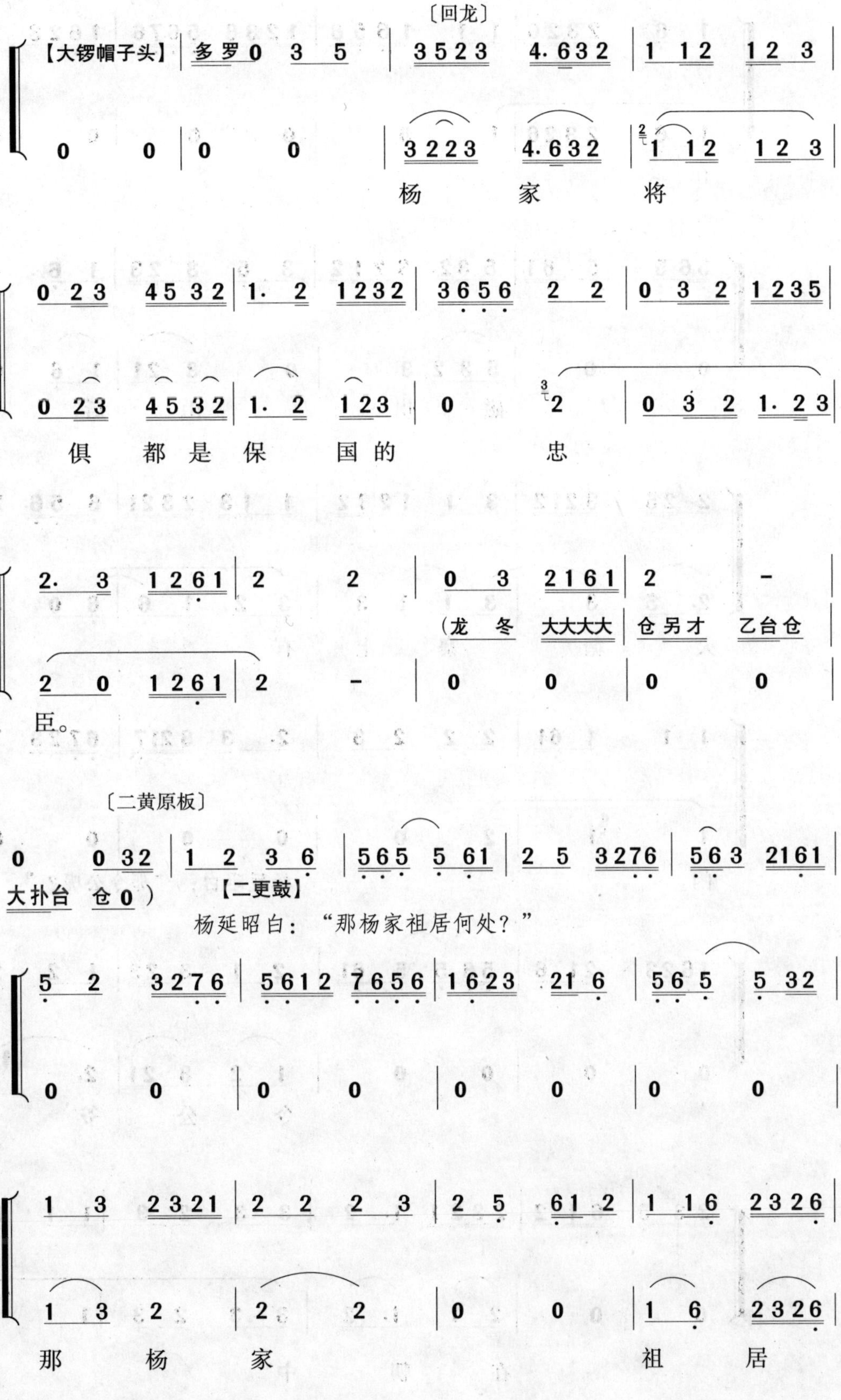
〔回龙〕
【大锣帽子头】
多罗
杨 家 将
俱 都 是 保 国 的 忠
臣。
（龙 冬 大大大大 仓另才 乙台仓
〔二黄原板〕
大扑台 仓 0）
【二更鼓】
杨延昭白："那杨家祖居何处？"
那 杨 家 祖 居

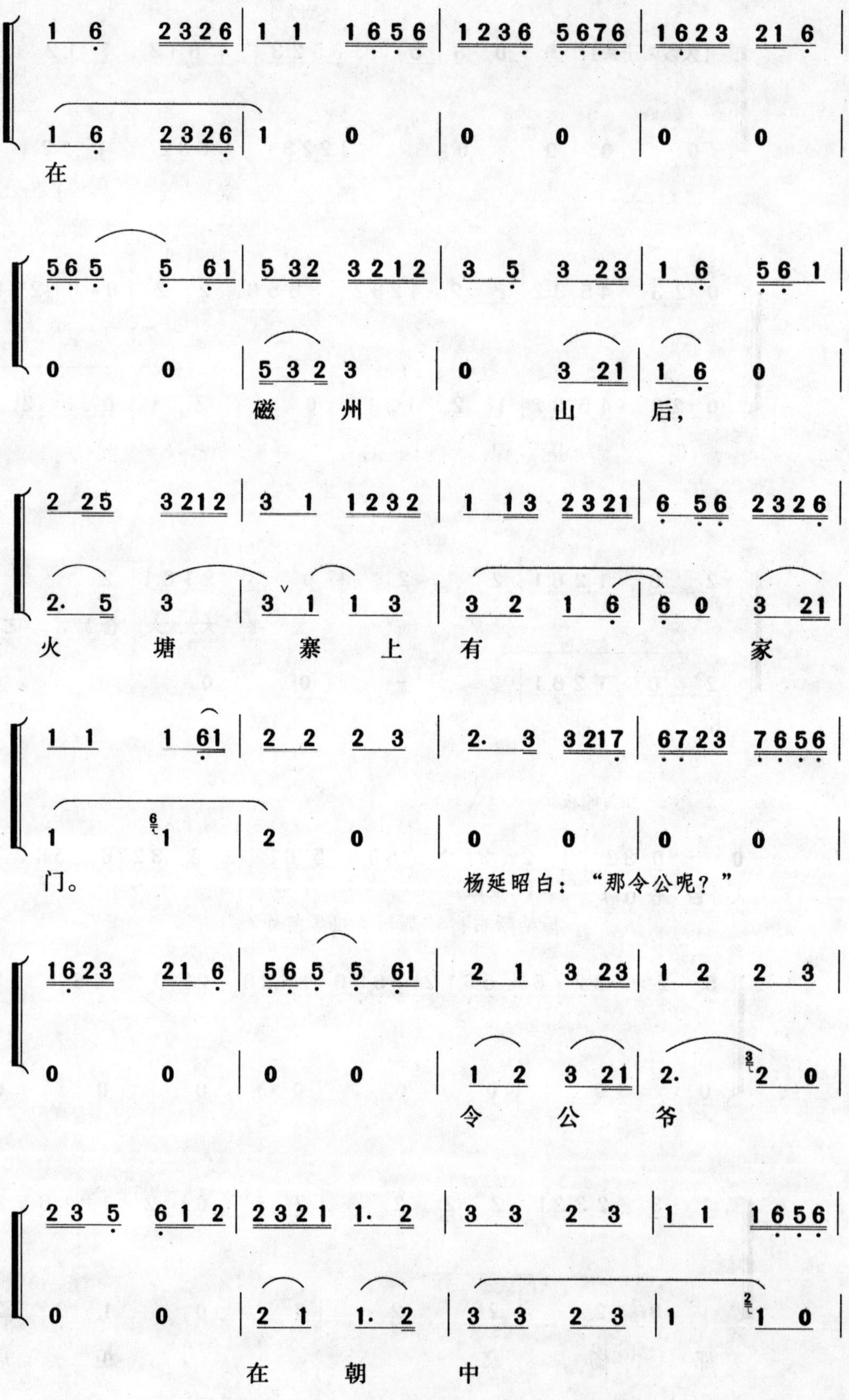
在
磁 州 山 后，
火 塘 寨 上 有 家
门。
杨延昭白："那令公呢？"
令 公 爷
在 朝 中

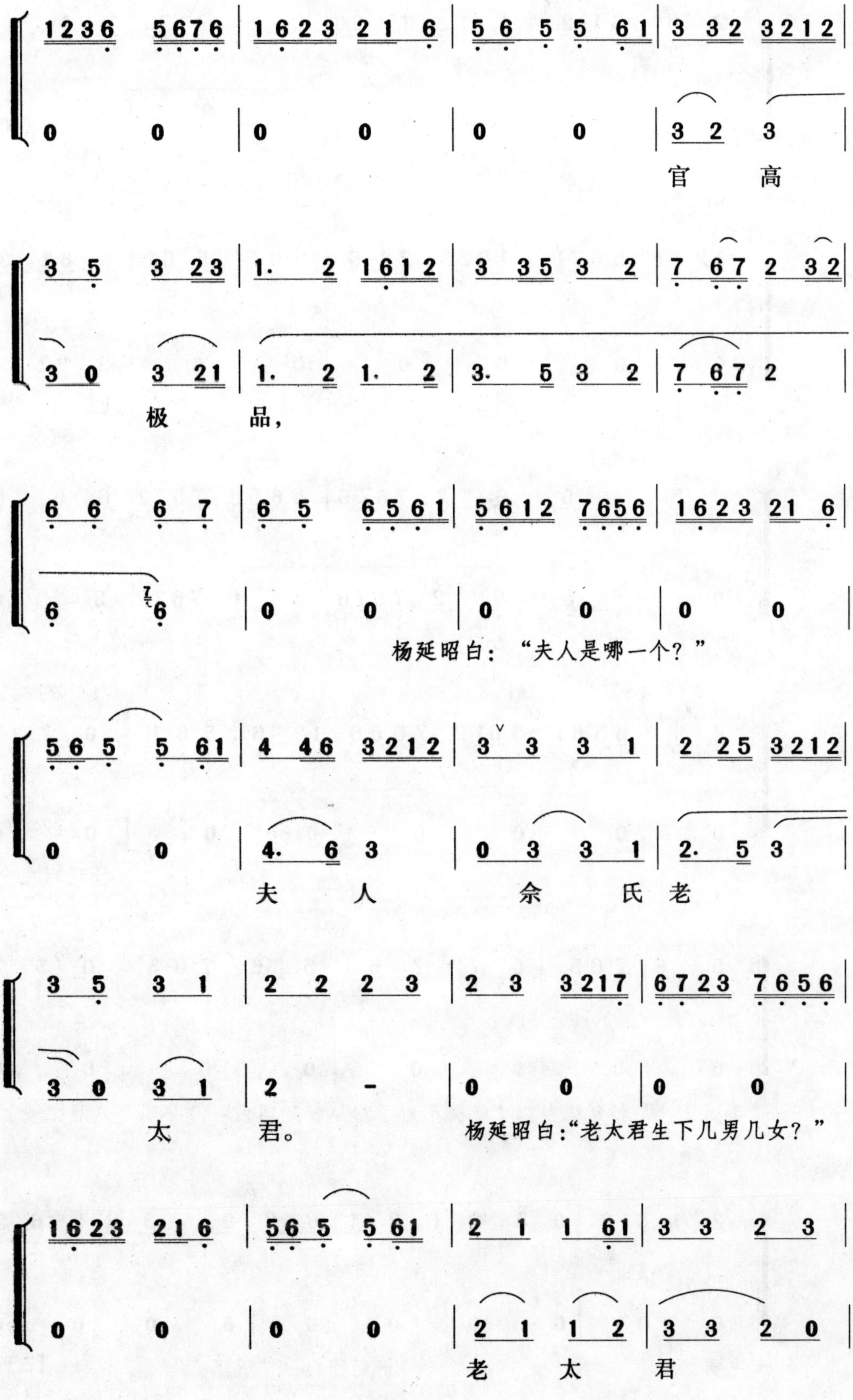
官 高
极 品，
杨延昭白：“夫人是哪一个？”
夫 人 佘 氏 老
太 君。 杨延昭白：“老太君生下几男几女？”
老 太 君

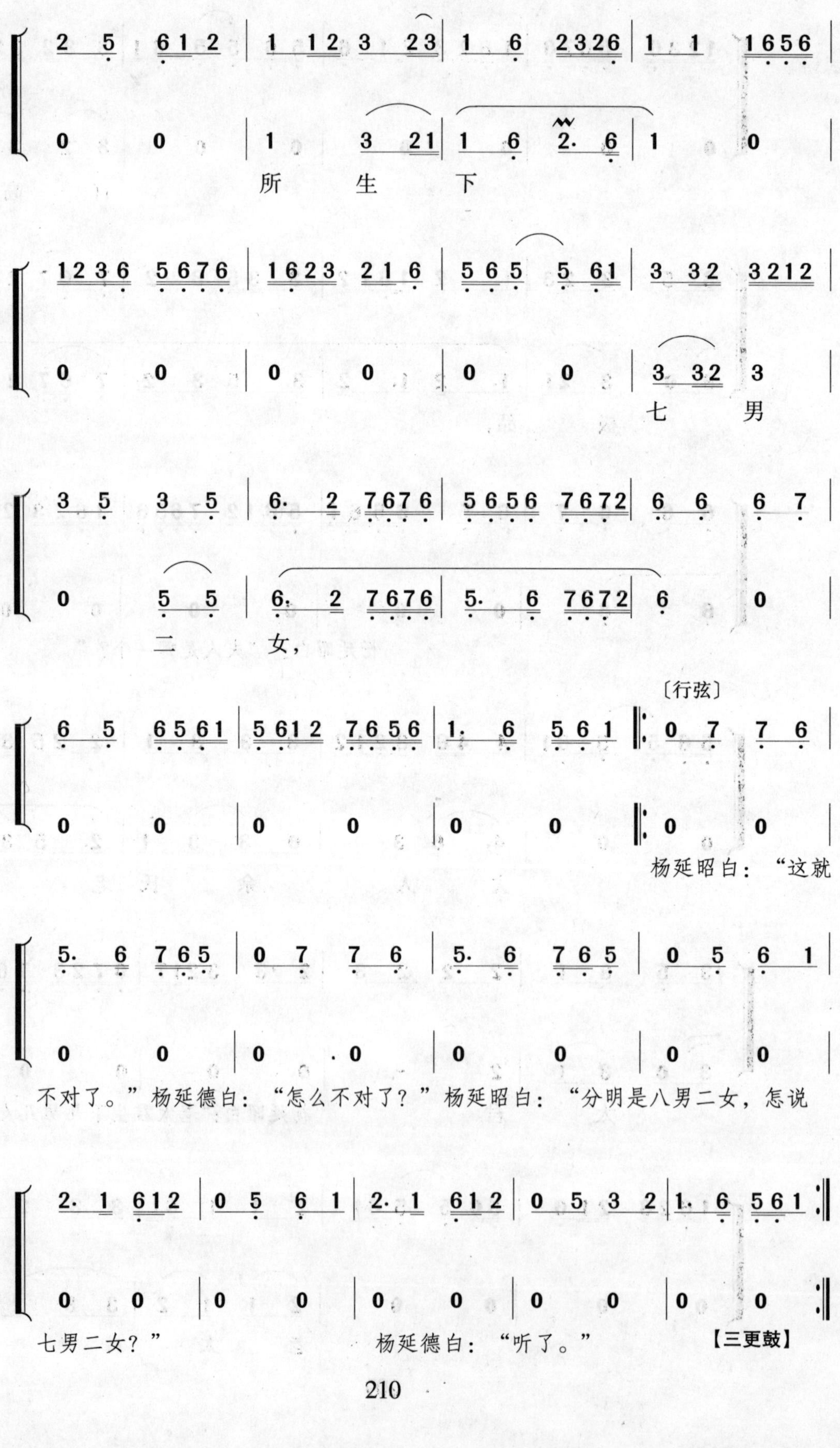
所 生 下
七 男
二 女，
〔行弦〕
杨延昭白：“这就
不对了。”杨延德白：“怎么不对了？”杨延昭白：“分明是八男二女，怎说
七男二女？”
杨延德白：“听了。”
【三更鼓】

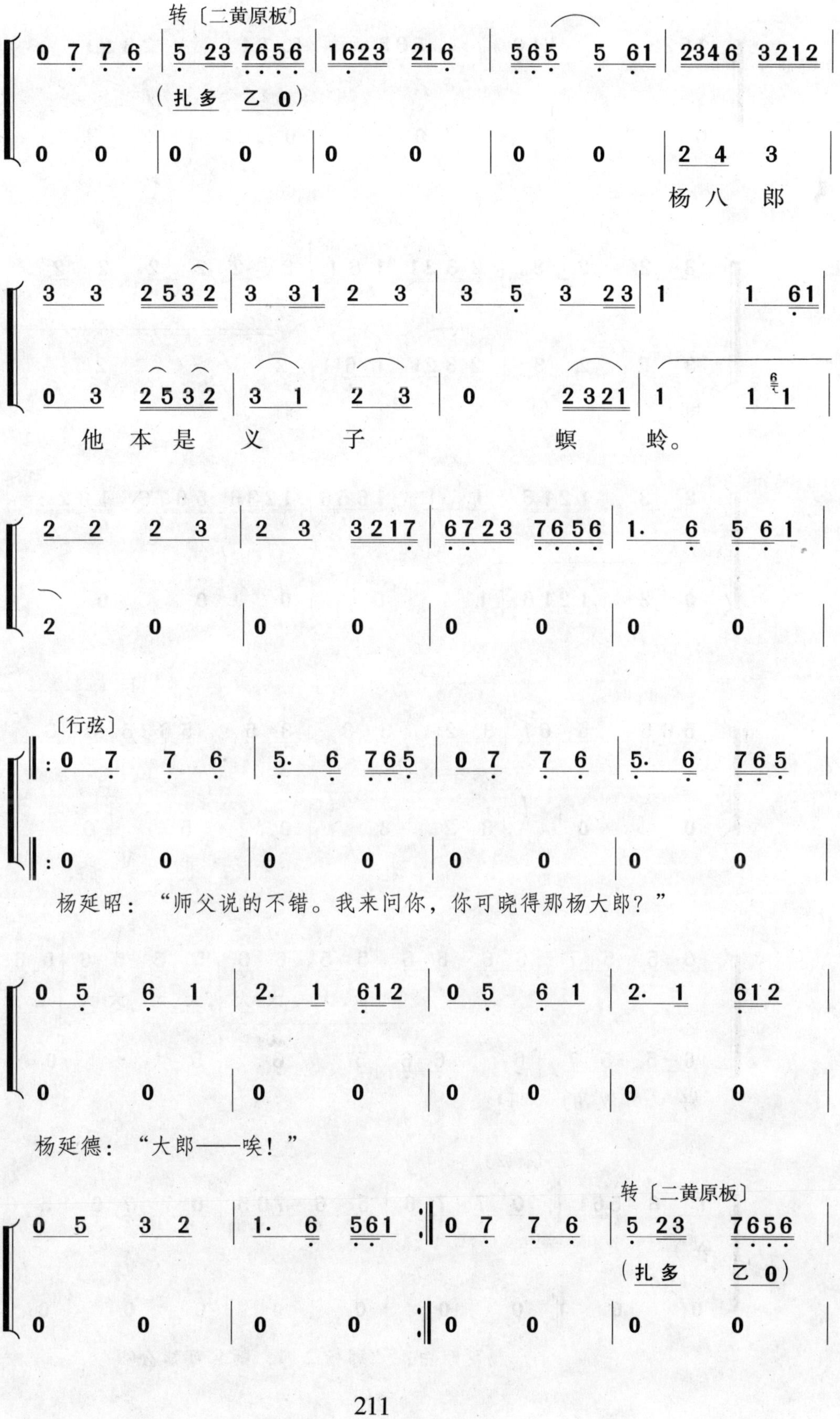
转〔二黄原板〕
（扎 多 乙 0）
杨八郎
他本是义子螟蛉。
〔行弦〕
杨延昭：“师父说的不错。我来问你，你可晓得那杨大郎？”
杨延德：“大郎——唉！”
转〔二黄原板〕
（扎 多 乙 0）

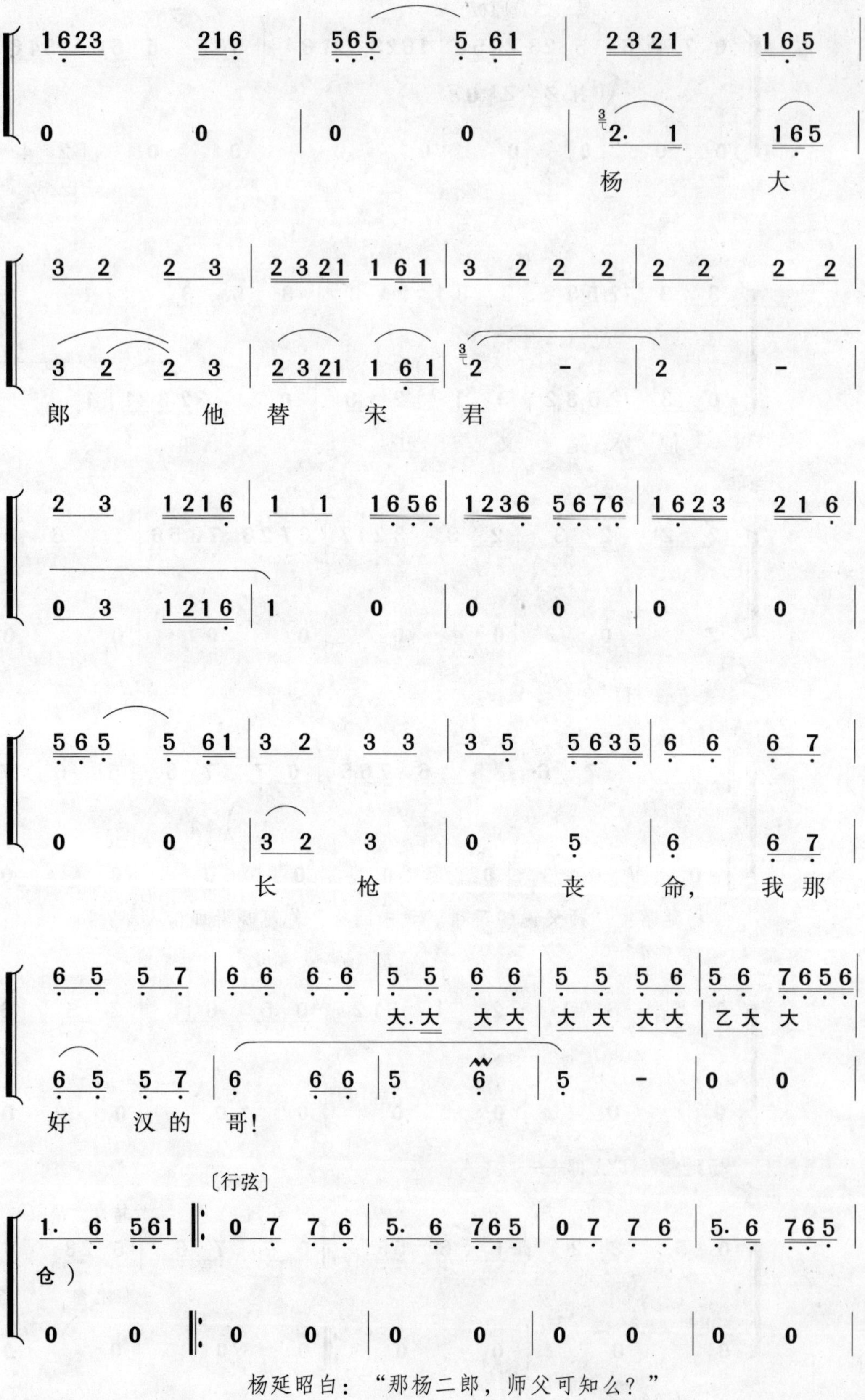

杨延昭白：“那杨二郎，师父可知么？”

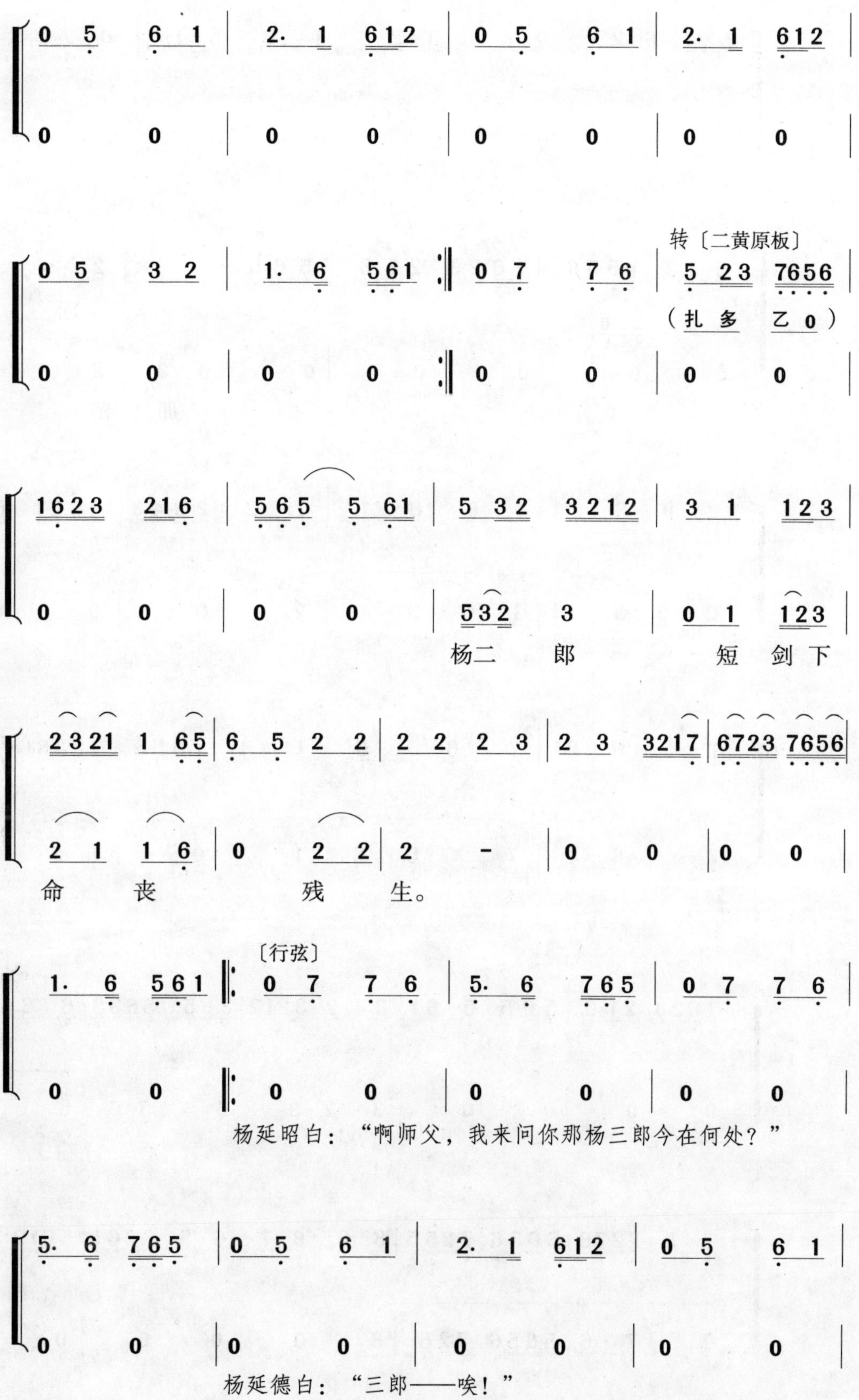
转〔二黄原板〕
（扎 多 乙 0）
杨二 郎 短 剑下
命 丧 残 生。
〔行弦〕
杨延昭白：“啊师父，我来问你那杨三郎今在何处？”
杨延德白：“三郎——唉！”

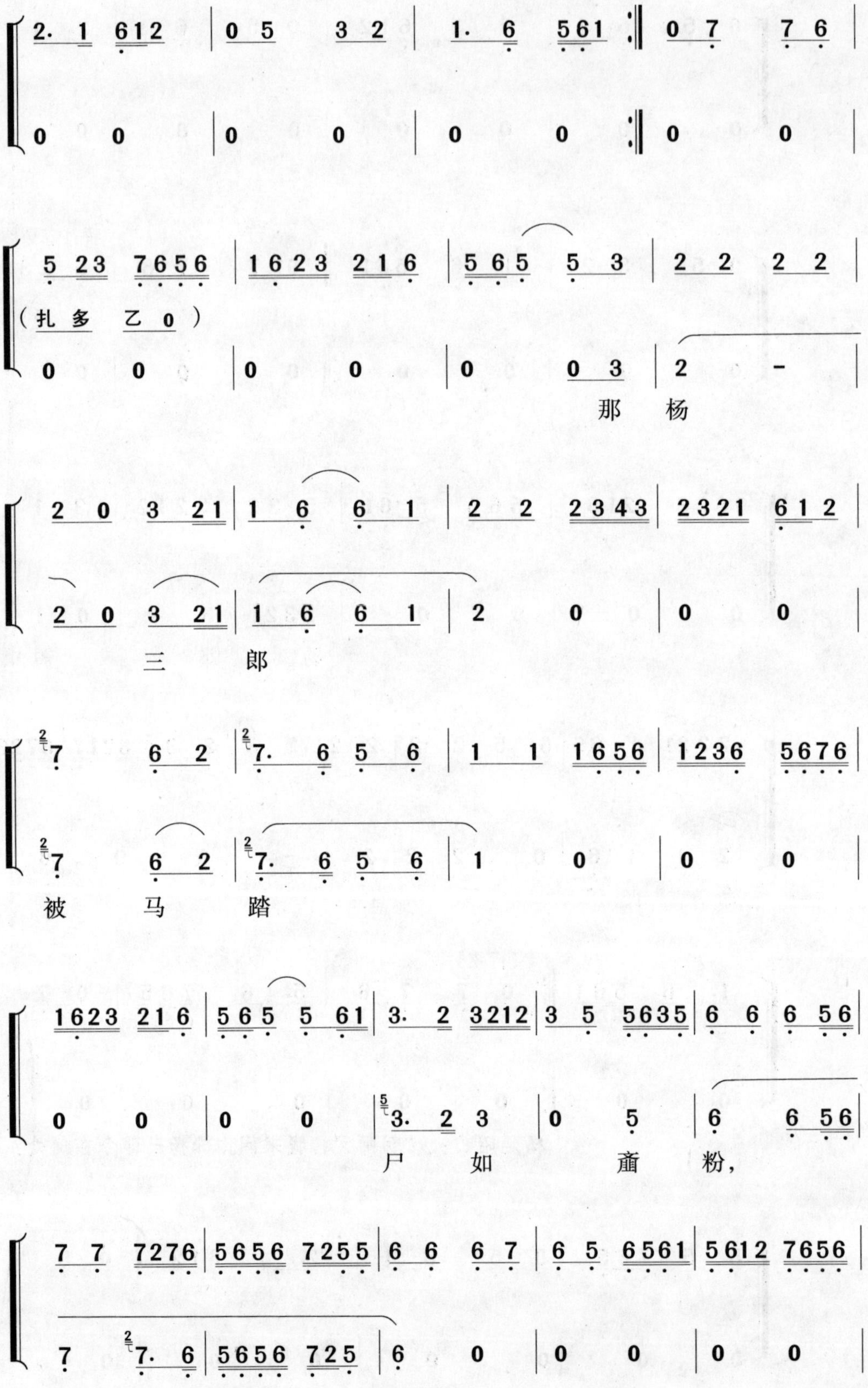
(扎 多 乙)
那 杨
三 郎
被 马 踏
尸 如 齑 粉，

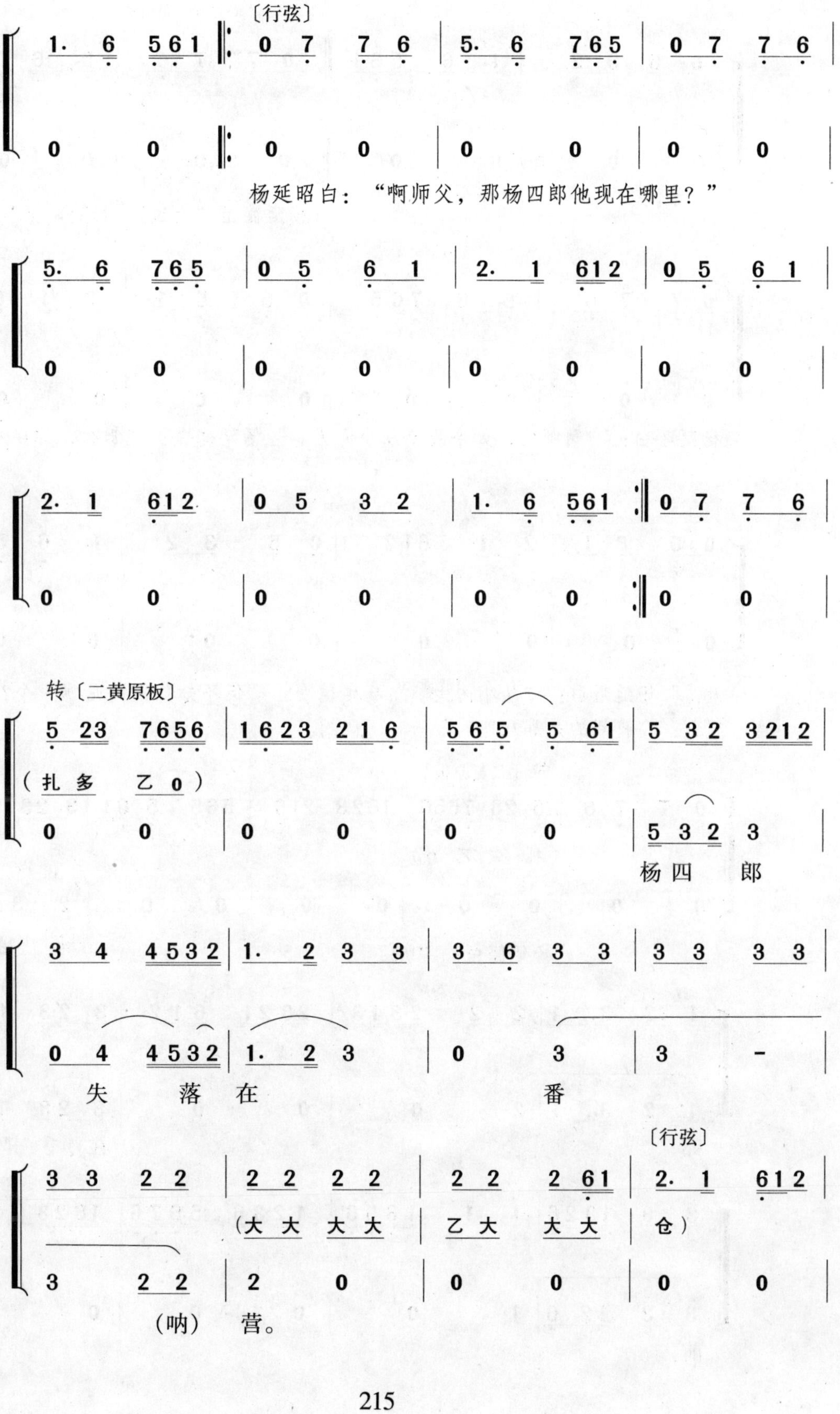
〔行弦〕
杨延昭白：“啊师父，那杨四郎他现在哪里？”
转〔二黄原板〕
（扎 多 乙 0）
杨 四 郎
失 落 在 番
〔行弦〕
（大 大 大 大 乙 大 大 大 仓）
（呐） 营。

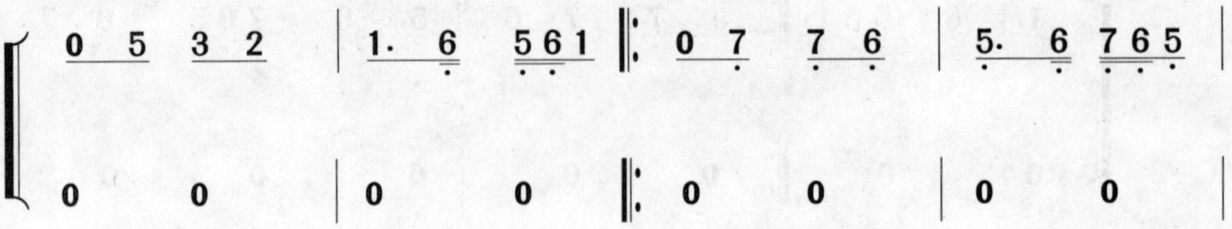

（杨延德至“大边”、杨延昭至“小边”）

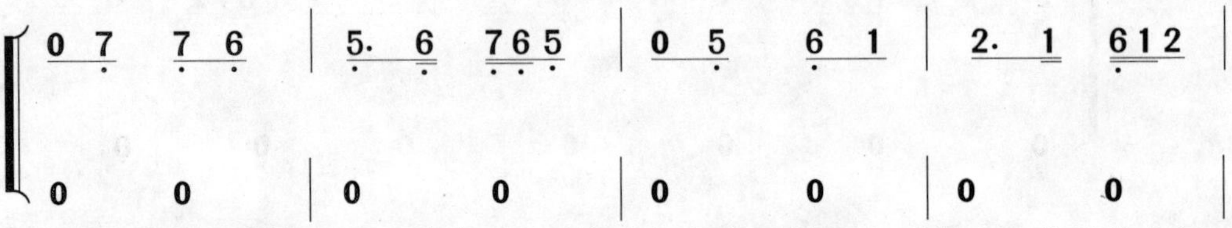

杨延昭白：“啊师父，如今我要从小问大。”杨延德白：“怎么，你要从小问

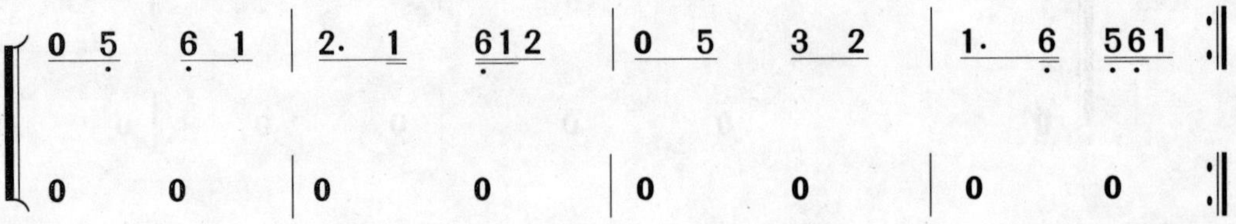

大？”杨延昭白：“从小问大。”杨延德白：“但不知你问的是哪一个？”杨延昭白：“我问的是那八郎。”

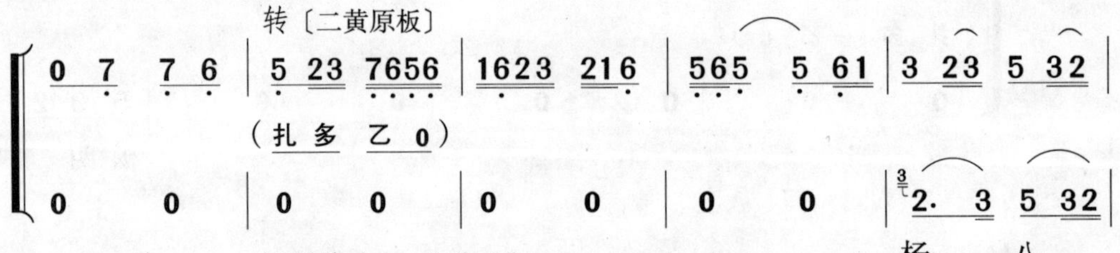

杨延德白：“听了”。

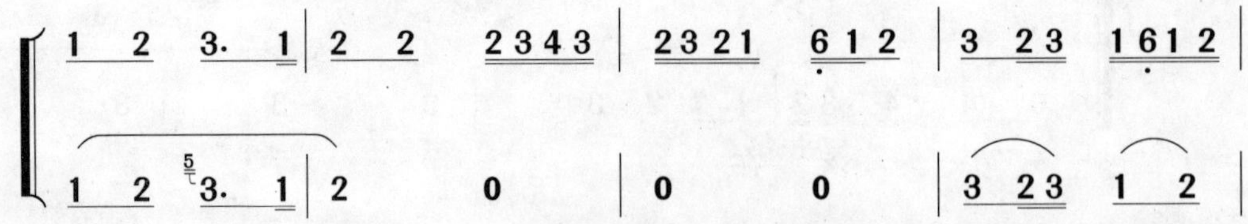

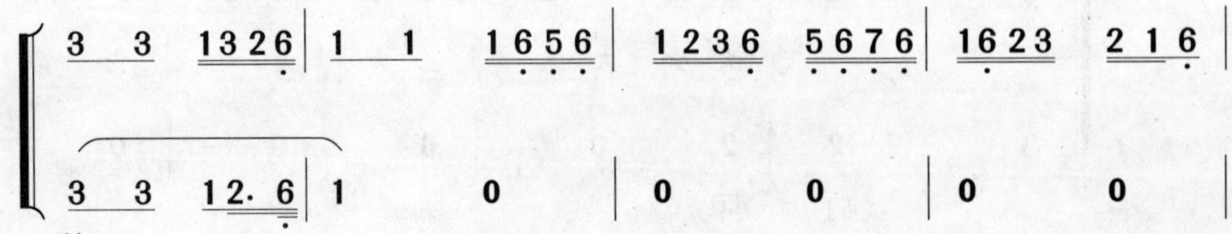

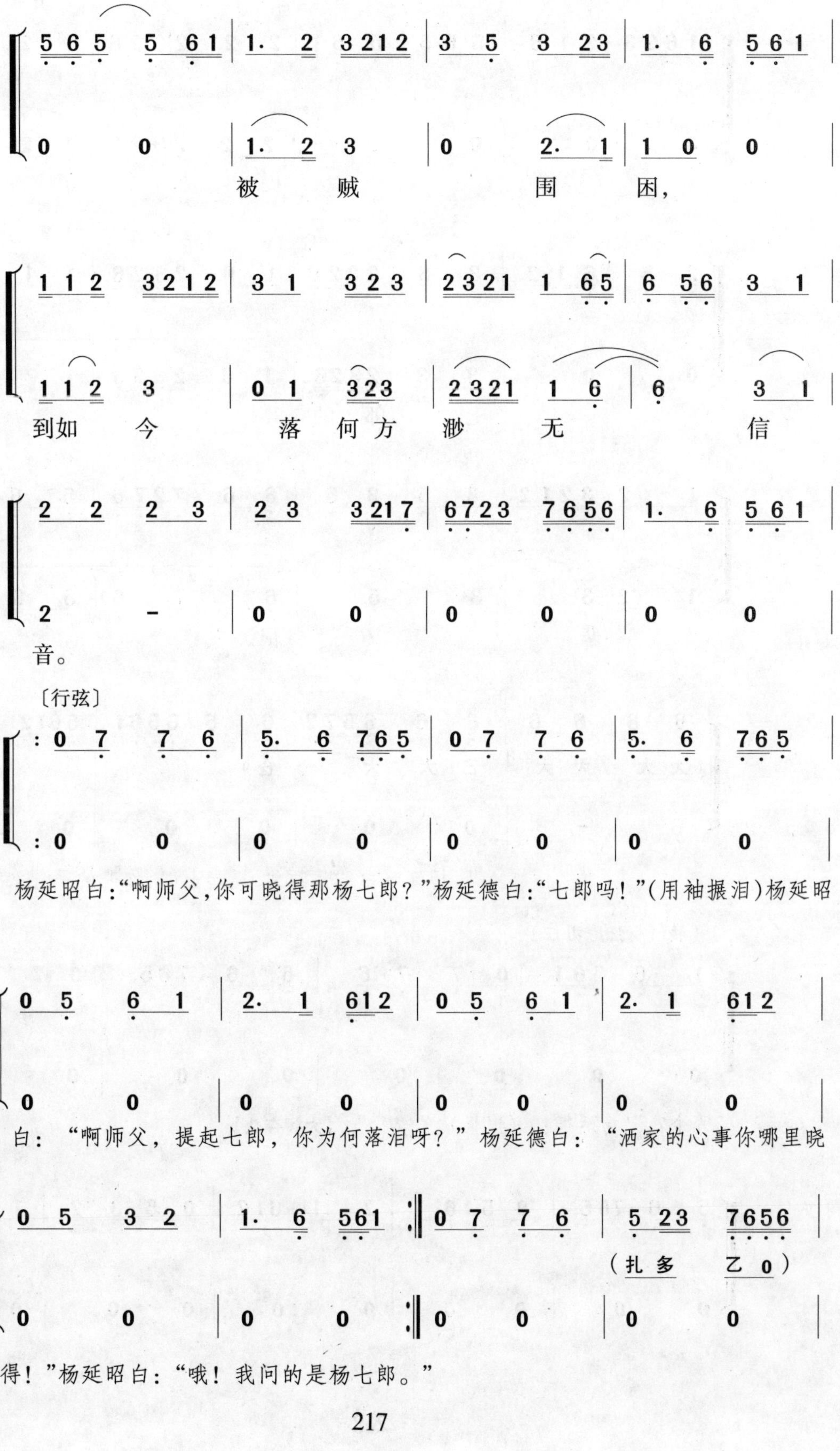
被 贼 围 困,
到如 今 落 何 方 渺 无 信
音。
〔行弦〕
杨延昭白:“啊师父,你可晓得那杨七郎?”杨延德白:“七郎吗!”(用袖揾泪)杨延昭
白:“啊师父,提起七郎,你为何落泪呀?”杨延德白:“洒家的心事你哪里晓
(扎 多 乙 0)
得!”杨延昭白:“哦!我问的是杨七郎。”

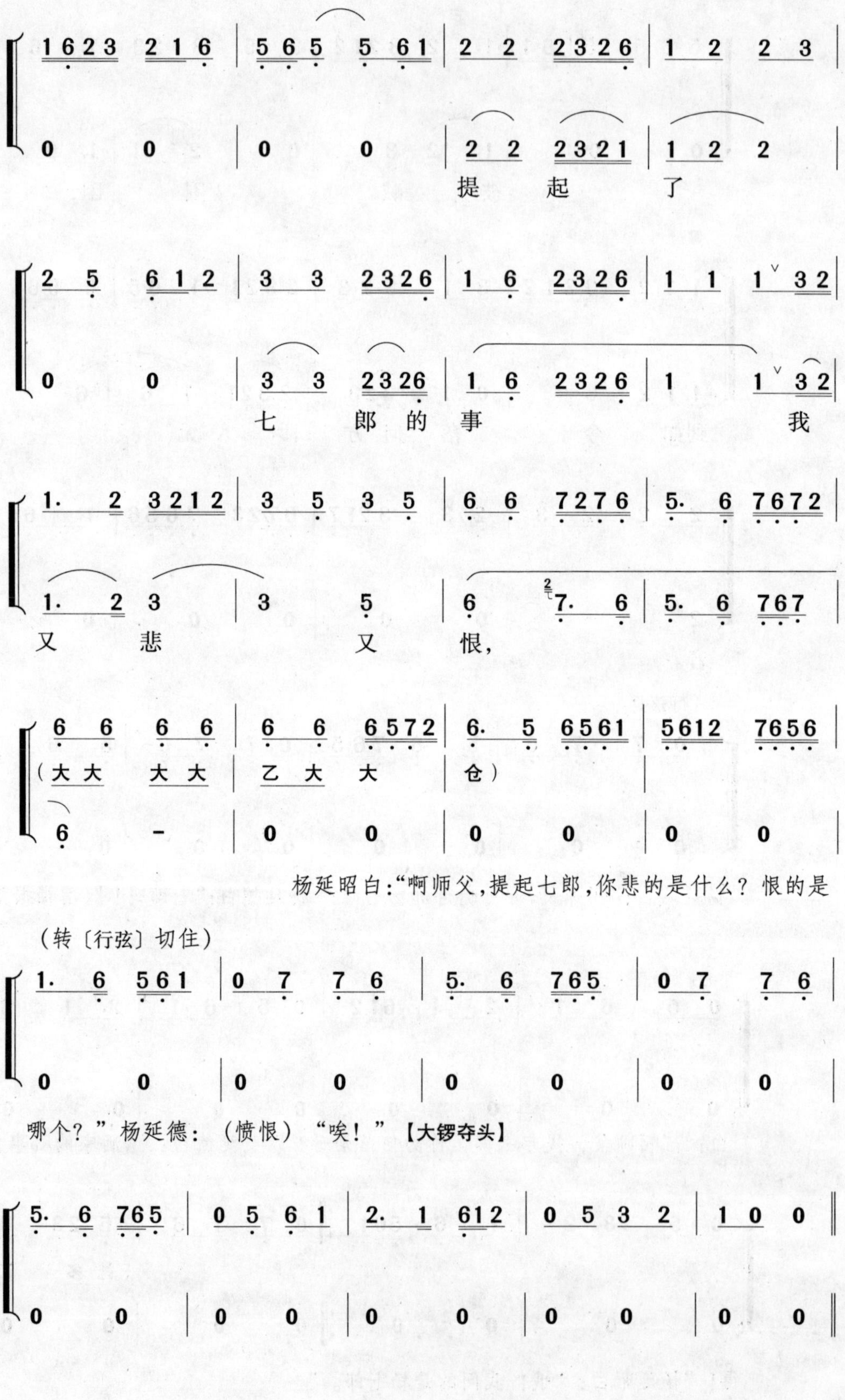
提
起
了
七
郎的事
我
又
悲
又
恨，
（大大 大大 乙大大 仓）
杨延昭白：“啊师父，提起七郎，你悲的是什么？恨的是
（转〔行弦〕切住）
哪个？”杨延德：（愤恨）“唉！”【大锣夺头】

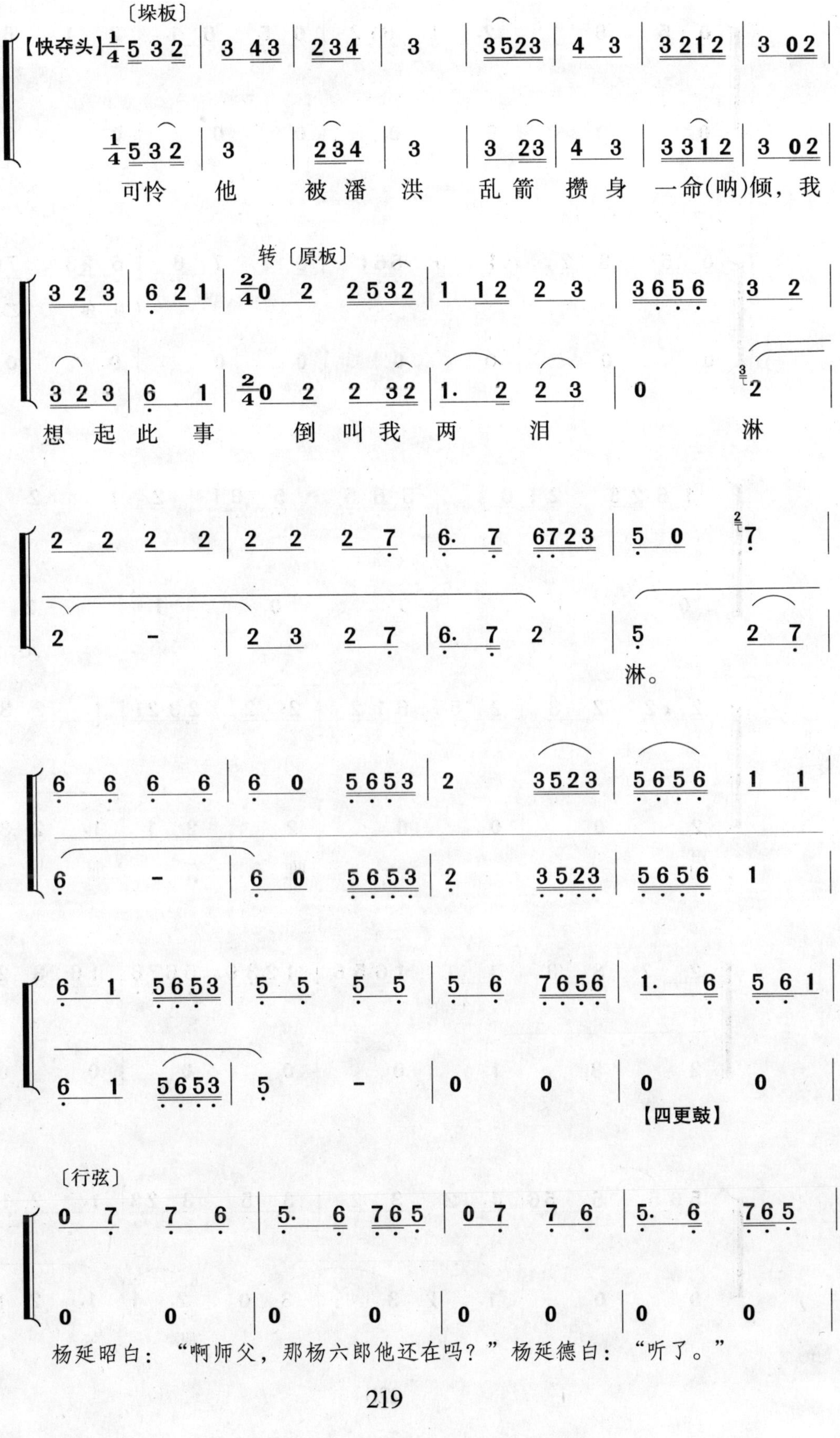

杨延昭白：“啊师父，那杨六郎他还在吗？”杨延德白：“听了。”

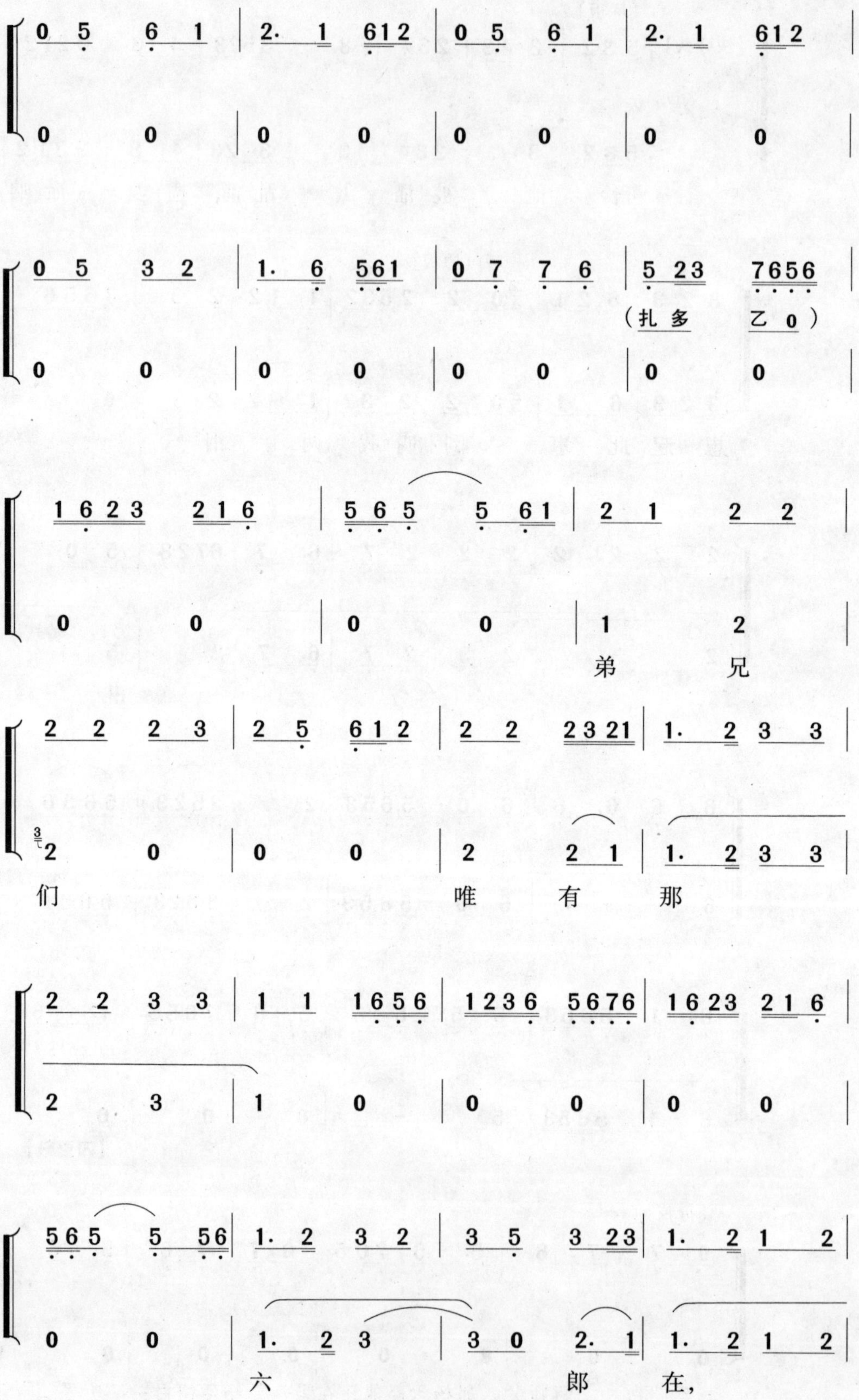
（扎 多 乙 0）
弟 兄
们 唯 有 那
六 郎 在，

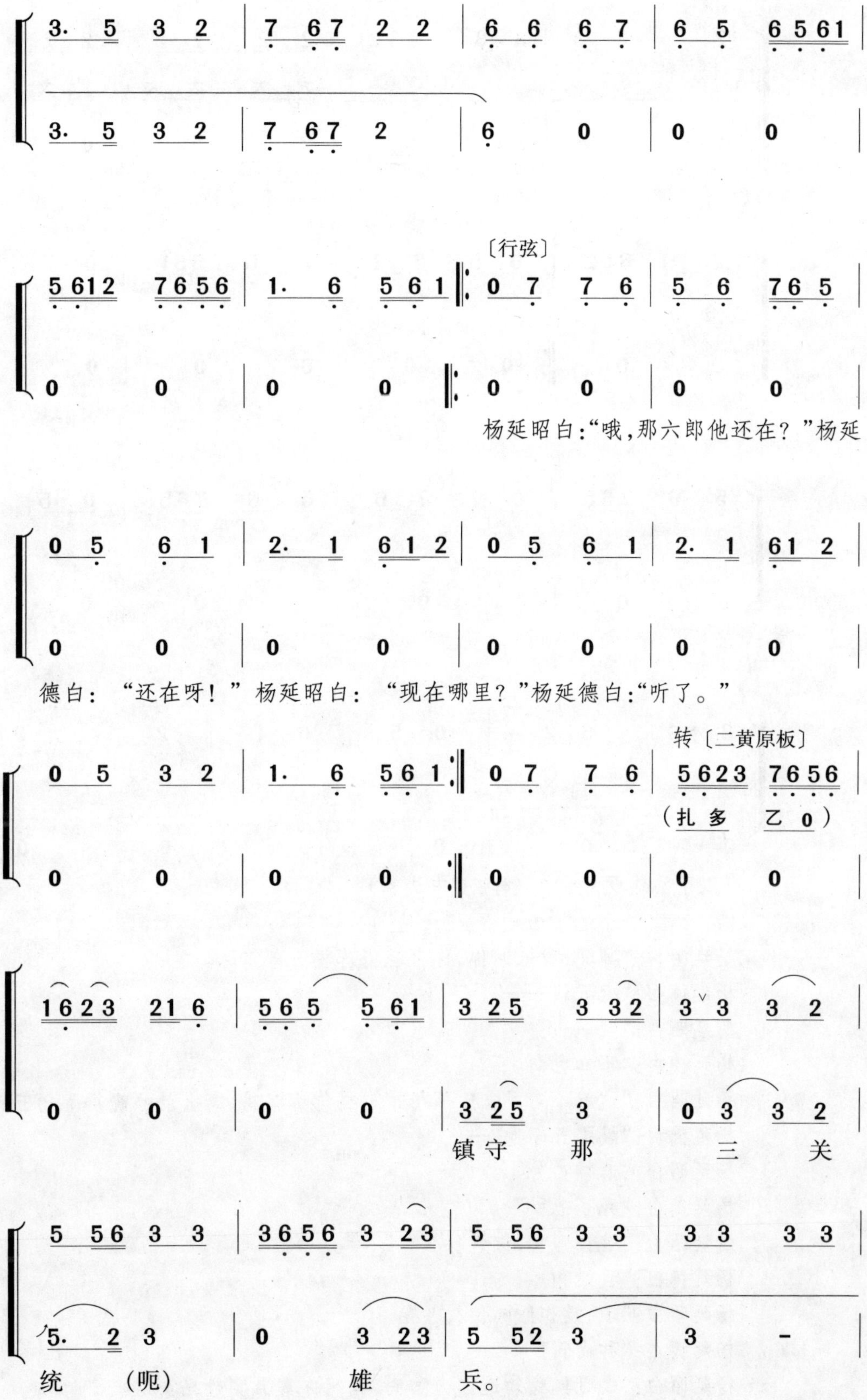
〔行弦〕
杨延昭白:"哦,那六郎他还在?"杨延
德白:"还在呀!"杨延昭白:"现在哪里?"杨延德白:"听了。"
转〔二黄原板〕
(扎 多 乙 0)
镇守 那 三 关
统 (呃) 雄 兵。

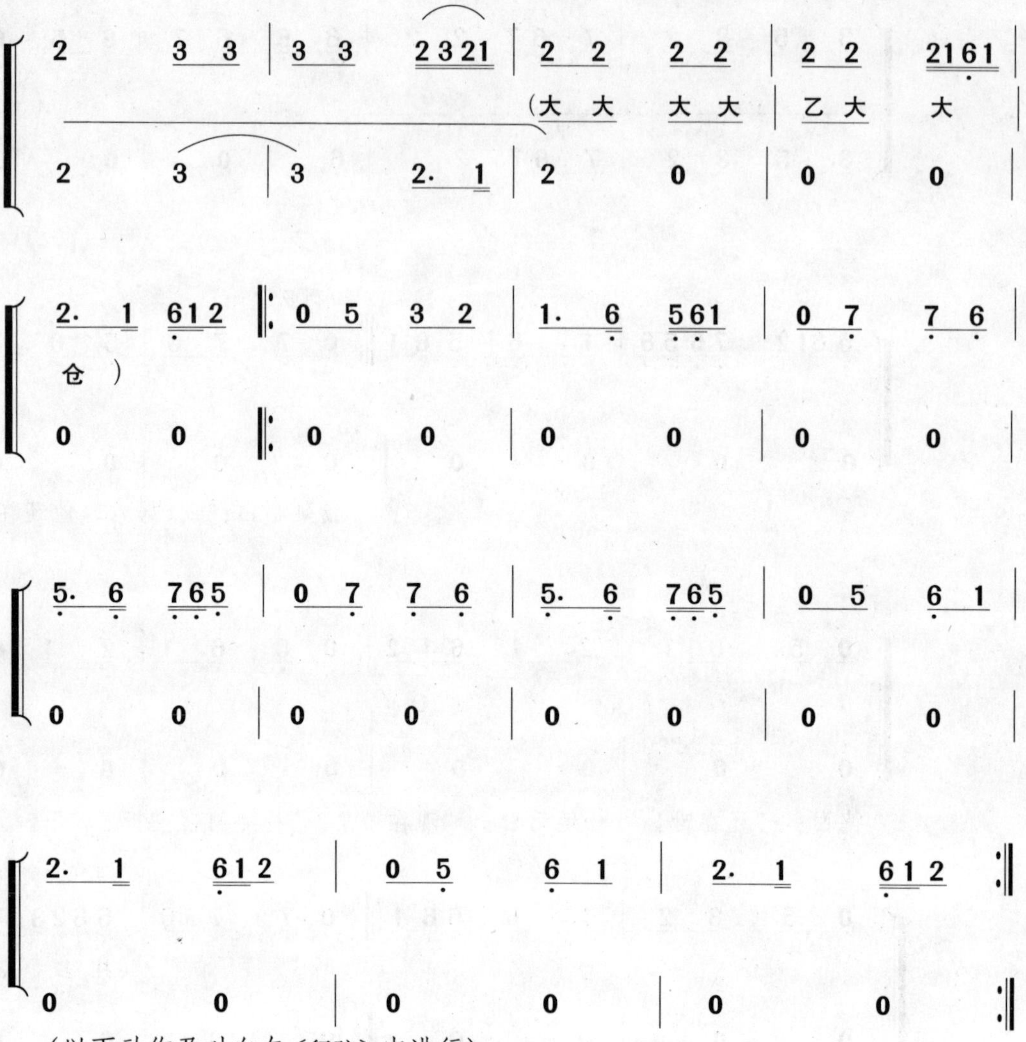

（以下动作及对白在〔行弦〕中进行）

（杨延德至“小边”、杨延昭至“大边”）

杨延昭白：“师父，我来问你，你可晓得那杨五郎？”

杨延德白：“哦五郎——”

杨延昭白：“哦——”

杨延德白：“不知去向。”

杨延昭白：“这就不对了哇！那杨家七将你都晓得，怎么就不晓得那杨五郎呢？”

杨延德白：“哦那五郎他——”

杨延昭白：“怎样？”

杨延德白：“死了吧！”

杨延昭白：“哦！师父，你姓什么？”

杨延德白：“我姓和。”

杨延昭白：“哦，姓和！叫什么？”

杨延德白：“和尚啊！”

杨延昭白：“哎呀！我知道你叫和尚，我问你真名实姓呢？”

杨延德白:"这真名实姓——"【小锣一击】
杨延昭白:"莫非不敢言讲?"
杨延德白:"这——"
杨延昭白:"师父,我们既是同乡,我既无歹意,但讲何妨?"
杨延德白:"壮士听了!"

〔二黄散板〕

杨延德 【大锣双楗凤点头】(过门同前)1 1 3 2 2 2 2 1(6 7 6 1) 5. 3
若 问 酒 家 的 名 和 姓, (仓)五 郎

3 2 - 3 - (仓)3 5 6 1 2 2 2 -(八 大 仓)
延 德 我 隐 居 在 山(呐) 林。

杨延昭 哦!

【大锣快纽丝】(过门同前)1 1 2 3 2 3 2 2 1 2 1(6 7 6 1)
我 且 撩 袍 忙 跪 定,(单膝跪下)(仓)

杨延德 2 2 3 2 3 3 1 2 2 (仓)
壮 士 因 何 跪 埃 尘?

杨延昭 1 3 2 1 1 2 1 2 1 - (仓)
五 哥 不 必 多 盘(呐) 问,

杨延德 (惊)啊?
杨延昭 弟是延昭——
杨延德 啊!

〔行弦〕

杨延昭 3 1 2 2 2 - (八 大 仓)‖: 2161 2 3 | 2161 2 :‖
到 山(呐) 林。

「在〔行弦〕中杨延德惊喜万分,跪下与杨延昭搭肩相视,不禁抱头痛哭,俩人同站起。〔行弦〕止。

〔二黄散板〕

杨延昭 【大锣凤点头】(过门同前)1 3 2 3 2 2 1 1 2 1 -(0 6 5. 6
弟 兄 见 面 不 相 认,

7 6 1)1 2 1 2 1 2 3 2 2 1 1 6 1 2 - ‖
(仓)骨 肉 反 成 陌 路 的 人。

杨延德 六弟呀!

【大锣双楗凤点头】(过门同前)3 3 4 3 2 1 2 3 3(6 1 2

壮 年 分 别 到 如 今,

3)2 2 3 2 1 1 2 2(5 6 1 2)

(仓)须 发 飘 洒 在 胸 襟。 (仓)

3 2 2 1 1· 2 2 2 1 1 2 1 -(仓)

容 颜 改 变 我 不 敢 认,

〔**【五更鼓】【大锣快纽丝】**俩人归座,杨延德"大边",杨延昭"小边"。

杨延德 2 2 1 2 3 1 2 2 - ‖ **【大锣住头】**

问 声 老 娘 可 安 宁?

杨延昭 母亲身体倒还康健。

杨延德 你到北国做什么去了?

杨延昭 小弟奉了母亲之命,去到北国昊天塔搬请爹爹骸骨。骸骨在此,五哥请看。

杨延德 哎呀爹爹呀!

〔**【大锣快纽丝】**杨延德接过杨延昭递过来的骸骨袋,俩人至台口跪下。

〔二黄散板〕

杨延德 (过门同前)5· 3 3 3 3 3 2 3(6 1 2 3)2 2 3 2

一 见 骸 骨 珠 泪 滚, (仓)好 似 钢

3 2 1 2 2· 5 3 2 3 2(5 6 1 2)2 3 2

刀 刺 我 心。两 (呃)狼 (仓)山

7 6 5· 2 7 6 6 5(3 2 1 6 5)6 2 1

前 (顷 - 仓)把 忠

1 2 3 1 2 1 **【哭头】**(1 1 1 2 7656 1)1 2 3 2

(呃) (仓 仓 仓 仓 台七台 仓)尽,

7 6 5 5 7 7 7· 6 5 6 6 5 - |(八大仓)【堂鼓声】
老 爹 爹 (呀)， (二人同起)

【大锣双楗凤点头】(过门同前)2 2 1 2 3 2 1 1 2 ‖
六 弟 带 来 多 少 兵？

杨延昭 【大锣双楗凤点头】(过门同前)6 2 1 1 3 2 2 1 2 1(6 7 6
小 弟 未 带 兵 和 将，

1) 2 1 2 3 2 3 2 1 2 2 - (八大仓) ‖
(仓) 想 是 那 韩 昌 发 追 兵。

杨延德 (大怒)啊！
【大锣快纽丝】(过门同前)3 3 3 2 4 3 2 5 3 2 2 - 3 - |
六 弟 在 (呀) 此 将 我 等，

［【大锣纽丝】杨延德"下场门"下，复持伽蓝棍上，与杨延昭同出门，杨延德站"小边"、杨延昭站"大边"。

杨延德 (过门同前) 2 5 3 3 2 3· 3 1· 2 1 2 3 2 - 2 |
愚 兄 下 山 我 退 贼 兵。

［【八大仓】杨延德亮相、"上场门"下。杨延昭"望门"。

杨延昭 【大锣快纽丝】(过门同前)1 2 3 2 3 1 2 3(6 1 2 3)2
弟 兄 分 别 十 数 春， (仓)今

2 3 2 3 2 2 1 1 6 1 2 -【堂鼓架子】(八大仓)
日 相 逢 在 山 林。
啊！

【大锣快纽丝】(过门同前) 121 3 2 2 2 1 1· 2 3 - 1 1
耳旁 听 得 杀 声 震，

〔【大锣纽丝】杨延德持伽蓝棍"上场门"上。

杨延德 （过门同前） 2 2 3 2· 1 1 2 2（5 6 1 2）2
霎 时 杀 退 了 众 贼 兵。 （仓）迈

2 1 3 2 2 2 1 1 2 1 –
步 且 把 山 门 进，

〔【大锣纽丝】杨延德进门站"大边"、杨延昭站"小边"。

杨延昭 （过门同前）1 2 1 2 3 1 2 2 – ‖【大锣住头】
五 哥 可 曾 退 贼 兵？

杨延德 贼兵俱被愚兄我杀退了啊！

杨延昭 五哥不减当年之勇。

杨延德 六弟夸奖了！

杨延昭 啊五哥，就该跟随小弟回家侍奉母亲。

杨延德 哎呀六弟呀！【大锣五击头】有道是出家容易归家难，此番回到天波杨府，就说愚兄——哎，不孝了！【撕边大锣一击】

杨延昭 既然如此，看天色已明，小弟要拜别了！

〔【大锣扫头】杨延昭向杨延德拜揖，出门，至"下场门"前解马，牵马，上马，回马返身与杨延德作揖。【冲头、叫头】

杨延昭 五哥！

杨延德 六弟！

杨延昭 兄长！

杨延德 延昭！

杨延昭 哎！五哥——（哭）【乱锤】
罢！（转身"下场门"下）

〔【望门哭头】杨延德向"下场门"目送杨延昭远去。（0 5 ‖: 6 2 762 :‖）

杨延德 六弟！（仓）延昭！（八 大. 顷 仓）

〔哭头〕

サ 3 2 1 6（6· 7 6· 7 | 6 2 7657 | 6 0）2 3 2 1 1 2 1 – 2 –
啊—— （仓 仓 仓仓仓七仓）六 贤 弟 呀！

〔二黄散板〕

【大锣双楗凤点头】（过门同前）5 3 3 3 5 3 3（6 1 2 3）2 2 3 2 1
转 眼 之 间 无 踪 影， （仓）实 难 割 舍

6 1 2 2（5 6 1 2） 3 2 2 62 1 – 2 2 1 – |
手 足 情。 （仓） 含 悲 忍 泪 山 门 进，

【大锣纽丝】(过门同前) 2 5 3 3 1 2 3 (6̣ 1 2 3) 2 3 21 1 1 2 - ‖
(杨延德进门) 几 时 得 会 同 胞 人?

〔【大锣收头】【大锣原场】杨延德"下场门"下。

——剧 终